跨学科视域下
—— 英美文学的记忆、空间 —— 与叙事研究

MEMORY

SPACE

NARRATIVE

蔡沛珊　何柏骏 ◎著
唐东旭　张高珊

西南财经大学出版社
SWUFE
中国·成都

图书在版编目(CIP)数据

跨学科视域下英美文学的记忆、空间与叙事研究/蔡沛珊等著.—成都:西南财经大学出版社,2024.5
ISBN 978-7-5504-6162-8

Ⅰ.①跨… Ⅱ.①蔡… Ⅲ.①英国文学—文学研究②文学研究—美国
Ⅳ.①I561.06②I712.06

中国国家版本馆 CIP 数据核字(2024)第 077656 号

跨学科视域下英美文学的记忆、空间与叙事研究
KUA XUEKE SHIYU XIA YINGMEI WENXUE DE JIYI、KONGJIAN YU XUSHI YANJIU
蔡沛珊 何柏骏 唐东旭 张高珊 著

责任编辑:李思嘉
责任校对:李 琼
封面设计:墨创文化
责任印制:朱曼丽

出版发行	西南财经大学出版社(四川省成都市光华村街 55 号)
网　　址	http://cbs.swufe.edu.cn
电子邮件	bookcj@swufe.edu.cn
邮政编码	610074
电　　话	028-87353785
照　　排	四川胜翔数码印务设计有限公司
印　　刷	四川五洲彩印有限责任公司
成品尺寸	170 mm×240 mm
印　　张	16.25
字　　数	317 千字
版　　次	2024 年 5 月第 1 版
印　　次	2024 年 5 月第 1 次印刷
书　　号	ISBN 978-7-5504-6162-8
定　　价	78.00 元

前言

尽管在进入 21 世纪之后，人文学科似乎一直因各种主客观原因的影响而陷入发展困境，但是从社会可持续发展和人类精神文明建设的角度出发，我们可以发现人文学科在人类社会中仍然发挥着不可替代的基础性作用。作为人文学科中不可或缺的一部分，文学一直在人类文明发展的进程中发挥着重要作用。一方面，通过不同体裁和题材的文学作品，我们可以更为全面地认识我们所处的社会和时代；另一方面，文学也可以被视为一种人类社会特有的艺术品，通过发挥其审美功能、教育功能和认识功能而不断丰富人类的精神世界。因此，研究文学作品不仅需要采用不同的理论方法对文学文本进行多角度的阐释，更需要我们在研究文学作品的过程中去明晰文学与社会、时代、人类精神文明发展等方面的关系。

在人类发展的历史进程中，各个国家和民族都涌现出了众多优秀的文学作品。如何对这些作品进行研究和批评也一直是学界探讨的焦点。南朝刘勰所著的《文心雕龙》奠定了中国文学批评的基础，为后世中国文学批评理论的发展作出了巨大贡献。亚里士多德（Aristotle）所著的《诗学》（Poetics），贺拉斯（Horace）所著的《诗艺》（Ars Poetica）以及布瓦洛（Boileau）所著的《诗的艺术》（The Art of Poetry）等不同时期的理论著作更影响了整个西方文学批评的走向，现当代英美文学的理论研究范式则在汲取古典西方文论营养的基础上进一步强调现当代西方文论的学术批评价值。艾布拉姆斯（Meyer Howard Abrams）在《镜与灯：浪漫主义文论及批评传统》（The Mirror and the Lamp: Romantic Theory and the Critical Tradition）一书中指出当今文学批评的四要素，即作品、世界、作家和读者。在此基础上，现当代西方文论强调从结构主义、解构主义、女性主义、马克思主义以及文化批评等不同视角对文学文本进行多维度的深入阐释。英国文学和美国文学是当今西方文学的重要组成部分，英美文学作品中所体现的人文关怀和社会问题都值得学界重视。从本质上而言，当今的人文学科研究是跨学科研究，因此，本书也希望在相关文学批评理论的指导下对所选文本进行跨学科的分析，以期更好地阐释英美文学小说文本中的记忆、空间与叙事问题。

现当代英美文学所涉范围较广，但大多数作品都强调再现个体生活以及追问社会现实。因此，本书所选的研究文本均从文学性和社会性两个维度出发，力图在对所选文本进行学术研究的同时实现其社会价值。简言之，本书旨在从跨学科的角度出发，对所选的现当代英美文学小说文本进行分析，既关注作品内部的文本细读，也强调作品和外部各要素的关系。希望通过本书的相关研究，国内的外国文学研究视角可以得到进一步丰富，"新文科"建设的指导思想也可以在具体的文学研究中得到进一步落实。

本书作者署名顺序根据作者姓氏拼音首字母先后顺序而定。本书由四川大学外国语学院博士研究生蔡沛珊、何柏骏、唐东旭和张高珊一同完成。具体而言，唐东旭负责第一章和第六章的撰写；蔡沛珊、何柏骏和张高珊负责第二章的撰写；唐东旭、蔡沛珊和何柏骏负责第三章的撰写；张高珊、蔡沛珊和何柏骏负责第四章的撰写；蔡沛珊、张高珊和唐东旭负责第五章的撰写。与此同时，我们也要感谢四川大学外国语学院王欣教授、王安教授、叶英教授以及方小莉教授对本书理论框架搭建和具体文本分析所给予的帮助。鉴于研究者的水平有限，书中可能还存在一定的不足之处，恳请广大读者批评指正！

唐东旭

2024 年 3 月

目录

第一章 导论

本章导读：本章详细分析了本书的研究背景与研究问题，阐释了本书的研究重点、意义与目的，说明了本书的研究方法与相关框架。

第一节 研究背景与问题提出

人类社会的发展与文学有着紧密联系。作为一种人类精神文明的传播媒介，文学不仅可以反映出不同的社会现实、民族特色和文化理念，还可以推动整个社会对何为真正的人文精神进行更为深入的思考。作为一种语言文字艺术，文学包含多种体裁，其既包括传统的诗、小说和戏剧，还涵盖散文、神话、寓言等其他形式的作品。就主题而言，文学又可以被分为奇幻文学、家庭文学、工业文学、动物文学、战争文学等多种亚类。对文学作品的研究可以从文本、作者、读者以及世界等不同视角出发，而在研究的过程中又可以借用多种文学批评理论对相关主题进行进一步深化。目前，国内外的文学相关研究已经逐步形成规模化的理论体系，并且早已突破传统的"文本中心论"和"作者中心论"，开始寻求和社会科学甚至自然科学的跨学科融合。进入 21 世纪之后，随着国内对外开放的力度进一步加大，国内学界对英美文学作品的关注度也日益提升，国内英美文学研究体系也日趋成熟与完善。在 2013 年教育部《学位授予和人才培养一级学科简介》中，外国文学研究已被确定为外国语言文学一级学科下的五大主要研究分支之一，其相关研究主要关注外国作家作品、外国文学史、外国文学思潮与理论①。作为外国文学研究中的重要组成部分，英美文学研究

---

① 国务院学位委员会第六届学科评议组. 学位授予和人才培养一级学科简介 [M]. 北京：高等教育出版社，2013.

在完善外国文学研究体系，促进中外文化交流，构建人类命运共同体等方面都发挥着重要作用。尽管目前国内的英美文学研究已经形成较为完善的研究范式，并且在文学伦理学、文学地理学、叙事学等方面的研究也取得了较大的突破，但是随着国内高等教育体系进一步强调"新文科"和"有组织科研"建设的重要性，英美文学研究也需要在原有研究范式的基础上进行突破，以便更符合新时代人文学科研究的发展趋势。

一、"新文科"建设

"新文科"（new liberal arts）建设与目前英美文学研究的发展有着紧密联系。理论上，现代意义的"新文科"概念起源于美国，并且跨学科研究（interdisciplinary studies）在"新文科"建设过程中有着突出作用（黄启兵等，2020）[①]。在国内，"新文科"建设起始于 2018 年，并且高度强调在"新文科"建设中需要"立足新时代，回应新需求，促进文科融合化、时代性、中国化、国际化"（樊丽明，2020）[②]。2020 年，教育部在新文科建设工作会议上颁布《新文科建设宣言》，进一步要求"新文科"建设需要"主动求变，创新发展"（蔡基刚，2021）[③]，调整原有学科研究范式，为中国现代高等教育体系的改革作出贡献。简言之，"新文科"建设的主要思想便是调整原有传统人文学科研究范式，以"创新"和"跨学科"为导向实现学科研究体系的突破。

对外语学科而言，传统的研究方法已经不能完全满足当今人才培养和社会发展的需求，因此，外语学科的"新文科"建设是外语学科发展的必经之路，外语学科研究范式的创新也必然会推动当下英美文学研究的发展。蔡基刚（2021）[④]指出外语学科的"新文科"建设需要重构自身学科体系，和其他学科进行交叉，提高外语学科的社会实用价值。胡开宝（2020）[⑤]从外语学科的建设理念出发，进一步指出外语学科的"新文科"

[①] 黄启兵，田晓明."新文科"的来源、特性及建设路径 [J].苏州大学学报（教育科学版），2020，8（2）：75-83.

[②] 樊丽明."新文科"：时代需求与建设重点 [J].中国大学教学，2020（5）：4-8.

[③] 蔡基刚.学科交叉：新文科背景下的新外语构建和学科体系探索 [J].东北师大学报（哲学社会科学版），2021（3）：14-19，26.

[④] 蔡基刚.学科交叉：新文科背景下的新外语构建和学科体系探索 [J].东北师大学报（哲学社会科学版），2021（3）：14-19，26.

[⑤] 胡开宝.新文科视域下外语学科的建设与发展：理念与路径 [J].中国外语，2020，17（3）：14-19.

建设需要对"传统文科进行学科重组",通过"文文学科交叉""文理学科交叉"等路径实现外语学科的创新性发展。同样,在外语学科的"新文科"建设过程中,还需要关注外语专业教育和大学外语教育的学科体系创新,在创新过程中,教师和学生都需要提高自身的思想站位,承担文化传播和交流的时代使命,思考外语人才培养的更优路径(郭英剑,2020)①。王俊菊(2021)② 则指出"新文科"建设不仅可以推动外语学科教育体系的发展,实现外语学科的社会效益,还可以通过"自交叉、内交叉、内外交叉、外内交叉"等模式进一步探索跨学科研究在传统人文科学研究中的具体实现路径。向明友(2020)③ 则从外语学科建设与外语人才能力培养的角度出发,突出了现代科技和语言能力在外语学科"新文科"建设中的基础性作用。简言之,外语学科进行"新文科"建设的根本目的是通过跨学科的研究方法,实现学科体系、科研体系以及人才培养体系等方面的创新与发展,进而突破国内外语学科研究的困境,增强中国人文研究的国际影响力,丰富国内人文学科研究的方法与范式(王宁,2020)④。

英美文学研究作为外语学科建设的重要组成部分,在"新文科"建设的大背景下对其进行研究范式的创新极具时代意义与学科建设价值。理论上,目前国内的英美文学研究大多在外语类专业内部进行,这也在一定程度上体现了英美文学研究的专业性,因为学术性的英美文学研究需要"某个或多个相关知识领域"的理论支撑(Levine,1978)⑤。以往的英美文学研究高度强调文本细读的作用,并力图在阐释文本的基础上以不同的理论视角对文学文本进行内部的相关研究,而在"新文科"建设的背景下,当下的英美文学研究需要进行研究范式的创新。胡开宝(2020)⑥ 认为"新文科"背景下的英美文学研究需要以跨学科研究为导向,利用其他社会科学的理论和自然科学技术对文本进行更为全面的阐释,在对经典文本进行

---

① 郭英剑. 对"新文科、大外语"时代外语教育几个重大问题的思考 [J]. 中国外语, 2020, 17 (1): 4-12.

② 王俊菊. 新文科建设对外语专业意味着什么? [J]. 中国外语, 2021, 18 (1): 1, 24.

③ 向明友. 新学科背景下大学外语教育改革刍议 [J]. 中国外语, 2020, 17 (1): 19-24.

④ 王宁. 新文科视野下的外语学科建设 [J]. 中国外语, 2020, 17 (3): 4-10.

⑤ LEVINE A. Handbook on undergraduate curriculum [M]. San Francisco: Jossey-Bass, 1978.

⑥ 胡开宝. 新文科视域下外语学科的建设与发展: 理念与路径 [J]. 中国外语, 2020, 17 (3): 14-19.

解读的同时发现不一样的研究问题。刘建军（2021）① 指出"新文科"背景下的英美文学研究还需要在相关教材、教学模式以及现有知识结构等方面进行创新，使相关研究者和学习者可以在明晰相关文学文本和相关文学理论的基础上更好地服务于中国特色英美文学研究体系的建立。殷企平（2022）② 则认为"新文科"背景下的英美文学研究需要将宏观政策和微观教学相结合，通过在教学中突出博雅教育的重要性来实现英美文学研究真正的跨学科转向。简言之，"新文科"背景下的英美文学研究应该在原有研究范式的基础上通过汲取其他不同学科的理论营养，从"老文本"中发现"新问题"，得到"新答案"，新时代英美文学的相关研究者和学习者也应该在社会主义核心价值观的引领下力争成为具有跨学科知识储备和素养的博雅型人才（邹莹，2022）③。

另外，当下的英美文学研究除了需要坚持"新文科"所强调的跨学科研究导向，还需要坚持英美文学研究的"思政转向"。"思政转向"融入英美文学研究的过程并非简单地将思政课程的相关内容复制到英美文学的文本解读之中，而是需要在研究中融合"立德树人"的核心思想（刘正光等，2020)④，通过研究英美文学文本，力求实现中西文明沟通互鉴。崔戈（2019）⑤ 认为思政元素对"新文科"背景下的英美文学研究有着重要作用，因为思政元素的融入不仅可以保证国内英美文学研究的正确价值观，还可以促进相关研究者对人文学科的当代社会价值进行思考。简言之，当下国内的英美文学研究需要体现人文学科发展规律，符合社会发展需求，高度重视"新文科"建设的中心思想，以跨学科研究为导向，以思政元素融入为前提，力图在传统文本细读的基础上创新英美文学研究的相关范式。

---

① 刘建军."新文科"还是"新学科"？：兼论新文科视域下的外国文学教学改革 [J]. 当代外语研究，2021 (3)：2，21-28.
② 殷企平. 外国文学的"新"与"旧"：新文科浪潮下的思考 [J]. 当代外语研究，2022 (2)：13-22，161.
③ 邹莹. 新文科视野下的外国文学课程教学 [N]. 中国社会科学报，2022-07-25 (6).
④ 刘正光，岳曼曼. 转变理念、重构内容，落实外语课程思政 [J]. 外国语（上海外国语大学学报），2020，43 (5)：21-29.
⑤ 崔戈."大思政"格局下外语"课程思政"建设的探索与实践 [J]. 思想理论教育导刊，2019 (7)：138-140.

二、"有组织科研"倡议

除了"新文科"建设,"有组织科研"也为目前的英美文学研究提出了新的要求。2022年8月,教育部印发《关于加强高校有组织科研,推动高水平自立自强的若干意见》(以下简称《意见》),并在《意见》中高度强调高校学科建设与学术研究需要贯彻落实"有组织科研"①。"有组织科研"要求学术研究以高校为依托、以跨学科研究和交叉学科建设为基础,强化国家战略科技建设,加快目标导向的学术研究突破,推进关键技术的发展,提升学术研究的社会转换能力,打造高水平的学术研究队伍,鼓励高水平国际合作,创造良好的学术研究生态。换言之,"有组织科研"旨在通过开展规模化和组织化的科研项目,以问题为导向,通过跨学科和跨领域的相关研究,"解决知识体系中的根本性问题"(潘教峰 等,2021)②。文少保(2011)③也指出"有组织科研"可以通过跨学科研究方法实现不同门类学科之间的学术研究创新,这不仅可以提升高校科研的效率,还可以更好弥合学术研究和社会需求之间的差距。"有组织科研"看似将学术研究限定在一定的研究范式和程序之中,但在本质上与自由探索并不相悖,有组织的学术研究与学术的自由探索相辅相成,"有组织科研"可以保证学术研究在避免资源浪费的前提下进行自由的学术探索,而自由探索的学术生态也可以帮助学术研究者在专注当今学术前沿和交叉研究的前提下进行创新的深入研究(吴楠,2023)④。简言之,高校贯彻落实"有组织科研"既能推动国内基础学科研究和跨学科交叉学科研究的发展,提高国内学术科研的相关水平,还能在较为自由的学术生态下催生学术创新,增强国内学术科研的国际影响力。尽管目前国内"有组织科研"的主要实施对象是自然基础学科,但是"有组织科研"的实施路径和终极目标深刻影响着英美文学研究的发展。作为传统的人文学科,英美文学研究除

① 中华人民共和国中央人民政府.教育部:教育部印发《关于加强高校有组织科研推动高水平自立自强的若干意见》[EB/OL].(2022-08-30).https://www.gov.cn/xinwen/2022-08/30/content_5707406.htm.

② 潘教峰,鲁晓,王光辉.科学研究模式变迁:有组织的基础研究[J].中国科学院院刊,2021,36(12):1395-1403.

③ 文少保.美国大学"有组织的"跨学科研究创新的战略保障[J].中国高教研究,2011(10):31-33.

④ 吴楠.以"有组织科研"推进教育强国建设[N].中国社会科学报,2023-06-19(2).

了具有其较高的文学价值和艺术审美价值，还因为其对人类社会较强的精神引领作用而具有较为突出的社会价值。"有组织科研"的实施除了强调在学术科研成果上的创新，还高度重视社会资源对学术科研的影响以及学术科研成果的社会效益。因此，虽然当下的英美文学研究范式与自然科学研究有所区别，但是通过有组织的跨学科研究也可以进一步释放其社会效益，为中国文化走出去、中西方文学理论的交流作出贡献。此外，传统的英美文学研究大多由独立的研究者完成，尚未形成大规模的团队效应，因此，在"有组织科研"倡议提出的背景下，英美文学研究也可以以学术科研和社会服务为导向，在科研项目的带动下，搭建规模化的人文学科创新研究平台，进一步推动新时代的英美文学跨学科研究发展。

三、英美文学跨学科研究

总体而言，新时代的英美文学研究需要符合社会发展需求，较为贴切地体现"新文科"建设和"有组织科研"倡议的核心思想。作为传统的人文科学，"新文科"建设和"有组织科研"倡议对英美文学研究的最大影响便是强调更大范围和更大程度的跨学科研究。"跨学科研究"的概念源于 20 世纪 20 年代的美国纽约，它最初被美国社会科学研究理事会用于指涉及两个或两个以上学科的综合性研究（刘仲林，1993）[1]。而在 20 世纪 70 年代后，跨学科研究也在世界范围内得到广泛的认可，它的概念也得到了发展与深化。刘仲林（1993）[2] 指出跨学科研究的落实需要进一步打破学科壁垒，把不同的学科理论或方法融为一体，并且通过不同学科的理论或方法交叉得出创新性的结论。周叶中（2007）[3] 则认为跨学科研究需要借鉴其他学科的研究成果，利用其他学科的研究成果推动现有研究的理论和方法创新或改进。赵晓春（2007）[4] 指出目前国内的跨学科研究大多还只是停留在不同学科之间的经验描述之上，还未能进一步对跨学科研究的实质进行探讨。换言之，真正的跨学科研究绝非简单地将不同学科的研究方法或者研究理论进行叠加，而是需要利用不同的学科研究范式为所涉研

---

① 刘仲林. 交叉科学时代的交叉研究 [J]. 科学学研究，1993 (2)：4，11-18.

② 刘仲林. 交叉科学时代的交叉研究 [J]. 科学学研究，1993 (2)：4，11-18.

③ 周叶中. 关于跨学科培养研究生的思考 [J]. 学位与研究生教育，2007 (8)：7-11.

④ 赵晓春. 跨学科研究与科研创新能力建设 [D]. 合肥：中国科学技术大学，2007.

究问题形成一个兼具综合性与统一性的研究结论（叶英，2010）①。因此，任何学科的跨学科研究都需要满足以下三点基本要求：一是相关研究需要涉及两个或两个以上的学科门类，并且研究对象或者研究问题可以体现所涉学科之间的内在逻辑关系，不能为了达到"跨"的目的而简单复制或叠加不同学科的研究方法或者研究理论；二是跨学科研究的相关结论需要体现出综合性和统一性的特征；三是跨学科研究需要厘清不同学科之间的差异，特别是自然科学研究、人文科学研究和社会科学研究之间的异同，根据研究对象和研究问题，对所涉相关学科的原有研究范式进行适当调整。

对英美文学的研究而言，跨学科研究不仅可以拓宽相关文本的研究视角，还更能体现文学研究中的社会人文关怀。在很长一段时间内，国内的英美文学研究大多都以西方文学理论为切入点，对所选文本进行细读式的阐释，并力图在研究过程中思考作品、作者、读者和世界之间的相互关系。特别是在现当代英美文学的相关研究中，现代西方文学理论发挥了较为基础性的作用。新批评理论强调文本细读，重视研究文本内部的语言形式，并且较为明确地对文本内外进行区分（孙绍振，2011；North，2013）②；结构主义批评则深受索绪尔结构主义语言学影响，强调对文学文本中二元对立的潜在结构的挖掘以及对文学文本内部整体性和组合性关系的研究（赵一凡，2002；Lizardo，2010）③；解构主义批评则关注对宏大叙事的"解构"，是一种反逻各斯中心主义的批评理论，文本的意义也一直处于延异的状态（王泉 等，2004）④；新历史主义批评则强调"历史的文本性"和"文本的历史性"，将文学的考察范围扩大到社会的边缘群体之中（王岳川，1997）⑤；精神分析批评则将心理学的研究方法运用于文学文本的情节与人物分析，对文学文本中"意识""无意识""俄狄浦斯情结"

---

① 叶英. 中美两国的美国研究及美国学在中国的学科建设 [J]. 西南民族大学学报（人文社科版），2010，31（5）：204-210.

② 孙绍振. 美国新批评"细读"批判 [J]. 中国比较文学，2011（2）：65-82；NORTH J. What's "new critical" about "close reading"? I. A. Richards and his new critical reception [J]. New Literary History，2013，44（1）：141-157.

③ 赵一凡. 结构主义 [J]. 外国文学，2002（1）：3-9；LIZARDO O. Beyond the antinomies of structure：Levi-Strauss, Giddens, Bourdieu, and Sewell [J]. Theory and Society，2010，39（6）：651-688.

④ 王泉，朱岩岩. 解构主义 [J]. 外国文学，2004（3）：67-72.

⑤ 王岳川. 新历史主义的文化诗学 [J]. 北京大学学报（哲学社会科学版），1997（3）：23-31，159.

"欲望机器"等问题的分析已成为当下英美文学研究的热点（曹海峰，2006；Glenn，1976；于奇智，2004）①；读者反应批评则从读者的角度出发，强调阅读主体的重要性，旨在研究文学文本被读者接受的路径和模式（任虎军，2005）②；女性主义批评则关注在父权制社会下长期处于"他者"地位的女性群体如何在文学文本中实现自我的显身，女性主义的各种理论也被广泛运用于当下的英美文学研究当中（张剑，2011）③；马克思主义批评则关注文学文本中的生产关系变迁、阶级压迫以及意识形态等问题的具体体现（张秀琴，2004）④；文化研究批评也关注文学文本中的意识形态、阶级对立以及大众文化现象等问题，为当代英美文学研究进一步拓宽了研究范围（孙文宪，2004；Eagleton，2000）⑤。此外，后殖民主义批评、种族研究、性别研究等话题也是当今英美文学研究的重要组成部分。综上所述，我们可以发现目前的英美文学研究除了传统的文本细读，已经呈现出跨学科研究特征。虽然目前大多数研究还是囿于对理论的运用，但是相关研究成果也已经超越文本本身而涉及许多重大社会议题，这也是文学所拥有的社会价值的直接体现。因此，在明确不同学科研究范式的基础上，有必要对英美文学文本研究进行更大范围的跨学科实践，以期更好地将文学文本的文学性和社会性相结合。

简言之，在"新文科"建设和"有组织科研"倡议提出的大背景下，对英美文学文本进行跨学科研究是必然且必要的。当下的英美文学研究已经具备了一定的跨学科研究基础，但是相关跨学科研究的范围可以进一步扩大，通过借鉴其他人文科学、社会科学乃至自然科学的研究方法与研究理论，挖掘所选英美文本中的新问题和新观点。本书将以 11 本现当代英美小说为主要研究对象，以期更好地展现目前的英美文学研究新动态。这 11 本小说分别是凯特·肖邦（Kate Chopin，1851—1904）的《觉醒》（*The A-*

---

① 曹海峰. 精神分析与电影 [D]. 上海：上海师范大学，2006；GLENN J. Psychoanalytic writings on classical mythology and religion：1909—1960 [J]. The Classical World，1976，70（4）：225-247；于奇智. 欲望机器 [J]. 外国文学，2004（6）：60-65.

② 任虎军. 从读者经验到阐释社会：斯坦利·费什的读者反应批评理论评介 [J]. 四川外语学院学报，2005（1）：43-46.

③ 张剑. 西方文论关键词：他者 [J]. 外国文学，2011（1）：118-127，159-160.

④ 张秀琴. 西方马克思主义的意识形态理论 [J]. 政法论坛，2004（2）：179-186.

⑤ 孙文宪. 艺术世俗化的意义：论本雅明的大众文化批评 [J]. 华中师范大学学报（人文社会科学版），2004（5）：20-27；EAGLETON T. The idea of culture [M]. Oxford：Blackwell Publish，2000.

wakening）、伊迪斯·华顿（Edith Wharton，1862—1937）的《纯真年代》
（*The Age of Innocence*）、威廉·福克纳（William Faulkner，1897—1962）
的《我弥留之际》（*As I Lay Dying*）、索尔·贝娄（Saul Bellow，1915—
2005）的《赫索格》（*Herzog*）、珍妮特·温特森（Jeanette Winterson，
1959—）的《橘子不是唯一的水果》（*Oranges Are Not the Only Fruit*）、托
尼·莫里森（Tony Morrison，1931—2019）的《宠儿》（*Beloved*）、牙买
加·琴凯德（Jamaica Kincaid，1949—）的《一处小地方》（*A Small
Place*）、安吉拉·卡特（Angela Carter，1940—1992）的《明智的孩子》
（*Wise Children*）、艾丽斯·西伯德（Alice Sebold，1963—）的《可爱的骨
头》（*The Lovely Bones*）、加里·施泰恩加特（Gary Shteyngart，1972—）
的《荒谬斯坦》（*Absurdistan*）、塔拉·韦斯特弗（Tara Westover，1986—）
的《你当像鸟飞往你的山》（*Educated：A Memoir*）。这十余部小说较好地体
现了现当代英美文学的主要研究话题，反映了英美小说的发展动态。因此，
基于上述相关小说文本，本书的研究问题主要关注在跨学科研究的背景下，
现当代英美文学小说文本中的记忆、空间以及叙事问题应该如何阐释，相关
研究又应该强调记忆、空间以及叙事问题中的哪些方面。此外，本书还力求
在对所选文本进行分析的同时体现出英美文学研究和小说理论研究的历史发
展脉络。

第二节　研究重点、目的与意义

目前的英美文学研究已经呈现出较为明显的跨学科特征，学界研究也
不再满足于对英美文学作品进行单一视角的解读，而力求从其他学科的视
角对英美文学文本进行更为全面和立体的阐释。其他人文科学研究方法与
理论的融入可以使英美文学研究更具历史性、哲学思辨性以及艺术性，社
会科学研究方法与理论的介入则可以体现当前英美文学研究的社会价值，
而对自然科学研究方法与理论的思考则能在一定程度上提高英美文学研究
的科学性与客观性。本书以跨学科研究为背景，以十余本现当代英美小说
为研究对象，以"记忆""空间""叙事"三个方面为主要阐释问题，以
求展现出目前学界关于英美文学研究的新动态，并且进一步体现当今英美
文学研究的跨学科转向。

一、研究重点

"记忆"是本书探讨的一个重要话题。在自然科学研究中，记忆被定义为"一种将过去经历的东西保存下来，从而使其有可能后来被唤回当下的心理机能"（倪梁康，2020）[①]。而在人类历史的发展进程中，记忆被视为一种文化性的社会建构。在西方的文化传统中，"记忆术"是一个历史悠久的文化概念，自公元前 6 世纪起，"记忆术"便已存在于古罗马文明之中（阿斯曼，2015）[②]。到了近现代，记忆也越来越多地在社会学、历史学以及心理学等领域被提及。1925 年，法国社会学家莫里斯·哈布瓦赫（Maurice Halbwachs，1877—1945）系统性提出"集体记忆"（collective memory）概念，将记忆社会学化，并且力图在集体记忆和社会文化框架之间建立联系（刘亚秋，2017）[③]。在哈布瓦赫之后，"记忆"便开始作为一个显性的社会性话题引起学界关注。记忆到底是什么，记忆通过何种途径表征也成为不同学科的研究焦点。在"集体记忆"概念被提出之后，"社会记忆""文化记忆""身体记忆""创伤记忆"的相关研究也得到了进一步深化（高萍，2011；阿斯曼，2015；萧梅，2006；王欣，2012）[④]。换言之，记忆的相关研究本身就具有跨学科性，将记忆研究融入当下的英美文学研究也具有可行性。本书将选取《赫索格》《觉醒》《荒谬斯坦》《你当像鸟飞往你的山》作为记忆研究的相关文本，从记忆的不同维度对所选文本进行解读，以期在文学作品中归纳出不同类型记忆的表征途径。

"空间"则是本书研究的另一个重要话题。广义上，空间是一种与时间相对的物质客观存在形式，是物质存在的一种基本内在属性，是人类理性的基本范畴，也是人类活动的基本领域和认识时间的基本媒介（余乃

---

① 倪梁康. 回忆与记忆 [J]. 浙江学刊，2020（2）：26-33.

② 阿斯曼. 文化记忆：早期高级文化中的文字、回忆和政治身份 [M]. 金寿福、黄晓晨，译. 北京：北京大学出版社，2015.

③ 刘亚秋. 记忆二重性和社会本体论：哈布瓦赫集体记忆的社会理论传统 [J]. 社会学研究，2017，32（1）：148-170，245.

④ 高萍. 社会记忆理论研究综述 [J]. 西北民族大学学报（哲学社会科学版），2011（3）：112-120；阿斯曼. 文化记忆：早期高级文化中的文字、回忆和政治身份 [M]. 金寿福、黄晓晨，译. 北京：北京大学出版社，2015；萧梅. 面对文字的历史：仪式之"乐"与身体记忆 [J]. 音乐艺术，2006（1）：84-92，5；王欣. 文学中的创伤心理和创伤记忆研究 [J]. 云南师范大学学报（哲学社会科学版），2012，44（6）：145-150.

忠，2023)①。学界对空间的研究既包括传统的自然科学领域，也涉及其他的人文科学和社会科学领域。在自然科学领域中，空间研究涉及天文学、地球物理学、城市规划学、超空间研究等领域（陈慧平，2014；范全林等，2020)②；在人文科学和社会科学领域中，空间研究则更多关注艺术性与社会性。早在 18 世纪，德国启蒙运动文学的代表人物莱辛便在其代表作《拉奥孔》（*Laocoon*）中讨论了时间与空间的辩证关系（徐玫，2011)③。20 世纪 70 年代以后，空间研究便开始成为社会学研究的焦点，空间社会学研究也成为西方主流社会学的核心研究问题（郑震，2010)④。在亨利·列斐伏尔（Henri Lefebvre）、米歇尔·福柯（Michel Foucault）、戴维·哈维（David Harvey）、皮埃尔·布迪厄（Pierre Bourdieu）等学者的共同努力下，社会学视野下的空间研究集中关注"空间形态呈现出来的社会结构"（叶涯剑，2006)⑤，并强调社会中并不存在完全自然的空间，空间在本质上是一种社会构建的产物，社会空间往往与某种象征、意义或意识形态相结合而隐藏于物质空间。因此，空间并非只是一种简单的物理存在，其中也包含着相应的社会文化底蕴。空间与文学的结合也因为空间的社会构建性而成为可能，约瑟夫·弗兰克（Joseph Frank）是现代第一个将空间概念引入文学批评的理论家，他认为现代艺术的发展趋势是增强对空间性的探讨，文学形式中的空间性研究便是对现代艺术发展的理论性补充（Frank，1945)⑥。在弗兰克之后，众多中外学者都对文学中的空间形式进行了系统化的研究（Zoran，1984；Soja，1996；王安，2011)⑦，"空间转

① 余乃忠. 人工智能时代的空间概念 [J]. 江汉论坛，2023 (2)：82-89.
② 陈慧平. 空间理论的两个基础性概念再思辨 [J]. 学习与探索，2014 (8)：18-23；范全林，白青江，时蓬. 关于空间科学概念的若干考证 [J]. 科技导报，2020，38 (17)：100-114.
③ 徐玫. "诗画一律"与"诗画异质"：从莱辛的《拉奥孔》看中西诗画观差异 [J]. 江西社会科学，2011，31 (5)：187-190.
④ 郑震. 空间：一个社会学的概念 [J]. 社会学研究，2010，25 (5)：167-191，245.
⑤ 叶涯剑. 空间社会学的方法论和基本概念解析 [J]. 贵州社会科学，2006 (1)：68-70.
⑥ FRANK J. Spatial form in modern literature：an essay in two parts [J]. The Sewanee Review, 1945，53 (2)：221-240.
⑦ ZORAN G. Towards a theory of space in narrative [J]. Poetics Today, 1984，5 (2)：309-335；SOJA E. Third space：journeys to Los Angeles and other real-and-imagined places [M]. Oxford：Blackwell Publishers, 1996；王安. 空间叙事理论视阈中的纳博科夫小说研究 [D]. 成都：四川大学，2011.

向"也成为目前英美文学研究的一大趋势（程锡麟，2007）①。本书将以《旧地重游》《荒谬斯坦》《明智的孩子》《纯真年代》四部小说为对象展开空间相关研究，关注现当代英美文学小说文本中的空间形式，并结合相关的空间研究前沿理论，进一步区分出文本中所蕴含的不同空间形式以及文本中空间形式所蕴含的社会文化意识。

除了"记忆研究"和"空间研究"，本书还将在跨学科的大背景下进行相关文本的"叙事研究"。叙事是一个较为经典的文学批评概念，对于文本叙事的研究和叙事学理论的研究在学界有着较为悠久的历史。古希腊亚里士多德所著的《诗学》是叙事研究的开山之作，而现代化的叙事（学）研究则以1966年巴黎出版的《交际》杂志为起点（申丹，2003）②。在此后的理论发展过程中，叙事（学）研究受到多种人文科学研究和社会科学研究的影响，形成了"经典"与"后经典"两个研究流派。在新历史主义和后结构主义的影响下，学界自20世纪80年代起对叙事（学）的研究从经典叙事模式转为后经典叙事模式。后经典叙事（学）研究则从以往的单纯的文本叙事研究转为对作者、文本和叙事的多元研究（王振军，2011）③。程锡麟（2002）④指出叙事（学）研究的体系化可以将作品的文本意义与它们的内在叙事结构相联系，有助于打破文学所谓的神秘化，并可以将这种叙事分析的研究方法推广到其他社会科学和人文科学的研究中。祝克懿（2007）⑤认为当下叙事研究的内涵早已不局限于对文学文本的内在叙述模式解读，而是"应用于多种学科的功能域，表现出属于元范畴理论，具有最能适应学科交叉渗透需求的功能特性"。因此，英美文学文本中的叙事（学）研究既可以关注传统的文体分析，又可以与其他学科相结合，突出其功能性与跨学科性特征。目前学界的叙事（学）研究除有对经典叙事模式和后经典叙事模式的理论研究以外，还关注"女性主义叙事""创伤叙事""成长叙事""认知叙事"等众多新兴交叉研究领域（唐

---

① 程锡麟.叙事理论的空间转向：叙事空间理论概述 [J].江西社会科学，2007 (11)：25-35.

② 申丹.叙事学 [J].外国文学，2003 (3)：60-65.

③ 王振军.后经典叙事学：读者的复活：以修辞叙事学为视点 [J].河南师范大学学报（哲学社会科学版），2011，38 (5)：227-230.

④ 程锡麟.叙事理论概述 [J].外语研究，2002 (3)：10-15.

⑤ 祝克懿."叙事"概念的现代意义 [J].复旦学报（社会科学版），2007 (4)：96-104.

伟胜，2003；Caruth，1996；郭彩侠，2013；申丹，2004）①，体现出叙事（学）研究的学术活力。本书叙事（学）部分研究主要关注《我弥留之际》《橘子不是唯一的水果》《可爱的骨头》《一处小地方》四部小说，并且从跨学科角度出发，在坚持叙事研究传统的基础上尝试对所选文本进行多维度的叙事解读，进一步体现当前学界研究的发展趋势。

二、研究目的与研究意义

通过对目前学界在记忆、空间以及叙事三个方面研究的大致梳理可以发现，当下的英美文学研究既有跨学科特征，又能继续在上述三个主要研究话题下进行更为深入的探讨。在此背景下，本书有以下研究目的：第一，本书旨在跨学科研究的大背景下，思考英美文学小说文本的不同阐释方式，力图在经典文本中发现新问题；第二，本书尝试将目前学界研究的三大热点与英美文学小说文本的解读相结合，进一步研究现当代不同英美小说文本中的记忆模式、空间形式以及叙事策略；第三，本书力求在对现当代英美文学小说文本的分析过程中实现对相关理论和学术传统的反思，对学界以往相关研究进行更深入的思考；第四，本书希望通过对现当代英美文学小说的研究实现国内相关研究理论的创新，进一步丰富国内后续研究的理论视角和批评维度。

此外，通过对不同现当代英美文学小说文本的研究，本书有以下研究意义：首先，本书的研究范式与"新文科"建设和"有组织科研"倡议的中心思想相契合，有一定的社会现实意义；其次，本书可以为英美文学的跨学科研究提供借鉴，避免浮于表面的文学跨学科研究，并且本书还在分析路径中体现了英美小说研究的理论发展路径；再次，本书的研究方法和研究对象都体现了目前学界研究的热点与难点，具有一定的借鉴意义；最后，本书通过现当代英美文学小说文本的相关分析可以在一定程度上拓宽中国文学的研究视角，推动中国文学研究的国际化和经典化进程。

---

① 唐伟胜.性别、身份与叙事话语：西方女性主义叙事学的主流研究方法 [J].天津外国语学院学报，2007（3）：73-80；CARUTH C. Unclaimed experience：trauma，narrative，and history [M]. Baltimore & London：The Johns Hopkins University Press，1996；郭彩侠."主体生成"及其现代性想象 [D].上海：上海大学，2013；申丹.叙事结构与认知过程：认知叙事学评析 [J].外语与外语教学，2004（9）：1-8.

第三节 研究方法与框架

本书以跨学科研究方法和文本细读法为主要研究方法。跨学科研究方法强调结合不同学科领域的研究方法和研究理论对某个相对单一的研究问题形成综合性的统一结论，文本细读法则重视对文本的语言以及生成意义的解读，因此本书结合跨学科研究方法和文本细读法的目的，通过不同学科和理论的阐释角度对所选文本进行多维度的解读。同时，本书以十余部现当代英美文学小说为研究对象，关注其中的记忆、空间和叙事问题，力图呈现出多维度的文本分析结果，丰富当前的英美文学小说研究成果。

本书一共分为六章，既包括理论梳理，还包括具体的文本分析。具体内容安排如下：

第一章为导论。该章主要从"新文科"建设和"有组织科研"倡议出发，强调目前英美文学研究的跨学科背景。同时，对记忆、空间以及叙事三个研究重点进行了概述，并且说明了本书的研究目的、研究意义、研究方法与框架。

第二章为现当代英美文学研究的理论视野。该章的主要内容是对记忆、空间以及叙事三个研究重点相关理论的梳理，并且突出学术概念的历史演变与当前的学术研究前沿，为后续的具体文本分析搭建扎实的理论框架。

第三章为现当代英美文学中的记忆研究。该章的主要内容是基于第二章所搭建的理论框架对《觉醒》《赫索格》《荒谬斯坦》《你当像鸟飞往你的山》四部小说进行文本分析。该章的文本分析主要关注所选文本中的记忆书写进行研究，并力图探究现当代英美文学小说文本中的记忆模式。

第四章为现当代英美文学中的空间研究。该章的主要内容则是基于空间的相关理论对《纯真年代》《宠儿》《明智的孩子》《荒谬斯坦》四部作品中的空间形式进行研究，并且较为细致地体现了传统意义上作为一种物理存在的空间中所蕴含的社会与文化底蕴。

第五章为现当代英美文学中的叙事研究。该章的主要内容围绕所选文本的叙事结构、叙事类型、叙事风格等要素展开。通过结合传统的叙事研究理论和当下的叙事研究前沿，该章对《我弥留之际》《橘子不是唯一的水果》《一处小地方》《可爱的骨头》进行了叙事层面的深入研究，较为全面地展现了当前学界叙事研究的热点与难点。

第六章为研究结论与展望。该章主要涉及本书的研究结论与研究展望。

第四节　本章小结

本章主要讨论了跨学科视域下英美文学研究的可行性与必要性，并进一步说明了本书研究的重点，即现当代英美文学研究中广泛存在的记忆、空间与叙事（学）问题。"新文科"建设与"有组织科研"倡议的提出为国内现当代英美文学的跨学科研究发展奠定了坚实的基础，现当代英美文学的研究也需要在结合文学研究传统的基础上，进一步寻求与其他学科融合的机会，推动文学研究与时代发展的结合。

第二章 现当代英美文学研究的理论视野

本章导读：基于第一章提出的研究问题，本章将对本书所涉及的相关研究理论进行深入阐释。基于本书的相关研究文本，本章主要梳理现当代英美文学研究中的记忆、空间与叙事（学）理论。

第一节 记忆研究的相关理论

20 世纪末，记忆理论家苏珊 A. 克兰（Crane，1997）[①] 在研究 19 世纪历史保存现象时发现，国家、政府或教会为了记录那些可能丢失的历史事件，往往会设立某种专门机构或指定某些特定的群体来有意识地对历史进行选取、记录和保存。她认为，这种官方介入历史事件记录的做法可能会导致对历史的改写、编造以及歪曲。更重要的是，官方化的历史保存行为是为了形成某种统一的、大写的历史（the History），但事实上，过去是由差异化的集体所共同创造的生活经验（lived experience）组成的。克兰在这篇论文中对宏大历史叙事提出质疑，并借此对个体和集体所具有的记忆特征加以强调，探讨了"记忆"在认知、探寻和保存过去中所具有的重要价值。从某种程度上而言，克兰对记忆话题的社会性关注与时下"记忆转向"的理论热潮不无关系。

20 世纪 20 年代，法国社会学家哈布瓦赫将记忆从心理学和精神分析领域所关注的个体属性中解放出来，提出了集体记忆的概念，并认为记忆

---

① CRANE A. Writing the individual back into collective memory [J]. The American Historical Review, 1997, 102 (5)：1372–1385.

具有社会建构性。哈布瓦赫在对个体记忆的研究中发现，个体具有社会人的特征，充当着社会中的多个角色，也因此共享着多个集体的记忆，而个体的记忆往往是"集体记忆的一种视角"（Halbwachs，1980）①。这些关于集体的个体记忆（individual memory）反映了一个集体从产生、发展甚至到消亡的全部过程，而当这些记忆被组合起来时，就能构成窥探社会缩影的多重视角，从而再现社会的过去。因此，记忆不再是个人领域的话题，而成为与历史并驾齐驱的社会话题。同时，哈布瓦赫还强调了集体记忆的连贯性特征，并坚持认为这种特质优于传统史学方法对朝代更迭做阶段划分所造成的断裂性。基于此，集体记忆能够作为保存历史的有效方式，以补救史学研究中存在的历史再现问题。

但是，哈布瓦赫的记忆研究在当时社会中并未引起足够重视，克兰所提到的史学研究方法仍主导着对过去的解释权。两次世界大战后，随着后结构主义、后殖民主义、新历史主义和他者理论的蓬勃发展，哈布瓦赫的记忆理论才逐渐受到学界关注。"后"理论时代，雅克·德里达（Jacques Derrida）、保罗·德·曼（Paul de Man）、哈罗德·布鲁姆（Harold Bloom）、芭芭拉·约翰逊（Barbara Johnson）等人将矛头对准西方哲学的逻各斯中心主义，对声音、言语、终极等概念进行解构，其中也包括历史。在《人文学科话语中的结构、符号与嬉戏》（*Structure, Sign, and Play in the Discourse of the Human Sciences*）中，德里达提出了结构之嬉戏（play）的概念。他认为，"结构的中心允许结构的要素在总体形式的内部进行嬉戏"（德里达，2014；Derrida，2001）②，也就是说中心既在结构之内，也在结构之外。德里达挑战了西方思想中那些在场的形而上学（metaphysics of presence），认为并不存在某种恒定的在场，而意义往往存在于结构的嬉戏之中。就历史而言，德里达认为我们有理由怀疑，并不存在某种作为中心或作为真理的历史；相反，历史"只有在描述的那一刻"（德里达，

① HALBWACHS M. The collective memory ［M］. DITTER JR F J, PELLAUER V Y, trans. New York：Harper Colophon Books, 1980.

② 德里达. 人文科学话语中的结构、符号与嬉戏 ［M］//布莱斯勒. 文学批评：理论与实践导论. 5 版. 北京：中国人民大学出版社, 2014；DERRIDA J. Structure, sign, and play in the discourse of the human sciences ［M］// Writing and Difference. London & New York：Routledge, 2001.

2014；Derrida，2001）① 开始，才能够被人们所讨论。后结构主义的历史观在以斯蒂芬·格林布拉特（Stephen Greenblatt）和路易斯·蒙特罗斯（Louis Montrose）为代表所提出的新历史主义（New Historicism）或文化诗学（Cultural Poetics）中得到更为淋漓尽致的体现。他们认为"文本作为话语的地位在历史中得以生产、挪用"（Montrose，2013）②，与文学、艺术以及其他作品类似，历史同样也是一种叙事话语的表达。因此，历史不仅指与现在相对应的那个过去，更存在于那些以再现过去为写作目的的叙述之中。过去，历史学家所书写的历史本质上是一种人为的、可操控的历史叙述，而当一代代后人通过这些资料来了解过去时，不知不觉中却已经走进了历史宏大叙事的误区。

在历史的危机之下，以连续的、鲜活的生活体验为对象的集体记忆重新进入研究视野，哈布瓦赫的集体记忆概念作为历史研究的新对象得到广泛关注。阿莫斯·芬肯斯坦（Amos Funkenstein，1989）③ 在《集体记忆与历史意识》（*Collective Memory and Historical Consciousness*）中，通过引入"历史意识"这一术语，深刻阐释了集体记忆的研究价值。他指出，集体记忆能产生一种历史意识，从而实现历史的记录（recording of history）。历史意识作为连接记忆与历史的中间术语，用以代表一种阐释性的、动态化的建构话语。芬肯斯坦认为，对历史的记录是一个中性的描述，它是对历史所进行的一切认知、阐释和再现行为的总和。从这个意义上讲，集体记忆本身就是一种记录历史的方式。历史意识则意味着对历史的具体建构，会随着时间、地点的变化而变化，也会随着认知主体和客体的不同而不同。历史意识包括对历史起源和历史选择的认识，甚至还包括神话故事和历史小说。当我们回忆过去，追忆过去的某个时空节点，对过去流露出怀旧、创伤之情时，我们是站在历史意识的角度上的，是对过去所进行的想象性建构。

20 世纪 80 年代，记忆研究迎来理论发展的热潮。法国学者皮埃尔·

---

① 德里达. 人文科学话语中的结构、符号与嬉戏 [M] //布莱斯勒. 文学批评：理论与实践导论. 5 版. 北京：中国人民大学出版社，2014；DERRIDA J. Structure, sign, and play in the discourse of the human sciences [M] // Writing and Difference. London & New York：Routledge, 2001.

② MONTROSE L A. Professing the renaissance：the poetics and politics of culture [M] // VEESER H. The New Historicism. New York：Routledge, 2013.

③ FUNKENSTEIN A. Collective memory and historical consciousness [J]. History and Memory, 1989, 1 (1)：5-26.

诺拉（Pierre Nora）在哈布瓦赫集体记忆理论的基础上提出了"记忆之场"（lieux de mémoire）概念，用以形容记忆的物质存储形式。英国人类学家保罗·康纳顿（Paul Connerton）抓住记忆的社会性特征，通过质询"社会如何记忆"的问题，引入了"社会记忆"（social memory）一词。而到 20 世纪 90 年代，德国历史学家扬·阿斯曼（Jan Assmann）和文学批评家阿莱达·阿斯曼（Aleida Assmann）夫妇二人将集体记忆进一步区分为交往记忆（communicative memory）和文化记忆（cultural memory）。前者指代与最近的过去有关的记忆，即个人与其同时代人所共有的东西，如代际记忆（generational memory）；而后者集中于过去的固定点，往往被浓缩在记忆所依附的象征物上（Assmann，1992)①。相较于交往记忆，文化记忆具有较强的稳定性，能反映一个国家、民族的历史，再现群体性的集体身份和文化传统。也正因如此，文化记忆成为记忆研究的热门话题，并不断应用到历史学、人类学、文学和社会学的分析当中。

当前，记忆研究正如火如荼地开展着，新的理论和观点也在不断被提出。与此同时，记忆也与其他话题相结合，形成"记忆与创伤""记忆与政治""记忆与文学""记忆与叙事""记忆与音乐""记忆与建筑"等诸多跨学科研究范式。就文学研究而言，文学是集体记忆的载体，对集体记忆起到再现的作用。文学创作从本质上来看，就是对过去的重写和模仿。正如比吉特·纽伊曼（Birgit Neumann，2008)② 所言，文学将真实与想象、记忆与假定结合起来，并通过叙述手段，富有想象力地探索记忆的运作方式，从而提供了对过去的新视角。将记忆、历史与文学相联系，才得以多角度、多层次地窥探过去的面貌。

为了更好地理解记忆理论在文学研究中的应用，本节将简要介绍记忆理论中的核心关键词，如个体记忆、集体记忆、历史记忆、创伤记忆等。通过阐释记忆理论的相关概念，既能增进读者对记忆话题的了解，也有助于在文学阅读和批评实践中以记忆研究的视角来思考文本意义、探究小说世界。

---

① ASSMANN J. Cultural memory and early civilization：writing，remembrance，and political imagination［M］. London：Cambridge University Press，1992.

② BIRGIT N. The literary representation of memory［M］// ERLL A，NUNNING A. Cultural memory studies：an introduction and interdisciplinary handbook. Berlin：Walter de Gruyter，2008.

一、个体记忆与集体记忆

顾名思义，个体记忆指的是每一个个体的记忆。在哈布瓦赫以前，以西格蒙德·弗洛伊德（Sigmund Freud）、亨利·柏格森（Henri Bergson）等人为首的记忆学家主要的研究对象便是个体记忆。他们的问题在于，没有意识到个体的社会属性，因而忽视了个体记忆所反映的集体意识。现在，我们普遍认为，个体记忆是集体记忆的一种视角，为集体记忆的研究提供一个个具体的实例。集体记忆的概念由莫里斯·哈布瓦赫首次提出，并经由阿拜·瓦尔堡、皮埃尔·诺拉、保罗·康纳顿、扬·阿斯曼和阿莱达·阿斯曼等人的发展，逐渐成为一个在社会学、心理学、历史学和文学等领域都至关重要的概念。从广义上讲，集体记忆是指记忆所具有的社会建构性，像家庭记忆、宗教记忆、大屠杀记忆等都属于集体记忆。不过，学者们关于集体记忆概念的界定仍然存在争议和分歧，并延伸出诸如社会记忆、文化记忆等新的术语以便更好地理解它。

对集体记忆的解读还有必要区分其与"集合记忆"（collected memory）之间的区别。集合记忆是"个体记忆的集合体"，是从数量的含义上对个体记忆的组合，因而可以从个体的角度去研究，如神经学、心理学和精神分析学。然而，集体记忆并不简单意味着某一个集体内所有个体记忆的量的集合，而是有其自身发展的动力学，因而绝不能简单将个体记忆的研究方法直接套用。在实际研究中，应当警惕将集体记忆等同于集合记忆的立场性失误，学者们需充分考虑集体记忆与集合记忆、记忆与历史、个人与集体、过去与当下、表征与媒介等概念之间的关系。

二、历史记忆与自传记忆

按照克兰（1997）[①] 的说法，集体记忆和历史记忆（historical memory）之间的差异在于，一个标志着生活经验，而另一个则意味着生活经验的保存和物化。历史记忆以历史的宏大叙事为对象，旨在记录集体化、普遍性的过去。哈布瓦赫在集体记忆理论中，不仅分析了集体记忆与历史记忆之间的差异，还提出了历史记忆与自传记忆的区分。他认为，历史记忆所再

[①] CRANE A. Writing the individual back into collective memory [J]. The American Historical Review, 1997, 102 (5): 1372-1385.

现的是普遍的历史，而自传记忆则是关于个人生活的历史表达（Halbwachs，1980）①。在他看来历史记忆对历史的记录时间持续更久，空间范围更广阔，但不足之处在于历史记忆存在对信息的筛选、取舍和压缩，同时，历史的存储具有断裂性。而自传记忆可以弥补历史记忆的不足，呈现出更为丰富的、连续的历史来。

三、记忆之场

皮埃尔·诺拉对集体记忆理论的最大贡献当属他提出了记忆之场的概念。记忆之场是实在的、象征性的和功能性的场所（诺拉，2017）②。实在性是从人口学的角度上来讲的，这是在强调记忆之场是一个客观存在的实体；象征性指出记忆之场能被个体描绘并引起他人的共鸣；而功能性意味着记忆之场承担着"记忆的塑造和传承的职责"（诺拉，2017）③，是记忆主体与记忆对象之间的重要媒介。

如果集体记忆的声音会被官方的历史叙述所掩盖，那么是否存在某个不受人为因素影响的见证者？如果集体记忆想要再现自身，那么是否能在现实世界中为它找到这样一种途径？诺拉的记忆之场充当了记忆的媒介，是集体记忆的物质载体。记忆的"场所"往往不受时空限制，也不受官方话语或组织机构制约，它像是生活经验的存储器，可以作为传承集体记忆的有利方式。

四、文化记忆

文化记忆是 20 世纪 90 年代由集体记忆理论发展而来的概念，由德国学者扬·阿斯曼和他的妻子阿莱达·阿斯曼提出。扬·阿斯曼（1992）④首先将记忆从外部的四个维度分为摹仿性记忆（das mimetische Gedachtnis）、对物的记忆（das Gedachtnis der Dinge）、交往记忆（das kom-

---

① HALBWACHS M. The collective memory ［M］. DITTER J T F, PELLAUER V Y, trans. New York: Harper Colophon Books, 1980.

② 诺拉. 记忆之场：法国国民意识的文化社会史 ［M］. 黄艳红，等译. 南京：南京大学出版社，2017.

③ 诺拉. 记忆之场：法国国民意识的文化社会史 ［M］. 黄艳红，等译. 南京：南京大学出版社，2017.

④ ASSMANN J. Cultural memory and early civilization: writing, remembrance, and political imagination ［M］. London: Cambridge University Press, 1992.

munikative Gedachtnis）以及文化记忆（das kulturelle Gedachtnis）。摹仿性记忆涉及人的行事，我们是在摹仿中学习行事，日常行事和习惯风俗都是基于摹仿性的传统。对物的记忆则是指人类的生活总是被日常或者带有私人意义的物质所包围。这些物不仅仅可以让人回忆其本身，还可以回忆起过去以及和这件物相关的回忆。人所生活的这个物的世界拥有一个时间索引，这个索引和"当下"一起支持过去的各个层面。

扬·阿斯曼（1992）①认为，哈布瓦赫提出的集体记忆在本质上是一种交往记忆，是一种在代际之间通过语言传播的记忆，这类记忆的产生和消逝和媒介有着直接关系。而文化记忆则是一个集体概念，是一个社会里互动的组织结构中指导行为、经验的所有知识，依靠反复的社会性实践和仪式代代相传。在内容上，交往记忆侧重以个体框架为主的历史，而文化记忆则是关注神话事件和发生在绝对的过去（absolute vergangenheit）的事件；在形式上，交往记忆通过非正式的与他人交往的方式进行传递，文化记忆则是被创建的，高度成形的，并且通过正式性的、仪式性的社会交往进行传递；在媒介上，交往记忆大多依靠存活在人脑中的鲜活记忆和亲身经历或者他人转述的内容，而文化记忆则以被固定下来的客观外化物和象征性的编码为媒介；在时间结构上，交往记忆大多存在 80~100 年；而文化记忆则存在于神话性史前的绝对的过去当中（Assmann，1992）②。文化记忆也有以下几个功能：身份认同功能（concretion of identity）、重构功能（capacity to reconstruct）、稳定性形式（stable formation）、组织性功能（organization）以及反思性功能（reflexivity）（Assmann，1995）③。

五、政治记忆和记忆政治

和扬·阿斯曼不同，阿莱达·阿斯曼将记忆分为四种记忆范式，分别是"个体记忆"（individual memory）、"社会记忆"（social memory）、"政治记忆"（political memory）和"文化记忆"（cultural memory）。个体记忆是一种处理主观经验并构建社会身份认同的动态媒介。尽管个体记忆和主

① ASSMANN J. Cultural memory and early civilization: writing, remembrance, and political imagination [M]. London: Cambridge University Press, 1992.

② ASSMANN J. Cultural memory and early civilization: writing, remembrance, and political imagination [M]. London: Cambridge University Press, 1992.

③ ASSMANN J. Collective memory and cultural identity [J]. New German Critique, 1995 (65): 25-133.

观经验有关，但是个体记忆在本质上还是在交互中得以构建，因此其仍然具有社会属性；社会记忆是在一个既定社会中那些被经验和沟通传达的过去，它总是随着个体的死亡而消失，代际变化对社会记忆的重构有着重要作用；政治记忆不同于个体记忆和社会记忆，它不依靠于个体和个体的互动得以传递，而是以其他能够长久承载象征和物质表征的实物作为载体。政治记忆是为了跨越代际的交流，其中包括博物馆、纪念碑和各种教育场合对于重大政治性事件的传承。政治记忆研究关注记忆在国家认同身份的形成和重大政治活动中所扮演的角色。文化记忆则是通过一些"正典"仪式化的手段将对群体组成和延续而言至关重要的信息保留下来（阿斯曼，2021）①。

记忆政治或者说记忆的政治（politics of memory）概念由德国柏林洪堡大学欧洲民族学研究所所长沃尔夫冈·卡舒巴（Wolfgang Kaschuba）较为系统地提出。在安德里亚斯·胡伊森（Andreas Huyssen）的著作中也可以较为清晰地看到记忆的政治对于城市的重建和在全球化进程中所发挥的作用。记忆政治可以被认为是一种思想政权、一种思想统治。这意味着一方面是自上而下的政治合法化与霸权的策略；另一方面，总是有一种对可信性、对所谓的大众作者权的强烈需求，这种需求体现为一种自下而上的思想运动（卡舒巴，2012）②。权力和国家性的政策在记忆政治的形成中占有主导性地位。

六、习惯-记忆

保罗·康纳顿（2000）③ 在著作《社会如何记忆》中讨论了一种社会记忆方式，这种社会记忆方式被称为"习惯-记忆"（habitual memory）。这类记忆来源于对集体记忆延续性的思考，康纳顿认为有关过去的形象和有关过去的回忆性知识（或多或少）是通过仪式的操演来传送和保持的。习惯-记忆是一种"体化实践"（incorporating practices），在培养习惯的过程中，用我们的身体来理解这种习惯，是一种基于身体的记忆。这种记忆

---

① 阿斯曼.重塑记忆：在个体与集体之间建构过去［J］.王蜜，译.广州大学学报，2021（2）：6-14.

② 卡舒巴.记忆文化的全球化？：记忆政治的视觉偶像、原教旨主义策略及宗教象征［J］.彭牧，译.民俗研究，2012（1）：5-11.

③ 康纳顿.社会如何记忆［M］.纳日碧力戈，译.上海：上海人民出版社，2000.

也与用书本等记录的"刻写实践"（inscribing practices）相区别。习惯-记忆因为其自身特征成为社会记忆的主要形式，并也正是因为这种身体化的操演，保证了社会的连续性。

七、社会记忆

社会记忆研究是记忆理论研究的分支，以跨学科性、边界的模糊性和无中心性的持续存在为特征。社会记忆不只聚焦"社会的记忆"（memory of society），探讨社会拥有何种记忆或者如何记忆等问题；它同样关涉"记忆的社会性"（sociality of memory），尤其是在知识领域，考究记忆如何与社会学研究包含的多元方法、对象相融合。换言之，社会记忆研究是社会学与记忆研究的交叉学科。两个学科在方法论上聚焦的问题有所区别，但不管哪种路径，社会记忆的研究本身是批判性思维的结果（张俊平，2014）①。因此，社会学家往往关注民族和国家身份与认同、声誉研究、政治权力等议题，尝试将社会性的记忆作为一个重要切入点融进这些话题的讨论中，在一定意义上以社会学知识赋予记忆新的生命力。而记忆理论家则侧重记忆的社会性特征，探究社会记忆的再现与保存问题，以及社会记忆与文化记忆、公共记忆、历史记忆之间的区别与联系。

杰弗里·奥利克和乔伊斯·罗宾斯（Olick & Robbins, 1998）② 指出，记忆并非将"过去"静止地放置于"现在"这样的一个容器中，社会记忆是一个动态过程，而不是某个本质性的、固有之物，它是过程性的、叙述性的。不同的历史图像和实践的发生是动态的、流动的。记忆离不开叙述，而叙述本就是长期性的、累加的。过去的时间、意义的持续和延展事实上也说明了记忆自身的动能，即并非被动地被移植、挪用。奥利克和罗宾斯落脚于"记忆实践的历史社会学"，强调的是记忆的实践形态。此观点在一定程度上借鉴了社会学视角，因为社会学已经从对社会结构和规范系统的研究转移到对"实践"（practice）的研究，即将文化作为规范、价值和态度的功能性定义拓展为文化作为所有社会过程构成性的象征维度

---

① 张俊平. 社会记忆研究的发展趋势之探讨 [J]. 北京大学学报（哲学社会科学版），2014，5（1）：139-141.

② OLICK J K, ROBBINS J. Social memory studies: from "collective memory" to the historical sociology of mnemonic practices [J]. Annual Review of Sociology, 1998（24）：105-140.

（Olick & Robbins，1998）①。

八、公共记忆

对于公共记忆（public memory）的研究起始于对集体记忆和社会记忆的研究。虽然集体记忆具有一定程度上的神话属性，并且是一个群体的凝聚力来源，但是集体记忆概念的使用有可能导致对于个人记忆的忽视。社会记忆是通过关系连接在一起的、拥有共享认同及特定利益的群体记忆。社会记忆的共享性以亲属、朋友和团体关系为前提，能通过其他群体见证成为"公共财产"（public property），从私人记忆走向社会记忆。但无论如何，社会记忆依然是私人记忆以共同体身份形成的，其记忆主体更接近于拥有同质性结构的"大众"（mass）或社群（Casey，2004）②。使用"公共记忆"这一术语可以更好地结合集体记忆和社会记忆中所强调的特点，并且有助于更加准确地锚定关乎民主文化后果的态度与认同建构，关注权力在记忆中的作用。因此，公共记忆是对集体而言最为突出的历史事件的共享记忆，这些记忆存在于共同体成员之间的相互关系之中，蕴含着集体的共同利益和共同命运，往往具有深刻的政治意涵（Blair，2010）③。公共记忆还应当同时具备以下两个特征：首先，公共记忆应当是公众的记忆（memory of public）；其次，公共记忆应当指向记忆的公共性（the publicness of memory）。当研究者使用公共记忆概念时，必须阐明是哪些个人组成了特定群体以产生共同回忆（公众记忆），以及伴随着这些群体的出现或在群体出现之前，已经形成了哪些记忆（记忆的公共性）。另外，公共记忆的范畴还可以被确定为对公众而言具有现代政治意涵的公共历史事件的共享记忆，这些记忆蕴含着公众对其共同利益、共同命运以及何为良善公共生活的思考、对话和部分共识，拥有公共空间中的可言说性和可见性，且记忆的各方处于不断协商的动态过程中，呈现出一种复数的记忆（刘于思 等，2020）④。由此可见，"公共记忆"的使用是对以往概念的一

---

① OLICK J K, ROBBINS J. Social memory studies：from "collective memory" to the historical sociology of mnemonic practices ［J］. Annual Review of Sociology，1998（24）：105-140.

② CASEY E. Public memory in place and time ［M］. Alabama：University of Alabama Press，2004.

③ BLAIR C, DICKINSON G, OTT B. Introduction：rhetoric / memory /place ［M］. Alabama：University of Alabama Press，2010.

④ 刘于思，赵思成. 通往复数的记忆：集体记忆"走向公共"的规范性反思 ［J］. 天津社会科学，2020（5）：144-147.

个补充，是对公众命运共同体、权力和政治等要素相互关系的一种考量。

九、创伤记忆、创伤见证与代际创伤

皮埃尔·詹尼特（Pierre Janet）首次用"解离"来形容创伤记忆与正常记忆的差别。正常记忆通过复杂的联想程序将各种体验元素结合，并形成自然、不间断的自我体验；而创伤记忆是一种记忆解离的模式，即有关创伤的记忆与其他记忆总是处于割裂状态，个体无法将创伤抛在脑后，而最终演变为一套双重记忆系统。创伤记忆与正常记忆的系统差异主要包括两部分，"一是记忆的组织方式，二是人们对这些记忆的反应方式"（Van Der Kolk，2014）[①]。正常记忆是完整的，而创伤记忆是凌乱的。针对记忆主体，他们往往能叙述正常记忆的内容——一个包含开头、发展和结尾的故事；而对创伤记忆内容的还原则是困难的，创伤经历者能捕捉到一些与故事发展相关性较弱的细节，如施虐者身上的气味，但对于创伤事件的发生过程、时间顺序和关键细节，却总是记不起来。

由于创伤记忆具有碎片化的特征，很多创伤研究领域的学者（皮埃尔·詹尼特、范德考克和彼得·莱文）都认为创伤的彻底疗愈意味着创伤者能够回忆起创伤事件的主要经过，形成连贯一致的生命故事，即获得记忆的完整性（completion）（莱文，2022）[②]。如何叙述创伤的问题引发学界对创伤见证（testimony）的关注。创伤见证，是"以讲述的方式使创伤患者回忆并追述个人遭遇，而倾听者的在场使创伤见证形成了一种叙事的交流"（王欣，2013）[③]。换言之，创伤见证是指关于创伤事件的交流过程，其实际参与者包括创伤者和倾听者，而见证的过程分为记忆的讲述、分享、倾听和交流几个环节。创伤事件本是一件可被追踪的已知事实，但因为创伤者的记忆解离，该事件无法被真正还原，而只能是一个未完整的故事（Felman & Laub，1992）[④]。在创伤见证中，"被倾听和被听到的叙述，是对事件认知和'了解'（knowing）产生的过程和场所，也因此，听众是知

[①] VAN DER KOLK B A. The body keeps the score: brain, mind, and body in the healing of trauma [M]. New York: Viking, 2014.

[②] 莱文. 创伤与记忆：身体体验疗法如何重塑创伤记忆 [M]. 北京：机械工业出版社，2022.

[③] 王欣. 创伤叙事、见证和创伤文化研究 [J]. 四川大学学报（哲学社会科学版），2013，188（5）：73-79.

[④] FELMAN S, LAUB D. Testimony: crises of witnessing in literature, psychology and history [M]. New York & London: Routledge, 1992.

识创造的一方"（Felman & Laub, 1992）①。听众作为创伤的第二代见证人，通过倾听和交流的方式，帮助创伤患者讲述故事，以促进创伤的疗愈和心灵的修复。

彼得·莱文（2022）②指出，在创伤见证过程中，家人往往会扮演倾听者的角色，一旦创伤的负面影响在家庭内部传递，创伤见证不仅不能帮助创伤者恢复健康的心智状态，反倒可能造成一种代际创伤。简言之，"创伤作为一种不可避免的消极面，在代际间传递"（莱文，2022）③，造成一种集体性质的创伤体验。例如，经历过战争的老兵可能会和家人讲述自己在战争期间经历的事件，其中也许包括炮弹的轰炸、敌军的追逐甚至队友的牺牲这类极具破坏力的创伤事件。对倾听者而言，战争所带来的创伤通过对方的叙述被想象性还原为头脑中的场景，这种场景性再现使倾听者仿佛也亲临现场，使得叙述创伤的过程最后演变成分享和传递创伤的过程。

十、媒介记忆

在"记忆的消费者""媒介表征"等概念下，媒介记忆也是记忆研究中至关重要的概念。沃尔夫·坎斯泰纳（Wulf Kansteiner, 2002）④启发我们思考，在记忆或集体记忆的研究中媒介究竟扮演着什么样的角色。媒介是信息传播的工具与载体，但与此同时媒介也关系到记忆的延伸、扩散、建构甚至重构。而在具体理解媒介记忆时，可以就其历史性和文化性两个维度来考量。

一方面，相比于历史记忆，媒介记忆有着不同的目的性、价值观和表述性（邵鹏，2014）⑤。历史记忆相对而言更加追求事件的真实性、可靠性以及因果关系，而媒介记忆"直面受众需求"，拥有一种紧迫感和依附感，以满足受众需求作为其直接目的。此外，媒介记忆的价值观更加偏向时效性、重要性、趣味性等要素，但是趣味性，在提倡真实客观的历史记忆中

---

① FELMAN S, LAUB D. Testimony: crises of witnessing in literature, psychology and history [M]. New York & London: Routledge, 1992.

② 莱文. 创伤与记忆: 身体体验疗法如何重塑创伤记忆 [M]. 北京: 机械工业出版社, 2022.

③ 莱文. 创伤与记忆: 身体体验疗法如何重塑创伤记忆 [M]. 北京: 机械工业出版社, 2022.

④ KANSTEINER W. Finding meaning in memory: a methodological critique of collective memory studies [J]. History and Theory, 2002, 41 (2): 179-197.

⑤ 邵鹏. 媒介作为人类记忆的研究 [D]. 杭州: 浙江大学, 2014.

往往不受重视。从表述上讲，媒介记忆不在于在历史叙述中"剥茧抽丝、去伪存真"，不追求线性的叙述，而是更加个体化、碎片化、多样化。另一方面，从文化性角度来讲，媒介记忆突出了媒介的建构性意义。不同于传统媒介符号，如壁画、石头、印刷等，媒介记忆中的电子媒介和数字媒介除了有延续记忆的基本功能，还意味着"媒介组织有目的、有计划地对外部信息进行采集、编辑、加工、保存以及提取呈现"（邵鹏，2014）[1]，从而在向受众群体传达信息时携带着一定的意图性，甚至是一种有目的性的操纵。

十一、记忆的动力学

阿斯特里德·埃尔和安·里格尼（Erll & Rigney，2009）[2] 关注记忆的动态变化过程，并提出了记忆动力学（the dynamics of memory）的研究。他们认为，记忆并非稳定不变的客体，而是随着个体、集体、社会和文化的变迁而处于不断变化之中的。从记忆的媒介角度来看，媒介的物质形式和再现手段也在持续更迭，这也将影响记忆内容的表达。

杰弗里·奥利克和乔伊斯·罗宾斯（1998）[3] 将工具性的（instrumental）、文化性的（cultural）和惯性的（inertial）视为横轴，持续性（persistence）和变化（change）看作纵轴，总结出动态记忆的六种理想型。第一种，工具性的持续性（instrumental persistence）：行为者有意维持特定版本的过去，如在正典或运动中维持或恢复过去。第二种，文化持续性（cultural persistence）：特定的过去持续存在，因为它与后来的文化形成有关（更普遍的形象比更具体的形象更有可能适应新环境）。第三种，惯性的持续性（inertial persistence）：当我们纯粹以习惯的力量复制一个过去的版本时，便会出现一个特定的过去。第四种，工具性变化（instrumental change）：当下我们出于特殊原因有意改变一个过去的印象（尽管我们不能总是预测这一结果）。第五种，文化性变化（cultural change）：特定的过去不再符合现在的理解，或以其他方式失去与现在的相关性。第六种，惯性

---

① 邵鹏. 媒介作为人类记忆的研究 [D]. 杭州：浙江大学，2014.

② ERLL A, RIGNEY A. Mediation, remediation, and the dynamics of cultural memory [M]. Berlin：Walter de Gruyter, 2009.

③ OLICK J K, ROBBINS J. Social memory studies：from "collective memory" to the historical sociology of mnemonic practices [J]. Annual Review of Sociology, 1998 (24)：105-140.

的变化（inertial change）：特定印象的载体死亡，我们的记忆能力下降，或者我们只是忘记。

第二节　空间研究的相关理论

在 20 世纪前相当长的一段时间内，文学以及文学批评的关注点在于时间和历时性，对于空间和共时性的关注不够。虽然文字叙述的呈现以及读解过程和历时性的时间体验高度相关，但是，文本本身的构造以及文本中所描绘的场景、地点以及描绘的方式实际上都和空间密不可分。20 世纪下半叶以来，欧美批评界逐步开始从文学、哲学和社会学等人文社科领域全面探究空间议题，掀起了一波聚焦空间的学术研究热潮，一定程度上引发了所谓的"空间转向"。在文学叙事层面，习惯性地对文学展开的历时性阅读模式会导致一种现象，即对文本的解读往往依照故事发生的自然顺序或者说时间顺序进行，然而，现代文学的发展说明，时间不是安排文学素材的唯一线索，文学或许也具有造型艺术特有的空间化特征。需要说明的是，空间可以是具体的，也可以是抽象的。它可以具体到一个人所处的房间，也可以抽象到停留在人的想象和精神层面，摸不着、看不见。同样的，空间包含的话题可以较为集中，也可以异常庞杂。研究者可以探讨在某个具体的空间中人所做的事或者所说的话，因为人的活动与具体的空间是相关的，然而，空间又不只是背景板或者容器，人和空间的互动实际上也是生产空间的过程。此外，空间也有诸多属性，它可能是开放的，也可能是封闭的，某种空间为何只为一部分人开放和所有，也是值得思索的问题。本节尝试梳理围绕空间议题展开的几种基础的、时兴的论域，从具有代表性的理论家的阐述入手，以此把握文学中的空间研究的发展动向，并且为本书的文学批评提供一种理论视角的参考。

一、空间形式与空间模型

因为叙事具有显著的线性特征，所以叙事与时间的天然联系似乎是不证自明的。"叙事的时间性显而易见：语言的线性安排、事件的因果关系都遵循时间序列，因此，几乎所有的叙事学著作都涉及时间问题，保尔·

利科更有《时间与叙事》这样的巨著问世。"（王安，2008）① 然而，叙事始终离不开空间维度。龙迪勇（2006）② 指出，"叙事是具体时空中的现象，任何叙事作品都必然涉及某一段具体的时间和某一个（或几个）具体的空间。超时空的叙事现象和叙事作品都是不可能存在的"。18 世纪，德国批评家莱辛在《拉奥孔》一书中以古希腊文学和艺术为例，系统性地讨论诗与画的界限，说明文学和绘画代表的是不同的基本法则。莱辛认为，绘画是空间的艺术，表达的符号之间是彼此并置的；诗歌是时间的艺术，表现的符号是互相连续的（Frank，1945）③。彼时，莱辛挑战的是学界长期以来对"摹仿"和"逼真"的强调，认为应把注意力回到媒介本身，而不是媒介所反映的内容上。到了 20 世纪，约瑟夫·弗兰克认为，诗画二分问题影响学界已久，在一个注重形式的时代值得重新探究此议题，由此引出文学的空间性问题。在弗兰克的论述基础上，加布里埃尔·佐伦（Gabriel Zoran）发表《走向叙事空间理论》一文，并且提出"空间模式"（spatial pattern），试图建构文本空间结构的理论模型。

弗兰克主要从事空间形式理论以及陀思妥耶夫斯基研究。他于 1945 年发表三篇系列文章讨论"现代文学中的空间形式"，率先将"空间形式"（spatial form）这一概念推到西方批评舞台的中心，且在学界引发了持续的争论。这三篇文章虽然只是弗兰克对空间形式研究的前期观点，并不代表其完全成熟、系统的看法，但仍能反映该话题的思想起源和主要内容。弗兰克受启于莱辛的"诗画二分"观念，以现代诗歌和小说为例论证空间形式的存在以及"并置""反应参照"等解读方法，同时论述了空间形式作为非自然主义风格的涌现折射出的文化诱因，阐明了现代文学中的空间形式与内容的有机结合。

艺术有其自身衍生出的管理自己的形式，探索这些形式也是批评家的任务所在。弗兰克从庞德、艾略特和乔伊斯等作家的作品中捕捉现代诗歌和小说朝着空间形式演变的痕迹。他首先指出，以庞德为代表的意象派诗歌的重要特征在于同维多利亚时期的感伤主义割席，而且意象是在某个时

---

① 王安. 论空间叙事学的发展 [J]. 社会科学家，2008（1）：142-145.

② 龙迪勇. 叙事学研究的空间转向 [J]. 江西社会科学，2006（10）：61-72.

③ FRANK J. Spatial form in modern literature：an essay in two parts [J]. The Sewanee Review，1945（2）：221-240.

刻被空间化呈现的综合体（Frank，1945）①。艾略特后期的《荒原》等诗作逐渐证实了美学建构的剧烈转变，是空间化的美学形式的显现。对于庞德和艾略特诗歌中的不连贯性，弗兰克认为读者要以并置的思维在共时中理解语词的组合，而不是采取线性关联的思路。由此，在诗歌理解中会造成的一个显性的困难便是时间逻辑和空间逻辑的冲突。对此，现代诗歌要求的一个共通性原则是反应参照（reflexive reference）（Frank，1945）②。所谓"反应参照"，要求读者必须下意识地先对诗歌内部的参照关系作整体性把握，才能更好理解其中诸个单一的指涉。在《包法利夫人》中，农产品展览会场景成为弗兰克探讨小说中的空间形式的范例。福楼拜以电影摄影式（cinematographic）的技法展现了农产品展览会的场景：情节在三个层次上展开。福楼拜通过在不同层次的情节之间来回切换，以此打破时间顺序，实现感知的同时性。弗兰克（1945）③ 认为，由于叙事的时间流（time-flow of narrative）被中止，注意力被定固在互动关系之中，该场景体现了小说中形式的空间化。乔伊斯借鉴了福楼拜的这一技法并且作出了更进一步的实践，乔伊斯在整部《尤利西斯》中大范围地使用独立于叙述的时间顺序之外的参照（reference）和前后参照（cross-reference）构建小说。读者应组合小说中的片段，并将这些参照视作整体，以此更好理解各片段。在普鲁斯特的《追忆似水年华》中，空间特征既是一种美学形式，又体现了作家的哲思探索。该小说本身就具有明显的时间特征，因为它关注的是过去，但摆脱时间的支配以感知和把握时间实实在在地流逝却是作家的追求，而这一哲学或精神上的夙愿在某种程度上是通过空间性的追忆完成的。

空间形式作为一种新现象，其在现代艺术、文学中的涌现除了是艺术内部自我发展的结果，还关涉文化语境的理据性。威廉·沃林格（Wilhelm Worringer）的观点直接启发了弗兰克为文学中的空间形式寻找文化诱因，其指出，在造型艺术的发展历史中，存在自然主义和非自然主义

① FRANK J. Spatial form in modern literature: an essay in two parts ［J］. The Sewanee Review, 1945（2）: 221-240.

② FRANK J. Spatial form in modern literature: an essay in two parts ［J］. The Sewanee Review, 1945（2）: 221-240.

③ FRANK J. Spatial form in modern literature: an essay in two parts ［J］. The Sewanee Review, 1945（2）: 221-240.

两种风格的交替（Frank，1945）①。前者呈现的是客观的三维世界，后者追求的则是以线性-几何形式再现的自然（Frank，1945）②。人与自然的关系便是一种显性的时代语境，艺术的形式意志针对两者之间和谐与不和谐的情况作出了不同的反应。自然主义占主导的文化往往同其栖居的自然环境达成了平衡关系，这一关系是自信、和谐、亲密的。反之，非自然主义的、抽象风格的诞生则对应了人与自然间的失衡关系，因为线性-几何的表现方式具有稳定性，从而降低人对自然的未知与恐慌（Frank，1945）③。在弗兰克看来，现代艺术是朝着增强空间性的方向发展的，而现代文学中的空间形式是对这一发展趋势的补充。

空间形式的产生消解了形式和内容的二元对立，或者说，实现了二者的有机统一。尽管纵览弗兰克的表述，空间形式接近于一种文学的形式，但它并不只是内容的容器，而是内含了一种意义。普鲁斯特作品中的空间形式的效果在于体现个体对时间主导性的挑战和超越。庞德的《诗章》、艾略特的《荒原》和乔伊斯的《尤利西斯》通过对前人及前作的戏仿实现了过去和现在的并置，将历史变成非历史的，挑战的是对线性历史的认知。历史不再被视为在时间上具有因果链的存在，每个历史阶段的差异变小了，过去和现在的界限模糊化，空间中的并置导致时间的序列感消失。弗兰克对现代文学中的空间形式的阐述是开创性的，而且这一突破体现了其对莱辛、沃林格等前人观点的借鉴和反思，并且充分观照了艺术史和文学史的发展规律和时代特征。然而，要准确、全面地把握文学作品中的空间形式可能要同时考量以下几方面问题。其一，这是艺术自我发展的新动向，那么空间形式或许是仍在进行的艺术的自我演变中的一种阶段性风格。其二，结合"反应参照"的概念，空间形式除了关乎艺术作品的作者的编排，还邀请了具有一定审美水平和文学鉴赏力的读者的能动参与，这事实上对读者提出了更高的要求。其三，对空间性的强调事实上并未排除对时间性的考虑。从弗兰克的论述来看，空间形式的意义在一定程度上恰恰是基于对时间的反观以及对时间规则的有意背离，如果没有时间特征的

---

① FRANK J. Spatial form in modern literature：an essay in three parts［J］. The Sewanee Review. 1945（4）：643-653.

② FRANK J. Spatial form in modern literature：an essay in three parts［J］. The Sewanee Review. 1945（4）：643-653.

③ FRANK J. Spatial form in modern literature：an essay in three parts［J］. The Sewanee Review. 1945（4）：643-653.

参照，空间的独特性或许就显得较为苍白。

佐伦同样发现，叙事文本研究中对时间和空间的关注度的失衡。因此，其指出，叙事作品中时间与空间关系模糊、缺乏平衡，这一点不仅体现在二者在文本中的地位，也体现在学界对这些概念的研究进展程度上（Zoran，1984）①。佐伦尤其强调语言的作用，即语言如何描绘空间中的物体。他的解释主要围绕三个方面展开。其一，语言不能完整再现、穷尽某个事物的全部，因此在将现实空间向叙述时间转化时，必然要作出取舍。其二，在对同时发生的事件进行叙述编码时，它们必须接受某种时间上的编排（譬如，从上到下、从前到后等）。其三，空间是时空体的一个侧面，它不是静止不动的；那么，语言恰恰利用这一特点，结合时间与空间两个维度对材料进行安排。简言之，佐伦的阐述突显的是语言在空间建构中的重要作用。正如他所言，"在叙事文本中，空间和世界都不是独立的存在，而是源自语言本身"（Zoran，1984）②。

佐伦聚焦虚构文本中的叙事空间，试图从横向和纵向两个维度探讨叙事作品中的空间构成，建立一套可涵盖所有基础性问题的理论模型。从纵向上，佐伦提出了三种空间层次——地质学层次（the topographical level）、时空体层次（The chronotopic level）以及文本层次（the textual level）。此外，从横向上，佐伦还提出了三种水平的叙事空间模型：总体空间（total space）、空间复合体（spatial complex）以及空间单位（units of space）。应该指出的是，佐伦建立的这一套叙事空间理论确实给文学批评带来了一种可参考和使用的视角。因此，它的理论被认为"建构了可能是迄今为止最具有实用价值和理论高度的空间理论模型"（程锡麟，2009）③。当下，许多采用空间视角探究文学文本的研究都借鉴了列斐伏尔和佐伦的空间叙事理论。但是，值得思索的是，恰恰因为佐伦提出的理论模型逻辑严密，且具有较强的适用性，以至于基于该视角的文本批评存在直接套用的情况，由此滋生了大量针对空间批评的同质化的研究。

二、空间的生产与空间的他性

"空间转向"自然不局限于对叙事作品、文本中的空间形式和模式的

①　ZORAN G. Towards a theory of space in narrative [J]. Poetics Today, 1984 (2): 309-335.
②　ZORAN G. Towards a theory of space in narrative [J]. Poetics Today, 1984 (2): 309-335.
③　程锡麟. 论《了不起的盖茨比》的空间叙事 [J]. 江西社会科学, 2009 (11): 28-32.

考察，还包括围绕空间展开的哲学性和社会性探究。从这个意义上讲，列斐伏尔、苏贾（Edward Soja）和福柯等学者均从文化、社会角度丰富了对于"空间"的认识。

法国学者列斐伏尔在《空间的生产》（*The Production of Space*）中提出了空间的三种分类，即感知的空间（perceived space）、构想的空间（conceived space）和生活的空间（lived space）。它们分别又可以对应这一组概念：空间实践、空间的表征和表征的空间。感知的空间和空间实践具有相近关系，感知的空间是具体的、可测量的空间，比如学校、医院、道路。构想的空间，或者说空间的表征，可以用于指涉及想象的空间，和话语、意识有关，这类空间包括作家、建筑规划师建构的空间。除了这两类空间，列斐伏尔还提出了生活的空间，它也是表征的空间。从某种意义上说，生活的空间开创性地实现了对前两者的融合，打破了长期以来学界塑造的物质空间和精神空间的二元关系。生活的空间，顾名思义，指的就是人所生活的实际空间，它既有物质的属性，又囊括精神的虚构、想象和再现，不是非此即彼的状态，而是亦此亦彼。与此同时，生活的空间异常复杂，可以说包罗万象，里面充斥着符号、权力与人的活动的交织。

20世纪90年代，苏贾受列斐伏尔影响，推出了《第三空间：去往洛杉矶和其他真实和想象地方的旅程》（*Thirdspace: Journeys to Los Angeles and Other Real-Imagined Places*）一书。应该说，该作品是对《空间的生产》的一种致敬和发扬。苏贾提出三种空间认识论，分别对应列斐伏尔的三类空间，第三空间认识论则是他论述的重点。第一空间认识论的讨论对象主要是列斐伏尔提及的感知的空间与空间实践，聚焦的是空间的物质性、或者说物理属性。苏贾提供了两种认知第一空间认识论的途径，其一，准确描述物理性的空间，主要是通过科学手段，借助图表模型、数据计量公式以及地理信息系统等工具识解这些可被感知的空间。其二，将空间作为客观的研究对象，借助马克思主义等理论思想，研究空间生产具有的历史性和社会性等人文地理特征。第二空间认识论的研究对象是构想的空间，它是抽象的、精神的。苏贾提出，采用现象学和阐释学的方法，以获得对空间的理解。第三空间认识论是对第一空间认识论和第二空间认识论的质疑、解构和重构，强调的是杂糅性、开放性和可能性。陆扬（2004）[①] 则认为

---

① 陆扬. 空间理论和文学空间 [J]. 外国文学研究，2004（4）：31-37，170.

苏贾提出的第三空间理论正是重新评估这一二元论的产物，这一理论把空间的物质维度和精神维度均包括在内的同时，又进一步超越了前两种空间，而呈现出更大程度的开放性，向新的空间思考模式敞开了大门。由于第三空间包含的内容多且复杂，若想对其作具体的分门别类、划分领域，实则是违背了开放性，反而将第三空间的内涵简单化。在苏贾（2005）①看来，第一空间认识论与第二空间认识论聚焦的是空间性的某一方面，这显然难以解释更多和空间相关的议题，因此他引入第三空间认识论对前两种空间认识论作相关的肯定性解构和更深入的启发性重构。

　　说到空间与社会的关系，自然必须提到法国学者福柯。尽管都是讨论空间、社会和历史，但福柯和列斐伏尔、苏贾的关注点略有区别，他关注真实的、社会中的、空间的差异性和他异性，他提出的"异托邦"（heterotopia）或者说"异质空间"就是最有力的说明。福柯也认为空间问题具有广大的探索空间，他对空间问题的兴趣和他对时间、时代的关注密不可分。福柯（Foucault，1986）② 将当下的时代定义为"同时性的时代"（the epoch of simultaneity）且提出，"由时间发展出来的世界经验，远少于联系着不同点与点之间的混乱网络所形成的世界经验"。"异托邦"并非凭空出现，福柯论述的起点在于反思和挑战"乌托邦"（utopia）。乌托邦是西方人文领域中的经典概念，它最早由欧洲早期空想社会主义学说的代表托马斯·莫尔（Thomas More）提出，该词用于指涉一切完美但不真实存在的理想社会。乌托邦和异托邦形成了对比，前者是没有真实场所的地方，而后者是真实的场所，但后者近似于一种反场所，它相较于日常处所而言，承载某种强烈的相异性。异托邦自 20 世纪 80 年代以来，备受学界关注，出现在建筑学、文化研究等各领域。对此概念的论述主要集中于福柯《词与物》的序言部分，以及他本人于 1967 年在"建筑研究学会"所作的演讲稿——《另类空间》（Des Espace Autres）一文。在《词与物》的序言部分，福柯正是在对博尔赫斯的《中国百科全书》的引述中，提出了乌托邦和异托邦的对立，将"异托邦"置于异质混杂的符号下。福柯认为博尔赫斯的列举让人迷失，不仅是因为它的奇怪和不当，更是因为它的异质混杂性在思想和语言秩序中造成困扰，从而影响人们给事物排序、命名等。此处的

---

　　① 苏贾. 第三空间：去往洛杉矶和其他真实和想象地方的旅程 [M]. 陆扬，等译. 上海：上海教育出版社，2005.

　　② FOUCAULT M. Of other spaces [J]. MISKOWIEC J, trans. Diacritics, 1986 (1)：22-27.

"异托邦"更近似于一种事物所处的无序的状态。在《另类空间》一文中，福柯正式将异托邦同场所、空间相联系，认为其是不同于情感、幻想的内部空间的外部空间，是我们生活的空间。其在文中指出，"一些其他异托邦看似完全开放，但通常隐藏了奇怪的排斥。每个人可以进入这些异托邦场所（heterotopic sites），但实际上这只是一种幻觉：人们进入其中，事实上的确如此，但其实是被排斥的"（Foucault，1986）[1]。福柯将日常生活空间进行分类，由此提出异质地形学（heterotopology），并且重点论述了以下六类原则。第一，文化建构性。所有文化都在建构异托邦，其中主要的有两种形式：危机异托邦和偏离异托邦。第二，社会相关性。异托邦都会在不同的历史时期，以非常不同的历史方式运作，并都有它精确而特定的功能，如 18 世纪的墓园和 19 世纪的墓园。第三，结构差异性。异托邦可以与其他空间并列，它们彼此不同，其内部也可同时共存彼此不相容的空间。第四，时空观上的同步性，异托邦与异托时紧密相连。第五，内部排他性。异托邦既是开放的，又是封闭的，开关之间有一定的管理机制。第六，内在超越性。异托邦的内在超越性发挥于两个极端之间，它要么创造出一个幻象的空间，要么创造一个细致安排的补偿异托邦（Foucault，1986）[2]。福柯的论述从不局限于空间本身，往往涉及权力、知识之间的勾连，正因如此，他对不同空间中的差异性以及规律性的把握和洞见为文学批评提供了一种有益的参考，也拓宽了对文学中空间讨论的内涵。

三、文学地理与地理批评

除了针对"空间"这一术语的探讨，当下，空间研究的学术触角还延伸至地理，它和空间密不可分，具有内涵上的亲缘性，但同时又各自包含了不同的、更为具体的讨论域。本节将阐述迈克·克朗（Mike Crang）、米歇·柯罗（Michel Collot）、贝尔唐·韦斯特法尔（Bertrand Westphal）和罗伯特·塔利（Robert Tally）等理论家的主要思想，以期澄清这些观点对文学批评的启发。

文学与地理是当下文学跨学科研究的一个热点。需说明的是，在大多数时候，文学中的地理研究采取的不是实证主义的方法，而是肯定文学的想象性和描述性。克朗对文化地理学的论述对人文地理研究有重要促进作

---

[1] FOUCAULT M. Of other spaces [J]. MISKOWIEC J, trans. Diacritics, 1986 (1)：22-27.

[2] FOUCAULT M. Of other spaces [J]. MISKOWIEC J, trans. Diacritics, 1986 (1)：22-27.

用。克朗既强调文化政治，又探讨地理景观的表征问题。他高度肯定了文学对地理的再现，其指出，文学地理学应该是文学和地理的融合，不能认为文学只是在简单反映外部世界，文学提供了认识世界的不同方法，"揭示了一个包含地理意义、地理经历和地理知识的广泛领域"（克朗，2003）[①]。文学不仅提供了对地理景观的文字描述，而且勾勒了具体地点的文化实质，即文学的"'主观性'（subjectivity）言及了地点与空间的社会意义"（克朗，2003）[②]。

克朗援引了大量文学作品来说明文学如何赋予不同的空间特殊的文化社会意义。以拉伯雷的《巨人传》为例，地理空间被划分为具有不同文化功能的地方，各种文化行为各自属于不同的地点，譬如专门用于吃饭和睡觉的地方。尽管如此，克朗也指出了各类突破空间和既定的文化功能的越界行为，这体现了对社会秩序的一种反抗。雨果的《悲惨世界》揭示了政治因素对城市空间的划分。穷人生活于阴暗、狭小的角落，巴黎军队和警察则行走于林荫大道。克朗也从性别角度描述了城市中的地理空间，其以莱辛等女性作家的作品为例，分析了莱辛《四门城》中女性人物在大城市感受到的空间的自由度以及佐拉《妇女乐园》中女性在男权社会中受到的压迫。克朗（2003）[③] 还提到，作者的写作风格同样能体现城市空间的特色，这也要求对文化/文学地理的研究应关注文学作品里的城市是如何通过不同的方式构建起来的。法国诗人波德莱尔采取了一种流浪汉式的写作方式，普鲁斯特《追忆似水年华》出现了自由式的回忆，乔伊斯和沃尔夫等作家的意识流小说打破了现实描写的时间顺序，突显了地理空间的碎片化特征。多斯·帕索斯的《曼哈顿中转站》用多条叙述线索刻画了城市空间和生活的多元性，最终呈现了一个"碎片化了的城市"（克朗，2003）[④]。

谈及文学和地理，文学地理学或者说地理批评，是国内外近年来的研究热点，该论域包含的研究分支较多，柯罗、韦斯特法尔和塔利等几位代表性学者的研究既有共性，又有差异。柯罗在《文学地理学》一书中强调了文学文本对空间的想象性构建，提出了一种不同于将文学描述和客观地

---

① 克朗. 文化地理学 [M]. 杨淑华，宋慧敏，译. 南京：南京大学出版社，2003.
② 克朗. 文化地理学 [M]. 杨淑华，宋慧敏，译. 南京：南京大学出版社，2003.
③ 克朗. 文化地理学 [M]. 杨淑华，宋慧敏，译. 南京：南京大学出版社，2003.
④ 克朗. 文化地理学 [M]. 杨淑华，宋慧敏，译. 南京：南京大学出版社，2003.

理空间进行对照的思路。柯罗（2021）[①] 以普鲁斯特的《追忆似水年华》为例指出，作品中的"主要地点是合成的、符号化的、类型化的，它们的地理位置是不确定和模糊的。即使普鲁斯特的写作受到真实场所的启发，他也会根据创作的需求，对其进行变形和重新配置，一切与真实地理的准确性无关"。此话意思是说，作者受到真实场所启发后，在文本中呈现的地方和场所会让人感觉和现实相关，但是这一现实是建构的，不是对外部现实的复制。对于把握小说中的地理，意大利学者弗朗哥·莫雷蒂（Franco Moretti）曾提出小说制图的概念，即根据小说中人物的活动绘制地图。柯罗指出了这一方法的两点局限性。其一，研究对象局限于现实主义小说和自然主义小说，范围较为狭窄。其二，尽管能在地图上找到定位，空间性的某些方面却不能捕捉到。如地图可以大致定位人物的平面地点，但是，人物视线中望去的城市空间的景观不能在地图上呈现，他所处的室内的居住空间和他的思索的精神空间也不能在地图上得以体现（柯罗，2021）[②]。因此，柯罗认为，他的文学地理学批评不是研究地图或者地区，而是某个地区的景观和画面，尤其是关注具体的文学文本对空间、景观的文学性、主观性的描绘。例如，就描写景观而言，诗歌从语言形式特征上就有不同的呈现方式。诗歌可以用列举、排比、碎片化写作的手法描写地理。

法国学者韦斯特法尔的研究路径则与柯罗不同。如上文所述，后者赋予文学文本对空间的描绘的自由，认为可以聚焦单一文本去挖掘它其中的主题性，但韦斯特法尔提出的"地理批评"（geocritcism）更多是强调一种对比多个文本对某一地理对象的描写的方法，其注意力聚焦在具体的地理、城市、区域。他提出的批评方法是"以地理为中心"，旨在摆脱"以自我为中心"的批评范式，转而将地理置于讨论的核心，并且着力探讨文学如何影响和作用于外部世界。韦氏认为，以比较文学形象学为代表的批评方法反映的是以自我为中心（egocentered）的批评视角，地理批评是以地理为中心的批评，是将地方置于论述的核心（Westphal，2011）[③]。他的地理批评正是要扭转这一局面，试图说明文学文本可以对外部世界施加影

---

① 柯罗. 文学地理学［M］. 袁莉，译. 福州：福建教育出版社，2021.

② 柯罗. 文学地理学［M］. 袁莉，译. 福州：福建教育出版社，2021.

③ WESTPHAL B. Geocriticsm：real and fictional spaces［M］. TALLY JR. R，trans. New York：Palgrave Macmillan，2011.

响。张蕾（2023）①指出，"从这个视角出发，文学不再是目的，而是阅读真实空间的工具，即通过比对不同历史时期和不同视角的文本材料，构建空间研究的网状视野，以此来挖掘空间潜在的虚拟性，为其注入新的意义"。

韦氏不仅突显了以地理为中心的地理批评的核心内涵以及与以往相近研究的区别，而且试图建构一套全新的批评方法，主要包括以下五个概念。

第一，跨学科方法。此跨学科思路既涉及摹仿艺术的逼真程度和多样形式，又涉及对其他学科知识的借鉴。首先，其指出，不同摹仿艺术在再现的逼真（verisimilitude）程度上有差异，科学报告、旅行见闻和纯文学虚构的再现逼真程度逐次降低（Westphal，2021）②。其次，跨学科性体现在文学从主题上对地理、风景等的再现；另外，它还包括再现媒介的多样性，例如，电影、摄影、绘画等多种艺术形式，而且地理批评必然间接借用地理学中的方法论以及哲学、符号学等学科的知识（Westphal，2021）③。第二，多重聚焦。韦氏以后现代以前的旅行叙事提出内源性（endogenous）、外源性（exogenous）和异源性（allogeneous）三种不同视角。不过，这三种视角之间也有交叉，具体文本中的情况显得更为复杂。另外，既然要实现多重聚焦，那么便不能依赖单一文本来源或者说语料。第三，多感官性。作者列举了诸多西方语言中存在的通感现象，且强调对地理、空间和地方的感知是经由人的多重感官产生的，以此对视觉占主导的地位发起挑战。人有嗅觉、触觉、听觉、味觉和视觉，结合到地理批评而言，相应地会产生除默认以视觉为主导的风景（landscape）以外的声音风景（soundscape）乃至嗅觉景观（smellscape）等。无论一个人是选择除视觉以外的一种感官，还是选择将两种或几种感官结合在一起的联觉方法，多感官的路径都会影响主体对环境的表征。第四，地层学视角。韦氏引入地层学视角探究时间和空间的交织以及时间对空间感知的影响。韦氏指出，"空间位于此刻和持续性的时间的交叉点上；它的表面处于压缩的

---

① 张蕾. 地理批评 ［J］. 外国文学，2023（2）：108-117.

② WESTPHAL B. Geocriticsm: real and fictional spaces ［M］. TALLY JR. R, trans. New York: Palgrave Macmillan, 2011.

③ WESTPHAL B. Geocriticsm: real and fictional spaces ［M］. TALLY JR. R, trans. New York: Palgrave Macmillan, 2011.

时间层上，这些时间层被安排在一个延长的时间内，并且在任何时候可以被重新激活。这个空间的现在包含了一个根据地层逻辑流动的过去。因此，研究时间对空间感知的影响是地理批评的另一个方面”（Westphal，2021）①。所谓压缩的时间层可以理解为一个地方或空间的历时性的过去被此刻的场景暂时替代或隐匿了，这段过去从时间上是具有延展性的，我们虽然处于当下来考察该空间，但是我们仍然能探访它的过去。韦氏用“异步性”（asynchrony）来指代这一现象，可以大致理解成：空间在不同时期呈现的形象有别。此外，空间还具有“多时性”（polychrony），即在同一个时间节点上，空间也呈现出不同形态，比如书中提及的空间中的人的行为。另外，空时性表示空间同时具有多个时间特征，即过去和现在在空间上共存。第五，抵制刻板印象。地理批评竭力避免对地理采取一种静止的、孤立的认识。韦氏指出，“永远不要忽视这样一个事实，即再现是一种再次呈现（re-presentation），因此是进化的和越界的，而不是永恒存在的静态形象”（Westphal，2021）②。地理批评对多重聚焦和互文性的强调就是挑战和抵制刻板印象。刻板印象还体现为民族刻板印象（ethnotyping），它往往同民族主义同时出现，因为民族主义维持着一种民族刻板印象，它强化了一种理想的、与邻近的实体相对立的自我认同（Westphal，2021）③。

然而，就《地理批评》一书而言，作者也留下了一些值得进一步探索的议题。例如，从方法论来说，地理批评排斥单一文本的解读，那么所谓的“多重聚焦”到底要到哪种程度才能算多？同理，若关于某个城市的语料实在太大，那么应限制到什么程度，那个合理的临界点在哪呢？正如有学者指出，“批评者不但应具有较为完善的知识储备，还需投入大量时间进行语料搜集。那么，如何界定语料搜集的‘度’？怎样判定语料搜集的全面性”？（高方 等，2020）④。

---

① WESTPHAL B. Geocriticsm: real and fictional spaces [M]. TALLY JR. R, trans. New York: Palgrave Macmillan, 2011.

② WESTPHAL B. Geocriticsm: real and fictional spaces [M]. TALLY JR. R, trans. New York: Palgrave Macmillan, 2011.

③ WESTPHAL B. Geocriticsm: real and fictional spaces [M]. TALLY JR. R, trans. New York: Palgrave Macmillan, 2011.

④ 高方，路斯琪. 从文本到世界：一种方法论的探索：贝尔唐·韦斯特法尔《地理批评：真实、虚构、空间》评介 [J]. 文艺理论研究，2020（4）：21-28.

塔利是当前美国"文学空间研究"（spatial literary studies）的代表学者，他的主要学术贡献在于"文学绘图"（literary cartography）概念的提出、阐释、发展和理论化，以及在具体文本分析和作家研究中的运用（方英，2020）①。塔利对空间议题的探索也是和地方、地理相关的；然而，其强调的是人对空间的感受、认知与叙述；因此，他与韦斯特法尔的研究路径又有着明显的区别。塔利认为人对空间的感知和叙述本身就是一种绘图行为。在《空间性》一书中，其提道，"人也是'空间'的动物，也是建造事物和讲故事的动物"（塔利，2021）②。此外，塔利（2021）③还强调绘图和叙事之间的双向互动："讲故事涉及绘图，而地图也讲述故事，且空间和写作之间的相互关联往往能产生新的地方和新的叙事。"在塔利看来，作家的写作就是一种绘图行为。可以看出，塔利和韦斯特法尔的立场有所不同，但和柯罗的思路有相近之处，即都肯定了文学的想象和主观性建构，而非强调地理的客观性。此外，塔利还将人对空间的感知上升到一种哲学层面，即主体绘制地图的行为其实是一种确认在空间中的位置的做法，是在后现代时空中与世界建立联系、定位自我和理解世界的方式。

第三节　叙事研究的相关理论

20 世纪著名哲学家在让-保罗·萨特（Jean-Paul Sartre）在其创作的日记体中篇小说《恶心》（La nausée）中揭示了故事对于人类生命的意义："要使一件平庸无奇的事成为奇遇，必须也只需讲述它……一个人永远是讲故事者，他生活在自己的故事和别人的故事中，他通过故事来看他所遭遇的一切，而且他能努力像他讲的那样去生活。"④ 在人类生活中，叙事即通俗意义上的讲故事，是人类生命最基本的组成方式，也是人类认识世界的重要途径之一。在纷繁万象、变幻莫测的现实世界和想象世界中，叙事是人类个体"组织个人生存经验和社会文化经验的普遍方式"（赵毅衡，

---

① 方英. 文学绘图：文学空间研究与叙事学的重叠地带 [J]. 外国文学研究，2020（2）：39-51.

② 塔利. 空间性 [M]. 方英，译，北京：北京大学出版社，2021.

③ 塔利. 空间性 [M]. 方英，译，北京：北京大学出版社，2021.

④ 沈志明，艾珉. 萨特文集（1~7 卷）[M]. 北京：人民文学出版社，2000.

2013）①，人类通过讲故事实现个体交往，传承世代经验。当代美国认知心理学家、教育家杰罗姆·布鲁纳（Jerome Seymour Bruner）在著作《教育的文化》（*The Culture of Education*）中总结道，叙事是人类把世界"看出一个名堂，说出一个意义（human beings make sense of the world by telling stories about it）"（Bruner，1996）②的重要方式。20世纪七八十年代，海登·怀特（Hayden White）、斯蒂芬·格林布拉特（Stephen Greenblatt）等学者提出新历史主义与后现代历史叙事，创造性地将历史学与叙事相结合，引发"叙述转向"，深刻影响了一众人文学科研究范式。

在后现代语境下，叙事更是上升为人类生存必须项。让-弗朗索瓦·利奥塔（Jean-Francois Lyotard）在《后现代状况：关于知识的报告》（*The Post-Modern Condition：A Report on Knowledge*，1979）中，将后现代语境下的知识（knowledge）分为"科学知识"（scientific knowledge）和"叙述知识"（narrative knowledge）③。"后真相"（post-truth）时代的真相不再非黑即白，而是变为一种"竞争性真相"（competing truth）、一种叙事竞争——"故事的方方面面塑造了我们的现实"（Macdonald，2018）④。

叙事之于人类越发重要，叙事学（narratology）作为一门学科也日益发展壮大，并在20世纪以来取得了十足的进展。叙事学诞生的标志可追溯至1966年巴黎出版的杂志《交际》的第8期，该期以《符号学研究——叙事作品结构分析》为题发布专栏，刊登一系列围绕叙事学基本理论和方法的文章（申丹，2003）⑤。1969年，茨维坦·托多洛夫（Tzvetan Todorov）出版《〈十日谈〉语法》（*Grammaire du "Décaméron"*），书中首次使用了"叙事学"一词。华莱士·马丁（Wallace Martin）早在1986年就说过，"在过去的15里，叙事理论已经取代小说理论，成为文学研究中一个主要的话题"⑥。马丁关注到了叙事理论发轫于小说理论后，独立发展的历史进程。小说这一体裁从18世纪兴起，19世纪繁荣，随之而来的小

---

① 赵毅衡. 广义叙述学 [M]. 成都：四川大学出版社，2013.
② BRUNER J S. The culture of education [M]. Cambridge：Harvard University Press，1996.
③ LYOTARD J F. The Post-Modern condition：a report on knowledge [M]. Minneapolis：University of Minnesota Press，1979.
④ MACDONALD H. Truth：how the many sides to every story shape our reality [M]. New York，Boston，London：Little，Brown and Company，2018.
⑤ 申丹. 叙事学 [J]. 外国文学，2003（3）：60-65.
⑥ MARTIN W. Recent theories of narrative [M]. Ithaca & London：Cornell University Press，1986.

说理论讨论层出不穷，亨利·詹姆斯（Henry James）、E. M. 福斯特（Edward Morgan Forster）、瓦尔特·皮赞特（Walter Besant）、珀西·卢伯克（Percy Lubbock）、戴维·洛奇（David Lodge）等人的小说理论是推进叙事学学科发展的最初动力。随后，在弗迪南·德·索绪尔（Ferdinand de Saussure）所引领的"语言学转向"之后，理论家们吸收了俄国形式主义，英美新批评流派，尤其是法国结构主义的思想要领，将视野从作家生平或小说的创作理论转移至作品内部的叙事结构，对于作品叙述形式的探讨推进了结构主义叙事学的发展。米克·巴尔（Mieke Bal）、杰拉德·普林斯（Gerald Prince）、韦恩·布斯（Wayne Booth）、热拉尔·热奈特（Gerard Genette）等学者聚焦叙述形式，重点讨论故事与话语、叙述者与故事关系、聚焦与叙述层次等问题，正式将叙述学建立为一门学科。

叙事学界普遍将20世纪60年代至20世纪80年代西方结构主义叙事学划分为"经典叙事学"（classical narratology）。20世纪80年代之后，叙事学进入新的发展阶段，即"后经典叙事学"（post-classical Narratology），此时的叙事学学科总体呈现"跨学科"趋势，尤其与精神分析理论、女性主义理论、认知科学等学科相融合，修辞性叙事学、女性主义叙事学、认知叙事学、非自然叙事学、跨媒介叙事学等理论应运而生，发展迅速。近年来，叙事学更是在研究对象、研究视角、研究范式、研究媒介等方面广拓疆土，梦叙事、听觉叙事、动物叙事、空间叙事、图像叙事、电影叙事、符号叙事、非人类叙事、诗歌叙事相继而生，叙事学领域也越发枝繁叶茂。

本部分总体以时间为顺序，先辨析叙事学领域基本概念困境——"叙述"与"叙事"之分，接着以相关代表性学者观点为例，分别梳理早期小说理论、经典叙事学理论、后经典叙事学理论以及当代一众"广义叙述学"理论等流派的主要观点，为叙事学的发展归纳一个清晰脉络的同时，为本章后续部分理论与实践的结合奠定基础。

一、"叙述"还是"叙事"？

叙事学作为一门学科自诞生至今发展迅猛，如今更是成为全球学术舞台上朝气蓬勃、风行各界的主要学术思潮之一。然而，中国学界的叙事学尽管发展繁荣，却始终存在一个悬而未决的概念翻译基本困境——"叙述"还是"叙事"？西方叙述学基本概念——narrative 和 narration，在汉语语境下尚未达成一致翻译，导致国内学者使用不一。除"叙述者"这一概念相对统一外，"叙述"（"叙事"）、"叙述学"（"叙事学"）、"叙述行为"（"叙事行为"）、"叙事文本"（"叙述文本"）、"叙事技巧"（叙述技巧）等术语并行不悖，甚至在同一本书中前后不一。这一模糊术语在叙述学前沿领域更加明显，例如，在后经典叙述学重要分支 cognitive narratology 领域中，张万敏和云燕两位学者分别撰写专著《认知叙事学研究》与《认知叙述学》，中国知网上借用此理论阐释文本的一众文章更是时而"以认知叙述学为视角"，时而"认知叙事学理论下的"某一文本分析。"非自然叙述"（"非自然叙事"）、"跨媒介叙事"（"跨媒介叙述"）、"诗歌叙事"（"诗歌叙述"）等分支的差异也屡见不鲜。

针对此现象，赵毅衡早在 2009 年撰文批评道，"目前，汉语中'叙事'与'叙述'两个术语的混乱，已经达到无法再乱，也不应该再容忍的程度"①。谭君强（2015）②也关注了这一混乱："一个确定的、并无任何疑义的外文学科名称却出现了两个与之对应的中文译名，并由此而出现究竟该用哪一个更为合理的争议，对于 narratology 这门学科或许是始料未及的。"在这场"争议"中，以下几位学者还发表了相关论述：赵毅衡 2009 年发表文章《"叙事"还是"叙述"：一个不能再"权宜"下去的术语混乱》③；申丹 2009 年发表《也谈"叙事"还是"叙述"》④；伏雄飞等学者则分别于 2012 年和 2020 年对汉语学界的"叙述"和"叙事"进行了延续探索⑤。大体来讲，上述学者在面对"叙述"与"叙事"之争的观点分为三派：其一，无需区分，默认两者并用；其二，摒弃"叙事"的说法，统一采用"叙述"；其三，根据研究对象的不同，区别使用。

以谭君强为代表的学者主张采取"默认"的态度，倡导"叙述学"与

---

① 赵毅衡. "叙事"还是"叙述"？：一个不能再"权宜"下去的术语混乱 [J]. 外国文学评论, 2009（2）：228-232.
② 谭君强. 叙述学与叙事学：《叙述学：叙事理论导论》（第三版）译后记 [J]. 玉溪师范学院学报, 2015, 31（10）：17-18.
③ 赵毅衡. "叙事"还是"叙述"？：一个不能再"权宜"下去的术语混乱 [J]. 外国文学评论, 2009（2）：228-232.
④ 申丹. 也谈"叙事"还是"叙述" [J]. 外国文学评论, 2009（3）：219-229.
⑤ 伏飞雄. 汉语学界"叙述"与"叙事"术语选择的学理探讨 [J]. 当代文坛, 2012（6）：40-44；伏飞雄, 李明芮. 汉语学界"叙述"与"叙事"术语选择再辨析 [J]. 探索与批评, 2020（2）：1-18.

"叙事学"二词并用——"无需也没有必要做出严格的区分"（谭君强，
2015）①。作为国内"当代叙事理论译丛"主编，谭君强引进米克·巴尔专
著 Narratology：Introduction to the Theory of Narrative，将其标题译为《叙述
学：叙事理论导论》。之后，谭君强（2015）② 发文解释道，"叙述"或
"叙事"这两个术语本质上都来源于英文 narratology 或法语 narratologie，而
通常情况下，学界将书籍副标题中出现的"Theory of Narrative"约定俗成
为"叙事理论"，相比之下，"叙述理论"较为少见。因此，为了避免标题
中出现两个"叙事"，译著将"Narratology"翻译为"叙述学"。可见，谭
军强对于两个术语的取舍，取决于标题的重复，其本人也承认，若不考虑
重复，"也可以用'叙事学'，这对我来说，都是一样的"。

　　与谭君强所持"默认"态度相反，以赵毅衡、伏雄飞、孙基林等为代
表的学者提议区分，且摒弃"叙事"，统一采用"叙述"。在其文章中，赵
毅衡（2009）③ 总结了当下学界对于"叙事"与"叙述"二者采取的八个
不同标准，并逐一质疑其合理性，例如，部分学者引据《古今汉语词典》，
将口头或书面情况归纳为"叙述"；而将书面情况归纳为"叙事"。然而，
叙事学作为一门学科发展至今情况复杂，以口头或书面简单区分显然学理
性不足，因此，赵毅衡（2009）④ 反驳道："这个区分在叙述学研究中不可
能成立"。同样，部分学者认为，讨论对象是技巧时，应用"叙述"，而研
究对象是文本结构时，用"叙事"。这一观点同样被赵毅衡质疑，他认为，
这一看似合理的结构与技巧之分，在"实际写作中无法判别"，也就很难
'正确'使用"（赵毅衡，2009）⑤。在分析了现有八种区分标准缺陷后，
赵毅衡从三个方面列举了统一用"叙述"的合理依据：第一，语言从众原
则。他认为，当下学界对于"叙述"的使用远高于"叙事"。第二，使用
方便。"叙事"从构词学而言是动宾双音词，尽管具有相对"叙述"较完

---

　　① 谭君强. 叙述学与叙事学：《叙述学：叙事理论导论》（第三版）译后记 [J]. 玉溪师范学
院学报，2015，31（10）：17-18.
　　② 谭君强. 叙述学与叙事学：《叙述学：叙事理论导论》（第三版）译后记 [J]. 玉溪师范学
院学报，2015，31（10）：17-18.
　　③ 赵毅衡. "叙事"还是"叙述"？：一个不能再"权宜"下去的术语混乱 [J]. 外国文学评
论，2009（2）：228-232.
　　④ 赵毅衡. "叙事"还是"叙述"？：一个不能再"权宜"下去的术语混乱 [J]. 外国文学评
论，2009（2）：228-232.
　　⑤ 赵毅衡. "叙事"还是"叙述"？：一个不能再"权宜"下去的术语混乱 [J]. 外国文学评
论，2009（2）：228-232.

整的结构意义，但在承接后续宾语时会遇到困难，例如，"一个有待叙事的故事"之类的表述会令人产生疑惑。第三，叙述学学理。赵毅衡从叙述定义和叙述主体的意图性出发，认为，事件只有被叙述之后才成为事件，在被叙述化之前，一堆散乱的情态变化并不具有任何时空-因果链，也不携带意义（赵毅衡，2009）[①]。"叙述"的过程，就是叙述主体为其注入意义，使其成为事件的过程。而"叙事"一词，因其暗含的"叙"和"事"，给人一种"事"先于"叙"的误解。

赵毅衡摒弃"叙事"、仅用"叙述"的提议也得到后续其他学者的支持，例如，伏雄飞等学者多次发文，认为从学理上区分"叙述"与"叙事"不具有操作性，也并不合理（伏雄飞 等，2020）[②]：若仅仅从词语的构成方式上看，仿佛"叙事"更具有完整性。"叙述"是一种"动+动"的并列同义反复词，往往用于"叙述故事"一类"短语搭配"中，而"叙事"以一种动宾式结构，同时包含"叙"或"述"的行为义，又能间接表达"叙"或"述"行为背后所涉及的对象（伏雄飞，2012）[③]，即叙述之"事"。但伏雄飞（2012）[④] 质疑这种词语结构的"望文生义"，他认为，一方面当下文学或文化"内在预设了""叙述"行为所涉及的"事件"，即"叙述"也可以指代"叙事"之"事"；另一方面"叙述"弥补了"叙事"的语义的僵化，更具有包容性。

以申丹为代表的第三种观点在赞同区分的立场上，主张在强调叙述层面与故事层面时采用"叙事"；而在仅仅涉及叙述层时候使用"叙述"。申丹（2009）[⑤] 发文——回应了赵毅衡摒弃"叙事"的三大原因，尤其从"故事"与"话语"二分，探讨了具体使用"叙事"或"叙述"的不同情况。西摩·查特曼（2013）[⑥] 认为，每一个叙事都由故事（story）和话语

① 赵毅衡."叙事"还是"叙述"？：一个不能再"权宜"下去的术语混乱 [J]. 外国文学评论, 2009（2）：228-232.

② 伏飞雄, 李明芮. 汉语学界"叙述"与"叙事"术语选择再辨析 [J]. 探索与批评, 2020（2）：1-18.

③ 伏飞雄. 汉语学界"叙述"与"叙事"术语选择的学理探讨 [J]. 当代文坛, 2012（6）：40-44.

④ 伏飞雄. 汉语学界"叙述"与"叙事"术语选择的学理探讨 [J]. 当代文坛, 2012（6）：40-44.

⑤ 申丹. 也谈"叙事"还是"叙述" [J]. 外国文学评论, 2009（3）：219-229.

⑥ 查特曼. 故事与话语：小说和电影的叙事结构 [M]. 徐强, 译, 北京：中国人民大学出版社, 2013.

（discourse）两个部分组成，故事包括内容或事件的链条，以及人物和背景的实存，而话语则是表法。更通俗讲，故事是叙事"是什么"（what），而话语是"如何"（how）。申丹参考《霍普金斯文学理论和批评指南》①对于 narratology 的三类划分，列举了 narratology 翻译的三种情况：以普罗普为代表的学者忽略叙述表达，仅仅关注"故事"本身的结构、普遍规律时，当译为"叙事学"；以热奈特为代表的学者关注叙述的"话语"，即叙述技巧、方法，如叙述视角、时间、人称等，当译为"叙述学"；以查特曼、巴尔、里蒙-凯南等为代表的学者同时关注"故事"与"话语"，当译为"叙事学"，一种"总体的"和"融合的"叙事学（申丹，2009）②。更进一步，申丹建议在"叙述"与"叙事"的抉择上视具体情况而定：如话语层面上，使用"叙述理论""叙述策略"等；故事层面上，使用"叙事策略""叙事艺术"等；话语与故事两个层面上，使用"叙事"。对于文类的考量，申丹建议用类似"叙事文学""叙事体裁"等表达，但不排除后现代文学"叙述作品"的文字游戏。申丹的观点尤其看重分类考量，视情况而定，因而最后一点她特别提及文内一致的必要性，警示学者切勿随意混用。

从上述学者的讨论看来，"叙述"与"叙事"之争依旧是一件悬而未决之事。作为一个学术领域的权威术语，对其进行严格界定有一定的必要性，尽管赵毅衡和申丹两位学者在界定标准上略有出入——赵毅衡主要从语用以及学科未来发展谈起，取"叙述"之包容性，与他力图广扩叙述学研究范式，建立并发扬广义叙述学或符号叙述学有一定关联；而申丹从叙事历史发展谈起，关注学科内部研究对象的细微差异，倡议视情况而定，兼具规范性与灵活性。本书综合参考当下学者主要观点，对于这两个术语的使用作以下统一说明：首先，本书既包括叙述理论的概括，又包括理论的文本实践。具体文本分析时既关注所涉及的"故事"，又关注具体文本的"话语"，因此，当涉及理论与学科说明时，采用"叙事学"和"叙事理论"，在具体文本分析时，采用"叙事"，如创伤叙事、民族叙事等。其次，对于叙事行为主体，本书与学界统一，采用"叙述者"；与此同时，本书在具体行文中，遇到尤其强调话语技巧的语境下，如叙述方位、叙述

---

①　GRODEN M, KREISWIRTH M. The Johns Hopkins guide to literary theory & criticism ［M］. Baltimore & London：The Johns Hopkins University Press, 1994.

②　申丹. 也谈"叙事"还是"叙述"［J］. 外国文学评论, 2009（3）：219-229.

视角、叙述人称等，灵活采用"叙述"。

二、早期小说创作理论

小说作为一种体裁诞生于 18 世纪，在 19 世纪得以繁荣发展。尽管当代叙事理论在 20 世纪 60 年代才得以规范化，然而围绕小说创作理论却自小说诞生之日起，就伴随这一体裁一同发展，是当代叙事理论走向成熟和系统的绝对前提。尤其是 19 世纪几位重要小说理论家，例如，亨利·詹姆斯、珀西·卢伯克、E. M.福斯特等，为小说理论的发展奠定了不可忽视的基础。

亨利·詹姆斯被视为"现代小说理论的奠基人"（申丹 等，2005）①，其著作《小说的艺术》（the Art of Fiction）是当代小说理论的"宣言"，始于詹姆斯对于英国小说家和历史学家瓦尔特·皮赞特（Walter Besant）的小说创作理论的回应。1884 年 4 月 25 日，皮赞特在伦敦皇家学会发表了一场题为《小说的艺术》（the Art of Fiction）的讲座，正式拉开了这场关于小说创作的辩论。作为当时英国作家行会（Writers' Guild）的主席，皮赞特权威地表明了小说创作中应该遵循的传统与准则（general law）。在他看来，作品的结构（the construction of work）是小说创作中的最高准则，因而小说是一系列法则、规律、原则和插图（laws, rules, principles and their illustrations）的结果（Spilka, 1973）②。皮赞特总结道，"小说艺术首先需要的是描述的能力、真实和忠实、观察、选择、清晰的概念和轮廓、戏剧性的组合、目的的直接性、讲故事的人对他的故事的真实性的深刻信念，以及技巧的美丽"（Spilka, 1973）③。然而，詹姆斯却更为强调真实的事物，强调个人直接经验在小说创作中的作用。他认为，在一部小说创作之初就预设其如何才能成为一部好的作品，这种先验的做法是完全错误的。"小说是一种再现生活的艺术，为了它自己的健康，必须享有完全的自由。"（詹姆斯，2001）④ 基于此，詹姆斯提出了他对于小说的定义，

① 申丹，韩加明，王丽亚. 英美小说叙事理论研究 [M]. 北京：北京大学出版社，2005.

② SPILKA M. Henry James and Walter Besant：" The Art of Fiction" controversy [J]. Novel：A Forum on Fiction, 1973, 6（2）：101-119.

③ SPILKA M. Henry James and Walter Besant：" The Art of Fiction" controversy [J]. Novel：A Forum on Fiction, 1973, 6（2）：101-119.

④ 詹姆斯. 小说的艺术 [M]. 朱雯，等译，上海：上海译文出版社，2001.

"一部小说是一种个人的、直接的对生活的印象"（詹姆斯，2001）①，以及小说创作的最终日的——趣味。詹姆斯将小说视为"个人对生活的直接印象"，强调作家对生活经验的感悟能力，一定程度上批判了以皮赞特为代表的小说创作传统与准则。詹氏强调作家隐退，重视小说视角，他所提出的意识中心理论也成为叙事学后续视角理论的雏形，对于小说理论的后续发展有着非常重要的意义。

英国著名散文家、评论家珀西·卢伯克（Percy Lubbock）的著作同样取名《小说技巧》（*The Craft of Fiction*），与詹姆斯作品一起，成为最早关注小说形式的主要文学批评作品之一。围绕着核心问题——"小说是怎样创作出来的"，卢伯克等（1990）② 论述了小说创作过程中的形式、构思和布局，并以列夫·托尔斯泰（Leo Tolstoy）、古斯塔夫·福楼拜（Gustave Flaubert）、威廉·麦凯平·萨克雷（William Makepeace Thackeray）以及奥诺雷·巴尔扎克（Honoré de Balzac）等作家作品为例，阐释了小说创作时隐含在读者、作者、作品之间的"技巧"问题。卢伯克追随好友詹姆斯，对小说主题、视点、叙述人称等论题进行了详细的阐释，给正处于起步阶段的文学批评注入了强大的动力，并在诗歌和戏剧面前，为小说与小说批评作为一种艺术形式而正名。

除了詹姆斯和卢伯克，20世纪英国小说家、评论家E. M.福斯特也对小说理论提出了自己的看法。他以"证据加上或减去X"的著名论点以及"扁平人物"和"浑圆人物"等概念，为小说理论的发展增添了浓墨重彩的理论基础③。1927年，E. M.福斯特在剑桥大学应邀授课，后将其讲稿整理成《小说面面观》（*Aspects of the Novel*）。此书被视为20世纪小说美学巨著，时至今日仍是小说理论的必读经典书籍。全书主要分七个章节，分别就"故事""人物""情节""幻想""预言""布局""节奏"进行了详细的讨论。在小说理论发展初期，小说的地位受到来自诗歌、戏剧与历史的多重挑战。小说在何种意义上可以被视为一种艺术？在"真实"的历史面前，小说中的"真实"何以自居？面对这些质疑，福斯特在理论层面上通

---

① 詹姆斯.小说的艺术 [M].朱雯，等译，上海：上海译文出版社，2001.
② 卢伯克，福斯特，缪尔.小说美学经典三种 [M].方士人，罗婉华，译，上海：上海译文出版社，1990.
③ 卢伯克，福斯特，缪尔.小说美学经典三种 [M].方士人，罗婉华，译，上海：上海译文出版社，1990.

过具体讨论小说创作过程的七个方面，为小说正名，其背后是福斯特对小说地位的推崇与高呼：小说高于历史，强有力地落实了小说的学科地位。

三、经典叙事学

20 世纪，美国文学批评家韦恩·布斯（Wayne Clayson Booth）加入了对于小说创作的讨论。《小说修辞学》（*The Rhetoric of Fiction*）是布斯 1961 年出版的小说理论著作，被视为西方现代小说理论的经典之作，被《美国百科全书》誉为"20 世纪小说美学的里程碑"。身处 20 世纪五六十年代，布斯敏锐地看到了小说理论发展的局限，批判了当下小说理论的流行观点，为现代小说批评的发展奠定了坚实的基础。缘起亚里士多德，布斯将小说理论视为一种"修辞"，充分肯定了作者在小说意义实践中的首要地位，扭转了小说批评中重"显示"而轻"讲述"的现状，并创造性地提出"隐含作者""可靠与不可靠的叙述者""戏剧化与非戏剧化的叙述者"等概念，之后更是发展出"修辞性叙事学"这一后经典流派。借助亚里士多德的修辞概念，布斯将小说的修辞学定义为作者如何同读者进行交流，如何使读者对小说虚构世界中的人物和事件发生兴趣并且如何从道德上影响读者（布斯，1987）①。通过这一定义，可以看到布斯对于小说创作中"说服者"与"被说服者"、叙述主体与接受主体之间交流的敏锐关注，从而使其小说理论更加具有系统性和广泛性。以其修辞的独特定义，布斯讨论了修辞的理论基础、修辞的含义以及修辞的效果，肯定了作者介入的必然性，并驳斥了当下小说理论发展的误区，进而为小说理论的发展注入了强大的动力。

通过对比詹姆斯与布斯两位学者的主要观点，可以发现 20 世纪小说批评家们视野的明显转移。此时小说无需"正名"，其本身作为一种体裁合法性已毋需质疑，随之而来的俄国形式主义和法国结构主义更是带给批评家们深刻的启发，小说本身的结构与形式越发得到关注，例如，布斯创造性提出"隐含作者"与"叙述者"等概念，极大地彰显了学者们从作家生平研究到作品本身研究的范式转移。自此，学者们正式从关注小说如何创作，转而关注小说如何讲故事，探讨文本的形式问题，叙述视角、修辞策略、叙述主体、叙述层次等成为学者们主要探讨的话题，旨在建立叙述语

---

① 布斯. 小说修辞学［M］. 付礼军，译，南宁：广西人民出版社，1987.

法或诗学，对叙述作品的构成成分、结构关系、运作规律展开研究，并探讨同一结构或框架下作品之间的结构不同（申丹，2003）[①]。经典叙事学也称结构主义叙事学，由此得以发展。

"视角"或"叙述视角"（focalization，point of view，viewpoint，angle of vision，seeing eye，filter，focus of narration，narrative perspective）是指叙述时观察故事的角度（申丹，2006）[②]，是经典叙事学重点关注对象之一。赵毅衡（2013）[③]曾说过，"视角是 20 世纪小说研究中一个最热闹的题目，现代叙事学的一大部分传统，就是从视角问题的讨论中发展出来的"，"视角被认为是理解小说的最主要问题，是揭开小说之谜的钥匙"。本部分以经典叙事学重点关注对象——"视角"为例，阐述学者们对"视角"的观点演变脉络。

早在 20 世纪之前，詹姆斯和福楼拜提出了"人物有限视角"和"限知视角"的应用。之后，卢伯克更是认为小说的根本就是视角问题（卢伯克 等，1990）[④]。20 世纪，热奈特、米克·巴尔、查特曼、里蒙·凯南、申丹、赵毅衡等一众学者都对此有相关阐述，视角已然成为经典叙事学的主要关注点之一。热奈特（1980）首先提出"聚焦"（focalization）的概念，以经典的"谁看"（who sees）与"谁说"（who says）之分为叙事学长期存在的视角术语模糊厘清障碍。在《叙事话语》（*Narrative Discourse*）一书中，Genette（1980）[⑤]将聚焦分为三大类：①无聚焦（nonfocalized）或零聚焦（zero focalization），是指没有固定观察角度的全知叙述，即"叙述者>人物"；②内聚焦（internal focalization），是指叙述者采用人物的视角，即"叙述者=人物"，故而可再分为固定式（fixed）内聚焦（叙述者采用某一个或某一群人物的固定视角）、转换式（variable）内聚焦（叙述者变换不同的人物视角）、多重（multipial）内聚焦（叙述者采用不同人物的视角讲述一件事）；③外聚焦（external focalization），是指仅从外部客观视角，例如，照相机一般纯粹呈现事情的发生，不涉及人物内心，即

① 申丹. 叙事学 [J]. 外国文学, 2003（3）：60-65.

② 申丹. 视角 [M] //赵一凡. 西方文论关键词. 北京：外语教学与研究出版社, 2006.

③ 赵毅衡. 广义叙述学 [M]. 成都：四川大学出版社, 2013.

④ 卢伯克，福斯特，缪尔. 小说美学经典三种 [M]. 方士人，罗婉华，译，上海：上海译文出版社，1990.

⑤ GENETTE G. Narrative discourse：an essay in method [M]. LEWIN J E, trans. New York：Cornell University Press, 1980.

"叙述者<人物"。

随后，巴尔加入了聚焦的讨论，强调"视觉"与"被看见、被感知的东西"之间的关系，强调传达意义主体与客体之间的关系，相比热奈特还关注认识、意识、情感（方小莉，2016）[①]。因而在《叙述学：叙事学导论》中，巴尔提出了"聚焦者"（focalizer）与"聚焦对象"（focalized object）两个概念，"聚焦者"指聚焦的主体，是"诸成分被观察的视点"，而"聚焦对象"指"所表现对象的形象"（巴尔，2003）[②]。

受启于巴尔对于叙述认识、意识、情感的关注，里蒙·凯南（1989）[③]提议采用两个标准来讨论聚焦的类别——"相对于故事的位置"和"持续的程度"。以"相对于故事的位置"为标准，凯南将聚焦划分为"内部的"和"外部的"，将热奈特的零聚焦划分为外聚焦，并补充了回顾性叙述中的"叙述自我"的眼光（方小莉，2016）[④]；而"持续的程度"类似于热奈特的聚焦是否变化。凯南（1989）[⑤]突出的贡献在于拓展了视角的三个侧面：第一，感知侧面，即视觉、听觉、嗅觉等在时间与空间两个坐标的确定。例如，凯南提出的"鸟瞰观察"："叙述者占据远远高于观察对象的位置"，观察"全景"。第二，心理侧面。即考虑聚焦者对被聚焦者的认知、情感作用。第三，意识形态侧面。即考虑"本文的规范"，这一侧面由"一个以观念形式看待世界的一般体系"构成，关联叙述者——聚焦者角度背后的透视角度"规范"。

申丹对于热奈特的区分进行了详细的研究，她认为，热奈特的三分法中"叙述者＝人物"的公式难以成立，因为它只用于固定式聚焦，而在转换式聚焦和多重式聚焦中，叙述者所说的肯定比任何一个人物所知的多，因为此时叙述者所说的包括数个不同人物的内心活动（申丹，2019）[⑥]。申丹（2019）[⑦]用"叙述眼光"改写了热奈特的公式：第一，内聚焦：叙述眼光＝（一个或几个）人物的眼光；第二，零聚焦：叙述眼光全知叙述者

---

① 方小莉.叙述理论与实践：从经典叙述学到符号叙述学［M］.成都：四川大学出版社，2016.

② 巴尔.叙述学：叙事学导论［M］.谭君强，译，北京：中国社会科学院，2003.

③ 凯南.叙事虚构作品［M］.姚锦清，等译，北京：生活·读书·新知三联书店，1989.

④ 方小莉.叙述理论与实践：从经典叙述学到符号叙述学［M］.成都：四川大学出版社，2016.

⑤ 凯南.叙事虚构作品［M］.姚锦清，等译，北京：生活·读书·新知三联书店，1989.

⑥ 申丹.叙述学与小说文体学研究［M］.4版.北京：北京大学出版社，2019.

⑦ 申丹.叙述学与小说文体学研究［M］.4版.北京：北京大学出版社，2019.

的眼光；第三，外聚焦：叙述者＝外部观察者的眼光。此外，申丹（2019）①认为，热奈特没有考虑到第一人称见证人叙述第一人称主人公叙述的区分。因此，她提出了自己的四分法：第一，零聚焦或无限制性视角（传统全知叙述）；第二，内视角，除包括热奈热的三个分类之外，还包括第三人称"固定性人物有限视角"、正在经历事件的第一人称主人公叙述"我"、在故事"中心"处于观察位置的第一人称见证人叙述"我"；第三，第一人称外视角，包括固定式内视角涉及的两种第一人称（回顾性），叙述中的叙述者"我"追忆视角，以及在故事"边缘"处于观察位置的第一人称见证人叙述；第四，第三人称视角，即热奈特的"外聚焦"。

申丹的四分法结合了叙述人称与视角，更为细致。赵毅衡则从叙述者的定义出发，结合了叙述者显身、隐身与视角。他认为，从叙述者的定义来讲，叙述者本应全知全能，实际运用中的不同变化本质上是叙述者在"自觉地限制自己的权利：充溢框架的主体性，不是单一的视角因素"（赵毅衡，2013）②。因此，赵毅衡提出了"叙述方位"（narrative perspective）——"叙述者+人物"的搭配方式来重新考虑聚焦，具体包括"隐身叙述者+全知视角""隐身叙述者+复式主要人物视角""隐身叙述者+次要人物视角"等八种分类（云燕，2020）③。

自热奈特提出"谁看"与"谁说"的经典之分后，聚焦的概念在数十年间取得了十足的进展，后经典语境下也逐步出现了不同的设想。例如，戴维·赫尔曼（David Herman）于1994年首次提出"假定聚焦"（hypothetical focalization）的概念④，旨在从认知角度探讨聚焦者不在场的问题，随后在《故事逻辑：叙述的问题及可能性》一书中正式划分"直接假定聚焦"和"间接假定聚焦"，区别则在于叙述文本是否明确指出假设性的观察者或见证者（云燕，2020）⑤。认知叙事学学者曼弗雷德·雅恩（Manfred Jahn）也推动了聚焦的发展，以"解构"和"重构"叙事学经典概念为目标，从文本接受者的角度，提出了"窗口聚焦"（windows of fo-

---

① 申丹. 叙述学与小说文体学研究［M］. 4版. 北京：北京大学出版社，2019.

② 赵毅衡. 广义叙述学［M］. 成都：四川大学出版社，2013.

③ 云燕. 认知叙述学［M］. 成都：四川大学出版社，2020.

④ HERMAN D. Hypothetical focalization［J］. Narrative，1994，2（3）：230-263.

⑤ 云燕. 认知叙述学［M］. 成都：四川大学出版社，2020.

calization）的概念（Jahn，1996）①。雅恩将聚焦类比为通向叙述世界的窗口，聚焦者则为"感知屏"（perceptual screen），文本接受者通过窗口感知叙述文本中的人和事（云燕，2020）②。由此，也能看出经典叙事学与后经典叙事学对于聚焦概念的不同，经典叙事学学者们大多将聚焦"过滤器"（fliter），雅恩则认为，聚焦是"触发器"（trigger），是规范、引导读者想象与感知的窗口（云燕，2020）③。

四、后经典叙事学

21 世纪以来，叙事学该如何发展成为一众学者关注的焦点。赫尔曼在接受尚必武访谈时说到自己的编辑工作目标，"……致力于通过下述方式推动叙事研究：首先是重新思考叙事研究的基本概念和方法，其次是开辟新的不断出现的研究领域"（尚必武，2009）④。前文对于"聚焦"的梳理，属于赫尔曼提出新时代叙事学发展路径之一——对经典概念和方法的重新梳理，而叙事学的发展进入后经典的另一路径则在于和一众学科的跨界与融合。

女性主义叙事学是后经典叙事学重要分支之一。20 世纪 80 年代，美国叙事学理论家苏珊·兰瑟（Susan S. Lanser）率先将叙事学与女性主义理论相结合，在 1981 年出版的《叙述行为：小说中的视角》（*The narrative act: point of view in prose fiction*）⑤ 一书，堪称女性主义叙事学的开山之作。随后，兰瑟 1986 年在美国《文体》杂志发表《建构女性主义叙事学》（*Toward a Feminist Narratology*）⑥，该文正式采用"女性主义叙事学"的术语，倡导将性别（gender）引入叙事学研究，使女性主义文学批评与叙事符号研究发生关联，在学术界引发了激烈的讨论。此后近 20 年间，支持这

① JAHN M. Windows of focalization: deconstruction and reconstructing a narratological concept [J]. Style, 1996, 30（2）: 241-267.

② 云燕. 认知叙述学 [M]. 成都：四川大学出版社，2020.

③ 云燕. 认知叙述学 [M]. 成都：四川大学出版社，2020.

④ 尚必武. 叙事学研究的新发展：戴维·赫尔曼访谈录 [J]. 外国文学，2009（5）: 97-105, 128.

⑤ LANSER S. The narrative act: point of view in prose fiction [M]. Princeton: Princeton UP, 1981.

⑥ LANSER S. Toward a feminist narratology [J]. Narrative Poetics, 1986, 20（3）: 341-363.

一立场的研究者们集中于女作家的小说创作（申丹 等，2010）①，关注她们在运用叙述策略时的特殊表现，以社会历史语境为参照，探究暗含在叙述声音、情节结构、话语方式等形式中的性别意蕴，尤其关注（隐含）作者的创作目的，关注作者与读者的交流，同时聚焦叙事结构和叙述技巧的性别政治（申丹，2010）②。"女性主义叙事学"逐步登上学术舞台。至 21 世纪初，女性主义叙事学得到了广泛认可。这一流派主要关注性别差异，对故事与话语进行系统研究，如今更是在理论与实践上都取得了十足的发展。

认知叙事学通过结合叙事学与认知科学，也在逐步成为后经典叙事学举足轻重的流派之一。学界一般认为，"认知叙事学"这一概念开始于 1997 年曼弗雷德·雅恩（Manfred Jahn）的论文《框架、优先选择与解读第三人称叙事：建构认知叙事学》，后在戴维·赫尔曼（David Herman）、玛丽-劳瑞·瑞安（Marie-Laure Ryan）等学者的推进下日益兴盛。后真相时代的认知叙事研究突破了文学文本的叙事学层面，踏上了从微观到宏观的跨学科之路。梳理国外学界近十年相关文献发现，叙事与认知的结合主要遵循以下三条路径：其一，结合认知语言学、叙事学、现象学、文学研究等方法，在认知框架下对文学作品、社会实践、政治话语、民族认同等叙述领域的再阐释，例如，莫妮卡·弗卢德尼克（Monika Fludernik）的"普适（universal）认知模式"、赫尔曼提出的"作为认知风格（cognitive style）的叙事"、瑞安的"认知地图"（cognitive maps）等。其二，以叙事和认知为线索研究叙事学、人工智能、群体语料库、语法教学、二语习得、互动媒体、手写识别、电脑认知等关键领域，试图构建一个跨学科经验框架。例如，瑞安在 2019 年出版专著《可能世界理论与当代叙事学》以及赫尔曼 2018 年的著作《超越人类的叙事学》。其三，通过叙事与认知反思"后真相时代"的思维方式，以"何为事实、何为真相"的自问统摄各个领域，探寻真相建构、事实选择与叙述竞争背后"一个事实与多个事实"之间的叙事认知关系，例如，2020 年，弗鲁德尼克和瑞安合编《叙述真实性》（*Narrative Factuality*）。

---

① 也有部分学者关注男作家笔下的女性叙述者，聚焦于这些叙述者与以文学、社会规约为基础的"女性叙述"的关系，参见：申丹，王丽亚. 西方叙事学：经典与后经典［M］. 北京：北京大学出版社，2010.

② 申丹，王丽亚. 西方叙事学：经典与后经典［M］. 北京：北京大学出版社，2010.

经典叙事学与认知科学的结合，启发学者们思考梦如何作为一种认知手段，影响人类自我认知，将梦的心理学研究与叙事学结合因而也成为后经典叙事学分支之一，逐步引发越来越多学者的关注。在心理学研究中，梦是潜意识的产物，弗洛伊德和荣格等学者都对梦进行了研究，关注梦如何表达意义、传达信息。赵毅衡在著作《广义叙述学》中，为梦叙述的合法性证明，他认为，梦是叙述，且是一种二次叙述（赵毅衡，2013）①。在叙述学领域，"任何叙述都是一个主体把文本传递给另一个主体，但是在梦境这样的心像文本中，是主体的一部分，把叙述文本传达给主体的另一部分"（赵毅衡，2013）②。自此，当代一众学者也逐步开始关注梦的修辞、梦的功能、梦与自我存在的关系等话题，比如方小莉（2019）③ 从符号修辞的角度研究梦境，并认为"梦的叙述者采用了各种修辞格，而释梦则必须将各种修辞格文本化，读懂梦中的各种修辞格，才能相对有效地获得梦的意义"。龙迪勇（2002）④ 也提出，"梦中的叙述是为了抗拒遗忘，寻找失去的时间，并确认自己的身份，证知自己的存在"。赵毅衡（2013）⑤ 更是将梦视为一种心像叙述，既拓展了叙述学的研究对象，又从梦的角度补充了虚构与纪实、经验与想象，叙述者与叙述分层等经典概念的研究。

除了女性主义叙事学、认知叙事学、梦叙述，后经典叙事学种类繁多。从文类上讲，后经典叙事学不再将研究视角局限于小说，而是广泛关注不同的人类，出现了诗歌叙事、戏剧叙事、电影叙事、图像叙事、网络叙事、影视叙事、中国小说叙事等亚文类；从视角上讲，后经典叙事学并不局限于经典叙事学现有概念，而是广泛发掘可能性，出现了极富创新性的研究视角，例如，非自然叙事、非人类叙事、听觉叙事、动物叙事、身体叙事、物叙事等，也给一些经典文本的解读提供了崭新的思路；从跨界结合上来讲，后经典叙事学积极与一种临近学科结合，例如，后殖民叙事学、多模态互动叙事、数字时代叙事学、符号学叙述学等跨学科领域正逐步登上叙事学的历史舞台。

如今，后经典叙事学枝繁叶茂，甚至令人眼花缭乱，然而申丹早在

① 赵毅衡. 广义叙述学 [M]. 成都：四川大学出版社，2013.
② 赵毅衡. 广义叙述学 [M]. 成都：四川大学出版社，2013.
③ 方小莉. 梦叙述的符号修辞 [J]. 重庆广播电视大学学报，2019, 31（6）：3-10.
④ 龙迪勇. 梦：时间与叙事：叙事学研究之五 [J]. 江西社会科学，2002（8）：22-35.
⑤ 赵毅衡. 广义叙述学 [M]. 成都：四川大学出版社，2013.

2003 年就曾发问——"经典叙事学究竟是否已经过时"①。岁月交替，一众叙述学学者通过赋予经典研究以"后-"（post-）的前缀，认为"后经典"叙事学对经典叙事学而言是一种"进化"与"演变"。然而，申丹认为，经典与后经典实际上构成一种互为补充、互为促进的关系，"后经典叙事学家们依旧在采用经典叙事学的结构模式，依然在建构脱离语境的叙述诗学（语法）"（申丹 等，2005）②。后经典叙事学依然根植于经典叙事学的土壤之中，在各种跨界与融合背后，尚未脱离经典叙事学对于文本形式与结构的基本关注。

第四节　本章小结

本章主要梳理了现当代英美文学研究中的记忆、空间与叙事（学）理论。

其中，记忆理论部分介绍了记忆理论的研究缘起与发展脉络，而后分别介绍了个体记忆与集体记忆、历史记忆与自传记忆、"记忆之场"、文化记忆、政治记忆与记忆政治、习惯-记忆、社会记忆、公共记忆、创伤记忆、创伤见证与代际创伤、媒介记忆和记忆的动力学 11 组记忆理论中的核心关键词。记忆具有集体性、历史性、社会性和文化性特征，并通过"记忆之场"等媒介形式得以再现、持续和传承。在文学研究中运用上述理论视角，将有助于我们更好地探究英美文学中的记忆危机、创伤体验和历史叙事。

空间理论部分则梳理了当今空间研究的几大主要流派。如果说莱辛的"诗画二分"思想为后来弗兰克等学者对文学中的空间性的探讨打开了一扇窗户，那么福柯等学者对空间的阐述又为考察文学中的空间提供了除空间形式以外的关于历史、社会、权力等话题的多元化思路。当批评界将焦点从空间转向地理，则体现了一种更加明显的跨学科倾向。其中，我们能看到空间研究的自我延伸。应该说，任何一个阶段的空间研究都不是无源之水，几乎都是对前人研究的借鉴基础上的推进，从而进一步拓宽了空间

---

① 申丹. 经典叙事学究竟是否已经过时？［J］. 外国文学评论，2003（2）：92-102.

② 申丹，韩加明，王丽亚. 英美小说叙事理论研究［M］. 北京：北京大学出版社，2005.

研究的空间。结合具体的文学批评而言，本章提到的空间研究都是有重要借鉴意义的。然而，正如前文所述，它们关注的重点并不相同，有些甚至是互相抵牾的。因此，在借用这些理论时对其中的差别应当有所警惕和辨别。另外，对空间理论的探索本身也是一种研究领域，它有时和文学高度相关，但有时或许体现了一种阐述的自足性，也即是说，没有过多考虑对大多数的文学作品和文学现象是否具有高度适用性。那么，有的理论视角可能可以很好地同文学研究相结合，有的则需要研究者在结合具体文本时作进一步的阐释，而不是直接挪用。总体来说，空间研究将持续地深入，各种研究话语提供的是一种批评的思路。文学的跨学科研究要求的就是拓宽思路，摒弃方法的限制。所以，文学的批评实践或许不必拘泥于任何一种单一的空间思维。

　　叙事（学）理论部分则阐释了当下学界英美文学研究的理论视野，该部分首先分析了国内学界对于"叙事"与"叙述"的表述之争，为理论的实践厘清基本的术语障碍。接着又以叙事学的历史发展为脉络，分别阐述了经典叙事学与后经典叙事学的演变以及不同理论分支的不同关注点，以期对叙事学理论有一个大致梳理。在如今多元化和跨学科的研究环境中，叙事学无疑是文学研究者的有力工具，并且日益兴盛。经典叙事学所关注的核心概念，如聚焦、视角、人物等在当下学界依旧具有巨大的阐释潜能。对于叙述技巧和故事构建的分析，不但能够帮助读者更加深入地了解文学作品，揭示作品内涵，并且能够推进建立更为全面的文学批评理论，促进学界的讨论。后经典叙事学则表现出了强大的跨学科潜能，它不仅适用于文学，还适用于电影、戏剧、历史、社会科学等各个领域，这使得叙事学成为研究不同媒体和学科中叙述结构和故事叙述的有力工具，帮助研究者更全面地探讨和理解文学作品及其在文化和社会中的角色。在当下这个以"后-"（post-）为关键词的理论时代，叙事学走向"后经典"，并衍生出越来越多的分支似乎是大势所趋。文学研究者在文本阐释环节有了更加丰富跨学科视角，与此同时也不必因庞杂的理论分支感到困惑，对于叙事学而言，通过不同的叙述视角和叙事实践，理解文学作品及其背后社会变革和文化多元性永远是题中之义。

第三章　现当代英美文学中的记忆研究

　　本章导读：基于第二章梳理的相关理论框架，本章关注现当代英美文学中的记忆书写，主要分析《觉醒》《赫索格》《荒谬斯坦》《你当像鸟飞往你的山》四部小说中的"记忆"。以下为相关文本分析的导读。

　　《觉醒》导读：凯特·肖邦是美国文学史上经典的传奇女性作家，其代表作《觉醒》虽然在出版后的一段时间内不被当时的美国主流社会所接受，但其文学价值不应被低估，并且该书还在某种程度上推动了美国妇女解放运动的进程。《觉醒》一书主要围绕生活在 19 世纪末美国新奥尔良的贵族妇女埃德娜·庞德利厄（Edna Pontellier）展开，并主要关注埃德娜反抗传统的觉醒之路。美国的传统女性观深受欧洲保守主义和宗教教义的影响，女性长期被视为男性的附属品，在家庭和社会中均处于从属地位。埃德娜在婚后对 19 世纪美国妇女传统家庭角色的反叛一方面体现了其个体自我意识的觉醒，另一方面则反映了 19 世纪美国男性群体和女性群体之间的不平等关系。除埃德娜以外，《觉醒》中的其他主要女性角色要么完全遵循社会传统，要么在社会可接受的范围内过着独立的不婚生活，这些角色虽生活方式有所差异，但是都没有如埃德娜一般彻底挑战当时的社会底线。埃德娜和其他女性角色的对比体现了 19 世纪美国社会传统对大多数美国女性的规训，还体现了觉醒女性和传统女性之间的记忆对抗。埃德娜最后走向大海结束生命可以被视为对觉醒女性集体记忆的捍卫，但这种集体记忆与 19 世纪大多数传统美国女性的集体记忆相悖，19 世纪美国觉醒女性和传统女性集体记忆之间的对抗在某种程度上也决定了埃德娜悲剧的必然性。

　　《赫索格》导读：《赫索格》是索尔·贝娄典型的知识分子小说，描写了 20 世纪 60 年代美国社会危机下知识分子的精神困境。一些学者将主人公的精神危机与他的犹太性相联系，探讨犹太"他者"在美国社会的夹缝求生；另一些学者将赫索格的创伤心理与他的知识分子身份相结合，从知识分子角度探讨赫索格的认知难题。本章延续第二种思路，认为从赫索格的身上，能明显看到他的浪漫主义倾向，而这种精神危机与其浪漫主义理念有着直接关联。正是浪漫理想与现实境遇的冲突，逝去记忆与当下世俗的割裂，才使得他意识到想要改变现实困境的最佳办法，就是试图建立过去与现在的联系，在现世中找寻并建构浪漫主义的"记忆之场"。小说集中体现了三种"记忆之场"对浪漫主义的保存、宣扬与延续功能：赫索格通过《十八、十九世纪英法政治哲学的自然状况》《浪漫主义与基督教》等浪漫主义研究专著来对浪漫主义思想进行宣传；利用自己撰写的书信所具有的记忆载体作用，从书信内容和写作风格来探讨浪漫主义的当代价值；所住居所——路德村作为浪漫主义建筑，承载了关于浪漫主义的文化记忆。赫索格通过这些"记忆之场"，为唤起浪漫主义的集体记忆提供了可靠的储存之所。

《荒谬斯坦》导读：记忆与历史的交织始终是文学研究界热议的问题。后现代语境下对"大历史"的解构潮催生了"小历史"和"记忆"的转向研究，"文化记忆"的热议也为探究文学中的大屠杀书写提供了新的视角。二战时期，纳粹屠犹事件引起了全世界的谴责，且在学术界持续引发了讨论。虽然关于"大屠杀之后写诗与否"的争论从未停止，但是美国犹太文学始终不断地再现大屠杀，大屠杀的写作也历经了一代又一代的作家，从索尔·贝娄到菲利普·罗斯，大屠杀文学已成为美国文学批评中的重要组成部分。犹太大屠杀发生于20世纪，显然属于过去发生的事，它既是历史，又是一种记忆。文学不同于历史记录的最大特征在于一种私密性和对个体的关注，文学对大屠杀的书写总是更加触动人，引人反思。进入21世纪，新生代美国犹太作家同样延续了这一写作传统，只不过他们对大屠杀给出了不同的书写方式。在《荒谬斯坦》这样一个大屠杀后叙事文本中，美籍俄裔犹太作家加里·施泰恩加特构建了一座包含声誉记忆、文化创伤和反犹主义记忆等分支记忆，以及以节日和身体为记忆机制的"文化记忆"博物馆，突显了小说的犹太性和人文思考。

《你当像鸟飞往你的山》导读：塔拉·韦斯特弗是美国当代的新生代作家，也是一名极有前途的年轻历史学家，她最有影响力的作品便是自传体小说《你当像鸟飞往你的山》。该部小说以第一人称的叙述视角讲述了作者塔拉走出美国爱达荷州山区，在剑桥大学获得历史学博士学位的故事。和大多数美国女性不同，塔拉在成长的过程中既没有接受过正规的基础教育，还需要忍受原生家庭所带来的痛苦。在逃离山区走向世界的过程中，塔拉实现了对美国传统家长制压迫、性别歧视、阶级压迫的反抗，最终从原生家庭中的"他者"转变为主宰自己人生的主体。虽然塔拉的故事在某种程度上揭露了美国普通女性在成长过程中所需要面临的各种困境，但是她的故事也从侧面展现了处于从属地位的女性为实现自我社会价值所拥有的勇气，更是给整个美国社会提供了另一条实现"美国梦"的路径。此外，虽然《你当像鸟飞往你的山》是一本自传体小说，具有私人性特征，但是塔拉却在书写的过程中实现了对记忆的重述。也正是通过对个体创伤记忆，原生家庭集体记忆的记录，塔拉能在被原生家庭规训的状态下进行相应的反记忆尝试。因此，《你当像鸟飞往你的山》不仅是一部自传体小说，更是一部关于记忆的小说，通过对记忆的书写，塔拉回应了个体创伤记忆的需求，并且战胜创伤，融入新的群体，搭建非原生家庭的集体记忆。

第一节　《觉醒》中的集体记忆研究

法国思想政治家阿列克西·托克维尔（Alexis Tocqueville，1805—1859）在著作《论美国的民主》（*Democracy in America*）中高度肯定了美国女性对美国发展的重要性，他认为美国之所以强大，一部分原因便在于美国女性的出类拔萃（Tocqueville，2000）[1]。托克维尔认为美国女性在婚前高度独立自主，在婚后又完全依附于家庭，这种生活模式与美国的清教观念以及女性的幼时启蒙教育有着紧密联系，美国的民主发展模式便得益于其独特的女性培养方式（刘依平，2017）[2]。尽管19世纪的美国女性得到了托克维尔的高度赞扬，但是在本质上，当时的美国女性不管是在法律上还是日常生活中都处于"他者"地位，美国女性在婚后便完全沦为社会的边缘群体。凯特·肖邦是美国女性文学创作的先驱之一，但是19世纪美国主流社会对其作品的排斥，使得肖邦作品的相关价值在20世纪才得以显现，但是不可否认的一点便是肖邦的作品对反映19世纪的美国女性生存状况有着重大意义，肖邦本人也是美国文学史上重要的经典一流作家（万雪

---

①　TOCQUEVILLE A. Democracy in America［M］. Chicago：University of Chicago Press，2000.

②　刘依平. 美国的妇女：托克维尔的颂歌［J］. 中华女子学院学报，2017，29（4）：71-75.

梅，2012）①。肖邦的第二部长篇小说《觉醒》是其影响力最大的一部作品，这部小说不仅较为全面地反映了19世纪的美国妇女生活现状，还塑造了埃德娜式的反传统女性形象（金莉 等，1995）②。埃德娜的觉醒完全违背了19世纪美国女性的生存法则，更是挑战了当时的社会传统，她不仅没能完全履行当时社会给女性制定的相关义务，还先后出轨罗伯特（Robert Lebrun）和阿罗宾（Alcée Arobin），使丈夫莱昂斯（Léonce Pontellier）的社会地位受到一定影响。由于当时的美国社会对女性的定位大多都是"家庭天使"，埃德娜在这种情况下只能通过结束自己的生命来实现对现实生活的抗争。书中另一个女性角色阿黛尔（Adèle Ratignolle）则是当时美国社会最为推崇的女性形象，她尊重丈夫，爱护孩子，并且可以为家庭付出一切。此外，书中的钢琴女教师赖茨小姐（Mademoiselle Reisz）虽然没有结婚，但是她自食其力，并没有挑战当时的社会传统。简单来说，《觉醒》中的女性人物大致可以分为两类，一类如埃德娜一般在觉醒的过程中挑战社会传统，另一类则如阿黛尔一般遵循美国传统文化体制。虽然赖茨小姐的婚姻状况在当时的美国并非常态，但是她在本质上还是尊重美国传统，保持未婚女性的独立自主，并且没有尝试去颠覆当时的社会体制。不管是埃德娜还是其他女性角色，她们都在19世纪的美国社会背景下形成了不同的记忆模式，埃德娜的悲剧不仅关乎社会体制，还突出了女性群体间的记忆冲突。

学界对《觉醒》的现有相关研究或关注埃德娜的女性意识觉醒过程（阚鸿鹰，2005；Clark，2008；Gray，2004）③；或讨论埃德娜是否真的实现个体的觉醒以及其死亡的意义（甘文平，2004；叶英，2011；Treu，

---

① 万雪梅. 美在爱和死 [D]. 上海：上海外国语大学，2012.

② 金莉，秦亚青. 美国新女性的觉醒与反叛：凯特·肖邦及其小说《觉醒》[J]. 外国文学，1995（3）：61-66，73.

③ 阚鸿鹰.《觉醒》：女性性意识觉醒的先声 [J]. 西南民族大学学报（人文社科版），2005（9）：176-178；CLARK Z. The bird that came out of the cage: a foucauldian feminist approach to Kate Chopin's the awakening [J]. Journal for Cultural Research, 2008, 12 (4): 335-347; GRAY J. The escape of the "sea": ideology and "The Awakening" [J]. The Southern Literary Journal, 2004, 37 (1): 53-73.

2000)①；或关注其他女性角色的生存模式（叶英，2012；Leblanc，1996)②；或讨论《觉醒》中的生存哲学（万雪梅，2012；Camfield，1995)③。简言之，现有相关研究大多对埃德娜的觉醒持肯定态度，并高度评价其在觉醒过程中所体现的女性主体意识。但是，埃德娜和其他女性角色的选择在很大程度上受到了当时美国社会环境的影响，特别是埃德娜的悲剧更体现了她对当时社会文化记忆的反叛，她的结局也是一种以死亡为代价的记忆见证。"记忆"虽然最早被用于指涉相关的心理机能，但是随着人类社会的发展，"记忆"开始越来越多地被赋予文化含义。在哈布瓦赫提出"集体记忆"的概念之后，"记忆"的相关研究更是开始指涉更广的维度。本部分将主要关注《觉醒》中的主要女性角色，通过对她们生活模式的探讨，来反观19世纪美国社会女性群体中不同的集体记忆，实现将个体写入集体记忆的方法论路径（Crane，1997)④。

一、19 世纪的美国女性

尽管托克维尔高度赞扬19世纪美国女性的生活状态，但是他对美国女性的评价大多是基于法国的社会现状和美国的宗教情况所得出的，当时的美国女性被称为"优秀"的原因是她们大多可以完美地履行"家庭天使"的职责。从19世纪中期开始，美国便掀起了第一次女性主义浪潮。如果说Wollstonecraft的著作《为女权辩护》（*A Vindication of the Rights of Woman*）奠定了现代女性主义的基础，那么1848年在美国塞尼卡弗尔斯（Seneca Falls）召开的第一次女权大会则标志着美国女性主义运动的转折。伊丽莎白·斯坦顿（Elizabeth Stanton）在大会上发表了著名的《情感宣言》（*De-*

---

① 甘文平.艾德娜觉醒了吗：重读美国小说家凯特·肖邦的《觉醒》[J].武汉理工大学学报（社会科学版），2004（4）：513-516；叶英.越过传统和偏见去空中翱翔的小鸟：析肖邦《觉醒》中埃德娜之死的必然性 [J].外语研究，2011（6）：93-99；TREU R. Surviving Edna: a reading of the ending of The Awakening [J]. College Literature，2000，27（2）：21-36.

② 叶英.是社会规范的叛逆者还是遵循者?：从文化视角看《觉醒》中单身女人赖茨的生存模式 [J].四川大学学报（哲学社会科学版），2012（6）：102-109；LEBLANC E. The metaphorical lesbian: Edna Pontellier in The Awakening [J]. Tulsa Studies in Women's Literature，1996，15（2）：289-307.

③ 万雪梅.美在爱和死 [D].上海：上海外国语大学，2012；CAMFIELD G. Kate Chopin-hauer: or can metaphysics be feminized? [J]. The Southern Literary Journal，1995，27（2）：3-22.

④ CRANE S. Writing the individual back into collective memory [J]. The American Historical Review，1997，102（5）：1372-1385.

claration of Sentiments），并进一步强调了在美国乃至全世界实现男女平等的重要性，《情感宣言》的发表也说明"美国妇女在觉醒意识和争取平等上远远走在了世界前列"（钱满素，2022）①。美国第一次女性主义运动浪潮始于 19 世纪中期，一直持续至 20 世纪 20 年代，第一次浪潮的主要目标便是为了实现女性和男性在政治权力上的平等。而直到 1920 年，美国妇女的投票权才被美国法律正式承认，这也从侧面说明了美国女性主义运动开展的艰难以及美国社会传统的强大阻力。虽然 1920 年美国宪法第 19 修正案赋予了美国全体女性法律意义上的投票权，但是美国南方根深蒂固的种族主义仍然让大量非白人女性无法享受其合法的法律权力。由此，我们可以发现美国第一次女性主义浪潮虽然持续时间较长，但是其发展受到多种现实因素的阻碍，其中既涉及性别问题，还存在种族和阶级等其他方面的矛盾。尽管美国女性主义运动始于 19 世纪中期，部分先进女性已经注意到女性群体和男性群体在政治权力等方面的不平等，并且开展了一系列的权力斗争运动（Woloch，1994）②，但是 19 世纪的美国社会传统仍然影响着大部分的美国女性，并且大多数美国女性也未能真正走出家庭为女性群体的权力发声，她们的个体记忆和集体记忆都与各自的家庭生活有着紧密联系。

19 世纪美国主流社会的女性形象和地位与当时社会所推崇的"真正女性气质"（true womanhood）紧密相关。Welter 在对 19 世纪美国妇女的生活现状进行考察后，总结出了美国主流社会所推崇的美国妇女形象，即美国妇女需要"虔诚、纯洁、顺从、居家"，让"自己成为家庭中的人质"（Welter，1966）③。"虔诚"更多强调一种宗教信仰，并且居于美国女性美德的核心，宗教信仰与美国清教传统有着紧密联系，并且给予美国女性生活所依赖的尊严（Welter，1966）④，美国女性对宗教的虔诚程度远高于男性，并且积极参加各类宗教活动（王恩铭，2011）⑤。《觉醒》中各个角色的行为在一定程度上都反映了宗教对妇女日常行为的影响，并且阿黛尔对

---

① 钱满素. 女士接力 [M]. 上海：上海社会科学院出版社，2022.

② WOLOCH N. Women and the American experience [M]. New York：McGrow-Hill, Inc, 1994.

③ WELTER B. The cult of true womanhood：1820—1860 [J]. American Quarterly, 1966, 18 (2)：151-174.

④ WELTER B. The cult of true womanhood：1820—1860 [J]. American Quarterly, 1966, 18 (2)：151-174.

⑤ 王恩铭. 美国女性与宗教和政治 [J]. 妇女研究论丛，2011 (5)：92-98.

已婚妇女出轨这样的行为一直持消极态度。"纯洁"对于 19 世纪的美国女性也十分重要，如果女性失去了"纯洁"这一特性，那么她便不能被称为合格的女性，她只能被视为宗教中的"堕落天使"。埃德娜在婚后与其他男性保持情感和肉体上的接触便会在一定程度上引发社会对其女性纯洁特质的思考。"顺从"则是强调 19 世纪美国女性作为妻子的特质，在结婚后，她们便不再拥有独立的思考空间，她们的生活重心均应该以丈夫为主，对男性的顺从是她们作为妻子的第一要务。因此，《觉醒》中的埃德娜和阿黛尔若要符合 19 世纪美国的女性观念，她们都必须完全顺从于自己的丈夫，尊重丈夫所做的一切决定。而"居家"则是 19 世纪美国女性所需要拥有的另一个主要气质，在结婚以后，美国妇女应该将自己的生活领域和活动范围限制在家庭之中，进一步履行一个母亲和一个妻子所应尽的义务。对于 19 世纪的大多数美国女性而言，远离工作并且安心在家照顾丈夫和孩子才是"最得体"的生活方式（Welter，1966）①。《觉醒》中埃德娜的觉醒之路便始于对"居家"传统的反叛，而最后也正是两个孩子成为压死她的最后一根稻草，造成了她觉醒之路的悲剧性。简言之，19 世纪的美国女性大多都遵循所谓的"真正女性气质"，虽然有部分女性开始为男女群体之间的法律平等地位而奋斗，但是在本质上还是未能改变整个 19 世纪美国女性群体的整体的生活状况，19 世纪美国女性对社会产生的相关记忆也与"真正女性气质"的盛行不无关系。

除了社会范围内对"真正女性气质"的推崇，19 世纪的美国女性还受到特定法律的限制，这些法律大多限制女性群体的权力，未能在法律层面上平等对待男性群体和女性群体。在这些法律中，对 19 世纪美国女性的社会地位影响较为深远的则是"已婚妇女从属原则"（coverture），该条法律虽然源于英国，但是在美洲大陆上也得到了广泛传播。该条法律认为已婚妇女的法律权力和未婚妇女或者丧夫妇女不同，她们的法律权力在婚后已与丈夫合为一体，她们的权力需要在丈夫的"庇护"（cover）之下，只有丈夫才享有法律权力、政治权力以及经济权力（Hoff，2007）②。换言之，19 世纪的美国女性一旦结婚，她们的所有资产和权力都属于丈夫，她们已

---

① WELTER B. The cult of true womanhood：1820—1860 ［J］. American Quarterly, 1966, 18 （2）：151-174.

② HOFF J. American women and the lingering implications of coverture ［J］. The Social Science Journal, 2007, 44（1）：41-55.

经不再享有婚前独立自主的生活状态。19 世纪美国主流的家庭观念也深受"已婚妇女从属原则"的影响，当时的美国家庭观念倾向将女性限制于家族之中，公共场合的社交不属于当时的美国女性，并且社会主流意识还认为女性先天便缺乏足够的法律与政治能力（叶英，2011）①。因此，19 世纪的美国女性被传统和法律观念禁锢在家庭之中，她们虽然在婚前可以独立自主地生活，但是在婚后便完全丧失自我的主体意识，沦为社会的"他者"，并且由于婚后她们的所有资产和权力都归于丈夫，她们在家庭中也同样处于边缘从属地位。19 世纪的美国女性若想要参与公共生活，又或是参与美国社会的政治建设，她们只能通过培养自己的儿子，辅助自己的丈夫来实现这一目标，成为一个合格的"共和国母亲"（Kerber，1980）②。简言之，19 世纪的美国女性在婚后的活动范围被局限于家庭，成为一个合格的"家庭天使"是大多数美国女性的宿命，丈夫、孩子和家庭占据了她们生活的重心。虽然斯坦顿等人在第一次女权大会的发言有着巨大的影响力，但是在短时间内，19 世纪美国女性的生存状况还是无法被改变。埃德娜的觉醒除了有对"我到底是谁"的哲学追问，还有对 19 世纪美国社会传统妇女观念的拷问。

　　总体而言，19 世纪的美国社会要求女性追求"真正女性气质"，"已婚妇女从属原则"则将美国女性的权力完全置于丈夫之下，使她们完全沦为社会和家庭空间中的"他者"，而 19 世纪美国传统的家庭观念更是将女性限制在家庭之中，让她们与社会发展脱节，无法直接参与公共生活。虽然有部分先进女性在 19 世纪中期便开始对美国社会传统发起挑战，但是"这些转变还仅仅是量的积累，还没有发生质的飞跃，还不足以从根本上影响到妇女的生存方式"（叶英，2011）③。19 世纪的美国社会传统也直接奠定了当时美国女性的记忆基础，法律也作为一种媒介不断强化着美国女性关于 19 世纪社会传统与女性观念的记忆，因此，埃德娜的觉醒既体现了属于她这类觉醒女性的集体记忆，也进一步说明了传统和反传统集体记忆之间的冲突。

---

　　① 叶英. 越过传统和偏见去空中翱翔的小鸟：析肖邦《觉醒》中埃德娜之死的必然性 [J]. 外语研究，2011（6）：93-99.

　　② KERBER L. Women of the republic: intellect and ideology in revolutionary America [M]. North Carolina: The University of North Carolina Press, 1980.

　　③ 叶英. 越过传统和偏见去空中翱翔的小鸟：析肖邦《觉醒》中埃德娜之死的必然性 [J]. 外语研究，2011（6）：93-99.

二、《觉醒》中的传统女性集体记忆

"集体记忆"的概念由法国社会学家哈布瓦赫提出，他认为没有纯粹的个体记忆，个体的记忆只能在一定的社会框架下才能被激活，个体的记忆也只能在相应的集体中才存在，集体记忆不是一个既定的概念，而是在社会建构的过程中形成的（哈布瓦赫，2002）①。刘颖洁（2021）② 指出"集体记忆"中的"集体"概念是旨在强调记忆运行的根本逻辑和社会框架，记忆的主体依然是个体，通过个体的记忆行为来反映出所在集体的相关记忆。因此，集体记忆强调不同主体在社会框架中的互动，"每一个集体记忆，都需要得到在时空被界定的群体的支持"，社会中存在多少不同的集体，就有多少不同的集体记忆（哈布瓦赫，2002）③。因此，在 19 世纪的美国，大多数女性都受主流社会价值观念的影响，力图追求"真正女性气质"，形成当时美国女性群体内最为常态化的集体记忆。并且由于宗教和社会制度对 19 世纪美国女性的限制，她们大多"心甘情愿"地充当"家庭天使"，将家庭、丈夫和孩子视为生活记忆的全部来源，并将这些家庭生活逐步固定化与仪式化，形成属于 19 世纪美国主流社会的文化记忆。简言之，在美国宗教、法律以及社会制度的影响下，19 世纪的美国女性大多拥有类似的集体记忆，并且在经过家庭生活程式化、宗教信仰仪式化的过程之后，她们甚至形成了一种独特的以家庭为中心的文化记忆。文化记忆到底传承什么，表达什么均与当时的社会背景以及政治结构有关（金寿福，2017）④。《觉醒》中的阿黛尔便是 19 世纪美国女性传统集体记忆的缔造者，通过她便可以发现属于 19 世纪美国女性的主流集体记忆。而钢琴教师赖茨小姐虽然没有结婚，看似与当时的社会传统格格不入，但是在本质上她仍然是 19 世纪美国女性主流集体记忆框架下的一员。

作为一名贵族已婚妇女，阿黛尔首先诠释了 19 世纪美国女性主流集体记忆的一大突出特点，即以家庭为中心。Nussbaum（2000）⑤ 指出家庭是一个较为复杂多元的社会结构，女性在家庭当中起着粘合私人空间和公共

① 哈布瓦赫. 论集体记忆 [M]. 毕然，郭金华，译. 上海：上海人民出版社，2002.

② 刘颖洁. 从哈布瓦赫到诺拉：历史书写中的集体记忆 [J]. 史学月刊，2021（3）：104-117.

③ 哈布瓦赫. 论集体记忆 [M]. 毕然，郭金华，译. 上海：上海人民出版社，2002.

④ 金寿福. 扬·阿斯曼的文化记忆理论 [J]. 外国语文，2017，33（2）：36-40.

⑤ NUSSBAUM M. Woman and human development：the capabilities approach [M]. Cambridge：Cambridge University Press，2000.

空间的重要作用，并且在很长一段时间内，女性社会价值能否实现取决于她在家庭中所发挥的作用。此外，19世纪美国女性的家庭教育关注宗教信仰和持家能力，这也是一个妻子和母亲在婚后的生活重心所在（卢敏，2012）①。在肖邦的笔下，阿黛尔是"女人气质的优雅和魅力的化身"，她不仅有着优渥的家境，受过良好的教育，并且有着极为突出的外表，她的长相只能"借用描绘罗曼蒂克的公主和梦境中美貌的贵妇人之类的言词"来描绘（肖邦，2001）②。简言之，阿黛尔的各种条件符合19世纪美国主流社会对于完美女性的所有幻想，并且她也试图用自己的经历来影响埃德娜。《觉醒》这本小说看似是在描写埃德娜的悲剧一生，其实也在反观阿黛尔式"完美女性"的一生，并且勾勒出她们的集体记忆。

阿黛尔的集体记忆与家庭的运行有着紧密联系。首先，阿黛尔认为女性婚后的所有工作都应该围绕家庭展开，与家庭运行无关的社交活动都不应该归于女性。阿黛尔的主要工作便是每天重复类似的家务劳动，并且乐于和其他女性分享自己的家庭轶事。而阿黛尔唯一的非家庭性社交活动便是贵族家庭间为了保持联系而进行的例行拜访，她在这些贵族社交活动中也并非主角，只是一个表示家庭完整性的符号。家庭琐事和为了家庭颜面所进行的社交构成了阿黛尔的基本生存哲学，也反映了19世纪美国大多数女性的集体记忆框架，她们需要通过重复的家庭间交往来强化美国女性的集体记忆，并力图在整个社会形成一种统一性的集体记忆，即女性的活动范围需要被控制在家庭之内，她们应该被塑造成男性和社会的道德榜样（崔娃，2013）③。其次，阿黛尔将自己置于家庭中的从属地位，其生活以丈夫和孩子为主。和埃德娜相比，阿黛尔更符合当时的社会规范，因为她"更加女性化，主妇化"（肖邦，2001）④，她的生活除了完成家庭琐事，便是成为丈夫和孩子的附庸，以"他者"形象实现自我的主体价值。在所有的家庭社交活动中，阿黛尔都以丈夫为主体，并且往往以丈夫的名义来实现自我的显身。同时，在日常生活中，阿黛尔总是对丈夫言听计从，对丈夫"所讲的一切都非常感兴趣，时而放下刀叉，专心听讲，时而随声附

---

① 卢敏. 家庭、女性与美国早期公民道德建构：以《新英格兰故事》为例 [J]. 国外文学，2012，32（4）：136-141.

② 肖邦. 觉醒 [M]. 潘明元，曹智，译. 延吉：延边人民出版社，2001.

③ 崔娃. 从"真正女性崇拜"到"新女性想象" [D]. 长春：吉林大学，2013.

④ 肖邦. 觉醒 [M]. 潘明元，曹智，译. 延吉：延边人民出版社，2001.

和，或代为补充"（肖邦，2001）①。她总是活在丈夫的性别凝视之下，被男性操纵话语体系，使自己处于从属、无声乃至失语的状态（朱晓兰，2014）②。但是由于19世纪的美国社会对"真正女性气质"的推崇使得阿黛尔难以思考家庭和婚姻关系中的运行逻辑，她甘于成为丈夫的附庸，并且乐于向埃德娜展现这种"和谐"的婚姻状态。面对孩子，阿黛尔更是付出所有，她认为孩子便是她生命的一切，孩子构成了她生活记忆的主要来源。当孩子们吵闹时，阿黛尔始终照顾着他们，并且尽一切可能让孩子们安静。当孩子们迎接阿黛尔回家时，她便如"皇后"般享受着孩子们的陪伴，并给予他们最温柔的呵护。如果说丈夫是阿黛尔自我意识的代言人的话，那么孩子便是阿黛尔生命价值的代言人。因为丈夫只是代替阿黛尔实现其社会价值，而孩子便承载了阿黛尔作为19世纪美国家庭主妇的全部意义，因为孩子不仅是家族发展的希望，更是美国未来的希望。作为贵族女性，阿黛尔关注家庭生活，她的个体价值便是通过辅助丈夫和照顾孩子来体现，并且阿黛尔试图通过她的付出来巩固属于19世纪大多数美国女性的集体记忆。总体而言，尽管阿黛尔并非《觉醒》中的绝对主角，但是肖邦通过对其生活的描写再现了19世纪美国大多数传统女性的集体记忆，由于这些女性深受美国社会文化的影响，不断通过家庭琐事和各种社会仪式来巩固她们的集体记忆，并在整个美国社会中形成一种全民性的女性文化记忆，即远离公共领域，专注家庭生活，辅助丈夫，照顾孩子。

除阿黛尔以外，赖茨小姐也是书中一个比较重要的人物。由于赖茨小姐相貌平平，性格怪异，一直独居，且拒绝结婚，她被视为挑战美国19世纪美国传统的怪异女性（Seidel，1993）③，并且她在其生活的社区也没有良好的人际关系，"最惹人讨厌，名声最臭"（肖邦，2001）④。如此一来，赖茨小姐看似和19世纪美国女性传统的主流的价值观完全背道而驰，她的生存方式似乎在挑战美国19世纪美国主流社会所推崇的"真正女性气质"。但是在本质上，赖茨小姐还是坚持了美国19世纪的女性传统价值观，她并没有动摇当时美国的社会价值观念，她仍然活在主流女性集体记

---

① 肖邦. 觉醒［M］. 潘明元，曹智，译. 延吉：延边人民出版社，2001.

② 朱晓兰."凝视"理论研究［D］. 南京：南京大学，2014.

③ SEIDEL K. Art is an unnatural act：Mademoiselle Reisz in The Awakening［J］. Mississippi Quarterly：The Journal of Southern Culture，1993，46（2）：199-214.

④ 肖邦. 觉醒［M］. 潘明元，曹智，译. 延吉：延边人民出版社，2001.

忆的框架之下，她仍然遵循 19 世纪美国社会给女性划定的界限（叶英，2012)①。首先，赖茨小姐和阿黛尔以及埃德娜的婚姻关系有所不同，她没有结婚，因此不用承担法律所要求已婚妇女所履行的婚姻义务。并且，在 19 世纪的美国，并非所有女性都会选择结婚，因为虽然结婚是当时美国女性的主流选择，但如果单身女性受生活所迫无法结婚，并且能靠自己努力在社会立足，她也可以得到社会的认可（叶英，2012)②。换言之，赖茨小姐的选择虽然并非 19 世纪美国女性的主流，但是她独立自主，自力更生，一直保持托克维尔所描述的美国未婚女性的生活状态，因此，她的生活模式并没有在根本上挑战社会传统。其次，赖茨小姐的职业也符合当时社会对于女性的想象。尽管她和埃德娜以及阿黛尔的社会地位有所不同，但是在对音乐的态度方面她们有着共同的集体记忆。音乐以及绘画和女性气质有着紧密联系，女性对艺术类活动的投入可以体现出她们自身的女性气质，女性对西方音乐研究做出了极大的贡献（宋方方，2013)③。赖茨小姐主要靠教授钢琴课和演奏钢琴为生，这符合当时美国社会对于女性工作领域的想象，并且音乐和艺术也能体现赖茨小姐内在的女性气质。因此，赖茨小姐虽然外表平平，缺乏突出的女性身体特征，但是其工作可以显现她内在的女性气质，并且她的表演得到了贵族社会的一致认可，贵族社会也用"小姐"这样的称呼来体现赖茨的女性气质。此外，由于没有结婚，赖茨小姐的生活也以关注自我为主，但是这与当时大多数美国女性以家庭为中心的观念并不相悖。因此，在法律层面上赖茨小姐处于未婚状态，我们可以将她在社会层面上的家庭视为仅由她组成的非主流模式家庭，她的工作也是为了维持这个家庭的运行，改善自己的生活。一言以蔽之，赖茨小姐的生活模式在本质上并没有动摇 19 世纪美国主流的女性集体记忆，尽管她没有选择结婚，但是她的生活方式大致符合当时美国女性传统集体记忆的社会框架。社会虽然不能过于赞同她的生存模式，但是也无法将她排斥在主流的集体记忆框架之外（叶英，2012)④。

---

① 叶英.是社会规范的叛逆者还是遵循者?：从文化视角看《觉醒》中单身女人赖茨的生存模式 [J]. 四川大学学报（哲学社会科学版），2012 (6)：102-109.

② 叶英.是社会规范的叛逆者还是遵循者?：从文化视角看《觉醒》中单身女人赖茨的生存模式 [J]. 四川大学学报（哲学社会科学版），2012 (6)：102-109.

③ 宋方方.美国女性主义音乐批评的学术历程 [J]. 黄钟，2013 (1)：77-83.

④ 叶英.是社会规范的叛逆者还是遵循者?：从文化视角看《觉醒》中单身女人赖茨的生存模式 [J]. 四川大学学报（哲学社会科学版），2012 (6)：102-109.

总而言之，阿黛尔和赖茨小姐虽然看似有着不同的生活模式，但是她们的生活模式均符合 19 世纪美国主流的传统女性集体记忆框架，她们都遵循社会为女性划定的界限，已婚妇女以家庭为中心，视丈夫和孩子为生命，并且通过各种社会仪式来强化这种集体记忆，使之成为 19 世纪美国主流的文化记忆；未婚女性则坚持独立自主，践行宗教信仰，通过各种方式凸显女性气质。阿黛尔和赖茨都用自己的生存模式反映了当时美国社会对于"真正女性气质"的推崇，也显示了集体记忆框架对美国女性深远的影响，她们也共同展现了 19 世纪传统女性集体记忆的特点和实现的多样性。

三、《觉醒》中的非传统女性集体记忆

在《阁楼上的疯女人》（*The Madwoman in the Attic*）一书中，Gilbert 和 Gubar（2000）[①] 将文学中的女性形象大致分为"天使"和"妖精"。如果说阿黛尔的生活反映了"天使"般的 19 世纪美国妇女的集体记忆，那么埃德娜则如"妖精"般再现了 19 世纪觉醒美国女性的非传统集体记忆。尽管 19 世纪的美国女性大多都倾向于做家庭天使，但是毕竟也有少部分女性不愿意被禁锢于家庭之中。现实生活中的斯坦顿便是 19 世纪美国觉醒女性的杰出代表，而《觉醒》中的埃德娜则是肖邦在文学作品中塑造的一个违背 19 世纪美国社会传统的典型人物。由于 19 世纪美国社会结构的复杂性，美国社会中所存在集体记忆也变得难以用单一的标准去衡量，集体记忆是立足于现实的一种重构（哈布瓦赫，2002）[②]。因为所处环境、时间和地点的差异，美国社会也会以不同方式去再现它的过去（陶东风，2010）[③]，并且也会根据实时情况重构相关的集体记忆。虽然在《觉醒》一书中，只有埃德娜一个人真正尝试触碰社会的禁忌，但是由于"一切文学作品都具有现实性"（张明，2019）[④]，埃德娜的"叛逆行为"也势必体现了当时美国南方的一些社会现实，她的行为也反映了美国一部分女性对于社会传统的挑战。从某种程度上而言，埃德娜的一生是在和传统的美国女性集体记忆作斗争，她最后以放弃生命的方式来书写属于 19 世纪觉醒女性

[①]　GILBERT S, GUBAR S. The madwoman in the attic［M］. New Haven：Yale University Press，2000.

[②]　哈布瓦赫. 论集体记忆［M］. 毕然，郭金华，译. 上海：上海人民出版社，2002.

[③]　陶东风. 记忆是一种文化建构：哈布瓦赫《论集体记忆》［J］. 中国图书评论，2010（9）：69—74.

[④]　张明. 文学作品的现实性［J］. 浙江师范大学学报，2019，44（5）：37-43.

的集体记忆。尽管这种集体记忆在当时的美国并不被主流社会接受，但是也正是这种小众的集体记忆展现了 19 世纪美国社会所存在的性别问题以及觉醒女性在觉醒之路上的艰难。

《觉醒》一书的主要内容便是描写埃德娜从遵循社会传统到反叛社会传统的觉醒过程，埃德娜的觉醒也伴随着对社会传统的反思，也正是通过不断对自己生命中"过去"的思考，埃德娜书写了属于觉醒女性的集体记忆，并进一步证明了个体构建集体记忆的可能性。在小说的前几章中，埃德娜并没有挑战社会传统，她还是活在传统的集体记忆框架之下，她将婚戒随时戴在身上，照顾孩子，关心丈夫，是一个"典型的美国女人"（肖邦，2001）①。当丈夫开始责备她"疏忽大意，总是对孩子不闻不理"之后，埃德娜便已经开始对自己的社会角色产生怀疑，而当她开始第一次尝试游泳，逐步对婚戒产生冷漠态度之时，她已经开始构建属于觉醒女性的非传统集体记忆，因为正是第一次游泳让她发现在她内心深处，"某种亮光正开始朦胧地闪现——这亮光照耀着她的道路，但又阻挠着她前行"②（肖邦，2001），这种亮光便是 19 世纪女性对自我和自由的渴望，也是这种渴望不断推动着埃德娜挑战传统，触碰大多数女性还未能触及的底线，构建非主流的集体记忆。

埃德娜式的非传统集体记忆首先与身体觉醒有关。她和莱昂斯的婚姻纯属巧合，她并没有真正在莱昂斯身上得到自己理想的爱情，她对丈夫而言只是贵族家庭彰显社会地位的工具。甚至在她表现出反传统的行为之时，莱昂斯将其送往诊所医治，医生在确认埃德娜的家庭背景后认为治疗这种反常行为的唯一方式便是让她去参加一场婚礼，因为这样可以让她重新找到幼时家庭教育留在她身上的文化记忆痕迹以及重新回归到传统的女性集体记忆框架之下。莱昂斯对埃德娜的态度让她不得不思考自己是否真的对丈夫还拥有感情，尽管埃德娜一直认为莱昂斯是"世界上最好的丈夫"，自己也"不知道有谁能比他更好"（肖邦，2001）③，但是，埃德娜对于丈夫的评价是基于他为维护家族颜面而做出的努力，而非夫妻间的感情。对莱昂斯而言，埃德娜也是一个被物化的工具，她存在的现实价值便是为家族抚育接班人，她并不能完全掌握自己的身体，她在本质上只是男

---

① 肖邦. 觉醒 [M]. 潘明元，曹智，译. 延吉：延边人民出版社，2001.
② 肖邦. 觉醒 [M]. 潘明元，曹智，译. 延吉：延边人民出版社，2001.
③ 肖邦. 觉醒 [M]. 潘明元，曹智，译. 延吉：延边人民出版社，2001.

性的情欲对象（向荣，2003）①。在察觉到自己对丈夫的感情并非想象那般美好之后，埃德娜开始试图找回自己对身体的主导权，将自己的身体作为一种媒介来书写属于觉醒女性的集体记忆。

尽管婚内出轨在任何时代都不被社会所接受，但是埃德娜为了找回自己身体的主导权而开始挑战社会的底线，她先后出轨罗伯特和阿罗宾，并且完全忘记自己作为莱昂斯妻子的身份。莱昂斯也因为顾及家族颜面而不得不"默许"妻子的反传统行为。埃德娜找回自己身体主导权的方式在本质上不符合社会规范，违背了道德常规，消解了婚姻关系的伦理性，在任何时代都不可取（何芸，2016）②。但是埃德娜挑战19世纪美国社会传统的精神还是值得肯定，毕竟她的目的也是摆脱男性对于女性身体的物化，打破男性支配女性身体的传统，在掌握自己身体主导权的同时实现性与爱，神与形的结合。只是埃德娜找回身体主导权的方式还是值得商榷，或许避免埃德娜悲剧的可行办法便是她采取合乎道德伦理的方式觉醒，既保证自己身体的主导权，又能寻求真正的爱情，还能规避法律和道德风险。除身体觉醒以外，埃德娜式的集体记忆还强调脱离家庭。19世纪大多数美国女性的集体记忆都将家庭置于首要位置，而埃德娜的非传统集体记忆则突出对传统家庭义务的漠视。长期以来，美国家庭都奉行"男主外，女主内"的家庭运行模式，但是这种运行模式的内在逻辑便是将女性束缚在家庭之中，排斥于公共生活之外，她们完全无法实现其社会价值，并且在家庭和社会中都处于从属地位。在自己学会游泳后，埃德娜便开始了踏上了真正意义上的觉醒之路。她开始不再对莱昂斯言听计从，将婚戒也视为社会赋予她的枷锁，并且不再接待来访的宾客。而对孩子，大多数时间埃德娜也对他们置之不理。虽然埃德娜会偶尔怀念孩子的陪伴，但是在大多数情况下她乐于享受自己的独处时光。如果说埃德娜的身体觉醒是她对社会传统的一次挑战的话，那么她远离家庭的行为便是彻底地颠覆社会传统，因为她所做的一切都与当时所谓的"真正女性气质"背道而驰，她所构建的集体记忆也完全无法被社会所接受。正是因为社会传统对19世纪美国女性的影响根深蒂固，埃德娜式的非传统集体记忆也注定无法与传统的集体

① 向荣. 戳破镜像：女性文学的身体写作及其文化想象 [J]. 西南民族学院学报（哲学社会科学版），2003（3）：188-199.
② 何芸. 当代社会生活中"婚姻出轨"现象的法哲学思考 [J]. 法制与社会，2016（27）：161-162，179.

记忆抗衡，女性集体内部的大多数人也会排斥埃德娜的行为。

尽管埃德娜曾对赖茨小姐说道"我可以放弃那些非本质的东西，也可以放弃金钱，也可以为了孩子们而付出我的老命，但我决不放弃自我"（肖邦，2001）[①]，但是她的觉醒在当时注定失败，因为她难以平衡母亲和自我的关系，她也无法冲破传统女性集体记忆的框架，更无法让其他人接受远离家庭的集体记忆。此外，埃德娜式的集体记忆还处于"觉醒"和"未觉醒"间的中间状态，这也从侧面说明了这种非传统集体记忆的脆弱性和不稳定性。虽然埃德娜在意识到自己需要觉醒的时候开始尝试找回对自我身体的主导权，并且尝试远离家庭，但是她依旧未能完全摆脱传统对她的限制。"已婚妇女从属原则"的存在意味着埃德娜只要还处于婚姻关系之中，她就必须受到莱昂斯的控制，她的一切资产和权力都应该归属于丈夫。因此，她所尝试的一些觉醒行为实质上并没有改变她的处境，她仍然处于莱昂斯的控制之中，只是莱昂斯出于对家族名誉的考虑，并没有直接制止她的行为。而当埃德娜决定搬出家族豪宅自己独居之时，她未能摆脱莱昂斯对她的经济控制，因为她无法独立支付自己觉醒行为所带来的经济开销，她仍然依赖丈夫的金钱来维持她意欲构造的集体记忆。概而括之，埃德娜在本质上处于一种"觉"而未"醒"的状态（刘红卫，2007）[②]，尽管她的行为已经完全与当时的社会传统与规范相悖，但是她仍没有脱离社会传统对她的限制，这也在一定程度上凸显了非传统女性集体记忆的复杂性与脆弱性。非传统女性集体记忆强调女性自我意识的觉醒，鼓励女性走出家庭去实现自我的社会价值，但是在19世纪的美国，强大的社会压力会不断挤压这种非传统类型集体记忆的构建空间，承载这些集体记忆的个体大多也只能处于被撕裂的觉醒状态之中。虽然埃德娜的悲情结局说明非传统女性的集体记忆无法在19世纪的美国社会取得足够的构建空间，但这正是这种努力推动着更多女性敢于走出家庭，敢于争取自身的合法权益。因此，在19世纪的美国，看似失败的埃德娜式集体记忆对后世影响颇深，这种集体记忆的构建模式不仅推动了美国女性的觉醒，也促进了人类社会的和谐发展。

---

① 肖邦. 觉醒 [M]. 潘明元，曹智，译. 延吉：延边人民出版社，2001.
② 刘红卫. "觉"而未"醒"：解读小说《觉醒》中的"觉醒" [J]. 武汉大学学报（人文科学版），2007（3）：358-362.

第二节　探析《赫索格》中浪漫主义的"记忆之场"①

　　索尔·贝娄"是一位在内心情感的激烈冲突中寻找生活真谛的作家"（陈世丹，1998）②，而其作品《赫索格》以其叙事之精巧和语言之生动，细致刻画了主人公赫索格的心路历程。他在学术和感情上都深受打击，往往先是兴高采烈，后来又几近崩溃。他既幽默又严肃，从不脆弱或轻浮，是一个充满活力、富有洞察力的知识分子，也确确实实是一个创伤者（Mikics，2016）③。从他时而逻辑缜密，时而疯疯癫癫的话语中可以发现，造成赫索格创伤的原因是多样化的。以 Vogel（1968）④ 为代表的一些学者，致力于研究赫索格身上的犹太性，将这种创伤理解为赫索格与生俱来的认知，即人注定要受到折磨；而其他一些评论则关注到了赫索格的知识分子身份，并认为赫索格的创伤体现了"一位西方现代知识分子的自我审视、反思美国社会和西方文明的心路历程"（程锡麟，2012）⑤。本章延续了第二种思路，并进一步将这种知识分子的创伤与其浪漫主义的精神信仰相联系起来。面对日益世俗化、功利化的社会，浪漫主义变得愈发难以实现和不被认同，而赫索格作为浪漫主义的追随者，则只能陷入苦闷之中。浪漫主义的被抛弃、被遗忘，促使赫索格建构属于浪漫主义的"记忆之场"，试图重新发扬浪漫主义的精神，唤起集体的浪漫主义记忆，并"尝试通过对浪漫价值观的呼吁来克服我们时代的贫瘠"（Chavkin，1979）⑥。

---

　　① 本小节的主要内容已发表在期刊上，本书内容略有改动。参见：蔡沛珊. 探析《赫索格》中浪漫主义的记忆之场 [J]. 外文研究，2021（2）：39-45.

　　② 陈世丹.《赫索格》中现实主义与现代主义的交融 [J]. 当代外国文学，1998（2）：149-155.

　　③ MIKICS D. Bellow's people：how Saul Bellow made life into art [M]. New York：W. W. Norton & Company，2016.

　　④ VOGEL D. Saul Bellow's vision beyond absurdity：Jewishness in Herzog [J]. A Journal of Orthodox Jewish Thought，1968（4）：65-79.

　　⑤ 程锡麟. 书信、记忆、与空间：重读《赫索格》[J]. 外国文学，2012（5）：45-52.

　　⑥ CHAVKIN A. Bellow's alternative to the wasteland：romantic theme and form in "Herzog" [J]. Studies in the Novel，1979（3）：326-337.

一、浪漫主义的"记忆之场"

根据法国批评家皮埃尔·诺拉（2017）[①] 的"记忆之场"理论，"记忆之场"是实在的、象征性的和功能性的场所。其实在性体现在人口学意义上，意指"记忆之场"的客观存在，主要点明了"记忆之场"的所指范围。诺拉在《记忆之场》中列举了如纪念日、建筑、比赛和文字作品等"记忆之场"，说明其并非局限于某一特定场域，而指向记忆的具体外化物。象征性则从修辞角度体现了"记忆之场"的可描绘性和共鸣感，将"记忆之场"与集体相连，这说明"记忆之场"是激发集体记忆的实体。"记忆之场"所连接的另一头，则是每个活生生的个体，因为集体记忆的呈现需要依托个人来实现，"记忆之场"的建构也离不开集体中的成员。正如哈布瓦赫（2002）[②] 所言，个体通过把自己置于群体的位置来进行回忆，而群体的记忆是通过个体记忆来实现的，并且在个体记忆之中体现自身，"记忆之场"正好给个体提供了一个置于群体的位置，从而使个体产生了强烈的集体归属感。而功能性则强调它承担了"记忆的塑造和传承的职责"（诺拉，2017）[③]。当集体与过去断裂时，"记忆之场"便起到了唤起记忆的作用，因为"如果不是堡垒所捍卫的事物受到威胁，人们可能也不需要建造堡垒"（诺拉，2017）[④]，"记忆之场"这一"堡垒"的出现就是为了使集体中的成员回想起那些原本属于整个集体的那些共有的记忆，从而使已过去的"过去"重新发挥作用，以期建立集体的共识。可见，"记忆之场"即集体记忆重要的依托，为记忆的记录与延续起到关键作用。

索尔·贝娄的小说擅长让他笔下的单个人物将人类共有的伦理情感联系在一起（Corner，2000）[⑤]，而《赫索格》中的"记忆之场"所展现的则是有关人类共有的与浪漫主义相关的记忆。面对浪漫主义信仰危机，浪漫

---

① 诺拉. 记忆之场：法国国民意识的文化社会史 [M]. 黄艳红，等译. 南京：南京大学出版社，2017.

② 哈布瓦赫. 论集体记忆 [M]. 毕然，郭金华，译. 上海：上海人民出版社，2002.

③ 诺拉. 记忆之场：法国国民意识的文化社会史 [M]. 黄艳红，等译. 南京：南京大学出版社，2017.

④ 诺拉. 记忆之场：法国国民意识的文化社会史 [M]. 黄艳红，等译. 南京：南京大学出版社，2017.

⑤ CORNER M. Moving outwards: consciousness, discourse and attention in Saul Bellow's fiction [J]. Studies in the Novel, 2000 (3): 369-385.

的过去与物质的当下之间的断裂，赫索格企图通过建构"记忆之场"的方式来弥合这一缝隙，因而小说中的"记忆之场"都指向浪漫主义，即浪漫主义的"记忆之场"。根据诺拉的理论，浪漫主义的"记忆之场"主要有三个：赫索格所出的专著、赫索格的书信、浪漫主义的归所——路德村的老房子。这三个"记忆之场"，无一例外符合实在性、象征性和功能性这三个特点。其都是浪漫主义记忆的客观外化物，是表达浪漫主义思考和展现浪漫主义风格的实体；专著、书信能引起文内外读者的共鸣，激发读者的浪漫主义记忆，而路德村的居所则作为一个建筑，成为赫索格本人及文内外的其他主体重拾浪漫主义记忆的物质遗产；面对浪漫主义的记忆危机，这三个"记忆之场"又承担起了将过去与现在相连，延续浪漫主义记忆的作用。

　　浪漫主义，或称"理想派"（钱中文，1999）[①]的这一传统集中指向18世纪、19世纪涌现出来的大量浪漫主义诗歌，代表人物包括柯尔律治、拜伦、雪莱等。浪漫主义强调"内在与外在，心灵与物体，激情与各种感知之间的相互作用"（艾布拉姆斯，1989）[②]，而且相较而言，其更重视前者，即内在、心灵与激情。对于浪漫主义诗歌而言，其"不同之处在于它表现了充满诗人情感的世界"（艾布拉姆斯，1989）[③]，也即是说，浪漫主义更强调主体的感受。而在浪漫主义的表达中，浪漫主义对自然情有独钟，往往将"热情、生命和相貌强行加诸于自然景色"（艾布拉姆斯，1989）[④]，以借自然来表现自己的情绪。对于赫索格而言，这种强调情感和自然的浪漫主义不仅仅是18世纪、19世纪的遗产，而且也具有超越时空的价值。正如艾布拉姆斯在20世纪50年代出版的有关浪漫主义的专著《镜与灯》中所言，"英国的浪漫主义时代是紧接在法国革命之后出现的，前后有夹着战争及与其有关的各种谣传。……所以，这个时代堪与我们所经历的两次世界大战之间的时代相比拟"（艾布拉姆斯，1989）[⑤]。通过将

---

① 钱中文. 现实主义与浪漫主义问题 [J]. 文艺理论研究, 1999 (5): 3-5.

② 艾布拉姆斯. 镜与灯: 浪漫主义文论及批评传统 [M]. 郦稚牛, 张照进, 童庆生, 译. 北京: 北京大学出版社, 1989.

③ 艾布拉姆斯. 镜与灯: 浪漫主义文论及批评传统 [M]. 郦稚牛, 张照进, 童庆生, 译. 北京: 北京大学出版社, 1989.

④ 艾布拉姆斯. 镜与灯: 浪漫主义文论及批评传统 [M]. 郦稚牛, 张照进, 童庆生, 译. 北京: 北京大学出版社, 1989.

⑤ 艾布拉姆斯. 镜与灯: 浪漫主义文论及批评传统 [M]. 郦稚牛, 张照进, 童庆生, 译. 北京: 北京大学出版社, 1989.

浪漫主义所产生的语境与"我们所经历的时代"建立联系,艾布拉姆斯期望再次重申浪漫主义,使其成为"我们所经历的时代"的指引力量。因为从历时上看,浪漫主义作为指向未来的理想主义(王宁,2004)①,"与之后的一切时代都具有一种深刻的同时代性"(陈太胜 等,2018)②,即是说即便是在现代主义,甚至是后现代主义盛行的时代,浪漫主义也具有适用价值。而从共时来讲,浪漫主义相对于在此以前的跨国/民族文学艺术思潮或思想运动而言,是一场真正的具有世界性影响的文学艺术运动和批评理论思潮(王宁,2004)③。

然而,享乐主义、功利主义和金钱至上的现代商业社会使得浪漫主义丧失其话语存在的土壤,其超越时空的价值没有得到足够重视。艾布拉姆斯因而期望通过书写《镜与灯》来重新引起世人对浪漫主义的兴趣,而对于与艾姆拉姆斯处于同时代的索尔·贝娄,特别是对其笔下人物赫索格来说,想要唤起集体的浪漫主义记忆,重拾浪漫主义的精神,就要建构浪漫主义的"记忆之场",从而使得已逝传统的历史意识得以回归(诺拉,2017)④。

二、逝去浪漫幻境之追寻

在诺拉的《记忆之场》一书中,普鲁斯特的《追忆似水年华》被看作法国民族记忆的承载之所,并被视为"广义的"法国的象征(黄艳红,2017)⑤。诺拉把文字作品当作记忆的外化物,通过论述《追忆似水年华》中体现的法国民族精神来说明其对于唤起民族记忆的作用。小说中赫索格也通过文字作品试图唤起浪漫主义的记忆。这些作品如《浪漫主义与基督教》等,一方面展现了 18 世纪、19 世纪浪漫主义的风采,另一方面通过将浪漫主义与宗教相类比的做法,促使浪漫主义的跨时空价值得以展现。

作为一名知识分子,赫索格对浪漫幻境的追寻首先体现在他的博士论

---

① 王宁. 浪漫主义、《镜与灯》及其"乌托邦"的理论建构 [J]. 社会科学战线,2004 (4):105-111.

② 陈太胜,王艺涵,耿韵. 浪漫主义美学:诗歌、艺术与自然(笔谈)[J]. 郑州大学学报,2018 (6):1-10.

③ 王宁. 浪漫主义、《镜与灯》及其"乌托邦"的理论建构 [J]. 社会科学战线,2004 (4):105-111.

④ 诺拉. 记忆之场:法国国民意识的文化社会史 [M]. 黄艳红,等译. 南京:南京大学出版社,2017.

⑤ 黄艳红."记忆之场"与皮埃尔·诺拉的法国史书写 [J]. 历史研究,2017 (6):140-157.

文中。这部题为《18 世纪、19 世纪英法政治哲学的自然状况》的作品，用他自己的话来说，"是个出色的开端"（贝娄，2016）①。18 世纪、19 世纪正是英国和法国浪漫主义盛行的时代，从英国罗伯特·彭斯和威廉·布莱克到湖畔诗人以及拜伦、雪莱等人，都无不体现出浪漫主义原则下对情感的祖露和对理想的追寻。而法国的浪漫主义因为大革命，更是增添了很多政治色彩。从表面上看，赫索格的工作只是对经典著作的整合和归纳，但实际上，这完全是他的浪漫主义观念潜移默化的选择。在对浪漫主义进行了首次"记忆之场"的尝试后，他继续创作了几篇论文和一本名为《浪漫主义和基督教》的书，而这本书直接点明了他的浪漫主义信仰，并借讨论浪漫主义与基督教的关系，将浪漫主义置于同宗教并驾齐驱的伟大地位之上。借艾姆拉姆斯（1989）②的话来讲，在浪漫主义时期，当一切话语都被公认或默许为想象的和理性的、表现的或判断的这二种模式时，诗才与宗教合流而对立于科学，结果是，宗教摇身一变而成了诗，而诗也变成了宗教。这里所言之的诗意指浪漫主义的诗歌，它与宗教合流，是同理性的，古典主义的和科学的相对立而言。赫索格在书中对于浪漫主义与基督教的阐述，将理想主义与人文精神放置在第一位，不仅承载着他对过去浪漫幻境的追思，也通过书作为"记忆之场"巧妙地将过去同现时代相联系。浪漫主义与基督教除了在内涵教义方面的相似，还都具有跨时代、跨地域的功能。哈布瓦赫（2002）③ 在《论集体记忆》中，专门以一章来描写宗教的集体记忆，其中就包含了对基督教记忆的诠释，他说基督教实际上首先是对作为一个历史事件的道德革命的表述，是具有精神内容的宗教对一个形式主义教派的胜利，同时也是不分种族和民族对一个狭隘的民族主义宗教的胜利。基督教相较于其他宗教而言，其传播范围之广，受益程度之深，具有全球性。将基督教的记忆与浪漫主义记忆相提并论，赫索格的这种做法毫无疑问暗暗表达出了浪漫主义同样是全人类的记忆这一观点。因此他的《浪漫主义与基督教》就不应该被看作单个知识分子的探索，而是具有了传承浪漫主义的集体记忆的作用。

《赫索格》中多处描写了他的浪漫主义理想和将浪漫主义与基督教等

---

① 贝娄. 赫索格 [M]. 宋兆霖，译. 北京：人民文学出版社，2016.
② 艾布拉姆斯. 镜与灯：浪漫主义文论及批评传统 [M]. 郦稚牛，张照进，童庆生，译. 北京：北京大学出版社，1989.
③ 哈布瓦赫. 论集体记忆 [M]. 毕然，郭金华，译. 上海：上海人民出版社，2002.

同的观念。在写"浪漫主义与狂热信徒"一章时，"赫索格坐在厨房里镀镍的小火炉旁，读着有关狂热主义的文学作品。他像印度人似的裹着条毛毯，一面听收音机，一面和自己争论狂热主义的好处与坏处"（贝娄，2016）①。赫索格在厨房的这一幕，已经脱离了作为学者的端庄严肃，反倒像一个狂热主义信徒，虔诚地接收来自狂热主义的暗号，并置周遭事物于不顾，完全沉迷了进去。他的行为十分不羁，甚至有些难看，可以想象他裹着毯子蹲在厨房的样子，是有些狼狈的。但反观他的思维活动，他不仅在阅读，还在思考，"和自己争论狂热主义的好处与坏处"。赫索格不拘小节地进行头脑风暴是为了什么？浪漫主义与狂热信徒的联系在哪儿？狂热主义本指宗教信徒，赫索格将浪漫主义与狂热联系在一起，就是要再一次从宗教的角度思考浪漫主义，并致力于思考狂热主义对于浪漫主义的积极和消极影响。他的这种做法可谓是他浪漫主义的信仰，以及他决心书写浪漫主义集体记忆的最好阐释。当然，他的创作过程并非一帆风顺的，尽管"他全心全意地要回到他以前的研究工作中去，可是在他的内心，对自己的使命却没有以前那么有信心了"（贝娄，2016）②。这里"以前的工作"就是浪漫主义记忆的书写过程，而他的不那么自信，主要来源于他所在的时代对浪漫主义的偏见。在他给莫斯贝奇博士的信中，他说，"亲爱的莫斯贝奇博士，很遗憾，我对待休姆的态度，使您感到不满。您不满意他将浪漫主义的定义为'溢出的宗教'。这里应该为他的这种观点辩解几句"（贝娄，2016）③。莫斯贝奇博士仅仅是反对者的一员，但他所代表的现代科学却是赫索格所处时代的主流。很明显，赫索格大体上是赞同休姆的观点的。而当他为休姆的"浪漫主义是'溢出的宗教'"的说法辩解时，他其实就是想再次说明浪漫主义与宗教一样，具有跨时代的价值。赫索格坎坷的写作之路恰恰说明了作为"记忆之场"的文字作品往往会存在各种挑战。诺拉（2017）④ 在《记忆之场》中对承载记忆功能的历史著作有过堪称精辟的讲述，他写道：

---

① 贝娄. 赫索格 [M]. 宋兆霖，译. 北京：人民文学出版社，2016.
② 贝娄. 赫索格 [M]. 宋兆霖，译. 北京：人民文学出版社，2016.
③ 贝娄. 赫索格 [M]. 宋兆霖，译. 北京：人民文学出版社，2016.
④ 诺拉. 记忆之场：法国国民意识的文化社会史 [M]. 黄艳红，等译. 南京：南京大学出版社，2017.

历史著作揭示的不再是回溯性的连续，它阐发的是一种断裂性。对于从前的历史-记忆而言，对过去的真正感知在于认为过去并未真正消逝。通过回想可以复活过去；正在以自己的方式变成过去的，现在则通过这种连接和寻根行为而得以更新，得以现实化为当下。

可见，赫索格的《浪漫主义与基督教》及其他所揭示的正是历史的断裂。历史的忘却与记忆的鲜活存在着巨大鸿沟，企图修复这种断裂将是难以完成的挑战。虽然历史已经明确区分了过去与现在，但对浪漫主义者而言，这种记忆从未离去，而通过对逝去浪漫幻境的追思，赫索格期望重建业已成为历史的浪漫主义，尽管此行困难重重，但其始终未改初心。

三、浪漫主义信仰之记录

赫索格对于浪漫主义记忆的书写，不仅仅体现在他的专著中，更在他随心随性的一封封信中显露无遗。"记忆场所存在的根本理由是让时间停滞，是暂时停止遗忘，是让事物的状态固定下来"（诺拉，2017）[1]，"记忆之场"的"让时间暂停"，在叙事手法上表现为停顿，即叙事时间远大于故事时间，而在写作技巧上往往体现在意识流上。在《赫索格》中，那些未寄出的信就是对时间流变所提出的巨大挑战，赫索格在头脑中所建构起的思想大楼，也正是其浪漫主义记忆的存放之地。

赫索格为什么写信？他到底写了什么？在写信之初，全知全能的叙述者对此首先做出了回答。"因此，有两点得说明：他自己也知道他的涂鸦式的笔记和与人痛心的方式是怎样荒谬绝伦，可是这并非出于自愿。是他的怪癖控制着他"（贝娄，2016）[2]。"怪癖"就是赫索格写信的幕后主使，也正是他所写的主要内容。而既然是在客观叙述者眼中的怪癖行为，那么这就并非赫索格对自己行为的评价，而更多是旁人对他的看法。与时代之流背道而驰，这正是他浪漫主义的理想信念所导致的。那也即是说，他的"怪癖"是浪漫主义的精神信仰。当然，隐含作者并未在客观叙述者那里就戛然而止，而是将话筒直接转交给主人公。在开始写信之前，赫索格自己也对其浪漫主义的"怪癖"做出了相应的回答。"在我身上有个人附着。我处处受他操纵。我一提到他，我感到他就在我脑袋里猛敲猛打，要我守

---

① 贝娄. 赫索格 [M]. 宋兆霖，译. 北京：人民文学出版社，2016.
② 贝娄. 赫索格 [M]. 宋兆霖，译. 北京：人民文学出版社，2016.

规矩。他总有一天会把我毁了的"（贝娄，2016)①。与其说是他的浪漫主义"怪癖"在促使他记录自己，不如说他所谓的折磨，是他浪漫主义信仰不被现实接受，而他却并不想放弃，虽痛苦却自发地为其书写的过程。他感到被一种无形的力量所驱使，是因为回忆的指令已经下达，而回忆的行为是由"我"来完成的，是"我"在回忆"我自己"（诺拉，2017)②，这对赫索格来说，就是他主动地去回忆他所理解的浪漫主义。

　　而从信中可以发现，由于浪漫主义的不被重视，赫索格在书信——这一"记忆之场"的建构过程中也充满了痛苦。基于浪漫主义的指导，赫索格对像杜威那样的实用主义者深表恨意，认为他们对人性的怀疑态度，会对社会产生巨大危机。然而，赫索格虽从言语上驳斥了这种观点，却并不能打一个漂亮的翻身仗。杜威"过去的东西往往是错误的"（贝娄，2016)③ 的观点甚至直接使这封信写不下去了，这种说法对赫索格这个向后看的浪漫主义者而言，完全是致命一击。况且，他们掌握了话语权，而赫索格本人呢，仅仅是"有正义感的公民"（贝娄，2016)④ 罢了。赫索格浪漫主义理想无处施展的痛苦还体现在第三章他给史蒂文森州长所写的信中。他提到史蒂文森在1952年竞选总统的情形，并首先表达了自己对他主张的赞同。然而"美国人的天性是更相信看得见的好处"（贝娄，2016)⑤，也就是说像理想信仰和"伟大的时代"这类词语，在当时的美国人眼中更像是过时的东西，并未有很大的市场。而史蒂文斯所表现出的"人文主义者传统的激情"，更成其落选的主要原因。赫索格给史蒂文森写信，表面上是他对州长落选的打抱不平，但本质上却是史蒂文森作为失败的浪漫主义实践者对赫索格造成心理上的痛苦的表征。与其说这封信是写给史蒂文森的，不如简单说是给他自己的，而他对史蒂文森的宽慰，更像是他为自己的浪漫主义信仰在辩护。赫索格这种不停为浪漫主义写信的行为，在诺拉（2017)⑥ 看来，是一种典型的"档案强迫症"，这种强迫症

---

　　① 贝娄. 赫索格 [M]. 宋兆霖，译. 北京：人民文学出版社，2016.
　　② 诺拉. 记忆之场：法国国民意识的文化社会史 [M]. 黄艳红，等译. 南京：南京大学出版社，2017.
　　③ 贝娄. 赫索格 [M]. 宋兆霖，译. 北京：人民文学出版社，2016.
　　④ 贝娄. 赫索格 [M]. 宋兆霖，译. 北京：人民文学出版社，2016.
　　⑤ 贝娄. 赫索格 [M]. 宋兆霖，译. 北京：人民文学出版社，2016.
　　⑥ 诺拉. 记忆之场：法国国民意识的文化社会史 [M]. 黄艳红，等译. 南京：南京大学出版社，2017.

既想完整地维持当下，又想完整地保存过去。它源于迅速而决定性的流逝意识与对当下确切意义的焦虑、对未来的不确定感的糅合。赫索格既不能放任自己回到过去仅仅做纯粹的浪漫主义理论研究，又不能彻底抛弃对眼下美国社会关注的眼光。他不是要割裂过去、现在与未来的关系，而是要试图将过去与现在相连。显然，他的目标是要将浪漫主义运用到现世来。在写给他的老师哈里斯·普佛的信中，赫索格更加直截了当地点明了自己的浪漫主义信仰："在最宏大最快速的变革时代，在现代科学技术的改革突飞猛进的年月，浪漫主义曾经捍卫了'充满灵感的环境'，保存了文学、哲学与宗教的学说，这人类最卓越、最丰富的思想的结晶和记录。"（贝娄，2016）① 在这里，赫索格又再一次将浪漫主义与宗教相联系，并又增加了文学和哲学。在这"最宏大"和"最快速"的时代与"最卓越"和"最丰富"的思想之间，在"最"与"最"两端，是浪漫主义在中间协调，是浪漫主义将之相连。毫无疑问，尽管坚持浪漫主义并持续对它记录的过程是痛苦的，充满论战和争议的，但赫索格并未放弃自己的信仰，甚至以自己拥有那些浪漫主义的记忆而深感自豪。

赫索格的信件除了内容上始终围绕浪漫主义展开，其语言本身也是浪漫主义的。除了那些有关哲学和思想的议论，他信中还有很多情感的直接表露，而这可被视为一种浪漫主义的文风。例如，当他被自己的"怪癖"所折磨时，他写道，"亲爱的旺达，亲爱的津卡，亲爱的莉比，亲爱的雷蒙娜，亲爱的园子，我现在山穷水尽，急需援助。我怕我真要垮了。亲爱的埃德维医生，事实是我想疯都疯不起来。我根本不知道为什么要给你写信"（贝娄，2016）② 。在这一小段文字中，赫索格向情人们表达了自己的痛苦情绪。然而，除了告诉她们他需要帮助，她们应该具体采取何种方式来拯救他却并未告知。而他寄希望于埃德维医生这句话，更是连求助于这位医生的原因是什么都不知道。对赫索格来说，他并非真的要他所提到的这些人出现在他的面前，并救其于燃眉之急，而是一种遵循浪漫主义的自然表现，一种对情感的直接抒发。也就是说，正是由于赫索格浪漫主义的倾向，他才常常会情不自禁地外露自己的情感。

回顾赫索格的所有信件，可以发现，写信这个行为能够使赫索格对浪漫主义情感的强制性压抑得到解除，使得他能够抒发自己压抑已久的有关

---

① 贝娄. 赫索格 [M]. 宋兆霖，译. 北京：人民文学出版社，2016.
② 贝娄. 赫索格 [M]. 宋兆霖，译. 北京：人民文学出版社，2016.

浪漫主义的思考。但是，从他的理性论战和感性言语中，还是随处可见记忆与现在的断裂。这种断裂，亦即"记忆之场"建构过程的不顺利，导致了他内心愈发的苦闷，而内心的苦闷又进一步促使他献身于建构过程中去，企图为浪漫主义辩护，于是他不停写信，不停地进行浪漫主义的表达。

四、空间中浪漫主义之表征

在形形色色的"记忆之场"中，纪念性/建筑遗产和地理景观最为典型（Apaydin，2020）[1]。毫无疑问，空间意义上的建筑理应成为承载记忆的场所。而对赫索格的浪漫主义记忆而言，它的空间场域集中指向位于马萨诸塞州伯克夏路德村的那栋年久失修的房屋。因为，作为浪漫主义者，他会更注重让一切救赎性的观念通过感性的自然返回当下（陈太胜 等，2018）[2]，而这种自然的魅力集中体现在这一特定空间中，并使浪漫主义最终得到具象化的体现与保存。

回到路德村的赫索格，终于有机会放松一下自己紧张的神经了。他迫不及待地想要感受这种自然带给他的心灵慰藉。《赫索格》最后一章开头即提道：

伯克夏美丽、闪光的夏天气候，空气清新，溪流汩汩，草木葱葱，绿荫青翠。说到鸟，赫索格的那几亩田庄，似乎已经成了鸟的乐园。鹡鸰在门廊顶上漩涡形的装饰下做窝。那棵大榆树没有完全枯死，黄鹂仍在上面栖着（贝娄，2016）[3]。

尽管在芝加哥的遭遇苦不堪言，这种精神危机却并未使赫索格彻底颓丧；相反，他潜意识里依然相信人文精神，相信人最终可以得到救赎，并依然执着于为他的浪漫主义辩护。因此，虽带着满身伤痕，他毅然选择回到了路德村，回归到一种纯粹的浪漫主义空间之中。伯克夏的风光——这

① APAYDIN V. The interlinkage of cultural memory, heritage and discourses of construction, transformation and destruction [C] //APAYDIN V Critical perspectives on cultural memory and heritage: construction, transformation and destruction. London: UCL Press, 2020.

② 陈太胜, 王艺涵, 耿韵. 浪漫主义美学: 诗歌、艺术与自然（笔谈）[J]. 郑州大学学报, 2018（6）: 1-10.

③ 贝娄. 赫索格 [M]. 宋兆霖, 译. 北京: 人民文学出版社, 2016.

些溪水草木、鸟叫虫鸣是浪漫主义者最为喜爱的意象，而以湖畔诗人为代表的浪漫主义先驱甚至为了欣赏自然最真实的面貌而不惜远离尘世。究其原因，在浪漫主义时期，是经由可感性的风景观念，经由自我与主体性的确立，对感性与信仰、自由与秩序、自我与共同体之间一种艺术–政治的协调（陈太胜 等，2018）①。对浪漫主义来说，这些大自然的馈赠对于个体能产生净化心灵的作用，而赫索格的回到偏僻乡里，感受自然风光，即一种补充能量的方式，以期重拾他作为浪漫主义个体的自信心。除了大自然的秀美风光，路德村的浪漫主义元素还体现在房屋内杂乱却随性的环境中。房间内一股霉味，特别是当赫索格打开厨房门时，他看到了一大堆枯叶、松针、蜘蛛网、虫茧和昆虫的尸体，而这些哥特式的，容易引起人害怕和不适的要素其本质上也是浪漫主义的。风景中的神性、野生、独特、不合章法的奇形怪状，在拜伦笔下却是"最浪漫的地方"，在雪莱诗中却被描写成"事物的神秘力量"与"无垠的苍穹"（陈太胜 等，2018）②。正因如此，当赫索格看到眼前这一幕时，并未表现出嫌弃的意思，而是轻描淡写地喃喃自语"眼前立即需要的是升一炉火"（贝娄，2016）③，更有趣的是，一想到自己事先带了火柴，赫索格幽默地自我表扬了一番，说自己还真"有点先见之明"（贝娄，2016）④。显而易见，浪漫主义就在这一空间内流动，而赫索格所到之处，都能使他的浪漫主义信仰得到一点充实。路德村，特别是赫索格将自己的这幢房子作为"记忆之场"，又反过来对赫索格本人起到了延续记忆的作用。

"记忆根植于具象之中，如空间、行为、形象和器物"（诺拉，2017）⑤。这种具象化的记忆表达，除了将空间作为一种场域本身来分析，其所包含在空间里发生的行为，以及空间中所储存的器物，也可以丰富空间作为"记忆之场"的功能。《赫索格》中多次描写了赫索格在他的乡下小屋里的所作所为。在这里，赫索格脱去了作为教授应有的端庄的言行举

---

① 陈太胜，王艺涵，耿韵. 浪漫主义美学：诗歌、艺术与自然（笔谈）[J]. 郑州大学学报，2018（6）：1-10.

② 陈太胜，王艺涵，耿韵. 浪漫主义美学：诗歌、艺术与自然（笔谈）[J]. 郑州大学学报，2018（6）：1-10.

③ 贝娄. 赫索格 [M]. 宋兆霖，译. 北京：人民文学出版社，2016.

④ 贝娄. 赫索格 [M]. 宋兆霖，译. 北京：人民文学出版社，2016.

⑤ 诺拉. 记忆之场：法国国民意识的文化社会史 [M]. 黄艳红，等译. 南京：南京大学出版社，2017.

止，而是表现出"随心所欲"的样子。"他瘫卧在沙发上，双臂随意地搁在头上，双腿伸直（卧姿不比黑猩猩好看）。双眼比平时更见明亮，以一种超然物外的心情，看着他在花园内种植的花草"（贝娄，2016）①。这一真实而自然的姿势，正是浪漫主义所追求的"真我"与"天性"的最好表达。此外，这栋房屋内还保存着古老的器物。在提到马德林的背叛时，赫索格为自己在路德村买的房子打抱不平，而且特别提到了自己在房内的图书，英国的骨灰瓷器这些物件。从本书第一章所提到的赫索格专攻的研究领域中，可以推断出这幢房屋内承载的更多是关于18世纪、19世纪浪漫主义的书籍和器物。可以说，整个路德村连同他的房子，甚至是他在房内的行为所残留的气息和陈列的器物所展现的格调，都共同组成了这个空间，并构筑起了一个完整的浪漫主义的"记忆之场"。

赫索格做学问的结晶——专著和他日常思考的内容——书信共同构成了他之"所做"，而以他在路德村的居所为代表的在乡下的生活则构成了他之"所在"。可以说，这三个要素共同再现了赫索格本人的浪漫主义信仰，而它们有机结合在一起，最终建构起了最宏大最完整的"记忆之场"。这就是"您的在幻境的面纱之下的摩西·赫索格"（贝娄，2016）②，一个"仍然带着欧洲的某些污迹，仍然受到旧世界的温情——孝心之类的影响，做着古老混沌的梦"（贝娄，2016）③的浪漫主义者。面对功利的实用的主流对过去浪漫的人文的精髓的彻底否决，他——这个痴迷过去的醉梦者，想要唤醒群体的浪漫主义记忆，把那些尘封已久，业已过时的理想与信仰通过"记忆之场"再一次呈现在大众眼前。

---

① 贝娄. 赫索格［M］. 宋兆霖，译. 北京：人民文学出版社，2016.
② 贝娄. 赫索格［M］. 宋兆霖，译. 北京：人民文学出版社，2016.
③ 贝娄. 赫索格［M］. 宋兆霖，译. 北京：人民文学出版社，2016.

第三节 "文化记忆"博物馆建构:《荒谬斯坦》中的 大屠杀后叙事①

在 Irving Howe 等文学批评家"唱衰"美国犹太文学的声音持续已久之际,21 世纪美国文坛涌现了一批新生代犹太文学力量,其中包括以加里·施泰恩加特、安妮亚·尤里尼奇(Anya Ulinich,1973—)、拉拉·瓦彭亚(Lara Vapnyar,1975—)等为代表的俄裔作家群。施泰恩加特则是其中公认的文学明星,其处女作《俄罗斯社交新丁手册》(*The Russian Debutante's Handbook*,2002)的问世被认为是新生代俄裔作家在美国文坛强势登场的标志。《荒谬斯坦》是施氏第二部虚构小说,出版当年便被《纽约时报》和《华盛顿邮报》评为年度最佳图书之一(Hamilton,2017)②。其情节主要聚焦在 30 岁的俄国犹太青年米沙·伯格的跨国游历,他是俄国寡头之子。在被禁止入境美国后,温伯格拟从俄罗斯圣彼得堡出发,经过里海边虚构国——荒谬斯坦,并在此购买比利时护照,最后返回美国纽约。进入 21 世纪以来,国外对这一新生代犹太作家群体及施泰恩加特个人的关注相对较早、较多,对《荒谬斯坦》的探究主要集中在犹太性、身份问题、跨文学传统的互文性等多方面。近几年国内对该作家群体、施泰恩加特以及《荒谬斯坦》的研究和论述开始兴起,但以综述为主,少有的对作品的探讨主要考察该作品的叙事技巧(刘文松,2018)③。简言之,对大屠杀等核心议题的探究还有待深入。

大屠杀是犹太文学乃至美国文学中的重要议题之一。"大屠杀"(holocaust)一词狭义上通常指代第二次世界大战期间德国纳粹对犹太人进行的种族灭绝行为,也称"犹太大屠杀"或者"纳粹屠犹",为行文便利,本书采用"大屠杀"这一说法。大屠杀书写是文艺作品对这一历史性事件的表征,表征方式是多样的,文学作品是其中的重要形式。此外,大屠杀的

---

① 本节的主体内容曾发表于《河南理工大学学报》(社会科学版)2022 年第 4 期,当前版本有所改动。

② HAMILTON G. Understanding gary shteyngart [M]. Columbia:University of South Carolina Press,2017.

③ 刘文松. 新世纪俄裔美国犹太作家移民叙事探析 [J]. 当代外国文学,2018(3):46-52.

文学书写也能细分：一类是见证文学或亲历者文学，通常以此事件亲历者的日记、回忆录为载体，比如《安妮日记》（*The Diary of Anne Frank*）；另一类为非见证文学，对大屠杀题材的显性或隐性描写主要源于非亲历者的间接经验，当代美国犹太文学的大屠杀书写也以此类别为主，同时孕育了诸如"大屠杀后叙事"（post-Holocaust Narrative）、"大屠杀后意识"（post-Holocaust Consciousness）以及"大屠杀后记忆"（post-Holocaust Memory）等以"后"为标志的术语。"后"既表示时间向度，突出与历史上的二战大屠杀事件在时间上的距离，又与当代以后现代、后殖民为代表的"后学"思潮有近似之义，包含产生流变、对源话语的反拨、重构之意。作为出生在二战后的非大屠杀亲历者，施泰恩加特也没有回避这一文学主题，《荒谬斯坦》对大屠杀相关内容进行了书写，本节从"文化记忆"入手，兼论扬·阿斯曼及其他学者对"记忆"的阐述，解读《荒谬斯坦》中的大屠杀后叙事。

一、从"历史"到"记忆"

不管是在学术领域还是日常生活中，"记忆"和"历史"两词的使用实际上存在着混用现象。Klein（2011）[①] 在《论记忆在历史话语中的出现》一文中指出："如果'历史'（history）是客观表达最冰冷和最生硬的意思，那么'记忆'（memory）则是主观的携带最温暖、最吸引人的含义。和'历史'相比，'记忆'同丰满的存在共振。我们了解这些联系，但我们假装它们没有对我们使用'记忆'产生影响。"就犹太大屠杀而言，学界在讨论时较少细究"大屠杀历史"和"大屠杀记忆"两种用语的差别所引发的理解含混。席卷人文学界的后现代思潮进一步助推了关于历史与记忆的讨论，催生了"记忆转向"。彭刚（2014）[②] 认为："现代历史学力图成为与实证科学具有同样学科资格的一门学科，它自觉地追求客观性，将过往历史理解为一元的整体。从后现代主义的批评立场来看，这种伴随着民族国家一同兴起并且以为民族国家进行辩护为自身宗旨的史学，已然成了一种压制（女性、被殖民群、边缘群体等）的工具。"也就是说，现代史学将历史进行整体化、一体化的尝试实际上使得"属下"的历史、话语

---

① KLEIN K L. From history to theory [M]. Berkley：University of California Press，2011.

② 彭刚. 历史记忆与历史书写：诗学理论视野下的"记忆的转向" [J]. 史学史研究，2014（2）：1-12.

受到了忽略和消解，这也正是宏大叙事或元话语在后现代语境中遭到解构的一大缘由。这一反拨的结果冲击了整体性的、正统性的历史，各种小门类的历史开始出现。换言之，除了本质上的概念差异，后现代语境中的历史易滋生生产压制和被压制的话语霸权，一定程度上掩盖了小众的、多元的声音，而对本就和历史息息相关的记忆的书写则试图缓解这一困境。大屠杀文学不同于官方记载，其提供了各类话语。对此，Klein（2011）[①] 解释道："我们曾称之为民间史、大众史、口述史、公众史或者甚至于神话的，现在记忆作为一种元史学范畴，将这一切都囊括进来。"

"记忆"最初只属于心理学的研究范畴，一般指人脑对过去发生经验的识记、保持和再现。从根源上讲，历史也关涉记忆，但大屠杀历史是对大屠杀这一事件的尽可能还原，它只会接近于已发生的历史，却不能将历史完整再现。一般来说，因为受官方意志和意识形态影响，大屠杀历史侧重于记载事件日期、发生地、起因经过和结果以及总体的伤亡人数等冰冷的"数字化"的内容。聚焦集体、超越个体的历史通常不会细致到记录某个家庭所经历的大屠杀、大屠杀亲历者所体验的某天的天气或者心情，冷静而理性的历史难以覆盖的这些感性、丰富的部分，这些部分或许纳入"记忆"的解释范畴更加合适。既然提到记忆，不得不考究"个体记忆"与"集体记忆"这两个概念。20世纪初，莫里斯·哈布瓦赫（2002）[②] 首先提出了"集体记忆"这一概念，其在《论集体记忆》一书中讨论个体记忆与他人记忆之关系时，认为："存在着一个所谓的集体记忆和记忆的社会框架；从而我们的个体思想将自身置于这些框架内，并汇入到能够进行回忆的记忆中去。"在哈布瓦赫看来，人也正是在社会中，通过和其他人的联系才获得了属于自己的记忆。他还表示："既然我们已经理解了个体在记忆方面如在其他许多方面一样，都依赖于社会，那么我们也就可以很自然地认为，群体本身也具有记忆的能力，比如说家庭以及其他任何集体群体，都是有记忆的"（哈布瓦赫，2002）[③]。概言之，个体记忆依赖于集体记忆，集体又同个体一般，具有记忆能力，记忆所带有的社会性特征是哈布瓦赫的记忆理论的基石，也为之后学者的研究奠定了基础。

---

① KLEIN K L. From history to theory [M]. Berkley：University of California Press, 2011.
② 哈布瓦赫. 论集体记忆 [M]. 毕然, 郭金华, 译. 上海：上海人民出版社, 2002.
③ 哈布瓦赫. 论集体记忆 [M]. 毕然, 郭金华, 译. 上海：上海人民出版社, 2002.

二、"里海博物馆"中的"文化记忆"

哈布瓦赫主要将集体记忆置于个体与集体的范畴区分，未过多将其延展到文化领域之中，于是"文化记忆"应运而生。首先，德国学者扬·阿斯曼（2015）[①] 在《文化记忆：早期高级文化中的文字、回忆和政治身份》一书中划清了"文化记忆"和"历史"的研究界限，其认为，文化记忆关注过去的某些焦点，它不能将过去依原样完全保留，于是过去被凝结成可供回忆的象征物，那么出埃及、取得迦南土地、流亡都是这样的回忆形象，对于文化记忆而言，重要的不是有据可查的历史，而只是被回忆的历史。前文提到，记忆基于人体大脑的生理机能，但是其必然同社会文化范畴密不可分。再者，阿斯曼严格区分了集体记忆和文化记忆，前者的存在依赖于同代间的和代际的社会交往，那么问题在于，一旦这种交往随着见证人的离世和代际交替，传递必然面临困难。阿氏认为："这种记忆所储存的内容、这些内容是如何被组织整理的、这种记忆被保留的时间长短，却远远不是用人体自身能力和调节机制就可以解释的问题，而是一个与外部相关的问题，也就是说，这是个和社会、文化外部框架调节密切相关的问题"（阿斯曼，2015）[②]。至于文学，若按新历史主义所提出的"文本历史化"与"历史文本化"的观点来看，文学文本也是一种"历史"建构，但是，记忆相较于历史具有感情、个人、丰富等特征，那么作为文化现象的文学也应看作记忆的载体，同时，考虑到其记录和书写的工具性特征，文学也符合文化记忆理论中的媒介。对此，阿斯曼（2015）[③] 也做了关于文化记忆承载者的阐述："文化记忆始终拥有专职承载者负责其传承。这些承载者包括萨满、吟游诗人、格里奥，以及祭司、教师、艺术家、抄写员、学者、官员等，这些人都掌握了（关于文化记忆的）知识。"文学是一种文艺形式，那么作家实则与吟游诗人、艺术家扮演着类似的角色。

《荒谬斯坦》中提出了一个关于"里海大屠杀研究所，又称'塞

---

① 阿斯曼.文化记忆：早期高级文化中的文字、回忆和政治身份 [M].金寿福，黄晓晨，译.北京：北京大学出版社，2015.

② 阿斯曼.文化记忆：早期高级文化中的文字、回忆和政治身份 [M].金寿福，黄晓晨，译.北京：北京大学出版社，2015.

③ 阿斯曼.文化记忆：早期高级文化中的文字、回忆和政治身份 [M].金寿福，黄晓晨，译.北京：北京大学出版社，2015.

（翁）-犹（太）友谊博物馆'"（以下简称"里海博物馆"）的提案。主人公温伯格被荒谬斯坦国的塞翁一族聘任为多元文化事务部部长，目的是与美国、以色列建立良好关系。那么，这样一个博物馆又为何能承载或建构文化记忆？首先，博物馆是一种纪念的仪式形态。"普遍意义的纪念仪式具有两种形态，一种是行为模式，另一种是建筑模式。行为模式是指悼念、回忆、祭奠、公共讨论等活动……建筑模式则是指纪念碑、公共雕塑、纪念公园、受保护遗址等具有象征意义、能够激发回忆的物理实体"（许捷，2019）①。里海博物馆恰好包含这两种模式，首先，它是一个具有象征意义的实体建筑，如文中所描述，地理上，它位于里海之边，拥有一个相对平和的环境，具备了修建教育基地的理想氛围。其次，在以大屠杀为主题的博物馆中，还将开展一系列悼念、展示、教育活动，例如，提案中便设计了少儿版的大屠杀展览。"少儿版的大屠杀展览将传递这么一个经过仔细推敲后定下的情感混合：恐惧、愤怒、无能即歉疚，十岁以上的孩子都适于观看此一展览。"（施特恩加特，2009）② 所以，这样一个虚构的场所满足了博物馆作为一种纪念仪式和形态的基本条件。另外，关于仪式对于文化记忆的作用，阿斯曼（2015）③ 指出，"仪式属于文化记忆的范畴，是因为它展示的是对一个文化意义的传承和现时化形式。这一点对那些既指向某个目的，同时也指向某个意义的物同样适用——象征物和圣象——对某物的再现，如纪念碑、墓碑、庙宇和神像等"。里海博物馆凭借行为模式和建筑模式构成仪式，而仪式又属文化记忆的范畴，于是该博物馆在某种程度上拥有了解释文化记忆的"合法性"。此外，它如何建构文化记忆，是完好地传承还是重构也是值得考究的。阿斯曼（2015）④ 认为文化记忆中有一部分东西是传统、是传承，但对其的肯定不可忽视其他现象，比如"接受""中断""遗忘""压抑"等，换言之，所谓悼念并非"依传统而为"。对此，阿斯曼认同哈布瓦赫对于"过去"的看法，即"过去"并不具备自主性，其受当下相关框架的文化建构所约束。作为21世纪作家的施氏受其当下认知和经验影响，时间上距离二战大屠杀事件已

---

① 许捷. 伤痛记忆博物馆功能的再思考 [J]. 东南文化, 2019（4）：115-120.
② 施特恩加特. 荒谬斯坦 [M]. 吴昱, 译. 北京：新星出版社, 2009.
③ 阿斯曼. 文化记忆：早期高级文化中的文字、回忆和政治身份 [M]. 金寿福, 黄晓晨, 译. 北京：北京大学出版社, 2015.
④ 阿斯曼. 文化记忆：早期高级文化中的文字、回忆和政治身份 [M]. 金寿福, 黄晓晨, 译. 北京：北京大学出版社, 2015.

过近半世纪，自然对于此事的"还原"也是鲜活的。换言之，里海博物馆并非仅呈现"死历史"，而是构造一种"活记忆"。

三、声誉、文化创伤和反犹主义："里海博物馆"的分支记忆

文化记忆包含的记忆是十分庞杂的，讨论具体的大屠杀书写文本时有必要做记忆分类的尝试，这也与记忆同历史相对的多元、个人和丰富等特征相一致。以《荒谬斯坦》中的里海博物馆为例，其中也构建了声誉记忆、文化创伤和反犹主义记忆等分支记忆。

"声誉记忆研究关注的是个人（特别是重要的历史人物）或其他声誉承载者（如组织或作品等）在不同社会历史背景下的声誉塑造和变迁。"（钱力成 等，2015）① 施泰恩加特对提案中的声誉记忆的编码首先见于对博物馆这个建筑实体的设计。"这个逾越节除酵饼中的主要陈列空间展示的是一个用金属钛包裹的小羊腿（提示：想想弗兰克·盖瑞的设计）"（施特恩加特，2009）②。此处提到的弗兰克·盖瑞（Frank Gary）是国际著名犹太裔建筑师，以钛金属为建筑设计的西班牙毕尔巴鄂古根海姆博物馆便是他的重要代表作之一。就建筑设计而言，作者的方案试图借鉴犹太人中的知名建筑师的理念，使得作为记忆场所的里海博物馆将犹太人中声誉承载者的优秀成果纳入其中。此外，文中也写道："博物馆的展览在高亢激昂的音符中结束——展示诸多引领潮流的优秀美国犹太人的生平，比如：'大卫·科波菲尔：神话及魔术'……。"（施特恩加特，2009）③ 同样，这里的大卫·科波菲尔（David Copperfield）是享誉全球的犹太裔魔术师。以大屠杀为主题的里海博物馆兼顾了声誉记忆，它表现为将犹太人中对社会有较大贡献的名人及其成就给予展示和促发联想，从而在文化记忆中增加名人的成功效应或者说文本资本，以表对后世的激励。

对大屠杀的讨论往往是难以回避创伤议题，学界对创伤的研究可谓是汗牛充栋。根据 Alexander（2004）④ 的定义，"文化创伤"是指"当一个集体的成员感到他们经历了可怕的事件，这个事件在他们的群体意识上留

---

① 钱力成，张翮翾. 社会记忆研究：西方脉络、中国图景与方法实践 ［J］. 社会学研究，2015（6）：215-237，246.

② 施特恩加特. 荒谬斯坦 ［M］. 吴昱，译. 北京：新星出版社，2009.

③ 施特恩加特. 荒谬斯坦 ［M］. 吴昱，译. 北京：新星出版社，2009.

④ ALEXANDER J C. Toward a theory of cultural trauma ［C］// ALEXANDER J C, et al. Cultural trauma and collective identity. Berkley: University of California Press, 2004.

下了不可磨灭的印记，永远地标记了他们的记忆，并以根本的、不可挽回的方式改变了他们未来的身份时，文化创伤就发生了"。这一说法首先肯定了文化创伤的记忆特征，其次强调其对当下以及未来的影响。此外，Alexander 不认为创伤具有自主性，它受到社会文化系统的约束。他说："诀窍在于获得反身性，从被普遍经历的感觉到可以使我们进行社会学地思考的陌生的感觉上去。因为创伤不是自然而然存在的，它是被社会所建构的。"（Alexander，2004）[①] 里海博物馆同样书写创伤，只不过作者用一种较为诙谐、杂糅的笔触谈论创伤。以该博物馆的外观为例，它呈现为分成两半的逾越节除酵饼状。"前半个饼列举的史实名称都有点饶舌：克里斯透纳克特、克因德兰斯珀特、克拉考贫民窟、切尔诺维辛、华道维斯、德娄侯拜斯……"（施特恩加特，2009）[②] 所列的这些事实均同犹太人的苦难经历相关，比如"克里斯透纳克特"是指"水晶之夜"，即 1938 年德国境内爆发的反犹暴力事件，导致犹太人的住所、店铺被毁，数百犹太人丧失；华道维斯是波兰南部小镇，曾被德国纳粹占领，大批犹太居民被送往奥斯维辛集中营。里海博物馆这一记忆场所将犹太民族群体意识中若干耸人听闻的重大事件集合起来，从而以当下的话语重塑了文化创伤，起到了呼应犹太大屠杀的核心主题的效果。

作品还强调了大屠杀这一苦难事件背后的罪恶之源——反犹主义。徐新（1996）[③] 认为："反犹主义可以说是人类历史上有过的所有仇恨中持续时间最长、散布范围最广、后果结局最惨的一种以一个民族为其对象的仇恨。"也即是说，反犹主义拥有漫长的历史，而且产生的恶性影响十分深远。与此同时，对犹太群体而言，它深深地存在于犹太人的集体记忆之中，被各种媒介不断地提及、塑造。里海博物馆中包括了题为"以为这种事不会再发生了"的附加展，以此指涉大屠杀事件。叙述者提到："是吗，你是这么认为的？朋友，再好好想一想吧。这块立意大胆的概念空间将展出几十个法籍阿拉伯青年，他们向过往的参观者投掷石块，并威胁说，'再死六百万'！"（施特恩加特，2009）[④]。从表面上看，此处用"这种事"

① ALEXANDER J C. Toward a theory of cultural trauma [C] // ALEXANDER J C, et al. Cultural trauma and collective identity. Berkley：University of California Press, 2004.
② 施特恩加特. 荒谬斯坦 [M]. 吴昱, 译. 北京：新星出版社, 2009.
③ 徐新. 反犹主义解析 [M]. 上海：上海三联书店, 1996.
④ 施特恩加特. 荒谬斯坦 [M]. 吴昱, 译. 北京：新星出版社, 2009.

隐晦地指代大屠杀，实则是在提醒反犹主义的幽灵，警醒"大屠杀遗忘症"。现实中，犹太团体的确以设立机构、组建利益共同体等方式，持续地同反犹主义作斗争。"特别是关系到美国犹太人切身利益的利益集团，如犹太人大会，美以公共事务委员会的建立，进一步抵制反犹主义，成功捍卫了犹太人和以色列的利益"（唐立新，2008）①。与此同时，作为一种民族"负资产"，反犹主义除了产生恐惧和不安，从另一角度来看，反犹主义也能产生一定的反作用。反犹主义在持续地给犹太人带去苦难的同时，也是迫使犹太人团结、凝聚和发展犹太文化的外部诱因，《荒谬斯坦》中的里海博物馆通过展示名人效应，重审苦难，某种程度上也是呼吁犹太群体防范和对抗反犹主义势力。

四、节日与身体："里海博物馆"的记忆机制

与此同时，除了囊括各类记忆的分支，里海博物馆还体现出颇为明显的记忆机制。前文谈到，博物馆作为仪式形态能开启悼念、祭奠等行为模式。记忆机制是指记忆如何作用于个体，侧重于突出参与者作为主体如何接受或者被传递记忆，可以视为对该行为模式的一种细化和补充。

里海博物馆对节日机制的运用首先体现在将周期性节日与大屠杀相联系。在"建筑设计"这个版块下，叙述者提到："里海大屠杀研究所将采用一个巨大的、掰成两半的逾越节除酵饼的形状，以此来纪念我们民族遭受到的这场大难并且提醒我们记住逾越节晚餐……"（施特恩加特，2009）②。逾越节是犹太人最重要的节日之一，以纪念先知摩西率领犹太人出埃及一事。文化记忆理论强调神圣形象和宗教意义，这一强势的符号同时携带宗教性和文化性，因为逾越节指涉的是《圣经·旧约》"出埃及记"中的内容。此外，作为仪式的节日在周而复始中发挥其作用机制。对此，阿斯曼（2015）③在论述交往记忆与文化记忆的不同时，指出："两种形式的集体记忆之间的根本性差异，在时间层面上表现为节日与日常生活的根本性差异……"交往记忆主要发生在日常生活之中，体现为一个人同他人

---

① 唐立新. 多元文化背景下的美国犹太民族的生存发展之道 [J]. 深圳大学（人文社会科学版），2008（4）：11-16.

② 施特恩加特. 荒谬斯坦 [M]. 吴昱，译. 北京：新星出版社，2009.

③ 阿斯曼. 文化记忆：早期高级文化中的文字、回忆和政治身份 [M]. 金寿福，黄晓晨，译. 北京：北京大学出版社，2015.

之间的交往。节日与普通日子的不同之处在于其仪式性，它强调成员集体性的在场，这是获取文化记忆的重要形式。阿斯曼指出，在无文字社会中，除成员亲自参加集会外，无其他途径供集体成员获取文化记忆，而节日为集会提供了理由。节日的周期性保证巩固认同的知识的传递与传承，由此保证文化意义上的认同的再生产（阿斯曼，2015）[①]。在里海博物馆中，逾越节与大屠杀记忆交织，既推广、传承了这一节日，加之其本身能发挥再生产记忆与认同的作用，又将大屠杀这一经历融入节日之中，大屠杀记忆的传承也就拥有了具备重复性、隆重性的载体。

其次，身体也是记忆的一类机制。从生理学角度看，身体机制生效时调动的是身体的生理机能，例如，各种感官机能。大屠杀博物馆作为一种景观化的场所，参观者进入其中之后，其视觉、听觉、味觉等感官功能会自然而然地运作。小说介绍少儿版的大屠杀展览时写道："研究表明，越早给小孩子看骷髅以及赤身裸体的妇女在波兰的雪地里被追赶的影像越好。"（施特恩加特，2009）[②] 大屠杀影像展览就同时促发了视觉和听觉刺激。叙述者说："这块立意大胆的概念空间将展出几十个法籍阿拉伯青年，他们向过往的参观者投掷石块……"（施特恩加特，2009）[③] 虽然这样的设计有点过于直接和夸张，但是一旦石块投掷到人的身上，便会激起参观者的触觉，与此同时产生疼痛等感觉，而身体对疼痛是有记忆的。此外，尽管只是作为建筑外观而非实体，但作为逾越节传统食物的除酵饼也能促发是一种味觉联想。施泰恩加特对于身体如何记忆的刻画不只停留于此，小说还强调了身体的生殖功能。从"提案概述"开始，作者写道："鉴于美国社会人口纷杂、着装暴露，该国内长相过关的非犹太伙伴人数众多，使得说服年轻的犹太人在彼此间进行繁殖性性交活动变得日益艰难，即使不是完全无望的话。"（施特恩加特，2009）[④] 此处其实暗含了这所里海博物馆一部分目的，它和生命、繁衍有关。叙述者在介绍"合欢帐"时指出，"此处是整个展览开花结果的地方，它突显的是'繁衍延续'这四个字。处在生育期内（三十四到五十一岁）的犹太裔观众在进入帐篷后，只需提

---

① 阿斯曼.文化记忆：早期高级文化中的文字、回忆和政治身份 [M].金寿福，黄晓晨，译. 北京：北京大学出版社，2015.

② 施特恩加特.荒谬斯坦 [M].吴昱，译.北京：新星出版社，2009.

③ 施特恩加特.荒谬斯坦 [M].吴昱，译.北京：新星出版社，2009.

④ 施特恩加特.荒谬斯坦 [M].吴昱，译.北京：新星出版社，2009.

供一份血样和通过信用审核，就可以让希特勒及其爪牙们的‘最终解决方法’去见上帝”（施特恩加特，2009）①。结合以身体政治、身份政治等为标志的“泛政治”后现代语境而言，作者所“倡导”的发挥人类繁衍能力的身体实则具有了社会和政治意识，或者说上升为一种权力，只是身体成为权力的主体，而非受压制的客体，它是对创伤记忆的宽慰，同时也是对旧权力话语的挑战。

正如小说中的叙述者所强调的那样，犹太人在当下美国的同化使得纯正的犹太人数量减少，这主要是出于两个方面原因：一是改变宗教信仰，二是和异族通婚。另外，此处提及的“最终解决方法”是指德国纳粹大规模屠杀犹太人，于是，大屠杀记忆又同族群的延续相结合。依小说的思路，倘若最实际的解决犹太“人口流失”的办法是让身体行动起来，那在此过程中身体也获取了这一苦难记忆。按照康纳顿的说法，该行为属于对记忆的身体实践和操演。其在《社会如何记忆》一书中指出："我尤其抓住纪念仪式和身体实践不放，因为我想论证，正是对它们的研究使我们明白，有关过去的意象和有关过去的记忆知识，是通过（或多或少是仪式性的）操演来传达和维持的。"（康纳顿，2000）② 但是，这里的“合欢帐”设计更多是仪式性、象征性乃至调侃性的，其实施效果自然是难以评估。如果它是对“最终解决办法”的反击和弥补犹太群体人口的缩减作为战略性目标，该行为或许只是种大胆的设想。正如康纳顿（2000）③ 所述，仪式是表达性而非工具性艺术，就是说，它们不指向战略性目标，或者，即使他们指向战略性目标，例如，对生殖仪式，它们也不能达到自己的战略性目标。

第四节 《你当像鸟飞往你的山》中的家庭记忆与个体记忆

塔拉·韦斯特弗④是美国当代文坛冉冉升起的一颗新星，一位极具学术天赋的年轻历史学研究者，2018 年她的第一本文学作品《你当像鸟飞往

---

① 施特恩加特. 荒谬斯坦 [M]. 吴旦，译. 北京：新星出版社，2009.
② 康纳顿. 社会如何记忆 [M]. 纳日碧力戈，译. 上海：上海人民出版社，2000.
③ 康纳顿. 社会如何记忆 [M]. 纳日碧力戈，译. 上海：上海人民出版社，2000.
④ 为避免后文中的潜在误解，后文中的相关小说人物的名字均以名指代。

你的山》一经出版便在美国乃至全世界范围内引起了巨大关注。在出版后,《你当像鸟飞往你的山》多次被《纽约时报》(New York Times)、《华尔街日报》(Wall Stress Journal) 以及《波士顿全球畅销书单》(Boston Globe Bestseller) 等美国主流媒体推荐为"年度图书",并称该部小说是"当下时代最好的作品之一"①,因为这部小说展现了一个平凡美国女性在实现自我价值的过程中所展现出的勇气和美国精神。2019 年,塔拉也凭借《你当像鸟飞往你的山》被《时代》(TIME) 评为"年度人物",为自己后续的文学创作生涯奠定了坚实的基础②。就文本体裁而言,《你当像鸟飞往你的山》是一本自传体小说,是自传与小说的结合体。理论上来说,"自传"是"作者的自叙,自传的内容是生平的回顾,自传以'故事'的形式出现"(杨正润,2009)③,自传的本质便是对传主生平的回顾。由于自传是传主对本人生平的回顾,难免在写作过程中受到主观因素的影响,但是传主应该最大限度地还原真实,记录自己成长过程中所发生的私人性事件,达到对过去故事的重述,实现对过去真相的再现(Lejeune,1991)④。"自传体小说"则是"作家把自我的生活经历和情感经历作为叙述对象的小说,私人性、亲历性和自我体验性构成了它的一般特征"(王又平,2000)⑤,是一种基于生活事实所形成的小说变体(Tracy,1986)⑥。尽管虚构性是小说文本的一大突出特征,但是自传体小说的虚构性并非传统意义上的虚构创作,而是需要根据现实情况来重塑一个自我,但这个小说中被塑造的自我形象一定来源于生活和现实(王又平,2000)⑦。因此,尽管在文学体裁上隶属于小说,但《你当像鸟飞往你的山》却能在很大程度上保证其真实性,通过文本的书写,塔拉重述了其三十余年的生命故事,记录了属于普通美国女性的生命历史。在这部小说中,塔拉主要从教育和原生家庭两个方面出发,再现了她在成长过程中面临的困难以及她解

---

① 参考美国相关图书信息网站,https://www.bkwrks.com/book/9780399590504。

② 参考《时代》官网信息,https://time.com/collection/100-most-influential-people-2019.

③ 杨正润. 现代传记学 [M]. 南京:南京大学出版社,2009.

④ LEJEUNE P. The genetic study of autobiographical texts [J]. Biography, 1991 (14):1-11.

⑤ 王又平. 自传体和 90 年代女性写作 [J]. 华中师范大学学报(人文社会科学版),2000 (5):88-94.

⑥ TRACY R. Stranger than truth: fictional autobiography and autobiographical fiction [J]. Dickens Studies Annual, 1986 (15):275-289.

⑦ 王又平. 自传体和 90 年代女性写作 [J]. 华中师范大学学报(人文社会科学版),2000 (5):88-94.

决困难的过程。在成长过程中，尽管原生家庭给她带来了较大的创伤，但是凭借着自身对教育的渴望以及部分亲友的支持，塔拉扭转了自己在原生家庭中的"他者"地位，在找回自我的同时也证明了"美国梦"实现的可能性。而在本质上，《你当像鸟飞往你的山》也是通过对以往生活历史的记录来实现对个体乃至集体记忆的书写。

尽管出版时间不长，但《你当像鸟飞往你的山》在学界引发了不少讨论。刘淑玲等（2022）① 从空间叙事的角度探讨了文本中的空间问题，并认为作者的在生活中的空间变换为作者"自我意识觉醒、自我身份构建、自我价值实现"等方面提供了良好的契机。杨怡雯（2020）② 则认为塔拉在小说中向大众传达了教育的重要性，突出了教育在人格塑造中的基础作用。Hallstrom（2018）③ 则强调了原生家庭对家庭教育的影响，认可了塔拉通过教育实现个人社会化的意义。Warnick（2020）④ 则认为塔拉最后的成功与音乐和哥哥泰勒（Tyler）的帮助有直接联系，他们帮助了塔拉走出创伤。Ellis（2020）⑤ 则认为塔拉的小说不仅体现了美国女性在面对困难时所表现出的勇气，挑战了原生家庭中的男性权威，更是可以引导美国社会关注社会边缘群体和底层人民的医疗健康问题。简言之，现有的研究大多突出教育在塔拉自我意识形成过程中的重要性，关注原生家庭对塔拉成长带来的创伤。但是《你当像鸟飞往你的山》这部小说对教育和原生家庭情况的记叙都是通过塔拉对以往生活记忆框架的搭建来实现，因此，本部分将从记忆的角度出发，深入分析塔拉在成长过程中的记忆问题，探讨她在受教育的过程中如何记忆。

一、原生家庭的集体记忆

"家庭"在本质上是一个社会学的概念，它是指一种"亲属间的共同生活组织"，是"社会结构的基本单位，是一种初级群体"（邓伟志，

---

① 刘淑玲，欧阳娜.《你当像鸟飞往你的山》之空间叙事研究 [J].长春大学学报，2022，32（9）：71-74.

② 杨怡雯.教育是一把钥匙：《你当像鸟飞往你的山》评介 [J].地理教学，2020（24）：1.

③ HALLSTROM A. Reviewed work：educated：a memoir by Tara Westover [J]. BYU Studies Quarterly，2018，57（4）：183-186.

④ WARNICK B. Review：educated by Tara Westover [J]. Philosophical Inquiry in Education，2020，27（2）：188-195.

⑤ ELLIS J. Review：educated by Tara Westover [J]. Neurology，2020（20）：268.

2009)①。家庭也是个体成长和个体社会化的主要场所，家庭的内部环境可以直接影响其成员的心理发展状态（池丽萍 等，2001）②。原生家庭（family-of-origin）则是指"个人出生后被扶养的家庭，是个体情感经验学习的最初场所"（Urcan，2011）③。因此，原生家庭的内部环境与家庭内部功能以及原生家庭内部成员社会化的实现有着直接关系。由于原生家庭是由相关的内部成员所构成的，一个原生家庭也可以被视为一个集体。哈布瓦赫（2002）④ 认为不同的集体存在不同的记忆框架，集体记忆的构建与个体所在的集体有着紧密联系，并且集体记忆的框架与特定的社会环境相关。作为一个集体，每个家庭都有着各自的不同集体记忆，这些集体记忆由家庭内部的所有个体通过某些特定的仪式和家庭的内部传统得以延续，使所有家庭成员都无法脱离家庭集体记忆的影响。刘亚秋（2016）⑤ 认为家庭记忆是集体记忆的一种主要存在方式，家庭记忆作为具体化的社会框架有着较为强大的整合功能，它对家庭成员的影响是基础性的。因此，塔拉的原生家庭可以视为其社会化的初级场所，原生家庭的相关生活环境和社会背景构成了属于韦斯特弗家族的集体记忆。

塔拉原生家庭的集体记忆深受摩门教教义所影响，并且有着传统的美国田园理想。虽然塔拉并没有在书中宣扬摩门教的相关教义，但是她的家庭日常除日常的工作以外，便是进行相关的摩门教内部仪式。摩门教是美国本土宗教，在经过180余年的发展之后，目前在世界范围内也产生了一定的影响，其教义追求个人独立自主，团结合作，并且倾向农牧业的发展（郝雁南，2000）⑥。尽管摩门教的部分传统和当今的社会发展相悖，但是其对团结互助和独立自主理念的推崇也在某种程度上体现了最本质的美国精神。塔拉的一家经常阅读相关的教义书籍，并且常在父亲吉恩的带领下对书籍中的精神进行探讨。换言之，塔拉的家庭生活大部分以研讨摩门教教义为主，对相关书籍精神的领会是家庭成员获得教育的直接方式。并且，在塔拉居住的山区，只要一到周末，"几乎家家户户都聚集到公路旁

---

① 邓伟志. 社会性辞典 [M]. 上海：上海辞书出版社，2009.

② 池丽萍，辛自强. 家庭功能及其相关因素研究 [J]. 心理学探新，2001（3）：55-60，64.

③ URCAN J. Relationship of family of origin qualities and forgiveness to marital satisfaction [D]. New York：Hofstra University，2011.

④ 哈布瓦赫. 论集体记忆 [M]. 毕然，郭金华，译. 上海：上海人民出版社，2002.

⑤ 刘亚秋. 哈布瓦赫集体记忆理论中的社会观 [J]. 学术研究，2016（1）：77-84.

⑥ 郝雁南. 谈谈美国摩门教及其文化 [J]. 山东师大外国语学院学报，2000（2）：71-73.

的教堂"（Westover，2018）①。而这种固定规模化的聚集仪式不仅是摩门教宗教信仰的具体实现方式，还在塔拉所生活的社会背景下设定了其原生家庭的集体记忆框架、摩门教的相关仪式与维持了人类对于社会特定活动或者社会自身的记忆（马腾嶽，2016）②。通过对相关书籍的阅读和固定仪式的参与，塔拉原生家庭的集体记忆被限制在了摩门教义的框架之中，家庭成员在这个记忆框架内接受教育，也将独立自主内化于日常生活之中。

另外，塔拉原生家庭的集体记忆还有着传统的美国田园理想。美国在历史的发展过程中其实一直都处于田园化和工业化的斗争中，在建国初期，美国一度将农业发展视为国家发展的基础。利奥·马克思（Leo Max，2011）③ 在著作《花园里的机器》（*The Machine In The Garden*）中提出田园理想在美国的当下生活中依然有着强大的生命力，很大一部分美国人依然沉浸于田园生活的理想之中，他们渴望远离城市，对社会现实和技术现实感到厌恶。塔拉的原生家庭在地理位置上完全远离城市，远离美国当下的社会化与现代化，塔拉甚至一度认为他们的一家只属于大山，对"爱达荷州和联邦政府而言"，她似乎并不存在，塔拉原生家庭的集体记忆大多也都关乎他们的山、他们的山谷以及他们呈锯齿状的爱达荷州（Westover，2018）④。因此，除学习摩门教教义和参加固定的仪式以外，塔拉一家的生活便是传统的田园生活，他们拒绝联邦政府的帮助，拒绝使用现代化的科技，拒绝让家中的孩子接受正规的教育，并且拒绝任何有可能让家中成员接触美国真实社会发展的机会。在这种生活模式下，塔拉一家的集体记忆其实是单调且脆弱的，因为他们的生活只能维系在最基础的田园理想之下，似乎完全和外界脱节，对孩子们的教育无法满足当今社会的需求。

此外，塔拉一家的集体记忆虽然试图将美国现代化的一切成果排除在外，但是他们依旧无法完全抵御美国工业化的进程，他们对各种机器和通信设备的使用已经让他们与美国现代化进程相联系。因此，尽管塔拉的原生家庭集体记忆崇尚独立自主，追求田园理想，他们依旧无法避免美国主流社会集体记忆的入侵，他们看似在坚持美国建国初期的田园理想，但美

---

① WESTOVER T. Educated：a memoir ［M］. New York：Random House，2018.

② 马腾嶽. 物、宗教仪式与集体记忆：大理鹤庆白族迎神绕境仪式与祭祀圈认同［J］. 西北民族研究，2016（2）：161-171，178.

③ 马克思. 花园里的机器［M］. 马海良，雷月梅，译. 北京：北京大学出版社，2011.

④ WESTOVER T. Educated：a memoir ［M］. New York：Random House，2018.

国的工业化发展却以各种形式影响到他们家庭内部的集体记忆。简言之，塔拉的原生家庭集体记忆在某种程度上崇尚一种远离美国现代化发展的乌托邦幻想，但是他们家庭的集体记忆却无法逃离现代化的影响，因此这种集体记忆极具脆弱性。此外，塔拉原生家庭的集体记忆虽然试图通过各种宗教仪式和书籍给予家庭成员教育，但是这种教育无法真正满足家庭成员的身心发展。

除极具乌托邦幻想色彩以外，塔拉原生家庭的集体记忆还颇具美国传统男性家长制特色。尽管美国在20世纪初期便在法律层面上赋予了女性和男性同等的投票权，黑人群体的利益在20世纪中期民权运动之后其法律权力也得到了更为全面的保障，但是性别问题和种族问题仍然是美国社会突出的社会问题（马戎，1997；金莉，2009)[1]。在塔拉的原生家庭中，虽然没有突出的种族问题，但是传统男性家长制的存在直接影响着塔拉一家的家庭生态。塔拉的父亲吉恩直接决定整个家庭的规划，塔拉的兄弟们也基本不能改变吉恩的决定，而塔拉和家庭中的其他女性更是处于家庭中的边缘地位。家庭记忆到底如何构建在一定程度上取决于家庭中的权力地位（高萍，2011)[2]，权力关系可以直接影响塔拉原生家庭的集体记忆构建框架。可以说，塔拉原生家庭的集体记忆在某种程度上由吉恩控制，他决定了什么可以被记忆，什么又应该被记忆。塔拉的母亲法耶（Faye）是美国传统男性家长制的直接受害者之一，尽管她是吉恩的妻子，她也不得不接受吉恩的所有安排。为了补贴家用，法耶必须去尝试做助产士，因为"这自始至终都是爸爸的主意，是他自力更生计划的一部分"（Westover，2018)[3]，法耶在工作后的所有收入也基本需要补贴家用，她存在的价值便是维持家庭的正常运行，并且以个人的劳动价值来实现吉恩的"独立自主"。

吉恩对孩子们的态度更是体现了他极端的控制欲和潜在的人格缺陷。他通过不断强化所谓的家长制传统，实现了对家庭其他成员的权力规训。

① 马戎.美国的种族与少数民族问题［J］.北京大学学报（哲学社会科学版），1997（1）：126-137，159；金莉.美国女权运动·女性文学·女权批评［J］.美国研究，2009，23（1）：4，62-79.

② 高萍.社会记忆理论研究综述［J］.西北民族大学学报（哲学社会科学版），2011（3）：112-120.

③ WESTOVER T. Educated：a memoir［M］. New York：Random House, 2018.

权力在本质上是一种力量关系，是"一种相互交错的复杂的网络"（洪流，2006）①。在相互交错的权力网络中，个体又有可能成为被权力控制的对象和实施权力的主体。而处在各种权力关系网络中的个体极有可能被监视、检查与规训（韩平，2008）②。吉恩在塔拉的原生家庭中拥有极高的权力，他唯一"忌惮"的似乎只有宗教教义，塔拉和其他兄弟姐妹早已完全被吉恩所规训。首先，为了避免孩子们上学，吉恩将孩子们限制在大山之中，不断去诋毁现代化的教育，因为他觉得自己总能"掌控全场"，"如传神谕者般庄严"（Westover，2018）③，吉恩一直用自己的方式切断孩子们与美国社会的联系，避免他们受现代社会"污染"。吉恩的行为其实是对韦斯特弗一家家庭集体记忆的讽刺，因为一旦孩子们可以接触真实的美国社会，吉恩所意欲构建的集体记忆便变得岌岌可危。除让孩子们远离现代化教育以外，吉恩还经常为了维持家庭农场的运行给孩子们带来不可逆的身体伤害。对吉恩而言，孩子们的存在只是为了维持他的田园理想，孩子们都被视为潜在的家庭劳动工具，孩子们的价值与家庭的总产出直接挂钩。但是如果孩子因为劳动受伤，吉恩在大多数情况下又拒绝将他们送往医院，拒绝用现代化的医疗手段去破坏他那种原始的田园理想。塔拉和其他兄弟姐妹在吉恩的规训下充当了家庭的劳动工具，他们没有主体意识，他们的教育和学习大多也都仰仗吉恩。因此，当塔拉和其他兄弟姐妹试图逃离家庭时，吉恩极力反对，因为他无法承受其集体记忆被打破的后果。此外，吉恩所贯彻的传统家长制还充满了对女性的压迫，不管是法耶、塔拉，还是奥黛丽（Audrey），她们的诉求都无法得到吉恩的正视。当塔拉与哥哥肖恩（Shawn）发生矛盾时，吉恩并没有试图去解决矛盾，而是以男性的身份去逼迫塔拉接受这个事实，甚至还强迫塔拉改写自己的个体记忆。简言之，塔拉的原生家庭集体记忆除有着对田园生活的乌托邦幻想以外，还力图构建以吉恩为中心的传统家长制体系，这种集体记忆极具脆弱性，并且潜在的权力斗争会逐渐影响韦斯特弗家族集体记忆的稳定性。

原生家庭对个体社会化的实现有着重要的影响，个体也通过在原生家庭中的生活来一起构建属于家庭的集体记忆。对于塔拉来说，她的原生家

---

① 洪流. 规训权力与反抗权力：吉尔曼《黄色墙纸》的权力机制解析 [J]. 外国文学，2006 (3)：59-64.

② 韩平."规训权力"与法律 [D]. 长春：吉林大学，2008.

③ WESTOVER T. Educated：a memoir [M]. New York：Random House，2018.

庭集体记忆首先受到摩门教教义和仪式的影响，使整个家庭一直生活在远离美国当代社会发展的偏远山区之中。同时，吉恩对于田园理想的追求更加使这个家庭的集体记忆具有乌托邦色彩，但是随着社会的发展，塔拉一家根本无法远离美国主流社会的集体记忆。而在家庭内部，吉恩所贯彻的传统男性家长制度将其他家庭成员全部视为"他者"和潜在的劳动工具，他们难以培养正确的自我意识。因此，尽管塔拉的原生家庭集体记忆具有幻想色彩，但是随着家庭成员逐步接触到外部信息之后，韦斯特弗家族的集体记忆的稳定性就将受到巨大挑战。

二、塔拉的个体创伤记忆

塔拉原生家庭的集体记忆在某种程度上具有不稳定性和危险性，这也使得在此记忆框架下生活的个体难以获得真正的身心发展。正规教育的缺失和家庭氛围的压抑使得塔拉在原生家庭的集体记忆框架之下生成了属于个体的创伤记忆。理论上而言，"创伤"原本是指外力给人类身体带来的一种物理性的伤害，但是随着社会的发展，创伤这个概念也越来越多地和文化、心理、历史等方面相结合，目前学界对创伤的相关研究除关注物理性损害以外，还关注人类在遭遇暴行后的心理反应以及创伤主体构建个体正常身份的过程（陶家俊，2011)[①]。Herman（1992)[②] 认为创伤在当下的现实语境下更多指涉一种撕裂性的心理防御机制，创伤主体会尝试正常的安全感，对所发生的一切都失去主体的掌控力。创伤也具有入侵性、滞后性和强制性重复等三大显著特征（陶家俊，2011)[③]。创伤记忆是基于创伤主体的创伤性事件形成的一种记忆，创伤记忆具有情感性、亲历性、撕裂性以及闪回性特征，创伤记忆不仅属于个体，在特定的历史背景下甚至可以阐释集体性和社会性的创伤记忆（王欣，2012；赵静蓉，2015)[④]。赵静蓉（2017)[⑤] 认为通过对创伤的文学性书写，创伤主体既能实现记忆，还能在书写创伤的过程中实现救赎。创伤表征在某种程度上深刻地体现了文

[①]　陶家俊. 创伤 [J]. 外国文学，2011（4）：117-125，159-160.

[②]　HERMAN J. Trauma and recovery [M]. Philadelphia：Basic Books，1992.

[③]　陶家俊. 创伤 [J]. 外国文学，2011（4）：117-125，159-160.

[④]　王欣. 文学中的创伤心理和创伤记忆研究 [J]. 云南师范大学学报（哲学社会科学版），2012，44（6）：145-150；赵静蓉. 创伤记忆：心理事实与文化表征 [J]. 文艺理论研究，2015，35（2）：110-119.

[⑤]　赵静蓉. 创伤记忆的文学表征 [J]. 学术研究，2017（1）：144-151，178.

学的社会功能，创伤主体在书写创伤的同时也在实现主体的再社会化。尽管对塔拉而言，原生家庭的集体记忆极具脆弱性，并且难以满足个体社会化的需求，但是通过对这种集体记忆框架下个体创伤记忆的书写，塔拉实现了自我的救赎，实现了个体心理防御机制的复原。

对塔拉而言，她的个体创伤记忆首先与父亲吉恩和兄长肖恩的态度有直接关系。吉恩在家庭中占据绝对的领导地位，塔拉难以在成长的过程中摆脱他的控制去实现个体社会化。在塔拉小时候，吉恩一直鼓吹"家庭教育"的好处，并极力阻止塔拉进入学校学习，因为吉恩认为公立学校都无法正确教育孩子，将孩子送到学校和"把他们交给魔鬼"没有本质上的区别（Westover，2018）①，因此塔拉在最应该接受正规教育的时候被一意孤行的吉恩所阻拦。正规的学校教育对于个人的成长至关重要，因为教育可以帮助个体实现社会生活知识、价值观念、行为规范以及理想目标的社会化（肖计划，1996）②。因此，即便家庭对所有个体而言都是社会化的基础，但是如果缺少正规教育的正向刺激，个体便难以真正地实现更大程度的社会化。塔拉因为父亲吉恩的偏执而丧失了在进入大学前接受正规教育的机会，她甚至在很长一段时间内都认为"自己不喜欢上学"（Westover，2018）③，此外，塔拉身边的玩伴也故意疏远她，甚至塔拉文化知识水平的薄弱也成为所有女孩不同她交流的原因。因此，塔拉在需要接受学校教育的时候便开始经历创伤，同伴们的孤立使她无法避免创伤这种孤独的情感体验。

在塔拉下定决心去念大学时，吉恩仍然试图阻止塔拉的行为，因为他认为"大学就是给那些太过蠢笨、在第一轮学不会的人额外开设的学校"（Westover，2018）④，大学的教育远比不上他所给予塔拉的家庭教育。在进入大学的初期，塔拉由于基础知识的薄弱而难以跟上正常的教学节奏，并且她也无法处理大学中的人际关系，而这一切的根源便是幼时的创伤记忆。由于吉恩的偏执和正常教育的缺乏，塔拉一直处于幼时创伤记忆的闪回状态之中。因此，对塔拉而言，幼时的创伤记忆直接影响了她脱离家庭

①　WESTOVER T. Educated：a memoir［M］. New York：Random House，2018.
②　肖计划. 论学校教育与青少年社会化［J］. 暨南学报（哲学社会科学），1996（4）：22-28
③　WESTOVER T. Educated：a memoir［M］. New York：Random House，2018.
④　WESTOVER T. Educated：a memoir［M］. New York：Random House，2018.

后社会化的进程，而吉恩的偏执行为便是最根本的导火索。

　　除吉恩以外，哥哥肖恩的态度也直接构成了塔拉的创伤记忆。肖恩对塔拉的伤害首先体现在他不礼貌的言语行为之上。"不礼貌"是指"特定语境下特定行为所呈现的消极态度"（Culpeper，2011）①。言语的不礼貌则会影响交际双方的面子，造成不和谐的交际场面（杨子 等，2007）②。由于缺少正确的教育领导，肖恩也无法实现真正的社会化，因此这个韦斯特弗家庭教育体系的受害者便将自己的创伤转移至塔拉身上，进一步"巩固"塔拉的创伤记忆。肖恩经常用"黑鬼""妓女"等极具贬义色彩的词汇来称呼塔拉，让塔拉无时无刻不经历着对自我主体价值的拷问，引发了塔拉在认知、情感和价值判断等方面的消极态度（赵静蓉，2015）③，并且这种语言性的侮辱让塔拉难以意识到自己作为一个独立女性的家庭价值和社会价值。除在言语上对塔拉进行攻击以外，肖恩还经常殴打塔拉，给她带来了不可逆的身心伤害。作为塔拉的哥哥，肖恩的殴打和虐待造成了塔拉的人际创伤经历，并使塔拉在这种环境下形成一种强烈的情感反应，构建起强制性的创伤记忆（赵东梅，2009）④。尽管塔拉是肖恩的妹妹，但是肖恩经常无故殴打自己的妹妹，他经常将塔拉按在地上，坐在她的肚子上，用自己的膝盖夹住塔拉的胳膊，并对塔拉的身体展开一系列的暴行。肖恩将自己未能实现社会化的创伤记忆转接至塔拉身上，并且通过屡次的殴打不断让塔拉意识到"恶魔就在身边"。尽管肖恩的恶行已经严重威胁到了塔拉的身心健康，但是大多数家庭成员都对塔拉的遭遇视而不见，他们甚至认为塔拉在篡改自己的儿时记忆。因此，肖恩就如创伤记忆的媒介一般，一直迫使塔拉不断重现和见证自身的创伤经历。其他家庭成员对肖恩行为的忽视也进一步"巩固"了塔拉的创伤记忆。在某种程度上，肖恩也是可悲的，因为他个体的反常行为并未得到家庭成员的重视，在被怀疑患有精神疾病的情况下并没有得到应有的救治，但是他这种不加控制的暴力行为却给塔拉带来了难以磨灭的创伤经历，使创伤记忆成为塔拉日常生活的代名词。

---

　　① CULPEPER J. Impolitess：using language to cause offence ［M］. Cambridge：Cambridge University Press，2011.

　　② 杨子，于国栋. 汉语言语不礼貌的顺应性研究 ［J］. 中国外语，2007（4）：23-28.

　　③ 赵静蓉. 创伤记忆：心理事实与文化表征 ［J］. 文艺理论研究，2015，35（2）：110-119.

　　④ 赵冬梅. 弗洛伊德和荣格对心理创伤的理解 ［J］. 南京师大学报（社会科学版），2009（6）：93-97.

此外，塔拉在成长过程中屡次遭遇或见证的意外事故也造成了她的创伤记忆。吉恩和肖恩对塔拉的态度更多是心理上的冲击，而在成长过程中的各种意外更是让塔拉遭遇身体和心理之上的双重创伤。创伤最初便是指涉外力给人体带来的物理性损伤，而这种物理性的损伤在一定条件下也会转换为心理创伤，并且形成相关的创伤记忆。在塔拉的成长过程中，她屡次因为吉恩开车的失误而遭遇车祸，在经历车祸后，"车的前半部被挤成一团，发动机呈拱形，像坚硬岩石上的褶皱一样向后弯曲"（Westover，2018）①，塔拉一家的身体都受到了极为严重的损害，法耶甚至在车祸后很长一段时间内都无法和人进行正常的沟通。尽管如此，吉恩也并没有对家中的车辆和农场中的其他设备进行细致的检查或者做相关的保护措施，这也在一定程度上使塔拉一直处于遭遇物理性创伤的危险之中。在每次意外中，除塔拉自身身体所造成的创伤以外，她还需要目睹家庭其他成员的惨状。在几次意外事故中，塔拉都还试图去帮助其他受困的家庭成员，但是她的努力在大多数情况下都是徒劳的，她无法减轻其他家庭成员所遭遇的身体创伤。在某种程度上，塔拉的行为会加剧她的创伤记忆，因为频繁的意外不仅会让她身体饱受痛苦，还会让她感受到她无法减轻他人痛苦的无助，因此，塔拉的心理保护机制在一次次意外中被撕裂，使她的行为、智力和心理系统都受到影响，甚至表现出歇斯底里症的相关症状（赵静蓉，2017）②。创伤性事件除会影响亲历创伤性事件的当事人以外，还会影响到处于该环境的其他人（施琪嘉，2013）③。尽管塔拉在成长过程中并没有经历家庭中发生的所有意外，但是作为家庭的一员，她无法摆脱其他家庭成员遭遇意外给她带来的创伤性打击。当得知肖恩从高处跌落损伤脑部，卢克浑身着火等意外事件时，塔拉一方面需要处理这些意外给她带来的冲击，另一方面又需要平息以往的意外给自己带来的心理冲击。因此，这种代际创伤经历使塔拉虽然不是创伤性事件的经历者，但仍是创伤事件的见证者，她无法克服个体认知和情感的障碍，并在这种情况下造成自己对家庭关系认知的扭曲。简言之，各种频繁的意外不仅使塔拉遭遇身体上的物理创伤，还直接造成了塔拉心理上的创伤记忆，使她一直处于被"拥有"和"失去"两种极端状态的撕裂之中。

---

①　WESTOVER T. Educated：a memoir［M］. New York：Random House，2018.

②　赵静蓉. 创伤记忆的文学表征［J］. 学术研究，2017（1）：144-151，178.

③　施琪嘉. 创伤心理学［M］. 北京：人民卫生出版社，2013.

塔拉的原生家庭环境在很大程度上影响了塔拉社会化的进程，她也不可避免地在较为恶劣的成长过程中形成个体的创伤性记忆。塔拉的创伤性记忆不仅关乎身体上所遭遇的物理性创伤，还关乎影响其身心健康发展的心理创伤。父亲吉恩的偏执和哥哥肖恩的疯狂在一定程度上使塔拉难以在离开家门后实现正常的社会化过程，而韦斯特弗家族频繁的意外也让塔拉需要一直"强化"个体的创伤记忆。原生家庭集体记忆的脆弱性直接决定了塔拉个体记忆的创伤性，并且创伤记忆的强制重复性特征使塔拉难以完全摆脱创伤性事件，使她长时间内都拥有一种复杂的、强烈的内在负性情绪反应（施琪嘉，2013）①，难以实现真正的社会化。

三、塔拉的"反记忆"书写

尽管在脆弱的原生家庭集体记忆框架之下，塔拉的日常生活记忆大多是创伤性和断裂性的，但是塔拉通过接触真正的教育和对个体创伤经历的书写逐步实现了自我的复原，并且塑造了属于个体的反记忆。"反记忆"的概念由福柯提出，他认为反记忆在本质上是对所谓主流历史叙述方式的改写或反叛（Foucault，1997）。对反记忆的书写也是一种对主流叙事的抵抗，对边缘群体权力的争取（张媛 等，2019）②。孙明明等（2022）③ 认为反记忆的书写是通过非主流的方式对历史进行书写，通过对以往边缘群体话语体系的关注来改变人们对历史和过去一成不变的刻板印象。尽管历史中的主流叙事对还原过去和再现历史记忆有着重要的作用，但是反记忆的构建可以丰富历史的叙事维度，拓宽对历史真实的阐释空间。从某种程度上而言，反记忆的概念和新历史主义的主张相契合。尽管新历史主义主要关注历史性和文本性的相互关系，并且力图构建出一种新型的文化诗学，但是新历史主义研究的根本落脚点在于对历史的多元化解读，对历史中的意识形态争夺以及边缘群体历史地位的关注（张进，2001）④。因此，大多数反记忆的书写都关注边缘群体的话语体系构建，挑战传统的"大历史"观。在《你当像鸟飞往你的山》这部小说中，塔拉虽然将大部分笔墨都用

---

① 施琪嘉. 创伤心理学 [M]. 北京：人民卫生出版社，2013.

② 张媛，张瑞华. 在没有双塔的阴影下：绘本小说书写"9·11"创伤/反创伤与记忆/反记忆 [J]. 当代外国文学，2019，40（4）：27-35.

③ 孙明明，徐文培. 汤亭亭对中国故事的"反记忆"式重构 [J]. 外国语文，2022，38（2）：49-55.

④ 张进. 新历史主义文艺思潮的思想内涵和基本特征 [J]. 文史哲，2001（5）：26-32.

以记叙原生家庭的集体记忆和个体的创伤记忆，但是她仍然在传统男性家长制主流叙事的背景下书写了个体的反记忆，挑战了吉恩在原生家庭集体记忆中的权威，并且构建了一个属于"他者"的非创伤性记忆框架。换言之，尽管塔拉在小说中没有对自己的反抗展开论述，但是她也在有限的反抗中书写构建了相关的反记忆逻辑。

对塔拉而言，她的反记忆书写离不开哥哥泰勒对她的帮助，泰勒的爱推动了她书写个体的反记忆。和其他家庭成员不同，泰勒并没有完全生活在吉恩所构建的集体记忆之中，他不断挑战家庭集体记忆的运行逻辑，并且试图证明这个集体记忆框架的脆弱性。尽管塔拉的大多数兄弟姐妹都相信吉恩的读书无用论，但是泰勒却与众不同。他敢于挑战家庭中的主流叙事体系，他也是塔拉同辈中第一个去念大学的人，但是在他离开家时其他家庭成员都认为他受到了外部世界的蛊惑，并且"在敌方阵线上为自己开创了新生活，很少回到我们这边"（Westover, 2018）[1]。因此，泰勒也因为对外部世界的探索而成为塔拉原生家庭中的"他者"，但是他也用自己的成功证明了塔拉原生家庭教育模式的失败以及原生家庭集体记忆的脆弱。尽管塔拉沦为原生家庭"他者"的方式和泰勒有所差异，但是二人成为原生家庭"他者"的根本原因都是因为挑战了吉恩所意欲维系的传统男性家长制主流叙事。因此，同为"他者"的泰勒和塔拉构成了一个暂时的命运共同体，共同挑战韦斯特弗家族的集体记忆框架。在泰勒离开家后，塔拉也逐步开始探索外部的世界，但是由于自身力量的弱小，她始终无法正确处理吉恩、肖恩等人所带来的消极影响。但是在塔拉屡次濒临崩溃，意欲放弃抵抗并重新生活在原生家庭集体记忆的框架之下时，泰勒总能及时出现并且用爱去鼓励塔拉进行属于"他者"的反抗。弗洛姆认为爱是对人类生存问题的思考，也是人与人之间的一种情感结合，并且建立在平等与自由的基础之上（李国华, 2002）[2]。吉恩传统男性家长制式的"爱"并没有激发出塔拉的潜能，并且他的"爱"建立在不平等的基础之上，将塔拉排除在集体记忆框架构建的范围之外。但是泰勒本着对塔拉未来发展的思考，以同辈人的同理心去支持和关爱塔拉，鼓励她走出家门接受教育，挑战家庭主流叙事，脱离家庭的"他者"地位。可以说，没有泰勒的爱和鼓励，塔拉几乎无法坚持实现个体的反记忆书写。即便塔拉已经有意

---

① WESTOVER T. Educated: a memoir [M]. New York: Random House, 2018.

② 李国华. 弗洛姆关于爱的理论述评 [J]. 湘潭大学社会科学学报, 2002 (1): 37-42.

识地去挑战传统的家庭内部叙事模式，但是由于家庭内部主流观念对塔拉个体意识的打压，创伤性事件的不断再现，塔拉难以去真正改变自己在家庭中的边缘地位。但是泰勒用自己的经验和关心推动着塔拉不断挑战所谓的家庭集体记忆框架，也帮助塔拉实现了个体的反记忆书写，并且用家庭内部"他者"群体的成功来进一步讽刺原生家庭集体记忆的脆弱。

　　除哥哥泰勒的关心和爱以外，塔拉的反记忆书写还与教育有着紧密联系。尽管在塔拉的成长过程中，父亲吉恩一直以自己的方式对塔拉进行着所谓的"家庭教育"，但是吉恩却一直极力否认大学对人成长的重要性，并且屡次阻拦塔拉接触真正的学校教育。母亲法耶虽然对吉恩的做法有所成见，但是在家庭中她还是属于弱势边缘群体，无法从根本上影响吉恩的决定，所以她只能在塔拉小时候教授一些基本的生活知识，无法让塔拉接受正常的学校教育。虽然家庭教育对人的成长和社会化有着基础性作用，并且承担了个体成长过程中最低限度的底线责任（廖婧茜 等，2023）[①]。但是吉恩的"家庭教育"模式并非真正的教育，他只是试图将家庭的一切都置于他的控制之下，并且利用他错误的教育模式来强化家庭的集体记忆，因此，吉恩的家庭教育是失败的，他未能实现家庭教育的作用，塔拉也未能从家庭教育中受益，甚至在成长阶段中滋生出对学校的厌恶。个体意识的觉醒和泰勒的尝试让塔拉意识到原有家庭教育模式的虚伪与失败，她开始追求真正的学校教育。高质量的教育需要家庭、学校和社会共同发挥作用，家庭教育发挥基础作用，学校教育起到立德树人的作用，社会教育则帮助个体实现自我价值和道德价值（廖婧茜 等，2023）[②]。由于正常家庭教育的缺失，塔拉的社会化进程远远无法适应大学中其他同学的节奏，这也是她在入校初期便面临种种困境的根本原因。但是在泰勒的鼓励和导师的帮助下，塔拉明白了教育的真谛，并且逐渐实现了个体的正常社会化。大学的教育体系不仅可以激发学生的专业潜力，还可以促进学生人格的正常发展，使个体不断地获得自我认识和自我发展（黄藤，2006）[③]。塔拉在几所大学的学习经历首先让她明确了个人的专业兴趣，尽管她对大屠杀历史研究的兴趣与个体的创伤记忆有着紧密联系，但是大学的专业学习教会了她如何正视创伤和历史。在专业学习之外，塔拉也逐步融入家庭

---

①　廖婧茜，龚洪.家校社协同育人的责任伦理［J］.民族教育研究，2023，34（1）：13-20.
②　廖婧茜，龚洪.家校社协同育人的责任伦理［J］.民族教育研究，2023，34（1）：13-20.
③　黄藤.学校教育基本功能新探［J］.教育研究，2006（10）：73-76.

之外的社会，她开始接受美国政府的奖学金资助，甚至前往英国攻读博士学位。这一切改变的根本原因便是正规的大学教育让她明白了她的个体价值和社会价值，个体可以通过对所谓主流叙事的挑战来实现不一样的记忆书写。简言之，通过大学的教育，塔拉实现了真正的个体社会化，并且巩固了她所书写的反记忆。

概而括之，塔拉原生家庭的集体记忆和个体成长的创伤记忆在很大程度上影响了塔拉社会化的进程，她难以获得正常的身心发展。但是在哥哥泰勒的帮助和鼓励下，塔拉找到了"他者"群体对抗家庭内部集体记忆的途径，并且在泰勒的关爱下开始专注于个体反记忆的书写。家庭教育在个体成长的过程中有着基础性作用，但是失败的家庭教育并没有彻底击垮塔拉书写反记忆的决心。经过学校正规教育的引导，塔拉最终实现了个体的社会价值，也完成了个体反记忆的书写。

第五节　本章小结

本章主要从记忆的角度分析了《觉醒》《赫索格》《荒谬斯坦》《你当像鸟飞往你的山》四部小说的具体内容。其中，《觉醒》这部小说虽然未能直接改变19世纪美国女性的生存状态，但是埃德娜式的悲情英雄也推动了美国女性事业的不断发展。19世纪美国社会的主流传统女性集体记忆强调对家庭、丈夫和孩子的付出，旨在不断追求"真正女性气质"，但是这种集体记忆将女性束缚于家庭，让她们难以实现其社会价值，阿黛尔和赖茨在某种程度上也是这种集体记忆框架下的受害者。埃德娜的觉醒之路参与构建了19世纪美国社会极少部分女性的集体记忆，这类集体记忆与传统相背离，它突出女性的主体意识，并且力图让女性脱离家庭的桎梏，但是由于社会传统的强大影响力，这类集体记忆又不能完全脱离美国传统，这也说明了集体记忆阐释的复杂性。通过对埃德娜、阿黛尔以及赖茨集体记忆特点的分析，我们可以发现美国19世纪女性问题的复杂性，尽管埃德娜式的集体记忆在当时的记忆之争中败下阵来，但是也正是她的尝试推动了更多美国女性的觉醒，促进了美国民主体制的完善。

《赫索格》则是以赫索格的个人记忆为依托，并且展现了浪漫主义后代的集体记忆。令人遗憾的是，赫索格的努力并未改变现实，至少在这部小说中，唤醒集体记忆，并改变过去同现实割裂状态的目标还未实现。如果说，在小说廾头赫索格满不在乎自己疯癫状态，任由自己的"怪癖"——浪漫主义折磨自己；那么，在小说结尾，他一个字也不想写，一个人也不再倾诉的状态，却是一种对自己是否应该继续接受浪漫主义的"操控"的自我怀疑。确切地说，赫索格所怀疑不是浪漫主义本身，而是已成遥远记忆的浪漫主义能否得以被重建的问题。只要目标没有完成，赫索格就不可能不为此担忧。但有一点是值得肯定的，就是赫索格的的确确建构了属于浪漫主义的"记忆之场"，而《赫索格》这部小说本身，也因为将记忆推到历史的中心，可被看作文学对逝去记忆最辉煌的葬礼（诺拉，2017)①，甚至不仅仅是葬礼，也是由索尔·贝娄刻画的浪漫主义之集体记忆的洗礼。

《荒谬斯坦》则关注大屠杀的记忆书写。在经历像大屠杀这样的惨剧后，去记录和再现它其实是件费力不讨好的事情。事实上，在奥斯维辛之后，对大屠杀的书写和讨论未曾停歇。这实际上反映了文艺界、批评界对大屠杀的一种态度。尤其是对犹太文学来说，此举既是对受难过去的持续的悼念，也是对后世的一种警醒。二战之后，大屠杀议题并未在文学作品中匿迹，相反，这一叙事题材在众多作家笔下继续涌现，成为不少犹太作家表露身份、彰显犹太性的重要元素，施泰恩加特作为新世纪犹太作家，凭借其大屠杀后叙事，一定程度上延续了前辈作家的写作传统。从"历史"到"记忆"的转向讨论是后现代语境下的产物，也体现文学作为重要记忆载体的思维路径。相较于宏大的、官方的数字记录，大屠杀叙事其中一个重要任务就是将那些私人化的、情感上的经验通过作品向世人诉说，从这个意义上讲，记忆便为这一表达方式提供了有利的媒介。《荒谬斯坦》中的里海博物馆作为"文化记忆"建构的场域，以节日、身体等记忆机制形塑了声誉记忆、文化创伤和反犹主义记忆等分支记忆，同时也表达了对民族、文化等话题的思考。

《你当像鸟飞往你的山》尽管在体裁上是一部自传体小说，但是塔拉较为成功地实现了自传真实性和小说虚构性之间的平衡，给读者展现出了一种文学性与现实性并重的真实感。塔拉也在小说中通过对自身成长经历的书写实现了不同种类记忆的再现。成长过程中父亲吉恩的偏执迫使塔拉

---

① 诺拉.记忆之场：法国国民意识的文化社会史 [M].黄艳红，等译.南京：南京大学出版社，2017.

一直生活在原生家庭脆弱的集体记忆框架之下，成长过程中对创伤性事件的经历和见证则构成了塔拉的个体创伤记忆，而泰勒的鼓励和教育引导作用则最终推动了塔拉对原有集体记忆的反叛，书写了边缘个体的反记忆。塔拉借《你当像鸟飞往你的山》一书不仅记录了个体在成长过程中所面临的不幸与困难，更是突出了教育在个体成长中的重要性。

第四章　现当代英美文学中的空间研究

　　本章导读：基于第二章梳理的相关理论框架，本章关注现当代英美文学中的空间书写，主要分析《纯真年代》《宠儿》《明智的孩子》《荒谬斯坦》四部小说中的"空间"。以下为相关文本分析的导读。

　　《纯真年代》导读：《纯真年代》是美国女作家伊迪丝·华顿出版于1920 年的作品，次年获普利策文学奖。小说采用现实主义创作风格，讲述了梅、纽兰、埃伦三个人物的时代命运，巧妙借助"照片""望远镜""绷带""没有眼睛的鱼"等视觉意象，颇具趣味地捕捉了老纽约社会中"一双会说话的眼睛"，再现了 19 世纪 70 年代末至 19 世纪 80 年代初纽约上层权力空间。世纪之交，尽管纽约贵族阶级日薄西山，其传统风俗依旧根深蒂固，且广泛成为无所不在的目光场域，同质空间内，个体异化为社会性建构的产物。本章以"看"为眼，关注文本构造的视觉权力空间，揭露《纯真年代》故事里老纽约的集体凝视与空间生产，探究"凝视"如何作为一种柏拉图式全视者一般的微观权力手段，将地理意义上的老纽约抽象化为一种弥漫着意识形态的视觉空间。集体凝视对同质空间个体进行残忍的同化与规训，时刻被包裹在目光中的主人公逐渐丧失主体性、成为物化对象。通过阐释三位主人公如何在微观权力的目光中自我异化为社会性建构的产物，本章揭示了无所不在的目光场域里，个体不可避免地走向分裂和迷失的后现代主义悲剧。

　　《宠儿》导读：托妮·莫里森是美国当代非裔作家，诺贝尔文学奖获得者，在读者群和批评界中都引起了广泛关注。小说《宠儿》是莫里森的代表作，长期受到学界热议。它取材于真实事件。一位名叫马格丽特·加纳的黑人女奴带着几个孩子，试图从肯塔基州逃至俄亥俄州的辛辛那提。在奴隶主带着人追捕至她住处时，她抓起斧子，砍断小女儿的喉管，然后企图杀死其余的几个孩子。莫里森被该题材吸引，并且通过文学的虚构手法讲述了黑人女性亲手杀死自己的幼婴，以此避免后代重蹈自己的覆辙，再次被罪恶的奴隶制束缚，但是死去的冤魂却不断地侵扰当下的生活的故事。该作品不仅将地缘空间作为书写的焦点，而且在对黑人集体的讨论中融入了一种共同体想象。依据斐迪南·滕尼斯的共同体理论，蓝石路"124号"的亲属共同体和辛辛那提城镇黑人邻里共同体是这一想象的两种主要表征，对其的建构过程虽充满波折，但仍保留了成形的希望。考察其中个体的主体性属性以及在空间中的流动和突破，对于把握有机整体的共同体至关重要，而主体的个体性和集体性则是两种关键性力量，对立又共生，并直接作用于两类共同体的形塑以及它们间的互动关系。

《明智的孩子》导读：安吉拉·卡特是英国当代女作家，作品包括《魔幻玩具铺》《马戏团之夜》等。她写作生涯的最后一部小说《明智的孩子》以一群舞台表演者为书写对象，讲述了罕择家族百余年间的演员表演史。他们中不乏莎士比亚的御用主演和形象代言人、舞台上唱歌舞蹈的配角演员，以及电视节目的一流主持人，但都无一例外遭遇主体性建构上的危机和挑战。究其原因，戏剧、电影和电视媒介的空间环境对个体自我的认识具有塑造作用，而舞台环境的变化导致个体产生认同上的困难。运用保罗·亚当斯等人的媒介与传播地理学相关理论，德勒兹、迈克·克朗等学者关于媒介空间与主体行为关系的理论观点，本章从戏剧、电影和电视的媒介空间所具有的主要特征出发，通过分析主角与配角两种不同的演员类型，探讨演员主体如何在媒介环境中实现自我认同的问题。通过分析小说中梅齐尔和欠思姐妹在戏剧、电影和电视媒介中的人生境遇，本章指出演员主体所塑造的形象具有动态化和不稳定的特征，犹如德勒兹所言的一组组"运动形象"，沦为后现代社会中被观看、想象和消费的对象。

《荒谬斯坦》导读：食物是维持人的日常活动所必不可少的物品。食物与文学的关系自古以来就有，《圣经》中充斥着大量对食物的区分、要求和规定，詹姆斯·乔伊斯、威廉·戈尔丁、汤亭亭等作家更是在文学创作中充分描写食物。然而，食物和与之相关的空间常常只被视为小说人物活动的背景，由此，作为非人类之物的食物叙事的意义往往被文学研究者所忽略。新生代美国俄裔作家加里·施泰恩加特是美国21世纪文坛的文学明星，其作品以异域情调、滑稽、讽刺受到广泛热议。他本人经常旅行，喜好美食，还为杂志撰稿点评和推荐当地特色美食。在小说《荒谬斯坦》中，施泰恩加特将故事的主要发生地设置在远离美国本土的东欧地区，以俄罗斯、荒谬斯坦等地为主。作家还将对食物的浓厚兴趣挪用至小说《荒谬斯坦》中，突显了食物在推动非线性的情节中的叙事作用。在空间视域的观照下，食物直接或间接地创造了故事发生的典型的和非典型的食物空间，食物作为关键的意象同与之相关的话语和事件构成了空间并置的基本要素，作为叙事的"开关"和"锚点"的食物帮助建构了两种类型的人物意识流，串联了非线性的小说情节。

第一节 《纯真年代》里的视觉空间与权力弥散

在小说理论奠基之作《小说的艺术》中，亨利·詹姆斯指出了小说创作的两大核心要义——趣味与真实。詹姆斯（2001）①认为，小说唯一的约束以及唯一的目的，"就是让人感到有趣"，小说最重要的特点或品质，是小说应该"予人以真实之感"。这两大小说创作原则深刻地影响了一大批英美作家，其中最具有代表性的当属美国女作家——伊迪丝·华顿（Edith Wharton，1862—1937）。华顿将好友詹姆斯视为终身偶像，在其影响下，不但出版了小说理论著作《小说创作》（*The Writing of Fiction*，1925）②，而且用一系列实际创作践行了詹姆斯的理论基础。其中，《纯真年代》（*The Age of Innocence*，1920）是她最成功的一次尝试（Boswel et al.，2002）③。借助一群生活在老纽约上层社会的新时代男女，华顿颇具讽刺地再现了一个充满了虚伪与堕落的"纯真年代"，荣获1927年普利策文学奖，她成为该奖的第一个女性作家获得者。

《美国文学百科全书》（*Encyclopedia of American Literature*）对于这位女作家的题词形象地体现了她对于偶像詹姆斯文学理论的坚守——"传播光的方式有两种，成为蜡烛或成为一面反射的镜子"（Boswel et al.，2002）④。在华顿的一系列小说中，像"一面镜子"一样真实地"反射"她生活的时代成为其创作的一大特色，作者结合自身生活经历，逼真而生动地再现了一个夹杂在世纪之交的纽约上流社会，刻画了一系列生活在根深蒂固的传

---

① 詹姆斯. 小说的艺术［M］. 朱雯，等译. 上海：上海译文出版社，2001.

② WHARTON E. The writing of fiction［M］. New York & London：Scribners，1925.

③ BOSWEL M，ROLLYSON C. Encyclopedia of American literature［M］. 2nd. New York：Facts On File，2002.

④ BOSWEL M，ROLLYSON C. Encyclopedia of American literature［M］. 2nd. New York：Facts On File，2002.

统道德体系中的新时代男女。

因此，结合其个人生平，国内外学者对于伊迪丝·华顿的研究主要遵循"女性视角"与"老纽约"两个路径。一方面，学者多从女性主义的角度关注其笔下的女性角色以及婚姻主题。例如，Goodman（1990）① 结合华顿的自传《回头望》（*A Backward Glance*，1834），讨论了华顿母亲卢克丽娅·琼斯（Lucretia Jones）对她的影响，并阐释了华顿小说中的母女关系；佛罗里达州立大学（Florida State University）博士论文《解读伊迪丝·华顿小说中不快乐的女性》（*Interpreting Unhappy Women in Edith Wharton's Novels*）借助卡尔·荣格的理论讨论了华顿笔下的女性角色走向新意识的社会、文化和心理条件（Lee，2008）②；国内学者杨金才等（2004）③ 同样撰文讨论华顿小说创作中的婚姻主题，阐释华顿如何借助贵族女性的生活际遇与自我意识揭示女性在父权制社会中的从属地位。另一方面，"老纽约"是华顿研究的另一个关键词。"老纽约"不但是华顿本人生活的现实空间，更是其笔下一系列故事的场景设定，同时还是其小说的直接命名（Wharton，1924）④。因此，这个同时携带着地理意义与文化意义的词语成了伊迪丝·华顿的代名词。具有代表性的相关研究包括 Beer（1997）⑤ 对于华顿的"新英格兰书写"（the writing of New England）的研究；秦轩（2019）⑥ 对《纯真年代》中老纽约社会图景以及城市转型焦虑的阐释，以及 Gibson（1985）⑦ 的文章《伊迪丝·华顿和老纽约的民族志》（*Edith Wharton and the Ethnography of Old New York*）；Halperin（1990）⑧ 甚至直接将华顿称为"老纽约之女"（the daughter of Old New York），可见华顿与这

---

① GOODMAN S. Edith Wharton's mothers and daughters [J]. Tulsa Studies in Women's Literature，1990，9（1）：127-131.

② LEE M J. Interpreting unhappy women in Edith Wharton's novels [D]. Tallahassee：Florida State University，2008.

③ 杨金才，王丽明. 老纽约社会的婚姻：论伊迪丝·华顿的纽约小说创作 [M]. 妇女研究论丛. 2004（5）：48-52.

④ WHARTON E. Old New York：4 volumes [M]. New York & London：Appleton，1924.

⑤ BEER J. Kate Chopin, Edith Wharton and Charlotte Perkins Gilman：studies in short fiction [M]. New York：St. Martin's Press，1997.

⑥ 秦轩. 纽约的社会图景与城市转型焦虑：地图视域下的《纯真年代》[J]. 外语研究，2019（2）：107-111.

⑦ GIBSON M E. Edith Wharton and the ethnography of old New York [J]. Studies in American Fiction，1985，13（1）：57-69.

⑧ HALPERIN J. Novelists in their youth [M]. New York：St. Martin's Press，1990.

一时代的深刻关联。受此研究视野的预设，本节认为学界对于伊迪丝·华顿的研究多突出其现实主义思考，尤其是其作品如何像"镜子"一样反射时代命运。但很大程度上，华顿追溯文学偶像詹姆斯的另一大创作美学——"趣"，同样值得关注。换句话说，学者们大多侧重从现实主义对其进行观照，而一定程度上忽略了华顿小说创作的美学表征，华顿的现实主义文学却又不仅仅是"镜子"一样的被动反射，创作层面上叙述声音与叙述视角同样包含丰富的象征意义。《纯真年代》故事里主人公埃伦的出场尤为典型，华顿首先借助纽兰的视线，让读者跟着他一起"扫视"贵族剧院的浮华景象，接着华顿借助老纽约贵族劳伦斯·莱弗茨的"小望远镜"，让读者随着望远镜在不同人手中的传递，逐步"看"到"滤镜"背后不同人眼里的埃伦形象。

值得一提的是，Schriber 颇具新意地讨论了华顿笔下社会惯例对于当时的人们、尤其是妇女的"蒙蔽"（blind）（Gibson, 1985）[①]；华顿自身也将"为了看上去漂亮"（to look pretty）视为女子气质（femininity）天性中最深层的本能之一（Wolff, 1977）[②]；而在其小说《纯真年代》中，华顿将梅·韦兰刻画成一个眼睛上缠着绷带的年轻女子，更是借助男主人公纽兰·阿切尔之口隐喻梅为"没有眼睛的鱼"。戴维·洛奇（1997）[③] 在其理论著作《小说的艺术》中借助 F·司各特·菲茨杰拉德的小说《夜色温柔》讨论了文本中极易被忽视的细节——物体清单或人物名单在小说话语中潜在的表现力。受此启发，本节认为《纯真年代》中的"眼睛"正如洛奇小说批评中的"清单"，是全文之"眼"，既串联故事内容，又具有丰富的象征意义。

本节以"看"为眼，关注文本构造的视觉权力空间，揭露《纯真年代》故事里老纽约的集体凝视与空间生产，探究"凝视"如何作为柏拉图式全视者一般的微观权力手段，将地理意义上的老纽约抽象化为一种弥漫着意识形态的视觉空间。在老纽约的集体凝视下，华顿生动而全面地刻画了主体的空间化建构，群体模范梅·韦兰成为"没有眼睛的鱼"，突出时

① GIBSON M E. Edith Wharton and the ethnography of old New York [J]. Studies in American Fiction, 1985, 13 (1)：57-69.

② WOLFF C G. Edith Wharton and the "visionary" imagination [J]. Frontiers：A Journal of Women Studies, 1977, 2 (3)：24-30.

③ 洛奇. 小说的艺术 [M]. 王俊岩，等译. 北京：作家出版社，1997.

代对于传统女性自我意识的盲化的同时，展现了空间对于主体的管治与塑造。空间同时折射强烈的反抗元素，剧院里的纽兰与书房里的纽兰，因身体的空间归属不同，映射着相反的权力立场。埃伦时隔多年返回家乡纽约，同时从地理空间和精神空间上挑战着上层贵族的权威。通过阐释三位主人公如何在微观权力的目光中自我异化为社会性建构的产物，本节揭示了无所不在的目光场域里，个体不可避免地走向分裂和迷失的后现代主义悲剧。

一、老纽约的集体凝视与空间生产

19 世纪末 20 世纪初是美国现实主义文学崛起与繁荣的时代，华顿的作品也深受时代影响，尤其以描写美国上流社会的世态风俗而出名。世纪之交，社会阶级结构与经济结构动荡重组，美国南北战争引发时代变迁，社会新旧价值交替，保守贵族阶级日薄西山，新兴资产阶级大刀阔斧地闯入保守贵族的世袭领地（华顿，1999）[①]。华顿的《纯真年代》刻画了时代的典型缩影。小说中，老纽约是孕育着主人公命运的土壤，是主宰他们一生沉浮挫败的故事背景，小说《纯真年代》的绝妙之处在于文中充斥着一双双"会说话的眼睛"：墙上相片中老一辈贵族永恒审视着当下，剧院里来自小型望远镜背后的目光诉说着贵族群体的生存规则，家庭聚会则像"权威法庭"一般，在成员视线相交之际，决定了主人公的悲惨命运。这种柏拉图式全视者一般的存在，将地理意义上的老纽约抽象化为一种弥漫着集体凝视的视觉空间。

列斐伏尔（2021）[②] 在著作《空间的生产》中，提出空间的现代命题——"（社会）空间是（社会的）产物"。列斐伏尔空间生产理论的一大特色，在于将空间与地理的分析植入马克思主义理论的框架之中，提出空间实践、空间表征、表征空间的三位一体空间概念。在列斐伏尔看来，空间不是观念的产物，而是政治经济的产物，是被生产之物。"空间在其本身也许是原始赐予的，但空间的组织和意义是社会变化、社会转型和社会经验的产物。"（苏贾，2004）[③] 因此，面对城市急速扩张、社会普遍都市化、空间性重组等问题，列斐伏尔认为空间中的生产（production in

---

① 华顿. 纯真年代 [M]. 赵兴国，赵玲，译. 南京：译林出版社，1999.

② 列斐伏尔. 空间的生产 [M]. 刘怀玉，等译. 北京：商务印书馆，2021.

③ 苏贾. 后现代地理学 [M]. 王文斌，译. 北京：商务印书馆，2004.

space）已经转变为空间的生产（production of space）（包亚明，2002）①。空间生产并不意味着在空间内部的物质生产，而是空间本身的生产，空间自身直接和生产相关，生产将空间作为对象（汪民安，2022）②。

空间本身并非社会发展的纯粹器皿、背景或媒介，而是带有意图和目的被生产出来的产品，各种利益愤然角逐的政治性产物。在华顿笔下的老纽约，空间的生产与争夺成为新旧阶级交锋的直接表现。传统贵族为了捍卫社会地位与权力，一再强调"合规矩""讲礼仪"社交群体关系，家庭聚会、歌剧院、节日仪式，甚至公共道路都成为强加意识形态的空间领域。可以说，改变埃伦命运的一大原因，在于贵族太太们"看"到她穿着自由，与新兴资产阶级代表——生意人博福特同行——"全纽约都看到她与博福特一起走在街上"（华顿，1999）③。上层贵族不但控制着客厅或剧院一类私人空间，更是试图"生产"一个符合其群体意识形态的公共空间。大街上无时无刻不充满着无形的集体凝视，匿名而自动的视线成为空间的重要生产力和产物。

"看"这个动作作为人体重要的感觉之一，一直以来都是个体认知外部世界的重要手段。然而，视线的运作远非仅仅满足生物本能，在各种"看"的衍生行为，如"监视""审视""凝望""偷窥"中，"看"的视觉成分被弱化，突出的是主体对于被观察客体的权力压制与欲望支配。目光所到之处，万物简化为主体视觉上的景观，因此构成了一种"现代时期最主要的、甚至是霸权式的视觉模式"（陈榕，2006）④。梅洛·庞蒂在解读这种来自他者的凝视（Gaze）时提出，在主体对世界的感知中，永远有"一种先行存在的不可见的凝视、一个柏拉图式的'全视者'（seer）在看着主体，使主体的观看不再是传统现象学意义上的主体建构，而是主体与他者的'共同世界'为显现自身而对我的利用"（吴琼，2010）⑤。

在《纯真年代》中，华顿细致地揭露出，老纽约如何以视线为强有力的生产方式，将社会空间塑造为一个坚决排斥异己的同质场域。在华顿（1999）⑥笔下，纽约是一个"滑溜溜的金字塔"，人们艰难地在上面开凿

① 包亚明.现代性与空间的生产［M］.上海：上海教育出版社，2002.
② 汪民安.身体、空间与后现代性［M］.南京：南京大学出版社，2022.
③ 华顿.纯真年代［M］.赵兴国，赵玲，译.南京：译林出版社，1999.
④ 陈榕.凝视［M］//赵一凡.西方文论关键词.北京：外语教学与研究出版社，2006.
⑤ 吴琼.他者的凝视：拉康的凝视理论［J］.文艺研究，2010（4）：33-42.
⑥ 华顿.纯真年代［M］.赵兴国，赵玲，译.南京：译林出版社，1999.

裂缝，找立足点；是一个"听话的小姑娘做完所有功课被带去度假"的圣地；是一个将所有异己碾得粉碎的"强大机器"；是一个所有事情，所有选择都有着严格编号的"迷宫"。而最为典型的莫过于纽兰家墙上的照片，照片里是老一辈贵族的记忆：阿切尔们、纽兰们、范德卢顿们，以及他们所代表的金字塔顶端的小部分人。深色的相框，将昔日的荣光定格为永恒的存在，永远以一种崇高的视角审视着所有人，时而于明处，目光所及充满了规训；时而于暗处，化作"寂静的脚步声、树枝的沙沙声，甚至是百叶窗的微缝"（萨特，1987）①。时刻在场的视线塑造了一种同质空间，个体身处其中，包裹在无形的"凝视"中，权力像视线一般不容置疑。尽管在 19 世纪末新兴资产阶级的咄咄逼人下，美国传统贵族的经济地位日薄西山。然而他们世袭的社会结构与权力空间，以及其身份本身象征的世俗权威与行为法则，与他们的目光一样坚定权威，不容侵犯。华顿借助墙上一张照片的特写，生动地总结了一个时代的规则：集体凝视赋予地理空间以意识形态为内涵，整个社会时时刻刻暴露在这种"权力的眼睛"中，被凝视者非但沦为规训客体，又在无意识的同化中成为集体凝视的合谋工具。

其次，剧院里来自小型望远镜的目光是《纯真年代》视觉隐喻的另一典型代表，揭示出同质空间内的所有成员对突然闯入的异者的本能审视。小说中，华顿借助望远镜别有深意地突出了女主人公埃伦·奥兰斯卡伯爵夫人出场时的视觉效果。一开始的歌剧院构成了一个典型的上层贵族生存空间，昏暗的灯光下，视觉主体得以匿名，集体凝视成为权力运作的方式。在埃伦正式出场之前，华顿首先描绘的是歌剧院里的一双双眼睛。老纽约视线里的埃伦形象："哎哟——我的天！"这是老纽约人从小望远镜里看到埃伦的第一反应。紧接着在刻画这位打破传统的"新女性"时，华顿将其刻画为一种凝视的对象：在老纽约眼里，埃伦的一切都显得格格不入，她穿着纽约人看来不合时宜的蓝色丝绒晚礼服，腰带的大扣子也没能挽成标准的模样；她喜欢社交，短短几天"全纽约都看到她与博福特一起走在街上"（华顿，1999）②，她追求自由，渴望离开没有爱情的婚姻，甚至与丈夫秘书的丑闻更是犯了老纽约的大忌，因而理所当然成为所有人关注的对象。华顿将这种集体凝视下的老纽约比作"权威的法庭"。法庭之上，所有人站在一起审视埃伦的案件，而其本人沦为一个失去自反意识的

---

① 萨特. 存在与虚无 [M]. 陈宣良，等译. 上海：生活·读书·新知三联书店，1987.
② 华顿. 纯真年代 [M]. 赵兴国，赵玲，译. 南京：译林出版社，1999.

客体，被动地接受着视线中的权力渗透。

二、"没有眼睛的鱼"——主体的空间塑造

"空间对个人具备一种单向的生产作用，它能够创作出一个独特的人。对个人而言，空间具有强大的管治和统治能力。"（汪民安，2022）[①] 与列斐伏尔不同，福柯更多将空间和个体的关系作为讨论的重心，他认为，现代社会形成了各种各样的社会机制，呈现为典型的密闭空间属性，这些密闭的空间使得监视和规训成为可能。"现代社会，就是一个规训性空间并置的社会，是通过空间来统治和管治的社会……空间可以被有意图地用来锻造人，规训人，统治人，能够按它的旨趣来生产一种新的主体"（汪民安，2022）[②]。在老纽约的集体凝视下，华顿生动而全面地刻画了空间生产主体的典型——群体模范梅·韦兰，华顿更是颇具趣味地将其比喻为"没有眼睛的鱼"，突出时代对于传统女性自我意识的盲化的同时，展现了空间对于主体的管治与塑造。

福柯曾借用全景敞视监狱阐述现代权力如何披着凝视的外衣，弥散在社会各个机构中。

四周是环形建筑，由一个个隔离开的囚室组成，中间是一个高高的瞭望塔，这是看守们值班的地方。瞭望塔设有一扇大窗户，里面的人可以透过它俯视四周的囚室，但由于逆光的缘故，囚禁者无法看到塔楼里发生了什么。在环形边缘，人彻底被观看，但不能观看；在中心瞭望塔，人能观察一切，但是不会被观看[③]。

借用边沁的设计，老纽约无疑是放大的、更加完善的监狱系统。四周的环形建筑里是每一个社会成员，而中心瞭望塔玻璃背后，站着以范德卢顿为代表的权威贵族。"权力在这样的空间内流动，通过这个空间达到改造和生产个体的效应"（汪民安，2022）[④]。在这样的权力机制下，监视变得复杂、自动而匿名，"因而在被囚禁者身上造成了一种有意识的和持续

① 汪民安. 身体、空间与后现代性［M］.南京：南京大学出版社，2022.
② 汪民安. 身体、空间与后现代性［M］.南京：南京大学出版社，2022.
③ 陈榕. 凝视［M］//赵一凡. 西方文论关键词. 北京：外语教学与研究出版社，2006.
④ 汪民安. 身体、空间与后现代性［M］.南京：南京大学出版社，2022.

的可见状态，从而确保权力自动地发挥作用"（福柯，1999）①。

一方面，华顿将梅视为集体凝视的受害者。梅从小生长在老纽约贵族群体中，规训成了生存的前提，直到被无意识地同化，时刻用"他者"的权威目光自我审视。萨特（1992）② 在他的自传《词语》中说：

我的真实、我的性格、我的名字，它们无不操在成年人的手里。我学会了用他们的眼睛来看自己……他们虽然不在场，却留下了注视，与光线混合在一起的注视。我正是通过这种注视才在那里奔跑、跳跃的。

在老纽约这样的同质空间里，梅屈服在无所不在的目光中，一步一步最终变成社会制度的产物，甚至成为模范代表一般的存在，"纽约再也没有比梅·韦兰更好的姑娘了"（华顿，1999）③，这是所有老纽约人对于梅的评价。她"有教养""合时宜""懂规矩"，一举一动都是道德传统的标准答案。然而，华顿以视觉退化隐喻自我意识的退化，揭露了传统女性的群体悲剧。通过纽兰之口，华顿描绘了"这位年轻女子眼睛上的绷带"，同情她早已被同化后的"视而不见"。然而令人绝望的是，纽兰看到这种改变的希望渺茫，"已经有多少代像她这样的女人，戴着蒙在眼睛上的绷带沉入了家族的地下灵堂"（华顿，1999）④，就像纽兰在科学杂志上看到的那种鱼，由于眼睛派不上用场，早已大大退化，无论多努力睁大眼睛，也只是徒劳地看到一片茫然罢了。"空间能够生产主体，能够有目标地生产一种新的主体类型"（汪民安，2022）⑤。借助这一个生动的例子，华顿描绘了老纽约的视觉悖论：无所不在的集体凝视中个体为了生存只能选择自我盲化，视觉的丧失隐喻着时代对于女性群体身份、权力以及自身主体性的剥夺。

另一方面，梅以自身的模范身份，成为贵族群体合谋起来规训他人的工具，华顿更是将其化身为一个具象的凝视者，看似含情脉脉的目光背后都是一场场温柔的厮杀与规训。在最开始觉察到来自埃伦的威胁时，梅宣

① 福柯. 规训与惩罚 [M]. 刘北成，等译. 上海：生活·读书·新知三联书店，1999.
② 萨特. 词语 [M]. 潘培庆，译. 上海：生活·读书·新知三联书店，1992.
③ 华顿. 纯真年代 [M]. 赵兴国，赵玲，译. 南京：译林出版社，1999.
④ 华顿. 纯真年代 [M]. 赵兴国，赵玲，译. 南京：译林出版社，1999.
⑤ 汪民安. 身体、空间与后现代性 [M]. 南京：南京大学出版社，2022.

布与纽兰的订婚，并用"恳求的目光"告诉纽兰这样做是符合常理的；当纽兰终于明白自己的内心对埃伦表白时，华顿（1999）[1] 却透过"倒置的望远镜里梅·韦兰的白色身影"提醒纽兰纽约旧时道德传统的始终在场；之后，当纽兰最后一次鼓起勇气计划和埃伦私奔时，梅用"理所当然的温柔目光"告知纽兰、埃伦即将离去的消息，并和所有家族成员一起，在"许多隐约零星连成一片的目光中"，华顿（1999）[2] 送走了埃伦。而她含情脉脉，充满期待地告诉纽兰自己怀孕的消息，无疑是纽兰人生的最后一根稻草，之后他傀儡一般丧失斗志，随波逐流。梅·韦兰到生命的终结，每分每秒都在履行自己作为模范的任务——规训纽兰。作者伊迪丝·华顿生动地将梅同时刻画为视觉的受害者与化身，书写了这个时代女性的悲剧。

三、"主体——我"与"对象——我"：个体空间抵抗

列斐伏尔的空间生产理论，不仅将空间看作一种生产状态，更是强调着空间生产本身暗含的抵抗性："如果空间作为一个整体已经成为生产关系再生产的所在地，那么它也已经成为了巨大对抗的场所。"（包亚明，2002）[3] 空间成为政治经历斗争的焦点，成为历史的产物，而这种历史性生产出来的空间，逐渐构成社会的标准，它迫使人们去遵从，并再生产了社会秩序。但与此同时，列斐伏尔也说道："对这样标准化和抽象化的时空概念的抵抗从来没有停止，对空间的不屈服的历史同对空间的屈服的历史一样古老。"（汪民安，2022）[4]《纯真年代》中，华顿除了刻画了屈服于空间的模范人物形象——梅；也同样刻画世纪之交的男女形象——纽兰和埃伦，代表着希望与进步，反抗传统贵族。他们的反抗，本质上就是对空间的反抗，自由女性埃伦时隔多年返回家乡纽约，同时从地理空间和精神空间上挑战着上层贵族的权威，而看似服从的纽兰，却在脱离传统后，在书房的私人空间中暗自抗争。空间折射强烈的反抗元素，剧院里的纽兰与书房里的纽兰，因身体的空间归属不同，映射着相反的权力立场。文中这一场新与旧的对抗，同样呈现着强烈的视觉效果。

---

① 华顿. 纯真年代 ［M］. 赵兴国，赵玲，译. 南京：译林出版社，1999.
② 华顿. 纯真年代 ［M］. 赵兴国，赵玲，译. 南京：译林出版社，1999.
③ 包亚明. 现代性与空间的生产 ［M］. 上海：上海教育出版社，2002.
④ 汪民安. 身体、空间与后现代性 ［M］. 南京：南京大学出版社，2022.

萨特在关于凝视的论述中，阐释了主体与对象之间的关系，进而以注视揭示了存在。在萨特看来，当我处于凝视与被凝视的关系网络中，四种存在得以产生：主体——我，对象——我，主体——他人，对象——他人。故事的主人公纽兰无疑从一开始的观察主体，一步一步屈服于老纽约的凝视，最终被物化为丧失自我意识的观察对象。

回到故事开始的那个剧院，当纽兰·阿切尔这个中心人物进场时，伊迪丝·华顿立即将他的视线作为中心叙述视角。纽兰"倚在包厢的墙上，目光从舞台上移开，扫视着剧场对面"（华顿，1999）①；透过他的目光，读者见证着舞台上的表演，以及台下观众的表情、动作、着装。然后"带着批评的目光把望远镜对准了作为这个制度产物的女士们"；此时，纽兰是目光的发出者、视觉权力的拥有者、集体空间的维护者与主导者。纽兰母亲的话——"假如我们不都站在一起，上流社会也就不复存在了"（华顿，1999）② 更是将纽兰归属在严格的同质空间内，携带着明显的集体身份。因此，作为"望远镜"背后集体凝视的一份子，纽兰视线中万事万物听从支配，正如萨特对于"主体——我"的观点：

当我在注视这个世界时，我是世界的主人，是这个情境的中心，世间万物自在的存在都跟随着我的目光向我靠拢，它们汇聚于我的意识之中，眼睛显示的都是纯粹归结到我本身的，这时的我是存在的，自由的，主体性质（朱晓兰，2011）③。

然而，《纯真年代》的艺术性在于华顿将纽兰成功塑造为一个气质和动因同样复杂的浑圆人物，给予了这个时代人物更多的可能性。在同样的生活背景中，华顿赋予纽兰和梅本质上的不同，有意将其描绘为一个身处新旧交替之时的动态角色，一个摇摆不定的时代缩影：他热爱艺术、善于思考、见识卓越，不屑于旧俗地循规蹈矩，却也明白"标新立异会引起麻烦"（华顿，1999）④。尽管未曾想挑战或颠覆一切，但他没有被同化，而是向往着书房里孤身一人的僻静，顽强地守住了自己的本性。书房里的纽

---

① 华顿. 纯真年代 [M]. 赵兴国，赵玲，译. 南京：译林出版社，1999.

② 华顿. 纯真年代 [M]. 赵兴国，赵玲，译. 南京：译林出版社，1999.

③ 朱晓兰. 凝视理论研究 [D]. 南京：南京大学，2011.

④ 华顿. 纯真年代 [M]. 赵兴国，赵玲，译. 南京：译林出版社，1999.

兰不同于剧院里的纽兰，此时的他是自由的、中心的、存在的，有着自己强烈的个人意愿和主体思想。

华顿借助埃伦逼迫纽兰在新与旧之间做出选择，暗示了传统贵族群体依旧坚固的社会地位。而纽兰做出选择的过程，就是他逐渐意识到来自他者无所不在的目光的过程、他从"看"的主体沦为"看"的对象的过程，从空间的主导者变成空间的服从者、规训者的过程。不同于故事刚开始时剧院里视觉的自由，与梅的婚礼让纽兰感受到了视觉的束缚。奔波于婚礼前繁琐的拜访流程时，纽兰"觉得自己仿佛是一头被巧妙捕获的野兽"，赶往每个家庭等待展览。婚礼上，在观众们的"审视"与"检阅"下，在一双双"锐利的眼睛"中，走进了早已安排好的牢笼，"黑暗的深渊在他的面前张开大口"，而他深陷其中无法自拔（华顿，1999）①。虽然纽兰仍有不甘，但几次与命运的抗争均以失败告终。直到最后老纽约合谋一场欢送会，彻底摧毁了他的抗争意识。此时，纽兰才终于明白，"几个月以来他一直是无数眼睛悄悄观察、无数耳朵耐心倾听的中心人物"，觉察到自己身边挥之不去的视线，纽兰"感觉到自己像个囚犯，被包围在一伙武装分子中间"（华顿，1999）②。这些人看似温文尔雅，谈论着餐桌上佛罗里达的龙须菜，然而背地里你来我往的眼色，或含沙射影，或干脆沉默，都是比任何直截了当更加狠毒的手段。"他人的注视使我和我的世界异化了，我不再是处境的主人，我也不再是我自己的主人，我变成了奴隶，他人利用我作为达到他的目的的手段"（叶秀山，2005）③。从此，纽兰随波逐流，履行着老纽约规定的任务——做一个好丈夫、好公民、好父亲。一个拥有自主性的个体物化为一个被凝视的客体，一个自为的人，彻底沦为一个为他的存在。

如果说纽兰的规训是一种迫不得已的话，华顿笔下的埃伦却是一个恰好相反的角色：她主动走进纽约贵族的视觉空间，在他人的凝视中自我内化、自我塑造，形成自我理想。与波兰贵族失败的婚姻以及多年的漂泊，让她渴求亲朋好友的慰藉。在对过去全盘否定后，她踏上纽约的土地，期待任何新鲜的改变，在别人的视线里，寻找自身存在的可能性。初来乍到的埃伦认为纽约的一切都是新鲜的、自由的，她以随心所欲地打扮去剧

---

① 华顿. 纯真年代 [M]. 赵兴国，赵玲，译. 南京：译林出版社，1999.

② 华顿. 纯真年代 [M]. 赵兴国，赵玲，译. 南京：译林出版社，1999.

③ 叶秀山. 西方哲学史 [M]. 南京：凤凰出版社，2005.

院，不顾身份交朋友，住址也选在僻静偏远的街道，此时的她和刚开始的纽兰一样，是自我的主体，身份与视觉都同样享有自由。剧院、街道、客厅对她而言都是平等且自由的社会空间的一部分。然而，当她发现老纽约并未像她预期那样无条件的包容后，埃伦像犯了错的孩子，渴求原谅："不管怎么样，你们大家怎么做，我就要怎么做——我希望得到关心。"她把纽约的生活比作"一个听话的小姑娘做完所有功课被带去度假"（华顿，1999）①，对她而言，"功课"就是尽可能变得和每个人一样，以此换取过去生活中匮乏的安全感。萨特（1987）②在《存在与虚无》中曾说道："他人注视着我就足以使我是我所是了，我在我的活动中把别人的注视当作我自己的可能性的物化和异化。"这时的埃伦，通过观察他人视线里的认可或否定，重新定义自身主体的存在，而模范代表梅·韦兰成为：埃伦的理想规训目标，她拥有着老纽约所有人的喜爱，拥有着埃伦渴望的爱情和生活。每当谈起梅时，埃伦的赞许之情溢于言表："梅非常可爱，我发现纽约没有哪个年轻姑娘像她那样漂亮、聪明。"（华顿，1999）③在谈到拉康的凝视理论时，吴琼（2010）④认为"想象的凝视中，主体使自己成为他者的凝视对象，认同他人的目光，使得自己成为令人满意的、值得爱的对象"。对埃伦来说，此时的梅更像是想象之镜中自我的理想投射，是完美的自我理想。然而，正当埃伦一步步走向循规蹈矩的枷锁时，上层社会的刁难、纽兰和自己永远无法跨越枷锁在一起，这些事实让埃伦明白老纽约这一群体对自己的永恒排外性，她始终无法真正融入群体，永远无法成为一个乖巧女孩被群体接纳，自己的心上人也永远不属于她。"我脱去了我的超越性，我的属性在他人的注视之下变质了。"（朱晓兰，2011）⑤

值得注意的是，《纯真年代》的故事开始于对于空间的描述，也在一段空间场景中结束。华顿在小说的一首一尾分别描绘了两场宴会，故事开始的欢迎会代表着集体对于新闯入者的审视，而结尾的欢送会则是传统贵族不容侵犯的目光对于异己的排除。讽刺之处在于，欢送会上的埃伦被模范化为"看"的对象，完全接受了老纽约一切的规训，戴着格格不入的琥

① 华顿. 纯真年代 [M]. 赵兴国, 赵玲, 译. 南京：译林出版社, 1999.
② 萨特. 存在与虚无 [M]. 陈宣良, 等译. 上海：生活·读书·新知三联书店, 1987.
③ 华顿. 纯真年代 [M]. 赵兴国, 赵玲, 译. 南京：译林出版社, 1999.
④ 吴琼. 他者的凝视：拉康的凝视理论 [J]. 文艺研究, 2010 (4)：33-42.
⑤ 朱晓兰. 凝视理论研究 [D]. 南京：南京大学, 2011.

珀色珠子，毫无光泽的肤色搭配着不太匹配的衣服，其主体悲剧依旧无法避免，听从着老纽约为她安排好的命运——驱逐。通过埃伦，伊迪丝·华顿否定了在集体凝视中寻求个体存在的可能性，生动地展现了无所不在的老纽约集体凝视的视觉空间里，成员无法摆脱的、从"主体"到"对象"的视觉规训。

福柯在著作《临床医学的诞生》中，阐释了凝视是如何被现代医学利用，从而奠定了"看"的科学合理性。医生作为权威的代表，通过视觉辨别症状，宣告患者命运。而患者作为被检查的对象，无条件地将身体暴露等待审判的到来，而结果无论好坏，只能被动接受。"临床医学的诞生使凝视的目光自身体表面深入到内部，而这种凝视此时变成了'一双会说话的眼睛'，体现着'残忍的、化简的、让人无法忍受的'知识权力。"（陈榕，2006）① 根深蒂固的道德体系中果断离婚、追求自由的埃伦无疑是一种"病态"的存在，而老纽约以其特有的"知识权力"逼迫她适应新的游戏规则，规训她的行为习惯，直到她"变得和这里每个人完全一样"（华顿，1999）②。通过将埃伦塑造为一个凝视的对象，华顿揭示老纽约视线里的视觉隐喻：不是对久别故友的欢迎与包容，而是对边缘他者无形的同化与规训。

第二节　空间中的个体与集体——《宠儿》的共同体想象

《宠儿》是美国作家托妮·莫里森的重要代表作。据美国批评家哈罗德·布鲁姆（Harold Bloom，2004）③ 的说法，莫里森本人原本对这部小说在读者群中的反应期望不高，因为其认为围绕着奴隶制的历史和细节存在一种"民族失忆"的无声现象，而她个人不愿沉溺于这样的主题之中，但又不得不继续写作。然而，莫里森的疑虑并未影响《宠儿》的外界接受，

---

① 陈榕. 凝视［M］//赵一凡. 西方文论关键词. 北京：外语教学与研究出版社，2006.
② 华顿. 纯真年代［M］. 赵兴国，赵玲，译. 南京：译林出版社，1999.
③ BLOOM H. Bloom's guide：Toni Morrison's Beloved［M］. Broomall，PA：Chelsea House Publishers，2004.

作品出版之后广受追捧，获誉不断。Bloom（2004）[①] 认为，传统奴隶叙事记录奴隶身体的逃离和他们通向自由的旅程，莫里森则通过描写奴隶所遭受的创伤丰富了此叙事结构。该小说正是取材自黑人女性玛格丽特·加纳（Margaret Garner）的真实创伤经历，背景时间是美国南北战争结束后的重建时期，主要讲述了女黑奴塞丝怀着身孕只身从肯塔基的奴隶庄园逃到俄亥俄的辛辛那提，当猎奴者追踪而至，塞丝为了使后代不再重复做奴隶的悲惨命运，她亲手杀死亲生女儿"宠儿"，而其居住的蓝石路 124 号被"宠儿"亡魂侵扰的故事。

总体而言，国内外学者针对该作品的研究颇丰，已从创伤、记忆、身体、身份、空间、新历史主义、女性主义、象征主义、修辞、叙事学、音乐性、宗教、社区和共同体等多种角度对文本展开了阐释。《宠儿》中的"共同体"问题显然引起了众多学者的注意。正如希利斯·米勒（2019）[②]在《共同体的焚毁》一书中指出，辛辛那提黑人共同体与其自身的关系是《宠儿》的主要议题。需要说明的是，论者们就对应英文均为"community"一词的"社区"或"共同体"等相关概念展开的论述可分为两类，一类讨论取前者"社区"的含义，主要指涉个人之外的集体、社群等含义，例如，Mackey（2000）[③] 借助弗洛伊德精神分析法考察主人公的身份、自我以及和周围人的关系，后者在解读塞丝和两个女儿间的关系时指出，重新体验原始母子关系不仅代表走向自我的个人治疗之旅，对"母亲"象征性的"回归"也能促进非裔散居者的集体自我的愈合；另一类主要取"共同体"之意，有从语言共同体角度考察黑人伦理建构，也有基于共同体理论分析《宠儿》中的血缘、地缘和精神共同体。例如，Jesser（1999）[④] 认为《宠儿》中对几处呈现"家园""共同体"特征地点的描述其实是对乌托邦式逃离的批判，其提出："由于奴隶制、殖民主义和种族主义渗透进美国历史的每一个时刻，似乎所有的家园都被暴力和创伤所

① BLOOM H. Bloom's guide：Toni Morrison's Beloved［M］. Broomall, PA：Chelsea House Publishers，2004.

② 米勒. 共同体的焚毁：奥斯维辛前后的小说［M］.陈旭，译. 南京：南京大学出版社，2019.

③ MACKEY A. Return to the other to heal the self：identity, selfhood and community in Toni Morrison's Beloved［J］. Journal of the Association for Research on Mothering, 2000（2）：42-51.

④ JESSER H. Violence, home, and community in Toni Morrison's Beloved［J］. African American Review, 1999, 33（2）：325-345.

困。"关于"共同体"的说法较多，总的来说，它强调了由不同个体组成的相互关联的有机集体。雷蒙·威廉斯（Raymond Williams，1983）① 归纳出"共同体"的两个基本含义：一是指"实体意义上的社会群体"，二是指"某种特质的关系"，如持有共同的看法或拥有共同的身份或特征等。殷企平（2016）② 认为，在文学领域讨论共同体的理由首先来自普遍存在的"共同体冲动"，即憧憬未来的美好社会，一种超越亲缘和地域的、有机生成的、具有活力和凝聚力的共同体形式。斐迪南·滕尼斯（Ferdinand Tönnies，1999）③ 认为："共同体是持久的和真正的共同生活，社会只不过是一种暂时的和表面的共同生活，因此共同体本身应该被理解为一种生机勃勃的有机体，而社会应该被理解为一种机械的聚合和人工制品。"这一解释具有高度概括性，但或不足以详细说明滕氏对共同体的阐述，事实上，在《共同体与社会》一书中，滕尼斯（1999）④ 除区分"共同体"与"社会"以外，列举亲属、邻里和友谊等不同共同体，还阐明作为有机整体中的个体是拥有意志的"活的身体"，个体间应保持默认一致与和睦。

笔者认为，现有研究对《宠儿》中共同体的讨论忽视了两个维度，其一是未对空间和共同体的耦合作进一步阐释，其二对空间中的个体参与的讨论还较为薄弱。而且不同于 Jesser 对共同体建构所持的消极立场，事实上莫里森在《宠儿》中发挥了共同体想象、保留了塑造有机整体的希望，只不过此建构过程充满坎坷。围绕 124 位黑人女性组成的以 124 号为家、以血缘所维系的亲属共同体和以辛辛那提城镇为生活空间的黑人邻里共同体是《宠儿》中共同体想象的两种主要建构形式。124 号、林间空地、辛辛那提城镇是小说中的核心地理空间，它是具体的、真实的空间，同时带有乌托邦色彩，又是异质空间，它并非对所有人无条件开放，也并不是和谐、统一的空间。它们见证了"活的身体"在空间中的流动，也目睹了共同体的演进过程以及共同体建构过程中的波折。所谓"活的身体"可理解成作为个体的人具有的能动性、主体性，"一致与和睦"关乎个体间在个

---

① WILLIAMS R. Keywords: a vocabulary of culture and society [M]. Flamingo: Fontana Press, 1983.

② 殷企平. 西方文论关键词：共同体 [J]. 外国文学, 2016 (2): 70-79.

③ 滕尼斯. 共同体与社会：纯粹社会学的基本概念 [M]. 林荣远, 译. 北京：商务印书馆, 1999.

④ 滕尼斯. 共同体与社会：纯粹社会学的基本概念 [M]. 林荣远, 译. 北京：商务印书馆, 1999.

性基础上如何沟通、协调和达成共性，其是形成共同体的重要因素。小说中，人物行为和人物关系变化较大，书中亲属共同体与邻里共同体想象也呈现不同状态、处于不同阶段，但这些都与具体的空间实践密切相关。

一、伪乌托邦中的阉割主体与膨胀个体：共同体的隐患

滕尼斯（1999）[①] 在论述共同体作为有机整体时，突出了其中单一个体的重要作用，其指出："在这里，概念本身作为个体的人的理念，是一种现实，是生动活泼的，是变化着的，发展着的。"也就是说，对共同体的解读必然要从其中个体入手，而笔者认为，进一步审视个体的主体属性是廓清《宠儿》中共同体的关键。从辩证唯物主义观来看，所谓主体性，指"人作为主体在与客体的关系中所显示的自觉能动性。具体来说，它包含有自主性、自为性、选择性、创造性等内容"（马克思，1966）[②]。换言之，具有人类学特征的人不一定就是主体，作为主体的人在主客体关系中应具有自觉性、自主性和选择性等特征。此外，主体又可进一步分为个体性主体和集体性主体。有论者指出："个体主义以个体独立和个体内部特质的表达为核心，是一种关注自我目标、自我独特性和自我控制的文化和价值观。集体主义以群体关联和个体之间的相互义务为核心，是一种关注集体目标，希望自己与他人保持一致从而更好与他人相处的文化和价值观。"（徐江 等，2016）[③] 笔者认为，主体的个体性使其侧重于自我导向下的个人价值观输出、表达和社会交往，而主体的集体性使其倾向于和他人进行思想、价值观方面的交流和连接，两者是对立又共生的关系。

首先，塞丝到来之前，124 号亲属共同体并未成型。被儿子黑尔赎取自由、暂时脱离奴隶制的贝比·萨格斯开始居住在 124 号，并在辛辛那提城镇的黑人中拥有号召力和威望，但她只是亲属中单独的个体。塞丝还未能脱离奴隶制的控制，她被囚禁、奴役和侵犯，几乎没有选择权和自主权，被剥夺了作为个体的主体性，自然也就失去了拥有"活的身体"的可能性。例如，她被"学校老师"的两个侄子奸污，还被夺走了奶水；学校

---

① 滕尼斯. 共同体与社会：纯粹社会学的基本概念 [M]. 林荣远，译. 北京：商务印书馆，1999.

② 马克思，恩格斯. 马克思恩格斯选集：第一卷 [M]. 北京：人民出版社，1966.

③ 徐江，任孝鹏，苏红. 个体主义/集体主义的影响因素：生态视角 [J]. 心理科学进展. 2016, 24（8）：1309-1318.

老师将其动物化，教导学生："不是那样。我跟你讲过，把她人的属性放在左边；她的动物属性放在右边。"（莫里森，1996）① 而作为拥有主体性的人与物、动物的区分界限是相当明晰的。一方面，作为被阉割的主体，塞丝自然没有办法成为有机整体中的一员，亲属共同体的构建也就无从说起。另一方面，亲属共同体以家作为场所，生活在一个屋檐之下，享有共同的生活（滕尼斯，1999）②。尽管拥有亲属关系，但彼时塞丝没办法与婆婆萨格斯享有共同生活，以 124 号为地缘空间的亲属共同体未能形成。塞丝作为个例实则又反映了千千万万和她一样被奴隶制禁锢的黑人无法搭建属于自己的亲属共同体这一现实，他们中的许多数人既丧失了主体性，又因成为奴隶主的占有物，被剥夺了和亲属共享生活的机会和条件。

其次，主体的个体性一方面使主体作为组成共同体形式的要素时，难以避免在内部影响、阻碍这一有机整体的形塑，这点在邻里共同体中有突出体现。起初，在贝比·萨格斯布道者般的引领、号召下，在自由州俄亥俄生活的城镇黑人聚在一起试图达成身体和精神的互通，使读者隐约捕捉到邻里共同体的雏形。林间空地好比黑人集体的乌托邦，但事实证明，它的确是一种虚幻的存在。和与被奴隶制束缚的黑人相比，他们在新环境下享有更多自由，拥有了自主、选择的机会，一定程度上获得了主体性。于是，贝比·萨格斯以蓝石路 124 号附近的"林间空地"为讲坛、做牧师，深受敬重，通过个人努力团结城镇黑人，把她伟大的心灵向那些需要的人们打开。也就是说，一开始的 124 号像黑人们的重要场所，在这里他们释放个体的个性和自由，歌唱、跳舞、哭泣、接受洗礼。滕尼斯（1999）③指出："邻里共同体的维系相较于亲属更难，因此更需要在聚会的某些特定的习惯和一些拜神弄鬼的习俗上寻求支持。"在林间空地参加萨格斯的布道使黑人们找到了一个特定的仪式和习惯，创造使彼此作为散乱的个体迈向相互连接的整体的机会。在塞丝历经艰辛出逃来到 124 号后，她和萨格斯以及儿子、女儿们度过了 28 天久违的美好时光。她也与周围的黑人相结识，同他们真心交谈，了解他们的看法，体验他们的创伤，此过程中塞

---

① 莫里森. 宠儿 [M]. 潘岳, 雷格, 译. 北京: 中国文学出版社, 1996.

② 滕尼斯. 共同体与社会: 纯粹社会学的基本概念 [M]. 林荣远, 译. 北京: 商务印书馆, 1999.

③ 滕尼斯. 共同体与社会: 纯粹社会学的基本概念 [M]. 林荣远, 译. 北京: 商务印书馆, 1999.

丝也寻觅到轻松和自我，和谐的景象使城镇黑人邻里共同体仿佛显现轮廓。然而，热闹之后，黑人群体中逐渐滋生出不满和愤怒。集体之中开始出现不和谐的声音。"凭什么都让她占全了，圣贝比·萨格斯？凭什么她和她的一切总是中心？凭什么她总是知道什么时候该恰好干什么？又出主意；又传口信；治病人，藏逃犯，爱，做饭，做饭，爱，布道，唱歌，跳舞，还热爱每一个人，就好像那是她独有的职业。"（莫里森，1996）① 124号一家的际遇受到其他黑人的嫉妒和非难，他们从自己的立场出发对贝比·萨格斯进行批评，一反此前在"林间空地"对其的尊崇，某种程度上将其视为异己，一边质疑其"没挨过一个十岁大的白崽子的皮鞭"，一边又认为"上帝知道他们挨过"（莫里森，1996）②。心态失衡的黑人们既认同萨格斯曾和自己有过相似遭遇，又对此颇有疑虑，这可以被视为主体的个体性膨胀的结果，即过度关注自我感受和价值判断，而未能充分兼顾个体的集体性、与他人共情。原因或许有两方面：其一，黑人们的妒忌和怒气一定程度上是抛弃集体意识的结果，没有做到接纳、分享集体中他人的幸福和收获，更不用说将其也视作自己所处这一大集体的一种胜利；其二，他们没有试图克制或控制自己的主观情绪和看法，而是任由其发酵，在城镇中营造了浓重的责难气氛。城镇邻里内意见的分歧使"和睦与一致"化为泡影，导致邻里共同体雏形的夭折，而这一个体性膨胀的症结还将持续影响黑人邻里共同体以及 124 号亲属共同体的建构。

失去主体性的个体无法成为"活的身体"加入到共同体构建之中。众多黑人的境遇和处于奴隶制囚笼下的塞丝相似，即难以构建属于自己的以家为空间、家人共同生活为纽带的亲属共同体。作为一种公共空间的林间空地本来具有浪漫色彩，它似乎是专属于小镇黑人集体的乐园，但是黑人内部的分歧与猜疑撕开了林间空地的乌托邦外皮，暴露了这个空间中微妙的权力关系，揭示了主体的个体性膨胀是如何导致邻里内部共同体的矛盾和分裂。

二、失控个体与异质空间闯入者：共同体的困境

如果说主体的个体性膨胀已经初现端倪，那其在塞丝弑婴事件后则体现得更加明显。在贝比·萨格斯组织的那次宴会后不久，"学校老师"一

---

① 莫里森. 宠儿 [M]. 潘岳，雷格，译. 北京：中国文学出版社，1996.
② 莫里森. 宠儿 [M]. 潘岳，雷格，译. 北京：中国文学出版社，1996.

伙儿追踪而至，而塞丝为了避免后代落入奴隶主手中不得已酿下惨剧。但是，正如文中叙述者所提示的，"还要谈谈那次宴会，因为宴会能够解释，为什么没有人提前跑来；为什么看见城里来的四匹马饮着水、骑马的人问着问题时，就没有一个人派个飞毛腿儿穿过田野来报信"（莫里森，1996）①。镇上黑人对猎奴者的到来置若罔闻，任由惨剧发生，他们在无形之中充当了"帮凶"，而他们的这股"杀气"还得同在124号的盛宴聚会联系起来，因为在那次宴会后黑人之中已弥漫着对贝比·萨格斯的妒忌和愤懑，而此次他们选择对塞丝临头的噩运袖手旁观。文中提道，"她年轻、能干，有四个孩子，其中一个是她到那儿的前一天分娩的，她现在正饱受着贝比·萨格斯的慷慨和她那伟大苍老的心灵的恩泽。也许他们只是想知道贝比是否真的与众不同，比他们多点什么福气"（莫里森，1996）②。即使察觉到危难，黑人们也并没有因同情心和惨痛的回忆改变他们对贝比·萨格斯的看法，此举再次反映了不受约束、不加控制的个体性所处的支配状态，从而蒙蔽、压制了其作为潜在邻里共同体中一员的集体性考量。在这之后，贝比·萨格斯在124号去世，她在"宠儿"的身旁下葬，也是在"傲慢、恐惧、谴责与恶意交错的舞蹈中安葬了"。可是，萨格斯之死仍然未改变城镇黑人的想法，这种固执己见像瘟疫般传染。文中提到，城里人基本盼着塞丝倒霉，就连曾经帮助过她的黑人斯坦普·沛德似乎也被某些"骄者必败"的期望所传染，所以他把剪报拿给保罗·D看时，并未顾及塞丝和丹芙的感情和需要。尽管作为邻里，还拥有相似文化、记忆，部分黑人业已在个性和自我的道路上越走越远，几乎从冷漠、幸灾乐祸达到了帮凶般冷酷的地步，邻里间关系也基本宣告破裂。根据希利斯·米勒（2019）③ 的说法，这是黑人群体内的一种"自身免疫"逻辑在作祟，即为了保持自身安全、纯洁，免遭危险和损害而排斥塞丝。因为塞丝的傲慢、杀死亲生骨肉的行为让他们很多人不能接受。至亲的相继离世也使塞丝逐步与其他黑人关系变得紧张、对立，本身作为主体个体性膨胀的受害者的她，也无可避免地被传染，开始将自己和外界相孤立。文中提道："她从牢里出来以后，不向任何人打招呼，旁若无人地生活，于是艾拉不

① 莫里森.宠儿［M］.潘岳，雷格，译.北京：中国文学出版社，1996.
② 莫里森.宠儿［M］.潘岳，雷格，译.北京：中国文学出版社，1996.
③ 米勒.共同体的焚毁：奥斯维辛前后的小说［M］.陈旭，译.南京：南京大学出版社，2019.

再理她了，就连钟点也不会告诉她。"（莫里森，1996）① 此外，塞丝参加贝比·萨格斯的葬礼时，拒绝参加派克牧师主持的仪式，以此回敬受到的伤害，而且不和其他人一道忠心同唱赞美诗。这种相互间的抵触、排挤愈演愈烈。塞丝到索亚餐馆打工，宁愿偷拿食物，也排斥和其他黑人到百货公司窗口排队，因为她不想和他们挤在一起，受其议论。从之前单向的来自其他黑人的不怀好意到双向的矛盾和对抗，邻里共同体的想象似乎已成不可能的幻想。

与此同时，124号的家庭也产生了巨大震荡。起初，塞丝到达辛辛那提后的28天是属于亲属和邻里的美好时光，其最终耗尽预示着亲属共同体的"流产"。从宴会后在黑人中间引起的不满开始，萨格斯一家就受到外部非难的侵扰。婴儿之死和萨格斯的离世意味着家庭内个体的减少，破坏了以拥有血亲关系的家族成员所维系的亲属共同体。另外，在成员削减之时，保罗·D对家庭空间的闯入又使124号陷入更复杂的境地。福柯（Foucault，1986）② 在论及异托邦时，指出，"一些其他异托邦看似完全开放，但通常隐藏了奇怪的排斥。每个人可以进入这些异托邦场所（heterotopic sites），但实际上这只是一种幻觉：人们进入其中，事实上的确如此，但其实是被排斥的"。124号对他而言是近似异质空间的存在，他的突然入侵也并未给他本人带来好结果，他看似进入其中，但实际上是遭到排斥的。首先，在124号中，父亲是缺场的，亲属关系的维持以母女为载体，而保罗·D的加入并不能帮助重建破裂的亲属共同体，主要原因有以下两点：其一，从构成亲属共同体要素的亲缘关系上讲，他和塞丝一家没有血缘关系，而"亲属的意志更加寻求血缘的亲近，难分难舍，因为只有每一种爱的要求能使它得到安宁和平衡"（滕尼斯，1999）③。这也可以解释为什么丹芙对他的到来并不欢迎，父爱的缺失并不能由保罗·D的突然闯入来填补。其二，"性欲的本能不会使得某种程度上持久的共同生活成为必然"（滕尼斯，1999）④，保罗·D在和塞丝的关系是受到性欲支配的，他刚到124号不久就同塞丝发生了性关系，而当他的欲望得到满足后，

---

① 莫里森. 宠儿 [M]. 潘岳，雷格，译. 北京：中国文学出版社，1996.

② FOUCAULT M. Of other spaces [J]. MISKOWIEC J, trans. Diacritics, 1986（1）：22-27.

③ 滕尼斯. 共同体与社会：纯粹社会学的基本概念 [M]. 林荣远，译. 北京：商务印书馆，1999.

④ 滕尼斯. 共同体与社会：纯粹社会学的基本概念 [M]. 林荣远，译. 北京：商务印书馆，1999.

很快便从对塞丝身体的迷恋中清醒。他很快意识到"他在厨房里好像淘金者扒拉矿砂那样探查的锻铁迷宫，实际上是一堆令人作呕的伤疤"（莫里森，1996）①。而正如叙述者所述，"只要能做这几件事——再加一点工作和一点性交——他就别无所求，否则他就会耽溺于黑尔的面孔和西克索的大笑"（莫里森，1996）②。塞丝也的确在和保罗·D 的关系之中被影响，对其产生依赖。对此，滕尼斯（1999）③ 也指出："这种本能起初也不那么轻易就导致成为一种相互的关系，毋宁说，可能降低为女人的单面的被奴役，女人天生较弱，把女人降低为占有物，使她变为不自由。"他也曾试图使塞丝怀孕将自己和她在生活上进行捆绑，只不过过程中受到了宠儿的阻挠。保罗·D 作为闯入者非但没有起到愈合亲属共同体的作用，反而加重了这一困境。他自己对该空间的闯入也以失败告终，于是被迫离开124 号。

主体失控的个体性不仅给群体中的他人带去伤害，而且无意中助长了普遍性的个体性膨胀，致使黑人邻里关系崩塌，共同体想象陷入绝境。受亲属离世的影响，124 号的亲属共同体也呈破碎状态，而保罗·D 的到来难以解决此困境，也多少说明，扭转 124 号的命运首先还得靠这一空间内部的自我搭救。

三、召唤集体性主体：空间回返中的共同体希望

和主体的个体性相补充的概念是主体的集体性，如果说个体性的过度表现容易使一个整体内部成员以自我为导向展开交往，从而导致彼此间的孤立和分歧，那么主体的集体性可以视为一种不同主体间的黏合剂，能缓和膨胀的个体性并激发为他人和集体的共情思考。多年过去后，城镇黑人们通过抱愧、摒弃过去狭隘的个人偏见和立场，给予塞丝一家物质上的帮助，最后还以特有的精神仪式返回 124 号，为塞丝一家驱赶冤魂等方式唤起自己的集体性主体，而邻里关系修复的转机很大程度得益于塞丝之女丹芙为突破空间作出的努力。

就在塞丝的身体和精神由于与宠儿的魂魄牵绊在一起，变得越来越衰

---

① 莫里森. 宠儿 [M]. 潘岳，雷格，译. 北京：中国文学出版社，1996.

② 莫里森. 宠儿 [M]. 潘岳，雷格，译. 北京：中国文学出版社，1996.

③ 滕尼斯. 共同体与社会：纯粹社会学的基本概念 [M]. 林荣远，译. 北京：商务印书馆，1999.

弱时，丹芙决定走出124号寻求外界的帮助。母亲不愿和黑人社区有过多交际，更别说从他们那里获取帮助。与她不同的是，丹芙到琼斯女士那里找工作，并且大方告诉对方母亲塞丝的处境。经琼斯之口，其他黑人了解了她在124号的处境，纷纷开始给予帮助。"整整一个春天，不时地有名字出现在送来的事物附近或者容器里面。"（莫里森，1996）① 丹芙接受来自邻里的恩惠并一一道谢，就在这样一次次的对话之中搭建了沟通的桥梁。叙述者提到，黑人们认识丹芙的奶奶，也记得"林间空地"和124号，他们开始忏悔自己多年来的鄙视与非难。除了接受和感谢邻里的帮助，丹芙也通过学习去积极探寻精神上的集体性，比如她从琼斯女士那里获得一本《圣经唱诗集》，并读给她听，到了6月，她已经通读并背诵了全部52页，而这本书所指涉的基督教本就是黑人们生活中不可缺少的元素，是其共同的信仰。另外，当丹芙去到鲍德温兄妹家时，向黑人简妮告知了母亲的情况，于是塞丝的消息又在更多人中传开了，她们中有些人开始醒悟，黑人女性艾拉就是典型的例子。她想起了自己过去曾遭受的创伤，决定不再对124号中鬼魂的放肆行为置之不理，也正是在她的带领下，30名女邻居来到124号进行祈祷、歌唱。这一幕似乎重现了过去贝比·萨格斯主持的"林间空地"仪式，友爱而团结的黑人集体如同重返一个熟悉的空间。"一声压过一声，她们最终找到的声音，声波壮阔得如同足以水底，或者打落栗树的苹果。它震撼了塞丝，她像受洗者接受洗礼那样颤抖起来。"（莫里森，1996）② 在这过程中，艾拉也想起自己曾如何让自己生下的孩子饿死，因为那是白人强奸犯的后代，在面对相似的伦理抉择时对塞丝，甚至广大黑人女性的处境有了更多共性上的理解。最后，124号的冤魂被驱赶，黑人女性们还阻止了一次意外的发生，因为鲍德温先生当时正驾着马车到124号接丹芙去工作，而塞丝误将其认成是"学校老师"，试图用手里的冰锥刺向他，不过被及时阻拦了。事实上，鲍德温先生在弑婴案后曾救过塞丝一命，使其免遭绞刑。这一次，面对即将发生的危险，黑人们没有袖手旁观，而是用实际行动搭救了差点酿成过错的塞丝，某种意义上也搭救了自己和集体，同时也是为过去的过错作出的一次弥补。在集体的关怀和支持下，丹芙变得更加坚毅，她打算除了在鲍德温家上夜班，再做一份工作，以此照顾母亲、支撑家庭。

---

① 莫里森. 宠儿 [M].潘岳，雷格，译. 北京：中国文学出版社，1996.
② 莫里森. 宠儿 [M].潘岳，雷格，译. 北京：中国文学出版社，1996.

丹芙走出 124 号，走进黑人社群的影响是巨大的，正是她的"觉醒"和对空间的突破，才使得以艾拉为首的黑人女性们开始了克制偏见与自我反思，并且慷慨地为塞丝一家提供帮助，甚至最终以神圣崇高的仪式为 124 号一家驱除冤魂、扫清幽灵。在双向合力下，主体的集体性压制住了曾经放肆的个体性，为修复邻里关系奠定了基础，也让读者隐约窥见邻里共同体形塑的希望。同时，丹芙也在自助与他助的影响下承担起更多责任，维系她和母亲的家庭，开始新的生活并重建属于她们的亲属共同体。另外，从废奴主义者鲍德温等人的参与，或许能多少察觉出作者莫里森的特别安排，即尽管鲍德温等白人与黑人之间并未满足特定习惯、仪式、居所等组成邻里共同体的条件，但相互之间也构成了某种共生关系。正如小说的结局所示，后者的发展也离不开前者。作者似乎也在暗示，黑人的命运需要由自己去争取，但白人的正向助力也许也是有益的。

第三节　《明智的孩子》中的演员书写与媒介空间

安吉拉·卡特是英国后现代主义作家，著有《魔幻玩具铺》（*The Magic Toyshop*，1967）、《马戏团之夜》（*Nights at the Circus*，1984）和《明智的孩子》（1991）等 9 部长篇小说，《血染之室和其他故事》（*The Bloody Chamber and Other Stories*，1979）等 3 部短篇小说集以及多部戏剧和影视作品，她被誉为"21 世纪英国最负盛名的魔幻现实主义和哥特小说家"（潘纯琳，2015）[1]，当属"英国最受研究者关注的当代作家之一"（Alison，1997）[2]。《明智的孩子》是卡特的最后一部长篇小说，不仅备受她本人喜爱（Alison，1997）[3]，同时也被公认为"卡特笔下集诙谐有趣、生机勃勃、聪明机警和打动人心于一体的小说，是她汇集一生所思、所看、所感和所为的结晶"（Gordon，2017）[4]。小说生动再现了舞蹈演员朵拉·欠思（Dora Chance）75 岁生日当天所发生的多重戏剧性事件，并通

①　潘纯琳. 英美童话重写与童话批评（1970—2010）：以安吉拉·卡特为个案的研究 ［M］. 成都：四川辞书出版社，2015.

②　ALISON L. Angela Carter ［M］. New York：University of Western Ontario，1997.

③　ALISON L. Angela Carter ［M］. New York：University of Western Ontario，1997.

④　GORDON E. The invention of Angela Carter：a biography ［M］. New York：Oxford University Press，2017.

过朵拉本人的回忆式叙述，揭露了复杂、混乱的百余年家族史，挑战并"质疑了神话起源、家庭、精神分析、性行为和性虐待、表演、流行文化、语言和文学经典等不同话题中的固有传统观念"（Alison，1997）①。

目前国内外已有研究聚焦《明智的孩子》中的女性主义（Andermahr，2012；Roessner，2002；Trevenna，2002）②、后现代主义（Hardin，1994）③、食物叙事（Pires，2012）④、家族叙事（庞燕宁，2015）⑤、童话叙事（Sage，1998）⑥ 和互文性（Davison，2016）⑦ 主题，但鲜有学者分析罕择和欠思家族所共享的演员身份，对于表演行为和演艺舞台如何塑造了小说人物的主体性建构问题还有待进一步探索。正如曾为卡特撰写传记的学者 Peach（2009）⑧ 所言，在《明智的孩子》中，剧场是小说的主题。Andermahr（2012）⑨ 在讨论小说中的女性写作（woman writing）时也同样认为，用表演的方式写作是卡特擅长的叙事技巧。小说中的人物角色大多是为舞台而生的表演者，其故事情节的发展也围绕表演行为和演艺圈展开。透过演员朵拉的叙述，表演对演员的意义何在？演员与舞台的关系如何？在真实与虚拟的空间环境中，演员该怎样认识自己，获得自我身份的认同感？以上皆为卡特在《明智的孩子》中反复提出的问题，亦是本节所关注的主要议题。

---

① ALISON L. Angela Carter［M］. New York：University of Western Ontario，1997.

② ANDERMAHR S. Contemporary women's writing：Carter's literary legacy［C］//ANDERMAHR S，PHILLIPS L. Angela Carter：new critical readings. London：A Bloomsbury Company，2012；ROESSNER J. Writing a history of difference：Jeanette Winterson's "Sexing the Cherry" and Angela Carter's "Wise Children"［J］. College Literature，2002，29（1）：102-122；TREVENNA J. Gender as performance：questioning the "butlerification" of Angela Carter's fiction［J］. Journal of Gender Studies，2002，11（3）：267-276.

③ HARDIN M. The other other：self-definition outside patriarchal institutions in Angela Carter's "Wise Children"（Angela Carter）［J］. The Review of Contemporary Fiction，1994，14（3）：77-84.

④ PIRES M J. The moral right of food：Angela Carter's "food fetishes"［C］//ANDERMAHR S，PHILLIPS L. Angela Carter：new critical readings. London：A Bloomsbury Company，2012.

⑤ 庞燕宁. 解构血缘伦理：《明智的孩子》"新式亲缘家庭"观解析［J］. 外国文学研究，2015，37（2）：66-72.

⑥ SAGE L. Angela Carter：the fairy tale［M］//ROEMER D M，BACCHILEGA C. Angela Carter and the fairy tale. Detroit：Wayne State University Press，1998.

⑦ DAVISON S. Intertextual relations：James Joyce and William Shakespeare in Angela Carter's Wise Children［J］. Contemporary Women's Writing，2016，10（2）：197-215.

⑧ PEACH L. Angela Carter［M］. New York：St. Martin's Press，2009.

⑨ ANDERMAHR S. Contemporary women's writing：Carter's literary legacy［C］//ANDERMAHR S，PHILLIPS L. Angela Carter：new critical readings. London：A Bloomsbury Company，2012.

针对上述疑惑，Apfelbaum 发表的题为《"欢迎来到理想之土"：表演理论、后殖民话语和安吉拉·卡特〈明智的孩子〉中〈仲夏夜之梦〉的电影拍摄》（*Welcome to Dreamland：Performance Theory，Postcolonial Discourse，and the Filming of A Midsummer Night's Dream in Angela Carter's Wise Children*，2016）一文，也曾尝试作出回答。Apfelbaum（2016）[①] 从小说中对莎剧《仲夏夜之梦》的电影改编入手，深刻反思了消费文化和后殖民语境中的表演动机，认为演员是资本追逐经济利益的受害者，抨击了以文化艺术为代价的经济至上观念。但事实上，《明智的孩子》中不仅讲述了《仲夏夜之梦》的电影表演，同样涉及传统的戏剧舞台以及新兴的电视节目。小说不单刻画了表演与经济之间的联动关系，也质询了表演行为本身，即表演不仅是一种行为艺术，更是个体自我意识建构的途径。对演员而言，对自我的认知往往依赖于她/他本人在舞台上的表演，但作为一种空间环境，无论戏剧、电影还是电视舞台都并非真实空间，而是变幻莫测、风格各异的媒介空间（media spaces），这意味着个体对空间的感知有赖于媒介的再现（representation）作用。笔者认为，了解小说中究竟体现了哪些媒介空间，理解这些媒介空间如何影响小说人物的表演行为和身份认知，对解读《明智的孩子》和卡特的后现代主义思想有至关重要的意义。

　　基于保罗·亚当斯（Paul C. Adams）的媒介与传播地理学（geographies of media and communication）研究思路，运用德勒兹、克朗等学者关于媒介空间与主体行为关系的理论观点，本节致力于探讨《明智的孩子》的演员书写和媒介空间，以及二者之间的互动关系。演员是小说人物的主要身份特征，而戏剧、电影和电视等媒介中的舞台空间则充当他们认识自我和解读世界的方式和位置。《明智的孩子》通过叙述不同演员在各种媒介空间中的生存境遇，揭露了他们渴望建构独立、统一的自我，但却只能处于分裂、流动与不安中的人生状态。演员主体犹如德勒兹所言的"运动形象"（the movement-image），被不断再现、观看和言说，沦为复杂、多变和破碎的后现代社会状况的"脚注"。

[①]　APFELLBAUM R. "Welcome to dreamland"：performance theory, postcolonial discourse, and the filming of A Midsummer Night's Dream in Angela Carter's Wise Children [J]. Twentieth-Century Literary Criticism, 2016 (321)：183-193.

一、舞台：动态时空中的媒介空间

随着科技革命和消费产业的迅速发展，后现代社会不断冲击着人们对时间、空间和传播等传统概念的认识。就"空间"而言，过去人们"行百里路"来感受大好河山的壮美风景，但当今社会中，数码媒体的广泛运用使大众足不出户，就能想象性建构起对空间的感知。"面对面接触"不再是空间概念的必要因素，而媒介（media）在空间中的重要性日益凸显。基于上述情形，以保罗·亚当斯为代表的一群西方学者试图建构媒介与传播地理学，探究媒介、传播与空间、地方等地理要素之间的关系。亚当斯（Adams，2009）[①] 认为，媒介既是空间的载体，同样也是空间的内容，并以四象限图（the quadrant diagram）概括媒介与传播地理学中的四种研究路径：空间中的媒介（media in space）、媒介中的空间（spaces in media）、媒介中的地方（places in media）和地方中的媒介（media in places）。作为文学媒介，卡特的小说《明智的孩子》中对社会空间、文化空间的描绘和对伦敦、纽约等地方的再现本身，就可以作为亚当斯所说的第二和第三类研究中的原始素材。倘若再往前一步，沿用杰伊·博尔特（Jay Bolter）和理查德·格鲁辛（Richard Grusin）所提出的"再媒介化"（remediation）概念和玛丽-劳尔·瑞安的"跨媒介叙事"（narrative across media）理论，小说中对戏剧空间、电影空间和电视空间的展现，即其他媒介在文学媒介中"通过机械或描述手段进行表征"（瑞安，2019）[②] 的再媒介化过程，也当属亚当斯所言的第二种研究范畴。鉴于篇幅，本节论述将暂时搁置再媒介化方式和跨媒介叙事手段的具体操作内容，将目光直接对准《明智的孩子》中的戏剧、电影和电视等媒介的空间现象，探究这些媒介空间所具有的主要特征，并借此分析媒介空间如何影响着演员人物的主体身份建构问题。

在朵拉的回忆式叙事中，她细细讲述了自己随时代发展而不断变化的演员经历。19世纪末至20世纪初期，戏剧仍然是表演的主流形式，但美国好莱坞在战后迅速崛起，使电影逐渐取代戏剧，得以如火如荼地发展起来，而她和自己的孪生姐妹也从戏剧舞蹈演员变身为电影配角演员。20世

---

① ADAMS P C. Geographies of media and communication：a critical introduction ［M］. Malden：Wiley Blackwell, 2009.

② 瑞安. 跨媒介叙事 ［M］. 张新军，林文娟，等译. 成都：四川大学出版社，2019.

纪中后期，电视产业日益火热，此时早已年迈的朵拉见证了家族后辈如何通过电视栏目而大红大紫，成为受人追捧的主持人和表演嘉宾。基于朵拉丰富的人生体验，小说刻画了戏剧舞台、电影银幕和电视片场这三种既相似又相异的媒介空间。

按照瑞安在《跨媒介叙事》中所提出的媒介分类，戏剧、电影和电视的共性在于同属以语言-声学-视觉为主的动态媒介。瑞安（2019）① 提出了五个考察媒介特征的参考要素来区分各式各样的媒介：第一，所针对的感官；第二，感觉轨道的优先级；第三，时空外延；第四，符号的技术支持和物质性，即媒介本身的物质属性；第五，媒介的文化作用和方法。她将第一和第三项要素作为首要划分标准，将时间、空间和时空形式与单渠道、双渠道和多渠道的感官体验两两组合，构成了六种不同的媒介类型。例如，文学文本即时间和单渠道相组合的语言媒介，雕塑和图片则是由空间和单渠道相组合的视觉媒介。在此意义上，戏剧、电影和电视兼具时间性和空间性，能调动视觉、听觉和声觉等多渠道感官，都属于复杂的动态媒介。针对媒介本身的物质属性，三种媒介又因舞台的物理空间和演员的表演形式而具有相似性。正如亚当斯所言，这类媒介的有效在场依赖于"位置的移动（movement through place）和对位置的操纵（manipulation of place）"（Adams，2009）②，前者由演员承担，而后者则指向舞台（在电影电视中也叫"片场"）这一空间环境的动态变化。媒介传递信息的功能通过演员与舞台的互动来实现，演员需具备演说和表演的能力，而舞台作为这类动态媒介中的实际空间，其"环境、地点和位置赋予话语以表演性和交际性的力量"（Adams，2009）③。亚当斯（Adams，2009）④ 指出，正是由于这类媒介的物质属性，"自我和场所是完全交织的状态"，演员总是处于真实与虚拟、具体与抽象、亲密与疏远、理性与感性的更迭之中，舞台作为动态化的媒介空间对演员的重要性不言而喻，而演员本人的主体性建构则因媒介空间的复杂性成为一个棘手的问题。

① 瑞安. 跨媒介叙事［M］. 张新军，林文娟，等译. 成都：四川大学出版社，2019.

② ADAMS P C. Geographies of media and communication：a critical introduction［M］. Malden：Wiley Blackwell, 2009.

③ ADAMS P C. Geographies of media and communication：a critical introduction［M］. Malden：Wiley Blackwell, 2009.

④ ADAMS P C. Geographies of media and communication：a critical introduction［M］. Malden：Wiley Blackwell, 2009.

就舞台本身而言，戏剧、电影和电视的舞台设置又各有不同，这不仅影响了三种媒介再现故事的方式，同时对演员主体性的挑战也不容小觑。在《明智的孩子》中，欠思姐妹成长于戏剧繁荣的时代，并且年仅 13 岁就成功登上了戏剧表演的舞台，"我们爱死了那一切，登台亮相，花俏服装，莱其纳七号"（卡特，2021）①。就传统的戏剧演出来看，舞台表演具有即时性和稳定性的特征，正如欠思姐妹那样，她们"登台亮相"就意味着表演开始。不仅如此，戏剧中演员、舞台乃至观众都共享同一时空，演员可以及时感受到现场观众的反馈，获得表演的满足感。在这次表演中，欠思姐妹不断感受到观众"又是喝彩，又是鼓掌。最后一幕，我们朝前排撒彩纸拉炮，观众为之疯狂"（卡特，2021）②。由此可见，戏剧舞台对演员的主体性建构具有积极意义，演员本人在演出过程中能比较容易地获得自我的认同。

然而，电影和电视的媒介空间却与之大有不同。随着电影业的兴起，欠思姐妹的演艺事业不再辉煌，她们开始出现自我认同上的危机，究其原因，这不单涉及电影对戏剧行业本身的冲击，同样也与这两种媒介在舞台空间的运用方式上所具有的差异性有关。按照迈克·克朗的说法，"电影开辟了新的观察空间，它创造的视角完全不同于以前的观察方式"（克朗，2003）③。电影既没有采取全景式方法从高处俯瞰，也并非像 19 世纪流行的透视法那样，使视线定格在持续不变的空间环境中，而是以蒙太奇（montage）的方式随意切换甚至颠倒故事的时空关系。克朗形象地将这种观看视角与乘坐交通工具时的情形进行类比，即看电影就如同观看车外的风景，"世界就在车窗外流动"（克朗，2003）④。电影的这种叙事方式使传统的舞台空间发生巨大变化：一方面，舞台需通过电影的技术设备得以呈现，舞台的表演者与观看者出现时空上的分离，电影表演不再是即时性的；另一方面，蒙太奇的表现手法由"不同部分的交替、相对维度的切换和聚合动作的替换"（Deleuze，1986）⑤ 所构成，表演本身因画面的优先级、叙述时长和渲染方式的不同选择而出现等级之分，主角往往能获得更

---

① 卡特. 明智的孩子 [M]. 严韵，译. 南京：南京大学出版社，2021.
② 卡特. 明智的孩子 [M]. 严韵，译. 南京：南京大学出版社，2021.
③ 克朗. 文化地理学 [M]. 杨淑华，宋慧敏，译. 南京：南京大学出版社，2003.
④ 克朗. 文化地理学 [M]. 杨淑华，宋慧敏，译. 南京：南京大学出版社，2003.
⑤ DELEUZE G. Cinema 1: the movement-image [M]. TOMLINSON H, HABBERJAM B, trans. Minneapolis: University of Minnesota Press, 1986.

多镜头的捕捉，而龙套演员则只能出现在画面的角落或一闪而过的镜头里。电影叙事中舞台空间的新兴特征导致了观众反馈的延迟和角色本身的差异，这对演员如何看待自己的演出，并由此建构起自己的表演身份提出了巨大挑战。小说中，欠思姐妹作为舞蹈演员，在电影中只能充当不重要的小角色。过去，她们在戏剧演出中轻而易举就能获得的欢呼声和喝彩声，但在后来《仲夏夜之梦》的电影演出中，已成为遥不可及的奢望。此时，她们已经疲于演出，再无当初的成就感可言。朵拉叙述道，"我们像奴隶死做活做。……我们同时既是产品也是过程，几乎被搞得分崩离析。而我们拼死拼活的工作换来什么？只不过是又一场星期六晚上的电影！只值你的一先令九便士，一段电影院里的黑暗时光"（卡特，2021）①。在电影表演中，像欠思姐妹这样的演员几乎属于行业内的底层，她们不再受人尊重和追捧，而沦为表演的工具，只是众多电影画面中微不足道的组成部分而已。

舞台空间对演员主体身份所带来的冲击在电视产业中表现得更为突出，小说通过朵拉对崔斯专（Tristram）和蒂芬妮（Tiffany）所在电视栏目的描写得以呈现得淋漓尽致。在崔斯专的游戏节目中，他的表演总是以固定模式重复化进行。节目的开场从崔斯专惹人眼球的俏皮话开始，"嗨，各位财迷！我是崔斯专·罕择，欢迎收看……"（卡特，2021）②。游戏规则非常简单，挑战者随意说出一个数字，崔斯专的助手蒂芬妮随即转动巨型轮盘，如果转盘停在挑战者所选号码上，则意味着挑战者挑战胜利并能获得一笔奖金，而挑战者还可以选择继续挑战或见好就收。每当转盘开始旋转时，崔斯专总会说出该节目耳熟能详的宣传语："有钱能使鬼挨鞭。"（卡特，2021）③ 在戏剧或电影的媒介空间中，空间本身所具有的特征需与戏剧或电影所再现的故事高度契合，例如，小说中《仲夏夜之梦》的拍摄现场是"雅顿森林"这一"可爱、飘渺和奇幻的地方"（卡特，2021）④。而在这类电视栏目中，片场或录影棚的设置与电视媒介所传达的信息之间不再具有必然的因果联系，甚至电视节目都不以叙事的完整性和统一性为

---

① 卡特. 明智的孩子 [M]. 严韵, 译. 南京：南京大学出版社, 2021.
② 卡特. 明智的孩子 [M]. 严韵, 译. 南京：南京大学出版社, 2021.
③ 卡特. 明智的孩子 [M]. 严韵, 译. 南京：南京大学出版社, 2021.
④ 卡特. 明智的孩子 [M]. 严韵, 译. 南京：南京大学出版社, 2021.

目标。Houston（1984）① 在探讨电视媒介时指出，电视的乐趣不通过高超的技艺获得，而是通过提供一种有节奏、强迫性和渐进的方式获得，电视是对欲望的重复改造。在崔斯专的游戏节目中，他通过重复性的开场白、游戏规则和宣传语吸引观众的注意力，而这一电视节目之所以人气高涨，则是因为它利用了人们对金钱充满渴求的欲望心理。但事实上，这种流行节目对表演者本人的主体建构却起着相反的作用，过去对表演至关重要的媒介空间不再具有观赏性和艺术性，而表演行为的另一重要组成者——演员则与世俗欲望合流，成为物欲主义和消费文化的帮凶。

《明智的孩子》再现了戏剧、电影和电视这三种既有共性又有差异的动态媒介类型，并对三种媒介中"舞台"这一媒介空间如何影响演员的自我认知这一问题作出了详尽的刻画。总体而言，表演形式随时代变迁在戏剧—电影—电视中竞相更迭的现实状况不断冲击着演员们对自身演艺事业和自我存在价值的理解和认识。不过，不同演员角色的身份建构过程也各有差异，这尤其体现在主角和配角两种类型身上。小说不仅从宏观上展现出演员群体的人生境遇，同时通过梅齐尔（Melchior Hazard）和欠思姐妹两种不同的演员身份从微观上揭露出演员在主体建构问题上所存在的差异性特征。

二、"主角"的自我建构与身份危机

卡特在《明智的孩子》中着墨最多的人物角色当属朵拉的父亲梅齐尔·罕择（Melchior Hazard）。梅齐尔是当时英国名声大噪的莎剧演员，扮演过李尔王、奥赛罗、夏洛克和理查三世等莎剧中的经典形象，小说中他被誉为"当代在世最伟大的莎剧演员"（卡特，2021）②。随着电影行业的迅速崛起，梅齐尔顺理成章地从英国戏剧舞台走向美国好莱坞，而美国影视界也以"纽约喜迎莎士比亚珍宝"（卡特，2021）③ 的新闻宣传语热烈欢迎这位重量级演员嘉宾的到来。但出人意料的是，梅齐尔的电影事业并未如预想中那样顺利，在多重闹剧和事故之后，他的"好莱坞之行"最终以失败告终。这位莎剧演员不得已只能回归故土，却也凭过去积攒的人气和声

---

① HOUSTON B. Viewing television: the metapsychology of endless consumption [J]. Quarterly Review of Film Studies, 1984, 9 (3): 183-195.

② 卡特. 明智的孩子 [M]. 严韵, 译. 南京: 南京大学出版社, 2021.

③ 卡特. 明智的孩子 [M]. 严韵, 译. 南京: 南京大学出版社, 2021.

望，以"英国剧场的化身"（卡特，2021）① 这一形象安稳度日。然而，梅齐尔显然并木满足于此，眼见着家族后辈在电视行业中发光发彩，这位年迈的莎剧演员也变身为电视节目的常客。在这一新兴媒介中，梅齐尔试图建构和巩固自己伟大演员的身份，但与此同时，他参与电视录制的过程也必然会受到这一媒介形式所带来的挑战。小说充分探讨了梅齐尔作为表演主角如何在媒介空间中认识、理解自我的问题，但正如德勒兹（1986）②对"运动形象"的阐述所言，形象所指向的意义并非某种存在于形象背后的东西，而是取决于这一运动的形象本身。在此意义上，"形象与运动具有绝对同一性"（Deleuze，1986）③，形象不再也不可能是某种统一、自足甚至先验的存在，这意味着梅齐尔所追求的那个完美的戏剧形象根本就没有实现的可能，而他毕生所求也就注定不会如愿以偿。

作为与莎士比亚同月同日出生的幸运儿，梅齐尔仿佛冥冥之中就是为莎剧而生的人物。小说中，朵拉这样形容道："四月二十三日。是的！梅齐尔一出生就订好了人生目标，他注定非戴那顶硬纸板王冠不可，因为，他不正是在莎士比亚生日那天呱呱坠地的吗？"（卡特，2021）④ 卡特这一充满戏剧化的人物设定将梅齐尔直接与莎士比亚绑定起来，而这顶"银纸板王冠"更是他作为莎士比亚的代言人这一身份的物质象征物。在动身前往好莱坞之前，梅齐尔的宅邸曾发生一次严重的火灾，但此次事件中，这位莎剧演员唯一关心的物件却只有这顶王冠。这是声名远扬的父亲当年扮演李尔王时曾戴过的，梅齐尔对之视若珍宝。对梅齐尔而言，这顶王冠不仅象征着家族事业的传承精神，同时足以论证他作为莎翁代言人的无可替代的地位。按照 Bulman（1996）⑤ 对莎剧演出的论述，莎士比亚从未对演出本身留下过任何原始文本，演出的成功与否总是有赖于演员本人对角色的演绎好坏。在此意义上，若与莎士比亚同日出生可以证明自己扮演其笔下人物具有充分适配性的话，能佩戴已功成名就的莎剧演员的王冠，也就能为他自己的戏剧正统身份提供权威性。针对演员如何看待戏里戏外的

① 卡特. 明智的孩子 [M]. 严韵, 译. 南京: 南京大学出版社, 2021.

② DELEUZE G. Cinema 1: the movement-image [M]. TOMLINSON H, HABBERJAM B, trans. Minneapolis: University of Minnesota Press, 1986.

③ 卡特. 明智的孩子 [M]. 严韵, 译. 南京: 南京大学出版社, 2021.

④ 卡特. 明智的孩子 [M]. 严韵, 译. 南京: 南京大学出版社, 2021.

⑤ BULMAN J C. Introduction: Shakespeare and performance theory [C] //BULMAN J C. Shakespeare, theory and performance. London & New York: Routledge, 1996.

"我"，Apfellbaum（2016）① 还指出，无论是在公众还是他自己的眼中，演员的个人生活和他所扮演的角色行为之间都相互交织、十分混乱。梅齐尔在舞台中扮演莎剧人物，而在生活中也以莎翁形象代言人的身份自居，甚至还与同剧组演员建立过除表演以外的感情关系。例如，梅齐尔的父母亲就曾是《李尔王》中李尔王和考狄利娅的扮演者，而同样的夫妻组合又在梅齐尔和他第三任妻子乳玛林夫人（Lady Margarine）身上再演。梅齐尔的莎剧演员身份通过戏剧舞台上的顺利演出而初步获得，后又经"王冠"的佩戴仪式得以稳固。作为戏剧时代的受益者，梅齐尔为自己成功复现出一个"莎士比亚珍宝"的人物形象，但这一形象的稳定性却随电影和电视行业的兴起变得摇摇欲坠。

电影媒介的蒙太奇手法突破了传统戏剧舞台的时空限制，并对演员的表演行为提出了挑战。在《仲夏夜之梦》的拍摄片场，梅齐尔显然没有适应这一新兴的叙事模式。他总是忘词，表现得过于紧张导致导演不断叫停，同一场戏则是拍了又拍，改了又改。作为有经验的戏剧演员，梅齐尔已经适应了戏剧的表演方式，即演员会根据舞台环境的设置、故事情节的发展和现场观众的反馈自然而然地将表演持续下去，直至落幕。但在电影中，媒介空间和演员的表演行为都被框进摄影机中，一帧帧动态化的画面才是电影演出的组成部分。此外，在演员与表演效果之间，还多出来一个中介式人物——导演。在电影拍摄过程中，演员的表演能否可行取决于摄影机上所呈现出来的效果和导演对表演行为的认可度。就梅齐尔的表演来看，他之所以总是发挥失常，是因为他引以为豪的表演和赖以生存的形象已经脱离他自身的掌控，演员本人"不得不在这一媒介化的世界中重新界定自我，与周围环境进行协商"（Crang，2002）②。每当导演喊停或提出改变表演方式时，梅齐尔都会经历一次自我协商的过程，而这种情形愈多，他对自我的看法就愈不确定。如此循环，演员主体最终产生认同上的危机。此外，电影使演员与观众产生时空上的距离感，这意味着除电影本身的叙事效果外，媒体的宣传甚至杀青宴和首映礼的仪式行为都可能成为衡

---

① APFELLBAUM R. "Welcome to dreamland"：performance theory, postcolonial discourse, and the filming of A Midsummer Night's Dream in Angela Carter's Wise Children [J]. Twentieth-Century Literary Criticism, 2016, (321)：183-193.

② CRANG M. Rethinking the observer：film, mobility, and the construction of the subject [C] // CRESSWELL T, DEBIRAH D. Engaging film：geographies of mobility and identity. Lanham：Rowman & Littlefield Publishers, Inc, 2002.

量一部电影是否成功的重要因素，而这与过去仅仅是欢呼声就足以使演员信心倍增的戏剧时代可谓是大不相同。《仲夏夜之梦》的杀青宴上状况百出，原本拟定好的三场婚礼演变成了闹剧现场。最终，杀青宴的重大事故直接断送了梅齐尔的好莱坞之梦。

电影艺术中时空关系的改变不仅影响了表演内容的呈现，也为演员如何实现身份认同提出新的难题。但对梅齐尔来说，承认自己不适合电影并回归熟悉的领域同样能维持自己的形象，真正使他名誉扫地的则是他晚年在电视行业中的所作所为。针对明星私生活的曝光问题，Apfellbaum（2016）① 指出，一方面是为满足观众的期待，另一方面是明星自己无法褪去演出的光环，才使得明星个人的生活成为一种公共奇观（a public spectacle）。小说中崔斯专的游戏节目为梅齐尔开设专栏，而他自己的百岁生日家宴则更是变身为一场现场直播的视觉盛宴。在电视媒介的作用之下，梅齐尔的私宅演变为拍摄片场，所有家族成员的行为也都增添一丝表演的成分。朵拉叙述道，梅齐尔"看来犹如君王，但不失喜庆气氛"（卡特，2021）②，而"我们耐心排队，等着祝他'生日快乐'"（卡特，2021）③，每个步骤、每个环节都按脚本进行，摄像机将拍下最好的画面，因为"这整场宴会，从第一句哈喽到最后一声打嗝，都要录下来流传后世，我们的父亲一心要展示自己，至死方休"（卡特，2021）④。作为戏剧舞台上当之无愧的主角，梅齐尔渴望在生活中也时刻保持主角的光辉形象。此次百岁生日宴的隆重举办就是他强烈心愿的最好证明，而电视作为"对欲望的重复改造"（Houston，1984）⑤ 则帮助他实现这一愿景。正如克朗（Crang，2002）⑥ 所言，群体通过录像形式来控制自己的形象，以期获得新的自我表现的可能性。梅齐尔对电视媒介的利用足以论证他的野心，但过于依赖

① APFELLBAUM R. "Welcome to dreamland"：performance theory, postcolonial discourse, and the filming of A Midsummer Night's Dream in Angela Carter's Wise Children [J]. Twentieth-Century Literary Criticism, 2016 (321)：183-193.

② 卡特. 明智的孩子 [M]. 严韵，译. 南京：南京大学出版社，2021.

③ 卡特. 明智的孩子 [M]. 严韵，译. 南京：南京大学出版社，2021.

④ 卡特. 明智的孩子 [M]. 严韵，译. 南京：南京大学出版社，2021.

⑤ HOUSTON B. Viewing television：the metapsychology of endless consumption [J]. Quarterly Review of Film Studies, 1984, 9 (3)：183-195.

⑥ CRANG M. Rethinking the observer：film, mobility, and the construction of the subject [C] // CRESSWELL T, DEBIRAH D. Engaging film：geographies of mobility and identity. Lanham：Rowman & Littlefield Publishers, Inc, 2002.

空间的媒介化和生活的仪式化也容易被媒介本身的缺陷所反噬。百岁生日宴并未如料想中那样按部就班地进行，但实时直播的电视媒介却使之再无挽回的可能性，那些意料之外的故事也都被一一曝光出来。朵拉讲道：

　　"我很希望自己能说，在这刺激的一刻，鼓声、祝贺、火光、突然噪声中，那大蛋糕炸开或裂开……但我若是这样讲，就是撒谎。实际情况是……蛋糕刀高举，但还来不及切下，前门就响起震耳欲聋的敲门声……某件不按脚本来的事情要发生了。"（卡特，2021）①

　　梅齐尔原本已经去世的弟弟佩瑞格林（Peregrine）突然出现在门外，并曝光了梅齐尔家族的各种丑闻事件。例如，欠思姐妹并非佩瑞格林的孩子，而是梅齐尔的私生女；崔斯专与他的表姐之间有不正当的性关系；而梅齐尔自己名义上的小孩实际上并非他本人所生等。这些家族内的风流秘史被公之于众，梅齐尔不再是观众眼中那个光鲜亮丽的"莎士比亚珍宝"，他穷其一生所塑造的那个形象现在已经不复存在。

　　正如 Wood（2012）② 对《明智的孩子》所做出的评价，家族史成为猜测和解释的对象，故事之外还有一个世界。对演员来说，如何区别戏里戏外的人生颇具考验，尤其在新兴媒介日益繁荣的时代，媒介空间为形象塑造提供便利的同时，也能轻而易举地摧毁它。由于形象具有动态的特征，演员在进行主体身份建构的过程中，并非能创造出某一完美的、稳固的形象，而仅仅只是在不断体验这种变化过程本身而已。

三、"配角"人生：表演与观看的互动

　　针对主体在媒介社会中的身份建构问题，克朗借拉康的镜像理论来加以说明，指出主体事实上总是通过中间客体（镜子或其他媒介）所再现的他者来认知自我，即主体并非与他者直接相遇，而是"对概括化的他者（a generalized other）进行回应，概括化的他者本身也并不直接质询主体，

　　① 卡特. 明智的孩子 [M]. 严韵，译. 南京：南京大学出版社，2021.
　　② WOOD M A. Angela Carter, naturalist [C] //ANDERMAHR S, LAWRENCE P. Angela Carter: new critical readings. London: A Bloomsbury Company, 2012. 219-322.

而以一被误解的主体（a misrecognized subject, sujetpetits）为对象"（Crang，2002）①。在艺术表演中，演出舞台本身成为观众和演员之间的中间媒介，观众通过被媒介空间所再现的演员客体来获得自我认知，"但受到媒介的影响，难以组装成完整的自我，另外，主体是媒介内容的传播对象，媒介所传达的内容是对个体自我的一种隐喻"（Crang，2002）②，也即观众本人也是媒介他者眼中的客体。这一受媒介制约的自我-他者关系不仅影响观众的自我认知，同时对演员而言，他/她既是具有身份观念的主体，通过观众的反应建构自我，又是观众观看的客体，充当观众心中那个概括化的他者。Crang（2002）③认为，自我的主体性与它的中介表现相互混淆，最后如柴郡猫（Cheshire cat）那样，只剩下对镜头保持微笑。不论观众还是演员，都因媒介的物质存在而面临身份建构的难题。在实际的表演行为中，尽管演员都在承担表演的角色，但事实上，主角与配角之间还大有不同。对主角来说，他/她因角色本身的饱满度和重要性而具有较为稳定的演员身份，但就配角甚至龙套演员而言，他们（她们）总是在表演与观看的环节中不断变换，时而是舞台上的表演者，时而仅仅和观众一样，只是演出的幕后观看者。在《明智的孩子》中，小说不仅刻画了梅齐尔这样的主角人物，同时对欠思姐妹这类舞蹈演员的演艺生涯作出了详尽、生动的描写，深刻探讨了配角演员如何在表演与观看的互动中认知自我的问题。

在欠思姐妹演员事业的初期，她们自我身份的建构主要来源于自己的父亲。通过在观看过程中欣赏，甚至崇拜父亲的表演，她们产生了对演员行业的向往。在剧场内，当阿嬷告诉她们台上的人就是父亲时，欠思姐妹已经"迷上了梅齐尔·罕择"（卡特，2021）④。而在演出结束后，她们被父亲的表演深深折服，像普通观众那样，她们会热衷于收集他的照片，留

① CRANG M. Rethinking the observer：film, mobility, and the construction of the subject［C］// CRESSWELL T, DEBIRAH D. Engaging film：geographies of mobility and identity. Lanham：Rowman & Littlefield Publishers, Inc, 2002.

② CRANG M. Rethinking the observer：film, mobility, and the construction of the subject［C］// CRESSWELL T, DEBIRAH D. Engaging film：geographies of mobility and identity. Lanham：Rowman & Littlefield Publishers, Inc, 2002.

③ CRANG M. Rethinking the observer：film, mobility, and the construction of the subject［C］// CRESSWELL T, DEBIRAH D. Engaging film：geographies of mobility and identity. Lanham：Rowman & Littlefield Publishers, Inc, 2002.

④ 卡特. 明智的孩子［M］. 严韵, 译. 南京：南京大学出版社, 2021.

意他每场新的演出。演员光鲜亮丽、惹人注目的一面通过戏剧舞台这一媒介空间被无限放大，主体不自觉间就会想要利用媒介所塑造的那个他者来建构自我。尤其当欠思姐妹本就有机会成为演员时，她们就更能与演员的身份特征产生共鸣。这一天终于到来，欠思姐妹不仅收获了台下的欢呼声和鼓掌声，也成功建构起她们作为演员的身份。文中这样形容道，"我们做了我们生来就要做的事，而且更棒的是，明天也要继续做"（卡特，2021）①。自己作为舞蹈演员而倍感骄傲的状态在与父亲同台表演时达至高潮。朵拉回忆道，"父亲也第一次亲了我，我还听到自己的名字将会首度亮灯高挂在夏斯伯利大道，此刻我心里塞得好满"（卡特，2021）②。欠思姐妹通过观看的方式树立起演员的职业目标，并最终以表演者的身份实现了自我的认同。然而好景不长，电影行业对戏剧演出发起冲击，舞蹈演员沦为电影叙事中的小配角，导致欠思姐妹的自我意识出现危机。

欠思姐妹的主体建构是通过媒介所塑造的形象和观众眼中的那个自己来实现的，这意味着她们的个人生活与表演行为之间相互交织，个体的身份观念对媒介具有完全的依赖性。然而，媒介特征的变化会影响经其所塑造的形象本身，毫无疑问地，身份危机也将接踵而至。在电影和电视行业中，欠思姐妹不再成为媒介着重打造的焦点，而仅仅只是表演舞台和观众眼里微不足道的过客。此时，主体对自己的期待与媒介所塑造的那个形象之间形成巨大鸿沟，她们不再满足于眼前的舞蹈事业，并产生自我贬低、自我怀疑的心理。朵拉回忆道，"枯燥无聊的生活开始了。……我们本身与其说是过程的一部分，不如说是产品零件"（卡特，2021）③。此时，她们的舞蹈沦为一种重复的、模式化表演，如机器加工那般，不具有任何艺术的属性。正如 Apfelbaum（2016）④ 的评论，舞蹈、歌曲和对话的重复使她把自己看作生产线和娱乐产品。朵拉谴责演员和观众之间这种本质交换的表演行为，即一种贬低自我的销售。过去充满人情味和艺术气息的舞蹈表演，在如今充当着资本家和娱乐业为收买观众和赚取利益而服务的经济工具。在物欲横流的社会环境中，资本的运作机制以牺牲人的主体性为代

① 卡特. 明智的孩子［M］. 严韵，译. 南京：南京大学出版社，2021.
② 卡特. 明智的孩子［M］. 严韵，译. 南京：南京大学出版社，2021.
③ 卡特. 明智的孩子［M］. 严韵，译. 南京：南京大学出版社，2021.
④ APFELLBAUM R. "Welcome to dreamland"：performance theory, postcolonial discourse, and the filming of A Midsummer Night's Dream in Angela Carter's Wise Children ［J］. Twentieth-Century Literary Criticism, 2016（321）：183-193.

价，而作为物欲社会的受害者，欠思姐妹失去了自我价值的认同感，对舞蹈事业和周遭事物感到麻木和排斥。与此同时，面对自我身份的危机，欠思姐妹还将矛头对准家族血脉，认为罕择家族能继续在表演事业上发光发热的原因在于他们是家族的正统成员，可以在镜头前当主角，而自己则是私生女，只能成为永远难登大雅之堂的配角。小说中，朵拉愤愤不平地指出，"罕择家人永远会抢尽我们的风头。……区区歌舞女郎怎能痴心妄想？打从出生开始，我们便注定是剧场中俏丽的昙花一现，像生日蜡烛辉亮一时，然后熄灭"（卡特，2021）①。卡特在《明智的孩子》中戏剧性地将欠思姐妹、梅齐尔与莎士比亚的生日设定为同一天，但两姐妹的演艺事业与梅齐尔却大相径庭。Peach（2009）② 指出，小说刻画了合法（legitimate）与非法（illegitimate）关系在社会地位上的差异，即欠思姐妹的非法身份使二人不仅在罕择家族内部，甚至在表演行业中都只能成为被边缘化的他者。

面对自我认同的危机，欠思姐妹并非坐以待毙，而是采取各种方式以改变当下的局面。一方面，当她们在表演与观看的角色中不断切换时，就早已深知唯有表演者才能收获真正的掌声。因此，欠思姐妹渴望获得更多表演的机会，试图跻身主角的位置。在电影《仲夏夜之梦》的拍摄现场，两位姐妹原本将以新娘的身份出现在杀青宴上，通过收获众人的关注而促进两人的事业发展，但意料之外的事故使两位都没能获得上场的机会。在梅齐尔的百岁生日宴上，欠思姐妹迎来了第二次机会，如果她们能在这场电视实时转播的家族宴会上成为主角的话，那"欠思姐妹"的名字将通过电视的媒介功能而流芳百世。当朵拉与佩瑞格林在罕择宅楼上谈情说爱时，朵拉的幻想使她渴望成为主角的想法暴露无遗，"若我们真的震垮房子，会发生什么事？……一切高高抛上天，摧毁所有合约的一切条款，烧掉所有旧书，整个从头来过"（卡特，2021）③。此时，楼下正在按部就班地进行着生日宴上的各项流程，电视画面的主角非寿星梅齐尔莫属，但倘若房屋倒塌事件发生，那么一切将发生天翻地覆的变化，至少朵拉和佩瑞格林作为始作俑者，肯定会成为电视录像的焦点——全场的中心。但令人遗憾的是，这终究仅仅只是朵拉的幻想而已，哪怕生日宴上的确漏洞百

---

① 卡特. 明智的孩子［M］. 严韵，译. 南京：南京大学出版社，2021.
② PEACH L. Angela Carter［M］. New York：St. Martin's Press, 2009.
③ 卡特. 明智的孩子［M］. 严韵，译. 南京：南京大学出版社，2021.

出，梅齐尔的一世英名尽毁，但欠思姐妹也依然只是梅齐尔跌落神坛的见证者罢了。在小说结尾，当欠思姐妹决定收养崔斯专的那一双幼婴时，她们终于可以成为主角了，但此时，摄影机和媒体记者早已离场，她们升级当母亲的事情变成家族内部最新的秘密，与观众、舞台和演员事业本身扯不上关系。

另一方面，另一条实现自我身份认同的路径则来自朵拉的写作行为。Apfelbaum（2016）[①] 认为，朵拉通过撰写回忆录的行为使自己更深刻地理解了演员的本质，而写作本身成为一种慰藉，使朵拉从中找到了新的自我价值。针对这一观点，笔者认为，朵拉的回忆式叙述依旧是围绕表演行为和娱乐行业进行的，这足以说明表演在她心中的分量。比如，小说中那句"唱歌跳舞是多开心的事"（卡特，2021）[②] 曾反复出现，并且也是小说的最后一句结束语。写作行为本身并不能取代舞蹈、唱歌在朵拉心中的位置，即便朵拉通过写作获得了认同感，但只要论及她的演员事业，朵拉无疑是充满遗憾和不甘的。针对配角演员如何实现主体身份建构的这一问题，旁观者很难仅仅通过小说中朵拉的写作行为，就乐观地宣告这一自我实现的过程最终得以圆满。事实上，作为表演艺术的边缘人和时代变化的受害者，朵拉和诺拉渴望建构起演员的主体身份，但却不断面临挑战，最终只能迷失在真实与虚构、自我与他者的怪圈里。

第四节　空间视角下的加里·施泰恩加特的"食物情节"

加里·施泰恩加特是公认的新生代美国俄裔作家中的佼佼者，他曾获得斯蒂芬·克兰奖、国家犹太图书奖、波灵格大众沃德豪斯奖等奖项，受到学界热议。值得一提的是，施泰恩加特本人是一位美食爱好者和美食评论家，对地方美食的推荐和评阅通常是他撰写的旅行笔记中不可或缺的一

---

① APFELLBAUM R. "Welcome to dreamland": performance theory, postcolonial discourse, and the filming of A Midsummer Night's Dream in Angela Carter's Wise Children [J]. Twentieth-Century Literary Criticism, 2016 (321): 183-193.

② 卡特. 明智的孩子 [M]. 严韵, 译. 南京: 南京大学出版社, 2021.

部分。饮食民族学家 Jochnowitz（2007）[①] 在谈到 Primorski———一家俄罗斯移民在纽约经常光顾的餐厅时，认为施氏在《美食家》（*Gourmet*）杂志上的评论典型地反映了俄裔年轻一代对老一辈的看法。施氏对食物的浓厚兴趣也投射到了他的写作中，以他的代表作小说《荒谬斯坦》为例，它贴切地揭示了作家在虚构作品中对食物的创造性挪用是如何实现的。

这部小说的情节围绕 30 岁的青年米沙·温伯格的跨国经历展开，他是一位俄国寡头之子，由于他的父亲谋杀了一名美国商人，他被禁止入境美国。经人介绍，温伯格尝试前往里海边虚构国荒谬斯坦，通过在那里购买比利时护照，然后再抵达美国。荒谬斯坦中有两大主要民族———塞翁族和斯瓦尼族，由于宗教、经济和其他问题的争议，两方关系紧张。在这场冲突中，主人公选择加入塞翁旋一方，但最终被对方首领利用，卷入了由国际势力参与的政治经济阴谋中，被困于荒谬斯坦。值得说明的是，作品中充斥着大量食物、餐厅、就餐行为等的书写，充分展现了作家对食物与文学的互动关系的理解。

一、食物、叙事与情节

Shahani（2018）[②] 在《食物与文学》（*Food and Literature*）一书中指出，"食物是记忆，食物是讽刺，食物是戏剧，食物是象征，食物是形式"。在英语文学研究中，对食物及其相关问题的关注从未停止。比如，爱尔兰著名作家詹姆斯·乔伊斯（James Joyce）就热衷于美食，而且擅长将食物融入写作之中。辛彩娜（2019）[③] 指出，乔伊斯从来没有去过都柏林和欧洲大陆的餐馆，也没有描绘过殖民时期爱尔兰的饮食蓝图，但是无论是《尤利西斯》还是《都柏林人》，食物都包含了作者对政治、伦理和哲学的看法。作为一种食物还与文学研究界所探讨的非人类叙事或物叙事等领域产生了关联。这一高度异质性的话语空间的重要目的之一是探索非人类元素在文学表征中的独特作用，重新思考文学中客体与人、物质世界的关系，同时为文学批评提供一种新的解读视角。论者们尝试更多地关注

---

① JOCHNOWITZ E. From Khatchapuri to Gefilte fish: dining out and spectacle in Russian Jewish New York［C］// BERISS D, SUTTON D. The restaurants book: ethnographies of where we eat. New York: Berg, 2007.

② SHAHANI G G. Food and literature［M］. Cambridge: Cambridge University Press, 2018.

③ 辛彩娜. 乔伊斯的食物书写［J］. 外国文学, 2019（6）: 127-135.

日常生活中普通的、琐碎的物品，如家具、工具、植物等。这一新视角不仅关注被忽视的非人类对象，而且审视它们在文本中独特而富有意义的存在，使得文学的形式和内容可能因此呈现新的解释可能。尹晓霞等(2019)[1] 认为，"任何叙事作品中都有各种形式'物'的存在，包括动物、植物、矿物质、生态系统、风景、地方等，但以往我们通常将'物'仅仅看作人物活动的背景，因此不太注重深入挖掘'物'的叙事功能"。在文学研究中，物不仅可以重新审视人类中心主义，而且可以探索物在人类经验中的作用，有助于更好地理解物和人。张俊萍（2005）[2] 指出，"叙事作品离不开写物，'物'在其中往往具有一种叙事的功能，它们是一种外在的、可见的表征，却揭示了作品中人与人、事与事之间的关系"。Caracciolo（2020）[3] 以"物的情节"（object-oriented plotting）来揭示这样一种现象：物在叙事中占据中心位置，并在一定程度上推动情节，超越以人类为中心的舒适区。Caracciolo（2020）[4] 尽管强调以物为中心的立场，但并不意味着要回避人的参与，他认为，物的情节不会（也不可能）完全消除叙事中的人的元素。基于上述观点，本节将引入"空间叙事"概念，探讨食物如何在空间形式上帮助构建食物的故事空间（food-oriented story space），实现空间并置和意识流，从而推动非线性叙事情节。作为一种批评视角的空间适用于探究具有非线性情节的文学文本。《荒谬斯坦》的叙事特征恰好反映了其空间特征，因为人物往往出现在各种场景中，而这些场景的出现之间几乎没有线性的时间顺序。此外，食物叙事本质上是空间的，因为许多动作发生在餐馆和其他与食物有关的空间。并且食物往往会引起心理活动，也即产生精神空间，因此，引入空间视角有助于分析食物的叙事功能。

《荒谬斯坦》中存在三个主要的故事发生的地理区域：俄罗斯、荒谬

---

① 尹晓霞，唐伟胜. 文化符号、主体性、实在性：论"物"的三种叙事功能 [J]. 山东外语教学, 2019（2）：76-84.

② 张俊萍."约翰生博士的字典"：评《名利场》中"物"的叙事功能 [J]. 国外文学, 2005（2）：82-87.

③ CARACCIOLO M. Object-oriented plotting and nonhuman realities in DeLillo's Underworld and Iñárritu's Babel [C] // JAMES E. MOREL E. Environment and narrative: new directions in econarratology. Columbus: The Ohio State University Press, 2020.

④ CARACCIOLO M. Object-oriented plotting and nonhuman realities in DeLillo's Underworld and Iñárritu's Babel [C] // JAMES E. MOREL E. Environment and narrative: new directions in econarratology. Columbus: The Ohio State University Press, 2020.

斯坦和美国。小说的情节从一个地点过渡到下一地点，在很大程度上不遵循叙事学意义上的时间顺序，不同章节和同一章节中的事件的发生具有一定的随机性。这种现象可以用一个更贴切的概念来解释，即非线性情节（non-linear plot）。当论及叙述或讲故事时，情节是一个关键元素。继亚里士多德之后，关于情节和故事的讨论持续发酵。本节选择了一个被广泛接受的关于情节、话语和故事的定义，该定义由 Chatman（1978）[①] 提出和阐述，其指出，"传统上说，故事中的事件构成了一个称为'情节'的序列"，而"故事中的事件是通过它的话语，即呈现方式变成情节的"。简单解释就是，故事是指涉文学文本中的材料的一个较大的范围，事件被包含在故事之中，可以通过话语以各种方式组织。虽然话语指的是我们所说的形式、结构或技巧，但情节是话语安排事件的结果。由于情节是通过重新整合来构建的，"它的呈现顺序不必与故事的自然逻辑相同"（Chatman，1978）[②]。《荒谬斯坦》中的食物叙事并不遵循故事的逻辑顺序，体现出非线性的时序。

对文学中的空间的讨论和的非线性情节阐释息息相关。20世纪，列斐伏尔和福柯等学者聚焦的空间主要体现为空间与社会、权力之间的关系，结合文学研究来说，主要指作品内容中存在的与人物、事件、社会关系等有关的空间。学界还在叙事学或文学形式方面探讨了空间性。早在18世纪，莱辛就在《拉奥孔》中提出了不同艺术类型的时空二分法：诗歌是时间的艺术，绘画是空间的艺术。20世纪，弗兰克在他的一系列文章中开创了现代文学的空间形式（spatial form）。空间形式可以看作文学作品的一种结构，它具有与传统叙述的时间顺序有别的空间化特征。因此，空间和空间形式是两个不同的概念。本节在分析《荒谬斯坦》中的食物的情节时，将同时触及文学中的空间和空间形式。小说中的食物帮助构建了非线性情节，它的实现依赖于食物引发的空间的存在以及两种特定的与食物相关的空间形式：空间并置和意识流。

二、典型的和非典型的食物空间

该小说中的食物总是与餐馆和宴会等场所紧密相连。事实上，叙述时

① CHATMAN S. Story and discourse: narrative structure in fiction and film [M]. Ithaca: Cornell UP, 1978.

② CHATMAN S. Story and discourse: narrative structure in fiction and film [M]. Ithaca: Cornell UP, 1978.

序的中断启发了对这些特定故事地点的考察。通过引入故事空间，食物空间创造了主要人物和事件的容器。故事空间的建构以食物的性质为基础，以典型和非典型的方式来实现。在典型的餐厅形象或空间中，食物是其中的核心意象，该空间中主要发生与用餐相关的事件。所谓非典型的用餐空间，它仍然可以间接地提供食物和满足饮食需求，在这里，食物作为一种关键的物和要素，创造了与食物相关的行动阶段，推动了叙事的进展。两种空间之间显然有区别，对于前者来说，饮食通常是主要的功能，而对后者来说，它可能是一个突出了食物作用的、不以饮食为主要目的的空间。在小说中，总共有 14 个空间符合这种分类逻辑，他们串联了主人公的主要活动路线以及交际网络。

文中出现的第一个空间是一家名为"俄罗斯渔夫之家"的餐厅，温伯格和他的美国朋友阿廖沙·鲍勃以及他们的女性伴侣在此用餐、聊天，观察其他食客的行为。三位女性分别是来自纽约布朗克斯区的女友罗艾娜、阿廖沙·鲍勃的情人斯维特拉娜以及鲍里斯·温伯格的妻子柳芭。该空间的故事以一则突发事件结束：温伯格的父亲鲍里斯·温伯格被谋杀。在第四章，场景从俄罗斯转移到曼哈顿的屋顶派对。在那里，温伯格会站在小吃桌前，"把一根长长的胡萝卜塞进一碗菠菜羊乳酪酱里"（Shteyngart，2007）①。随后，下一个与食物的空间很快出现在同一章中。主人公带着他的食物走进曼哈顿拿骚街的一家酒吧中。在这里，温伯格遇到了他的女友罗艾娜，她当时是酒吧服务员。下一个出现的食物空间是温伯格的房子，这是一处非典型的饮食空间，因为它不是真正意义上的餐馆，而是被外人闯入并制造了一个食物的空间。早上，温伯格一醒来便发现贝鲁京上尉带着一帮警员在他家里做馅饼，说明了谋杀温伯格父亲的阴谋，并说服温伯格接受这一点。在第九章，作者又安排了两处食物空间。第一个是一家名为山鹰的餐厅，在那里，温伯格被介绍给了鲍勃的同伴和雇员：鲁斯兰和瓦伦丁。在同一章的后半部分，温伯格在美国大使馆前结束了他的抗议后，他邀请瓦伦丁去贵族之巢餐厅享用晚餐，后者带来了一位母亲和女儿。第九章中，在其父亲遗孀柳芭的邀请下，温伯格前去做客，对方为他提供了一顿美餐。

自第十三章起，食物空间主要出现在荒谬斯坦。第十三章首先出现了

---

① SHTEYNGART G. Absurdistan [M]. London: Granta Books, 2007.

一处非典型的食物空间，即飞往荒谬斯坦的飞机。在这里，一位犹太人严格恪守犹太饮食禁忌，为此，温伯格与他发生争执。当主人公到达荒谬斯坦的首都并入住酒店后，经酒店经理引荐后在酒吧里见到来自美国大使馆的威纳。在那里，温伯格结识了为威纳工作的当地人萨卡，并为他付了餐费。第十七章，城市里的麦当劳是下一处典型的事物空间。正是在此地，温伯格拿到了比利时护照，但由于斯瓦尼族领导人卡努克的飞机被塞翁军队击落，导致他前往比利时的计划暂时搁置。接下来的三处食物空间描绘了主人公如何一步步参与政治阴谋，它们分别是名为"带小狗的女士"餐厅、纳纳布拉高夫宅邸和 KBR 卢奥晚会。由于政治局势紧张，主人公未能前往比利时，暂时被困在荒谬斯坦。然而，他并没有被排除在事件之外，而是无意中卷入其中。温伯格购买了美国运通旅游公司的游览项目并结识了员工娜娜，她是塞翁首领纳纳布拉高夫之女。他们二人前往"带小狗的女士"就餐，主人公进一步了解娜娜的家世，随后，他被邀请至对方家中赴宴，即纳纳布拉高夫宅邸。也正是在此地，他们谈及这个国家的现状，更重要的是，男主人向主人公提出了一个请求，让他代表他们向美国寻求支持。下一处食物空间是为庆祝发现 Figa-6 油田而举行的 KBR 卢奥晚会，它以石油公司凯洛格·布朗·路特命名。温伯格、娜娜以及纳纳布拉高夫被邀请参加该晚会，晚会提供了大量食物以及舞台表演。火车作为最后一处食物空间出现在小说的第四十二章。在《荒谬斯坦》中，形势变得更加复杂、混乱，主人公在没有得到纳纳布拉高夫的同意的情况下，带着他的仆人蒂莫非和女友娜娜乘火车试图离开这个国家。火车上，乘客可以购买饮料、食品和小吃。此外，食物还可以在铁路一旁的物物交换中用于交换其他东西，例如，车厢外的当地人可能会用稀有的蒸汽熨斗来交换盐和汽水（Shteyngart，2007）[1]。主人公一行在半路被拦截，山里犹太人（Mountain Jews）由于担心主人公的安危，特地伪装在参与物物交换的人群中，以搭救他们。

《荒谬斯坦》中的食物以其叙事能力，通过典型和非典型的方式，突出了这些食物空间，它们集中展现了主要人物的存在和他们的活动，这些行为要么是由一些食物触发的，要么是由一些食物推动的，突显了食物在小说的故事中的重要作用。除了小说中的空间，空间视角还有另一个维

---

① SHTEYNGART G. Absurdistan [M]. London: Granta Books, 2007.

度，即空间形式。食物空间之间的空间并置传达了潜在的形式关系和情节联系。

三、形象、短语和事件：食物与空间并置

空间并置的形成除了空间本身的存在，还与空间中各种元素和细节之间的关联相关。食物的出现并不仅仅意味着单一形象或静态形象的出现；相反，它包括同人物和食物相关的对话和行动，它们可以作为解释非线性情节的重要证据。本节试图详细说明食物可以塑造基于食物的空间并置（food-oriented spatial juxtaposition）。除了具有代表性的食物意象，人物的言与行也能揭示空间并置，突显其中的逻辑联系。

关于空间并置或并置，如弗兰克（Frank，1945）[①] 所说，指"一种产生于对不受任何时间序列影响的形象和短语进行的空间交织的模式"。邓颖玲（2005）[②] 认为，"'并置'就是在空间上事件与事件、场景与场景、意象与意象、过去与现在的并列，彼此之间的联系不再是时间意义上的因果逻辑，而是空间距离中的相关性。龙迪勇（2015）[③] 还指出，"小说中并置或并列的故事情节不能零乱地组合在一起，不能向四处发散，而必须集中在相同的主题、人物或情感上"。具体来说，该小说中的空间并置集中体现于意象、短语、事件等几方面的呼应和并置，这种并置揭示了这些空间，尤其是相邻空间之间的联系，从而帮助我们理解情节。当然，这些联系并不总是存在的。很少有章节以故事的某个时间开始，事件之间的时序相对是松散的。对食物引发的并置的相关性的探讨将主要按照它们出现的顺序进行。

故事空间的并置现象主要体现在相邻的两到三个空间之间。第一组并置的食物空间分别是俄罗斯渔夫之家、曼哈顿的屋顶派对和拿骚街的酒吧。文中，地点和场景的变化似乎是随机的，不合逻辑的，但这些食物空间之间却不乏显著的联系。就意象来说，三个场景中的食物意象强调了与食物有关的共同特征，这体现了空间属性的延续，也是空间并置的一类依据。以酒精饮料为例，伏特加、啤酒、威士忌和龙舌兰酒依次出现显示了

---

① FRANK J. Spatial form in modern literature: An essay in three parts source [J]. The Sewanee Review, 1945（3）: 433-456.

② 邓颖玲.《诺斯托罗莫》的空间解读 [J]. 外国文学评论, 2005（1）: 31-38.

③ 龙迪勇. 空间叙事学 [M]. 北京: 生活·读书·新知三联书店, 2015.

主人公一贯的饮食习惯，他偏离了克制和清醒的生活方式。这些意象也可能分别指涉了它们所属的特定空间，从而引入主要人物活动的场景。此外，一些特定的话语、词汇传达了一种相互关系。正如叙述者解释的那样，温伯格和鲍勃受到美国说唱文化的影响，认为自己是"喜欢说唱的绅士"。他们在俄罗斯渔夫之家展露了这一爱好，例如，温伯格哼唱道，"哦，狗屎/嘿，我来了/闭上你的嘴/咬你的舌头"，他的朋友回答说，"哦，女孩，你认为你不好吗？让我看看你/扭动你的屁股"（Shteyngart，2007）①。这些对异性不敬的表达反映了他的欲望，这类话语同时出现在曼哈顿的屋顶派对和酒吧中。主人公年轻时接触到美国的流行文化，小说中，美国派对中充斥着这样的文化，并被他移植到俄罗斯的食物空间中。主人公表达了他迫切需要一个能接受他的女朋友。因此，他喜欢参加这些聚会，寻找潜在的目标，最后他成功在酒吧里遇到了罗艾娜。就和人物行为相关的事件而言，这三个空间之间看似无明显的相关性，但实际上，这两个在曼哈顿的代表性空间通过叙述的闪回，在某种程度上可以被视为对温伯格的偏好、行为和性格提供了一种补充信息。过去的故事为现在的故事作了铺垫，从而为这些属于不同空间的事件的发生提供了一种合理性或因果关系。例如，第四章中两个与食物有关的场景介绍了主人公的美国经历及其对他的深远影响。

下一组存在并置关系的空间是温伯格家、山鹰餐厅和贵族之巢餐厅。在这一系列的空间中，除了肉、酒等各种饮食，还有一些其他意象形成了呼应。在温伯格的家中，出现了警察、警长等人物形象，类似的角色也出现在山鹰餐厅中，比如保安、打手等。它们代表权力、法律和正义的形象，但它们之间的区别有些耐人寻味。这两个空间的形象都是由一些反英雄人物来呈现的。正如贝鲁京暗示的那样，"我的孩子们是穿着制服的足球流氓，仅此而已"②。当主人公提议解决他父亲被谋杀的后果时，他的建议被贝鲁京嘲笑和拒绝。他们可以明目张胆地谋杀一位寡头，自然可以轻易地解决其他问题。虽然他们名义上是执法者，但从他们的行为来看，他们更像是一群盗匪。

如果贝鲁京和他的同伴是不合格的或腐败的执法者，那么在山鹰餐厅出现的鲁斯兰就充当了一个伪执法者。"执行者鲁斯兰"或"惩罚者鲁斯

---

① SHTEYNGART G. Absurdistan［M］. London：Granta Books，2007.
② SHTEYNGART G. Absurdistan［M］. London：Granta Books，2007.

兰"只是一个昵称，说明了他作为一个打手的角色。两个昵称之间的对比揭示了一种相似性：在这样一个动荡的社会环境中，任何人似乎都能以特定权威的名义行使正义。就事件的关联性而言，在两处食物空间中，存在正义与法律话题的连续性，这意味着鲍里斯·温伯格之死及其背后的原因不仅是对法律或规范的违反，而且是对当时俄国社会的展示，在一定程度上为米沙·温伯格后来的决定埋下了伏笔。

随着温伯格离开俄罗斯前往异域，情节也有了新的发展，空间之间的关系也产生了微妙的变化。存在并置关系的是以下三个食物空间：飞机机舱、白鲸酒吧和麦当劳。在意象上，犹太食物在一个相对标准化或同质的饮食空间中取代了原来的食物，这些特殊的食物意象引出了宗教和种族问题。在白鲸酒吧，温伯格的犹太身份也被提及。民主人士萨卡不停谈到犹太人和荒谬斯坦的渊源，以及当地人多么尊重犹太人。除了犹太人的身份，他们还提到了国家、种族和阶级。就意象而言，麦当劳的食物呈现出一种异质性，这一异质性是在和当地的食物对比之中出现的。正如在飞机上出现的情形那样，食物种类的异质性引发了种族问题上的分歧，而麦当劳本身就是一个特殊的空间，这里也是主人公购买比利时护照的场所。因此，食物的异质性揭示出的是，种族或国家议题是这三个相邻的食物空间中话语的焦点，实际上也是整部作品的焦点。

下一组并置的空间是"带小狗的女士"的餐厅，纳纳布拉高夫之家和KBR卢奥晚会。在这个空间之中，主人公在餐厅和娜娜共进午餐，关系更进一步后才引出了第二个空间，后者的存在又增加了第三个空间出现的合理性，换言之，前一个空间是后一个空间的前提。由于KBR是纳纳布拉高夫想要接近的目标，这是他获得政治和经济援助的有效途径之一，这就是为什么温伯格被他选为中间人以及最终受邀参加此次晚会。更具体地说，从话语方面来看，这两个空间都有相同的主题，比如石油和战争。在晚宴上，这些人一直在谈论石油行业，用的是温伯格无法理解的术语——"轻质低硫原油"或"欧佩克基准"（Shteyngart，2007）[①]。在本就是为纪念Figa-6油田才举行的KBR卢奥晚会上，与石油和战争有关的词语在空间中反复出现，表明这两个食物空间在情节上具有一定的递进关系。

食物的出现展示了上述空间的属性，食物种类的差异与人物的处境或

---

① SHTEYNGART G. Absurdistan [M]. London：Granta Books，2007.

参与有很大关系，食物的异质性往往预示着情节的转折点或变化。同时，从意象、话语和事件上看，这些食物空间不是孤立的场景，基本上都在情节上有所关联。在《荒谬斯坦》中，对食物的书写引入了地理空间，并在一定程度上将它们整合在一起，彰显了情节的有机过渡。

四、"开关"和"锚点"：食物与意识流

与前一部分由食物构成的物理空间相比，食物引发的意识流是一种精神的、非现实的空间。一些内心的活动的确存在于前文讨论的那些以食物为基础的物理空间中，所以探讨精神上的空间可以看作对前文论述的物理空间的一种延续。"意识流"一词最初是由美国心理学家 William James 提出的，且由于在现代文学中被广泛使用，它成为文学作品中一种常见的叙事技巧。它指涉的是人物思想中有意识和无意识的内容，意在表现人物的内心世界，这种内心世界具有流动的、不稳定的、自由联想的特点。龙迪勇（2015）①认为意识流文学中的"意识"不仅是一种时间意识，而且是一种空间意识。食物在建构意识流时主要有两方面的叙事功能：它像一个控制起点和终点的动态开关（button），能同时开启和终止某个精神空间。所谓锚点（anchor point），指的是它作为核心的文学素材或内容对意识流起到了支撑作用。在生理上，食物能够对人的生理和心理产生直接影响，这为文学人物的思想流动提供了合理性。在这方面，一些含酒精的饮料尤其有效。在《荒谬斯坦》中，热衷食物的温伯格在就餐的过程中经常将食物与幻想、记忆、想象等联系在一起，有时餐馆等与食物相关的意象成为他意识流的中心。意识流是小说情节的组成部分之一，它的出现在文本中具有一定随意性，不可避免地会给阅读和理解带来困难。《荒谬斯坦》中的食物作为参照物或坐标将主人公这些看似突兀、无序的心理活动联系起来。换句话说，食物引发的意识流已经变成了一个可分析且相互关联的整体，融入了主要的情节之中。食物作为叙事的开关是隐喻存在的，它指的是一种叙事现象，通过食物的中介作用，意识流和当下空间往往可以切换。因此，出现在意识流两端的食物意象常常起到唤醒和停止意识流的作用。

食物引发的第一段典型的意识流出现在"俄罗斯渔民之家"餐厅。叙

---

① 龙迪勇.空间叙事学［M］.北京：生活·读书·新知三联书店，2015.

事开关是鲟鱼串，它使主人公想到了他的父母。当开关再次被提及时，这意味着这样一种幻想结束了，主人公又继续盯着手上的食物。可以看出，离开现实世界和从想象世界回到现实世界共同形成了一种事件的回环，使情节的发生保持在同一个物理空间，而不是引入另一个未被提及的物理空间。在同一个地方，威士忌承担了叙事开关的角色。当温伯格喝完一瓶之后，情节跳跃到了一个田园空间中，主人公在这里呼唤着他的父亲，后者看上去很享受乡村生活，温伯格希望有一天能带父亲去俄罗斯渔民之家。同样，当主人公的意识流暂停之后，情节又回到了原始的物理空间。主人公的心理活动也与主要情节的关键信息具有关联。他父亲的死可以被视为情节中的冲突元素，是小说中后续故事的重要转折点。在这方面，父亲在食物引发的意识流中的出现不只是温伯格纯粹自发的联想，父亲的形象在儿子脑海中的再现恰恰预示了父子难以企及的重逢和即将到来的永别。因此，此处的意识流无论在形式上还是在内容上，都与具体的情节建立了有机的联系。类似的和父亲相关的意识流还出现在"带小狗的女士"餐厅中。在这里，当温伯格和娜娜共进午餐时，鲟鱼串引发了他的追忆。当他吃完所有的鱼时，他想起了他年幼时和父亲住在俄国时的场景。这段联系结束后，温伯格又回到现实中，继续将盘里的鲟鱼扫光。就内容而言，父亲的再次出现与接下来的情节形成呼应，因为在同一章中，娜娜在午餐后最终揭示了温伯格和他父亲的身份，他的父亲和娜娜一家打过交道，因此，父亲扮演了儿子和娜娜一家、尤其是儿子和娜娜的父亲之间社交关系的中间人。食物所引发的主人公的意识流还有另外一处，也与当下的情节产生了呼应。一天晚上，主人公收到了一封来自美国女友罗艾娜的信，对方告诉了他自己和新男友斯坦法布教授的恋情。当温伯格开始往嘴里塞食物时，他的脑海里浮现出了斯坦法布的形象，对方是一个丑陋的小个子男人，嘴唇干裂，头发因为脱发而突显出莫西干式的造型，眼睛下面有黑色的眼袋（Shteyngart，2007）[①]。仆人端上来的热气腾腾的肉和卷心菜馅饼把他从幻想中拉了出来。这里也存在着明显的叙事环回，只不过在主人公意识的两端设置了不同的食物开关。

　　食物已经成为主人公的精神世界与现实世界的连接点，可以认为，他借助食物完成了在两种空间之间的切换。食物也可以作为一类标志，可在

---

　　① SHTEYNGART G. Absurdistan [M]. London：Granta Books，2007.

适当的时候提醒意识流的出现和终止。除了作为叙事的开关，食物还是温伯格内心活动的叙事锚点，他流动的思绪是围绕着特定的食物展开的。

从第十五章的第一行开始，温伯格作为叙述者开始描述他的梦，罗艾娜带着一个绿苹果进入了他的梦境，她给这个苹果标价 8 美元。在罗艾娜的坚持下，他把钱给了她。在出售这颗昂贵的苹果时，罗艾娜拒绝温伯格接近她或触摸她，相反，她鄙视他。讲述梦的过程是主人公的独白，食物开关在整个过程中都没有出现，但苹果确实成为核心的食物意象。此外，就其内容而言，这段梦词的出现有助于情节的发展。彼时，温伯格刚刚抵达荒谬斯坦，这是他计划前往美国的中转站，在那里他可以再次见到罗艾娜。然而，这个明码标价的苹果预示了对方的态度，她觊觎的是他的钱包而不是他本人。温伯格的失落暗示了他实现理想目标的曲折过程，不幸的是，这恰好就是他将逐步经历的现实，他被困在这个动乱的国家，也深陷于自我认同的危机之中。

小说中，食物作为多重锚点也可以是分散的，作为集合概念的餐馆可以是锚点，具体的冰淇淋、酸橙、塔巴斯科酱等食物也可以是锚点。纽约的各种餐馆频频出现在主人公想象的旅行中。主人公想象带着娜娜去了那些餐厅，他说，这些餐厅部分是基于他对美食评论的回忆以及他对餐厅的整理。各地点之间有明显的空间运动，这突出了心理旅行的本质。例如，叙述者这样解释这些地点："我和她一起走过里文顿，在艾塞克斯街拐了个弯……我带着娜娜绕过第六街，经过第一大道，上了一段楼梯"（Shteyngart，2007）[①]。在空间中的流动和叙述内容的跳跃性突显了这段想象之旅的意识流特征。此外，这些食物意象的出现也并没有完全偏离情节。对于温伯格来说，在与他的心理医生确认之前，他不应该与娜娜分享过多重要的事情，他此刻还没有完全准备好接受她，他也认为她需要更多地了解他。对他来说，像做梦一样体验他感兴趣的食物，可以被视为他的一种潜意识的行为，以此提高她对他的了解。对这些餐厅的回忆实际上把主人公带到了一个舒适的区域，在那里他可以找到乐趣和归属感。因此，温伯格的思想流动可以被看作在表达隐秘的抱怨以及揭露真实的自我。

作为情节中的锚点的食物串联了主人公看似无序和随意的回忆，预示了情节的发展方向。在恢复秩序与民主国家委员会（斯考德）提供的办公

---

① SHTEYNGART G. Absurdistan［M］. London：Granta Books, 2007.

室里，温伯格收到了一封来自罗艾娜的电子邮件，其中讲述了她怀孕并如何被斯坦法布抛弃。当他从办公室的窗户向外看时，布朗克斯区的东特雷蒙大道和他最喜欢的餐馆映入他的脑海。在那里，他幻想着自己从椅子上站起来，抱着罗艾娜去到舞池，在那里他们亲吻对方，然后一起回家。在一个以食物为背景的场景中，主人公在他和罗艾娜经常光顾的餐厅里虚构了一段快乐的时光。这样一个充满美好回忆的空间揭示了他对罗艾娜的态度，对方所处的困境引发了他的同情，并且也让他联想到了自己的困境。因此，他想和她和解的愿望变得愈发强烈，随着他试图摆脱异乡的混乱，这种愿望越来越强烈。作为叙述中的锚点的食物在不同时间节点的出现揭示了情节的变化。在小说的尾声中，他最终真诚地给她发了一封邮件。

温伯格的思绪受食物唤起和中止，从叙事结构上形成了环回，衔接了真实的物理空间和想象的精神空间。食物控制的意识流常提及具体人物，比如主人公的父亲。那么，不同片段的意识流实则讲述了同样的内容，因为已逝父亲的间接出现几乎贯穿了整篇文章。当没有食物作为有效的触发因素时，理解意识流的出现与当前被叙述空间的关系变得相对困难，但又是重要的。此时，食物作为叙事的锚点给意识流提供了参照，使得这些意识流并不是完全独立于人物关系和情节的。

第五节　本章小结

本章主要从空间的角度分析了《纯真年代》《宠儿》《明智的孩子》《荒谬斯坦》四部小说的具体内容。其中，《纯真年代》中伊迪丝·华顿以视觉隐喻权力，剖析纽约传统贵族阶级如何以视觉进行空间生产，讲述了身处集体凝视中的三位个体成员的不幸命运。在望远镜、绷带、相框中的照片、被审视的囚犯、没有眼睛的鱼等一系列意象的帮助下，华顿再现了老纽约社会"一双双会说话的眼睛"，揭示了凝视作为一种微观的权力，如何细致入微地控制与生产着社会空间的方方面面。而华顿笔下的三种群体都无法逃脱凝视的阴影，或直接参与凝视群体，用目光规训他人，或将目光里的含义内化为行为准则，用自身存在间接影响客体。被观察的客体面对无所不在的强大视线时，只能无能为力地被动接受改造，或随波逐流，或被驱逐出境。这种权力弥散所导致的人与人、人与社会的异化，让我们看到个体在面对群体凝视时的被动与无力。正如福柯在《规训与惩罚》中告诉我们的，比曾经的身体酷刑更残忍的，是现代社会无所不在的微观权力规训。

《宠儿》这部小说中，共同体和空间的互动串联了小说主要人物的命运以及黑人群体之间关系的变化，托妮·莫里森在以黑人女性的苦难和创伤为底色进行写作的同时也为作品勾勒了共同体想象，蓝石路 124 号的亲属共同体和辛辛那提城镇黑人邻里共同体是其两种主要表征，小说中共同体的建构虽然经历了夭折、困境，但仍向读者保留了达成的希望。对于共同体的考察实际上既是对罪恶之源——奴隶制的声讨，也探究了黑人及群体中内部分歧与团结等较为复杂、艰深的问题。群体中主体的个体性和集体性影响到了"有机整体中的个体"与共同体的关系，触及了奴隶制影响下的亲缘、邻里等非裔奴隶叙事的焦点话题。

《明智的孩子》则以朵拉·欠思的回忆式叙述探讨了演员群体在戏剧、电影和电视媒介的舞台空间中如何进行角色定位，实现身份认同的问题。作为表演的艺术形式，戏剧、电影和电视都同属多渠道感官的动态媒介，其叙事效果的实现有赖于演员与舞台的配合、媒介本身的再现作用以及观众与表演之间的互动行为。就演员而言，表演活动与舞台空间在媒介内部相互交织，故事内的演员角色与故事外的真实自我也难舍难分，同时他们在台前幕后又存在表演与观看视角的不断更迭，这使得他们（她们）的主体性建构过程具有动态化、不稳定的复杂特征。小说生动刻画了梅齐尔、欠思姐妹等一群演员在实现自我认同上所作出的巨大努力，同时也披露了他们受时代变迁、演员角色和个体性差异等多重因素影响而最终面临身份困境的现实境遇。卡特通过记录这一群演员的悲惨遭遇，深刻反思了后现代社会中"人"的生存问题，书写了自己对主体性建构这一哲学问题所做出的思考与探索。

《荒谬斯坦》则关注了食物与空间的关系。食物是人类活动的必需品，也是文学文本的取材之源。长期以来，文学批评界的一贯做法是将食物和食物性的空间和地点视为故事发生的背景，对食物存在的叙事学上的意义有所忽略，对食物作用于文本的情节意义的探索不足。同时作为美食评论家和作家的施泰恩加特在《荒谬斯坦》中充分地把食物编码进文本之中，将其与主要人物的活动以及情节的发展紧密联系起来。此外，基于食物和食物性的空间的属性和特征，对食物的考察还和空间视角能产生良好的互动关系。在文本内容上，食物直接或间接地创造了故事发生的食物空间。在文学形式方面，食物作为一个关键的意象，对与之相关的话语和事件的探讨能发现其存在和变化是构成空间并置的基本要素。作为叙事的开关和锚点的食物帮助建构了两种类型的人物意识流，后者突显了形式与内容的关联。以前后文的叙述为基础的并置依赖于故事内容的内在联系，而意识流则在很大程度上源于并指向主人公过去和未来的经验。此外，我们还可以认为，食物的叙事功能与空间视角的耦合可以起到串联小说情节的作用，让看似具有非线性特征的故事情节具有连贯性和逻辑性。

第五章　现当代英美文学中的叙事研究

本章导读：基于第二章梳理的相关理论框架，本章关注现当代英美文学中的叙事研究，主要分析《我弥留之际》《橘子不是唯一的水果》《一处小地方》《可爱的骨头》中的叙事问题。以下为相关文本分析的导读。

《我弥留之际》导读：非自然叙事学是叙事研究中迅速发展起来的一个分支，其主要关注的对象是反模仿的或不可能的场景。从非自然叙事理论出发做文学研究，有助于认识文学创作的风格，促进作者、人物与读者之间的互动。《我弥留之际》以多个人物的内心独白来构成章节，使小说人物都充当着同故事叙述者的功能，即他们都具有叙述者和故事参与者的双重身份。作为同故事叙事者之一的达尔，不仅兼具两个身份，还能窥探他人所思所想、讲述其自身不在场的故事。在小说结尾处，达尔的双重身份直接分裂成两个分身，分别担任叙述者与人物角色。可见，达尔一角体现出了很强的非自然性，小说《我弥留之际》也属于典型的非自然叙事文本。因此，本章试图以非自然叙事学理论为基础，借助阿尔贝的阅读策略，从心灵感应术、无所不在之能力、达尔与其分身的并存性三方面来分析他的非自然叙事特征。通过对达尔非自然性的关注，本章认为，福克纳笔下的达尔是一个渴望获得自我意识，并在自我与他者之间挣扎，却最终遭人背弃的他者形象。

《橘子不是唯一的水果》导读：自古以来，梦之于人类都有特殊的意义。东西方的各类典籍中都有关于梦和释梦的记录。神秘莫测、光怪陆离的梦似乎是人类现实通向另一个奇幻世界的桥梁。在文艺作品中，梦境常常作为"探索主体奥秘的钥匙"，反映人物内心，推动情节发展，完善叙述结构。作为后经典叙述学重要分支之一，梦叙述将梦的心理学研究与叙事学结合，逐步引发越来越多学者的关注。本节重点关注梦的修辞，从叙述可靠性、拟经验性、修辞功能三个方面，将珍妮特·温特森（Jeanette Winterson）作品《橘子不是唯一的水果》中的奇幻故事视为梦境书写，类比现实中的真实梦境。同时，本章借用梦叙述理论，从梦境的转喻与隐喻、梦境的幻想式自我满足、梦境的自我说服三个方面解码梦境中蕴含的符号修辞效果，并论述最终奇幻梦境与现实融合时梦的叙述者和受述者之间的信息传递，旨在更好地理解文本中光怪陆离的神秘意象，并利用梦境这一独特视角解读故事主人公珍妮特在虚幻与现实之间来回穿梭，最终探索自我、成长蜕变的奇幻之旅。

《一处小地方》导读：现如今，安提瓜岛是加勒比海著名旅游度假景点，号称"旅游天堂"，入选十大大西洋及加勒比地区的岛屿胜地。然而，30 多年前，美籍安提瓜和巴布达裔女作家牙买加·琴凯德出版"旅游手册"——《一处小地方》，不仅标题称自己家乡为"小地方"（a small place），正文里更是充满了愤怒的"指控"，在她笔下，家乡安提瓜岛宛如一个充满罪恶与丑闻的"牢房"。琴凯德是谁？为何如此描述自己的家乡？安提瓜岛究竟是"天堂"还是"牢房"？本章以加勒比女作家琴凯德的民族叙事为关注点，主要从叙述学的角度，阐释其作品创作美学。琴凯德巧妙借用文本叙述者的权威争夺，映射安提瓜人民与历史殖民者的话语权之争，不但以西方旅游手册为文本形式，并且文本语言戏仿殖民话语，戳破西方强加于民族的修辞幻象的同时，结尾以"平凡"一词，解构故乡一众形象里"天堂与牢房""大与小""主人与奴隶"等一系列二元对立，体现了这位以笔为武器，忧思民族命运的当代加勒比女作家的历史与现实之思。

《可爱的骨头》导读：艾丽斯·西伯德是美国当代著名的新生代小说家，也被美国媒体称为"最具潜力的作家"。她的作品关注女性群体的生存空间，并试图通过文学写作对美国社会的潜在问题进行追问。西伯德所著的《可爱的骨头》通过有趣的"亡灵"视角，再现了苏茜遭遇强暴后丧生的悲剧。通过对苏茜（Susie Salmon）一家对抗创伤的书写，西伯德实现了对"可爱的骨头"这一现实隐喻的解答。苏茜遭遇不测所带来的"恨"导致了个人、家庭、社会群体的长期性的创伤，而苏茜的家人通过采取直面创伤，重构创伤和正视创伤的方式实现了创伤的复原。西伯德对苏茜遭遇和其家庭由"恨"到"爱"的创伤复原过程的书写为遭遇过性创伤伤害的个体和家庭提供了战胜创伤的最佳途径，即用"爱"直面"创伤"，用"爱"对抗"恨"的记忆，从而实现社会层面上女性性创伤群体的思想和社会功能解放。总体而言，《可爱的骨头》在本质上属于创伤叙事，并且兼具女性主义叙事特征，西伯德以苏茜为载体书写了何为创伤以及如何在文学作品中实现对创伤的回应。

第一节 《我弥留之际》中达尔的非自然叙事

福克纳的小说《我弥留之际》以本德伦家族成员（Bundren family members）、邻居和城镇居民的多重叙事构成，其独特的叙事特征成为探索人物背后的秘密、人物与叙事之间关系、福克纳小说主题意义的有力窗口。正如 Smith（1985）[①] 所指出的，像《我弥留之际》这样的现代小说中的话语表达方式，不仅不断挑战着我们对人物和观点的假设，也挑战着我们对叙事风格概念的理解。在忏悔、隐晦或模棱两可的叙述中，达尔（Darl）诗意的语言和复杂的思想显得尤为引人注目。以往的研究从精神分析、不可靠叙述者、叙述视角等角度对他的独白进行了深入的分析，认为达尔的语言特征是他的歇斯底里、精神分裂症的体现。但以往研究的不足之处在于，对达尔超乎寻常的读心术之谜、不在场场景的未卜先知、小说最后结尾处的两种声音等非自然行为缺乏足够关注。这些行为背后的原因和主题暗示则更有待进一步探索。基于此，本节以叙事学领域的前沿研究——非自然叙事学理论（unnatural narratology）为基础，运用扬·阿尔贝（Jan Alber）提出的认知-叙事学策略，聚焦达尔的非自然叙事语言和行为。本节试图得出这样的结论：达尔的非自然叙事揭示了他在自我与他者之间不断斗争的生存状态。由于达尔未能构建完整的"我"的身份，他最终只能沦为一个悲惨的"他者"。

随着 21 世纪的到来，叙事学的一个新分支——非自然叙事学逐渐受到理查森（Brian Richardson）、阿尔贝、尼尔森（Henrik Skov Nielsen）、伊弗森（Stefan Iversen）等学者的重视。叙事学家普遍认为"'非自然'叙事学的提出既及时又有意义"（Fludernik，2012）[②]。非自然叙事指的是"包

---

① SMITH F N. Telepathic diction: verbal repetition in As I Lay Dying [J]. Style, 1985, 19 (1): 66-77.

② FLUDERNIK M. How natural is "unnatural narratology": or, what is unnatural about unnatural narratology [J]. Narrative, 2012, 20 (3): 357-370.

含大量重要的反模仿事件（anti - mimetic events）的叙事"（Alber，2012）①，或者一种以"物理上（physically）、逻辑上（logically）或人类（humanly）不可能的场景和事件"（Fludernik，2012）② 为特征的叙事。简单地说，非自然叙事即一种"不是自然叙事（natural narrative）的叙事类型"（Fludernik，2012）③。简而言之，尽管每个定义都有细微的差异，但非自然叙事的共同之处在于，它"强调某些叙事偏离现实世界框架的各种方式，如高度难以置信、不可能、不真实或持续虚构"（Fludernik，2012）④。为了更好地理解非自然叙事，Alber（2012）⑤ 提出了9种认知策略，例如，将阅读作为心理状态，或寓言式的阅读方法，以解决"其逻辑上不可能的故事如何叙述我们和我们在所处世界中存在的诸多问题"。在福克纳的小说《我弥散之际》中，达尔的叙述行为和叙述语言揭示了许多不可能的场景、逻辑谬误和人类无法企及的能力。因此，他的内心独白即一种典型的非自然叙事。根据阿尔贝对不自然场景的解释来分析达尔的内心世界，对于理解达尔的他者性和悲剧结局具有重要意义。

一、心灵感应术和对自我意识的渴望

在讨论叙述者的可靠性时，詹姆斯·费伦（James Phelan，1996）⑥ 将同故事叙述者（homodiegetic narrator）的功能区分为角色和叙述者两种类型，即叙述者既可以作为旁观者记录周围环境，也可以作为参与者进入故事。学界普遍认为，大多数同故事叙述者"受到现实世界的约束，不会知道其他人物角色的想法或感受"（Alber，2009）⑦。然而，当同故事叙述者达尔作为叙述者时，他不仅能够看到眼前发生的事情，而且能够感知他人

① ALBER J, et al. What really is unnatural narratology？ [J]. Storyworlds：A Journal of Narrative Studies, 2013 (5)：101-118.

② FLUDERNIK M. How natural is "unnatural narratology"：or, what is unnatural about unnatural narratology [J]. Narrative, 2012, 20 (3)：357-370.

③ FLUDERNIK M. How natural is "unnatural narratology"：or, what is unnatural about unnatural narratology [J]. Narrative, 2012, 20 (3)：357-370.

④ FLUDERNIK M. How natural is "unnatural narratology"：or, what is unnatural about unnatural narratology [J]. Narrative, 2012, 20 (3)：357-370.

⑤ ALBER J, et al. What is unnatural about unnatural narratology? A response to Monika Fludernik [J]. Narrative, 2012, 20 (3)：371-382.

⑥ PHELAN J. Narrative as rhetoric [M]. Columbus：Ohio State University Press, 1996.

⑦ ALBER J. Impossible storyworlds—and what to do with them [J]. Storyworlds：A Journal of Narrative Studies, 2009 (1)：79-96.

的内心感受，并预测那些他没有参与却正在进行着的故事。同样，当他扮演角色时，他有时表现得像个哲学家，有时又像个疯子；在他最后的内心独白中，达尔的独立人格甚至分裂出两个版本。本节将首先关注他作为零聚焦（zero focalization）的同故事叙述者如何窥视他人内心状态的功能，即达尔的非自然心灵感应（unnatural telepathy）。然后，阐述零聚焦的另一个优势即达尔的持续在场状态。最后，阐述他作为角色的非自然叙事功能——与分身共存的异人类行为。

心灵感应术（telepathy）指的是"准确获得'他人'内心世界和思想观点"的能力（Alber，2009）[1]。这种能力具有非自然性，因为叙述者"可以听到其他角色的内心想法，这在现实世界中是不可能的"（Alber，2013）[2]。换句话说，根据阿尔贝对非自然叙事的定义，读心术是人类根本无法做到的。在达尔的19段独白中，他能绝对准确地感知到别人的想法和感受。例如，在描述艾迪（Addie）死后安斯（Anse）的内心想法时，他这样叙述道："爸爸呼吸时发出一种安静、刺耳的声音，用嘴吸着鼻烟。上帝的旨意会实现的，他说，'现在我可以弄到一副假牙了'"（Faulkner，1990）[3]。这一描述在安斯自己的叙述部分得到了彻底的证实：

现在我得为此付出代价，我的脑袋里没有了一颗牙，我希望自己能出人头地，这样我就能把我的嘴修好，像一个男人一样吃上帝赐予的食物，在那一天之前，她就像这片土地上的任何一个女人一样健康。我得为我需要的那三美元而付出代价（Faulkner，1990）[4]。

安斯想要获得新牙的愿望和他将上帝的意志与牙齿相联系起来的内心想法本就是他一厢情愿的，但却在达尔的描述中都得到了生动地体现。这说明达尔的叙事本身具有心灵感应的非自然能力。另一个例子是当达尔偷偷地窥视艾迪对朱厄尔（Jewel）买马一事的反应时，达尔叙述道："她哭得很厉害，也许是因为她必须安静地哭；也许是因为她对眼泪的感觉和对

① ALBER J. Impossible storyworlds—and what to do with them [J]. Storyworlds：A Journal of Narrative Studies，2009（1）：79-96.
② ALBER J，et al. What really is unnatural narratology？[J]. Storyworlds：A Journal of Narrative Studies，2013（5）：101-118.
③ FAULKNER W. As I lay dying [M]. New York：Vintage Books，1990.
④ FAULKNER W. As I lay dying [M]. New York：Vintage Books，1990.

欺骗的感觉一样，恨自己这么做，恨他，因为她不得不这么做"（Faulkner，1990）①。对于艾迪为何事而哭泣，文中并未及时揭露，而直到读者发现艾迪的婚外情才得以理解此话的含义。艾迪认为，自己通奸的行为是出于对丈夫的失望。而在这样的家庭氛围中，她内心感到孤独，早已失去了希望和爱。她认为自己的身体有罪，却掩盖了自己的罪孽，选择继续"披上世俗的外衣"（Faulkner，1990）②。作为本德伦家族的核心人物，她表面上承担着作为妻子和母亲的责任，但欺骗了安斯，不仅将婚外情隐瞒起来，而且在自己的孩子中也更偏袒她的"爱情结晶"——朱厄尔，对于她和安斯生下的其他孩子则缺少关怀。在本德伦家中，艾迪的婚外情也好，对朱厄尔的偏爱也好，都是被藏匿起来的秘密。然而，达尔却凭借心灵感应，知识到了艾迪的秘密。通过叙述艾迪的"哭声"，达尔揭露了母子之间的复杂关系，也暴露了自己拥有心灵感应术的能力。除此之外，达尔还准确地感知到许多其他人的秘密或内心情感，如杜威·德尔（Dewey Dell）怀孕时的焦虑感受，朱厄尔对艾迪的越轨乱伦行为，以及瓦达曼（Vardaman）意识到母亲去世时的痛苦之情。

达尔为何能感知别人的经历和感受？同时，他又出于何种原因要努力去理解别人的思想？Faulkner（1990）③ 曾这样评价达尔：也许疯癫能获得一些额外补偿。疯子在某种程度上可能确实比正常人能观察到更多内容。这个世界对他来说更动人，所以他更具洞察力。达尔有千里眼（clairvoyance），也许还能心灵感应（telepathy）。要想理解达尔这种非自然能力，可以将心灵感应术与他对感知世界和与他人交流的内心渴望相联系起来。根据 Alber（2016）④ 的第四个认知策略，他建议当我们从主题角度看待非自然叙事的例子，并将其视为主题的例证而不是以模仿现实为动机的事件时，它们将变得更具可读性。福克纳给达尔赋予心灵感应术的举措并非基于一种模仿论，而是将此作为一种象征性符号来揭露达尔的人物特质——达尔一直渴望认识、建构自我身份。通过发现安斯是一个自私的父亲，他知道自己至少在父亲眼中是有功能性价值的人，因此比起陪伴垂死的母

① FAULKNER W. As I lay dying［M］. New York：Vintage Books, 1990.

② FAULKNER W. As I lay dying［M］. New York：Vintage Books, 1990.

③ FAULKNER W. As I lay dying［M］. New York：Vintage Books, 1990.

④ ALBER J. Unnatural narrative：impossible worlds in fiction and drama［M］. Lincoln & London：University of Nebraska Press, 2016.

亲，达尔选择与朱厄尔一起去为购买安斯的新牙赚取 3 美元的报酬。当达尔看到母亲的哭泣，他知道朱厄尔才是她唯一喜欢的孩子，而且母亲一直将他本人的出生看作此生最大的错误。这也就能解释为何自己只能得到最少的关心和爱。当达尔知晓杜威·德尔对怀孕的恐惧，他渴望获得德尔的信任，以获得自我身份的认可。但结果是她对他保持距离，甚至还怨恨他发现了她的秘密。至于朱厄尔、瓦尔曼和卡什，哪怕达尔再怎么努力去了解他们，也无法收获他们的认同。达尔的其他兄弟姐妹们只想远离他，没有任何口头或行为上的支持和鼓励。当萨特（Sartre，1978）① 在讨论存在的本质时，他强调了他人对于主体性建构的重要性。萨特指出，当他者出现在我面前，他组成了我，因为他为而我存在亦如我为他而存在。为了找到他自身的存在意义，达尔渴望融入亲人的群体中，他试图通过心灵感应来感知亲人的行为和经历，并坚信这一行为能增进他们之间的亲密关系，并将有助于建立他自己的自我认同。换句话说，正是他对自我意识的渴望使他具有了非自然的特征。然而，自我意识的建构不仅与他者有关，还需要他者的凝视才能实现，因为"凝视的过程而非他者的存在本身才是我实现自我认同的中介"（Sartre，1978）②。在自我意识的建构中，不仅要有自我与他者的主客体关系，同时还需具备观看和被观看的互动过程。至于《我弥留之际》中的达尔，他只充其量算得上一个积极与其他家庭成员建立联系的主体，而缺乏"看"与"被看"的互动。在其他人眼中，达尔只是功能性的，甚至是多余的、可怕的或古怪的，这意味着达尔并不值得他们关注，更别提任何关心和感情的注入。从此意义上看，达尔的自我建构过程是不完整的，他逐渐对自己的存在感到困惑，并开始陷入他所渴望的自我与他在家庭中被忽视的"他者"角色之间的反复挣扎之中。

二、"无所不在"和自我-他者的斗争

除了心灵感应，零聚焦的同故事叙述者还有另一种无所不在（omnipresence）的能力。这一能力是非自然叙事的又一典型，因为角色叙述者"不能从一个地方移动到另一个地方，或者从一个时间点移动到另一个时

① SARTRE J P. Being and nothingness [M]. BARNES H E, trans. Washington：Washing Square Press, 1978.

② SARTRE J P. Being and nothingness [M]. BARNES H E, trans. Washington：Washing Square Press, 1978.

间点"（Alber，2009）①。达尔作为一个非自然叙述者，不仅可以看到别人的内心世界，还能生动描绘出他不在场的场景。

当达尔和朱厄尔在其他地方忙着搬运木头时，小说故事正迎来高潮——本德伦家族的核心人物艾迪即将去世。然而，对故事高潮的叙述任务并没有交给故事高潮的见证者，如安斯、杜威·德尔或卡什，而是由不在场的达尔来完成的。达尔用完整的讲述和可靠的语言成功地完成了任务，而这显然属于非自然叙事的范畴。达尔叙述道："爸爸站在床边。瓦达曼从他的腿后面盯着他，他的头圆圆的，眼睛也圆圆的，嘴巴开始张开。她看着爸爸，她所有的失败生活似乎都涌入眼底，紧迫的，不可挽回的。'她想要的是朱厄尔'，杜威·德尔说。"（Faulkner，1990）② 以上内容是达尔非自然叙事的开始。这个场景一共涉及四个角色，父亲、瓦达曼、杜威·德尔和垂死的母亲。不难推断，卡什不在床旁边，因为他正在给母亲制作棺材。然而，达尔怎么能确定杜威·德尔没有在准备晚餐，瓦达曼没有在院子里玩耍呢？更重要的是，他如何生动地描述他们所处的空间位置，为何瓦达曼是站在父亲身后的？同时，眼前的一切似乎让瓦达曼感到惊讶和不解，而杜威·德尔怎么能感觉她母亲想见到朱厄尔？

这种极其详细的描述可以由当事人或见证者来完成，但却不该是由达尔这样一个不在场的角色来完成的。既然如此，要如何解释达尔对自己未有亲身经历过的事件所做到的细致描写呢？他的非自然叙事又该如何理解？如果运用阿尔贝提出的第三种策略，那这一看似未解的问题就可以迎刃而解了。Alber（2016）③ 指出，一些非自然的因素可以简单地解释为梦、幻想或幻觉（将事件解读为心理活动）。具体地说，为了理解不在场的在场行为，不要纠结于叙述本身的非自然性，而是去承认这只不过是达尔内心的幻想而已。"将非自然自然化"（Alber，2016）④，并将其解释为个体的内心活动，则是可以用来解释达尔的非自然性行为的一种有用方法。他的叙述内容之所以具有可靠性和可信度，是因为他具有敏感度和洞

---

① ALBER J. Impossible storyworlds—and what to do with them [J]. Storyworlds：A Journal of Narrative Studies, 2009（1）：79-96.

② FAULKNER W. As I lay dying [M]. New York：Vintage Books, 1990.

③ ALBER J. Unnatural narrative：impossible worlds in fiction and drama [M]. Lincoln & London：University of Nebraska Press, 2016.

④ ALBER J. Unnatural narrative：impossible worlds in fiction and drama [M]. Lincoln & London：University of Nebraska Press, 2016.

察力，这意味着他并非运用了某种超人的力量来讲述这个故事。他一定知道父亲、杜威·德尔和瓦尔达曼的存在，因为他可以推测，当母亲即将死去的时候，父亲肯定不会有什么更紧急的事情要做，杜威·德尔也应该在那里，而瓦达曼很可能会得到他姐姐杜威·德尔的通知赶来。所以瓦达曼站在父亲的身后，是因为他来晚了。他能够预料当时的情形是基于自己平时对家人的观察和了解，正因如此，达尔这一充满非自然性的行为就变得可以理解了。此外，达尔为何有叙事该事件的自愿性？将无所不在的能力与心灵感应术的分析联系起来，可以解释这一问题。达尔自然而然地幻想起数公里以外的家中正在发生的场景，很可能是由他自我意识建构的极度渴望所引起的。正如第一部分中的解释那样，唯有他者，尤指家庭中的其他成员，才能帮助他认识自己。即使离家很远，他也无法控制自己去关心垂死的母亲，以及他的父亲和其他兄弟姐妹面对她的死亡时的所作所为。

从达尔当时的完整内心独白来看，也能发现他那无所不在的非自然能力就是自己内心幻想的外在表征，因为当时现场的事件与他的幻想处于相互交织、难分你我的状态。在描述了乡村的暴雨和卡什对棺材的满足之后，他接着叙述道：

在一个陌生的房间里，你必须清空自己的思绪才能睡觉。在你空着肚子睡觉之前，你是谁？当你空着肚子准备睡觉时，你是——不是。当你昏昏欲睡时，你从来就没有睡过。我不知道我是什么。我不知道什么是我不是。朱厄尔知道他是什么，因为他不知道他是不是。他不能清空自己去睡觉，因为他不是他是什么，而是他不是什么（Faulkner, 1990）①。

很明显，以上哲学盘问发生在达尔离开家去杰弗逊的某个行将入睡的夜晚。从这些内心活动来看，可以推断出上文中对家里发生事件的叙述内容，也属于他的内心独白。显然，达尔这一路上从未停止思考，他有时在幻想家里的故事，有时又回到现实。他在这段独白的最后一句话中承认道，"我多少次躺在陌生的屋顶下，想着家"（Faulkner, 1990）②。为了确定自己的身份，他无法控制自己去观察他们的言行，揣测他们的动向。在幻想之后，达尔的思绪终于回到了自己所处的位置。然而，直至此时，达

---

① FAULKNER W. As I lay dying [M]. New York: Vintage Books, 1990.

② FAULKNER W. As I Lay Dying [M]. New York: Vintage Books, 1990.

尔才终于意识到，即便他存在于确切的某一空间环境内，但却仍然无法肯定自身在世界中的存在。存在问题不仅与物质状态或人的肉身有关，而更多地指向一个有机完整的独立人格。当达尔放空思绪或处于睡眠状态中，他的肉身存在，但思维却不在场，这并非他所追求的完整自我，因此他说他不是；然而，当他在思考时，他也无法确认自己的存在。拉康将笛卡尔的著名言论——"Je pense, donc Je suis"（我思故我在）逆转为"Je pense où Je ne suis pas, donc Je suis où Je ne pense pas"（我在我不在之处思维，故我在我不思之处存在）（张剑，2011）①。拉康对笛卡尔的解构在于，拒斥自我的统一性，而承认人格的分裂特征。当人处于思维状态时，他事实上是无法感知到肉身存在的，因而灵魂与肉体在本质上不具有同时性。灵魂在肉身不在时存在，而人对肉身的感知又往往需将思维排除在外。当人以肉身作为存在标准时，他就在"不思之处存在"着。朱厄尔就是这一类人的典型例子。达尔说，朱厄尔知道他存在，"因为他不是他是什么，他是他不是什么"（Faulkner，1990）②。换言之，朱厄尔存在，因为他相信肉体的存在才是真正的存在，于是他在"他不是"——或言，他不思考的状态中存在着。然而，达尔显然不满足于这种存在，他渴望灵魂的存在，更企图追求灵魂与肉体的同时存在。但就如上文所言，灵魂与肉体之间的分裂关系使达尔必定会掉入存在逻辑的二元陷阱中。最后，达尔"不知道我是什么。我不知道什么是我不是"。

达尔这一不在场却在场的非凡能力属于非自然叙事的典型案例，而他对这种能力的拥有是源于他对亲人的细致观察和深入了解。正如达尔的哲学盘问中所反映的那样，达尔对自我建构问题有着超乎常人的执着和毅力，他希望通过对家人的了解来认知自我，甚至也无法阻止自己幻想几英里以外的事件。然而，正如拉康对笛卡尔"我思故我在"的解构那样，个体总是处于分裂的状态之中。达尔越想要建构独立自我，就越会事与愿违。

三、与"分身"共存：达尔的他性

非自然叙事中还有一种情形，其非自然性体现为同一人物角色身上所具有的多重身份，有时甚至可能出现自我的分身。与"分身"共存（coex-

---

① 张剑. 西方文论关键词：他者 [J]. 外国文学, 2011 (1)：118-127, 159-160.

② FAULKNER W. As I lay dying [M]. New York：Vintage Books, 1990.

isting versions）指的是角色"在多个共存的版本中出现，与现实世界中活生生的人不同"（Alber，2016）[1] 的这种现象。这属于非自然叙事，是因为在现实中不可能存在"一个角色分裂成不同的，至少部分是互不相容的版本"（Alber，2016）[2]。在《我弥留之际》中，达尔除作为叙述者具有非自然性之外，他在小说中的角色本身也是怪诞的。小说通过描写达尔与自己的"分身"之间的对话，揭示了他作为"他者"的悲剧结局。

在达尔最后的独白中，他分裂成两个完全不同的分身，这两个分身之间甚至还可以相互交流：

达尔去杰克逊了。他们把他放在火车上，笑着，沿着长长的车厢笑着，当他经过时，他们的头像猫头鹰的头一样转动着。"你笑什么呢？"我说："是的，是的，是的。"（Faulkner，1990）[3]

在上面的描述中，达尔似乎把自己分成了两个角色，第一个以第一人称说话，第二个以第三人称在故事中充当被观看的对象。前一个达尔问了一个问题，另一个达尔就回答他，是的。然而，第一人称的达尔似乎不明白后一个达尔笑的原因。于是他继续问问题。当两个人把达尔送上去杰斐逊精神病院的火车时，这两人在达尔前后夹击着他，也就是两人一前一后地把达尔放在中间位置。看到这个场景，第一人称的达尔突然想到了硬币的两面，便询问另一个分身他是否也是联想到这个才觉得好笑。但出乎意料的是，被问问题的达尔什么也没解释，只是反复地说出"是的"这个词。当他看到本德伦家族其他人嘴里叼着香蕉，冷漠地看着达尔时，第一人称的达尔又一次提出同样的问题，即到底为什么要笑？遗憾的是，第二个达尔的反应依旧如出一辙，还是那句难以读懂的"是的"。

同一人物出现分身的情况在物理学和生物学上是不可能的。就如同达尔两个分身之间的行为和对话，一个正常人怎么能像观察别人那样来观察

---

① ALBER J. Unnatural narrative：impossible worlds in fiction and drama ［M］. Lincoln & London：University of Nebraska Press，2016.

② ALBER J. Unnatural narrative：impossible worlds in fiction and drama ［M］. Lincoln & London：University of Nebraska Press，2016.

③ FAULKNER W. As I lay dying ［M］. New York：Vintage Books，1990.

自己呢？该如何解释小说中这种非自然的现象？根据阿尔贝（Alber, 2016）① 的第六种阅读策略，叙事也可以使用非自然的场景或事件来讽刺、嘲笑或愚弄某些心理倾向或事件动态。换言之，达尔出现两个分身的情况可以看作对达尔精神状态的戏剧性描述和对他悲剧结局的讽刺。第一人称的达尔代表了一个仍在努力构建自我的人，他似乎表现得很冷静。然而，正如前两小节所分析的，他并没有从别人的"目光"中认识自己，尤其没能看到他们眼中的认可和善意。更重要的是，他对家庭执着的疯狂幻想并未使他肯定自己的存在。因此，在这段独白中，他看似客观理性的叙述却仅仅是自己最后的挣扎。他所表达的是一种混乱的逻辑，而这种逻辑反过来又暗示了他破碎的意识和未完成的主体建构。当他努力猜测第二个达尔笑的原因时，他的逻辑是矛盾的，因为第一次他形容那两个人像硬币时，他说的是有脸有背的硬币，但第二次却修改为有脸没有背，最后却变成有两个没有脸的背。他最后不得不承认道，"我不知道那是什么"（Faulkner, 1990）②。可见，第一个达尔是精神失常的，具有不完整的自我和分裂的人格。关于第二个达尔，他在小说中充当一个颇具讽刺意义的笑话，他的行为与非生命物体或动物无异。"我们的兄弟达尔被关在杰克逊的笼子里，他沾满污垢的手轻轻地躺在寂静的缝隙里，看着外面，他流着泡沫。'是的是的是的是的是的是的是的是的是的是的'"（Faulkner, 1990）③。笼子通常用于囤放物品或喂养牲口，但此时却把一个活生生的人关在里面。第二个分身达尔在笼子里的表现也更像动物，他双手肮脏，目光呆滞，唾沫四溅。而达尔的声音，也更像是一台老式唱片机，只能发出单调而重复的声音；或者是猴子或驴，在类似的音调和重复的语调中叫喊，而失去了作为人的尊严和交流能力。在整个故事中，"达尔不断与一股想要他成为非生命物的势力作斗争"（Simon, 1963）④。令人遗憾的是，达尔的两个分身都无法摆脱沦为看不见的、被抛弃的、客体化的他者的命运。

起初，他者与自我拥有同样的地位，这也正是达尔对自己与其他家庭成员之间关系的最初看法和内心期待。然而，在集体社群中，人们可能会

---

① ALBER J. Unnatural narrative：impossible worlds in fiction and drama [M]. Lincoln & London：University of Nebraska Press, 2016.

② FAULKNER W. As I lay dying [M]. New York：Vintage Books, 1990.

③ FAULKNER W. As I lay dying [M]. New York：Vintage Books, 1990.

④ SIMON J K. What are you laughing at, Darl? Madness and humor in As I Lay Dying [J]. College English, 1963, 25（2）：104-110.

"在他们珍视并希望保留的自己与他们厌恶并旨在驱逐的其他部分之间创造区别。那些被排除在外的部分则构成了他者"（Cavallaro，2011）①。因此，在自我的主体建构过程中，本德伦家族牺牲了达尔，通过把达尔视为从属的他者，从而定义自我，实现身份认同。《我弥留之际》中刻画了这样一个以利己主义为导向的家庭环境，是这些成员作为潜在的帮凶，使达尔沦为精神分裂症患者和被抛弃的他者。

　　本节以阿尔贝提出的非自然叙事学及其阐释策略为基础，为理解达尔的形象提供了一种新的解读思路。为认识自我，达尔企图洞察别人的内心；他那无所不在的叙述行为则揭示出他总是处于自我与他者的挣扎之中；而达尔最终分裂出两个分身，这既表明他注定只能是一个被客观化和被遗弃的他者，也同时对以利己主义为驱动的社会现状进行了讽刺。可以说，达尔的非自然叙事即他作为"他者"的悲剧命运的最佳写照。

　　与异故事叙述者的零聚焦相比，"零聚焦的同故事叙述行为，虽尚未约定俗成，但也同样是非自然的"（Alber，2012）②。像 Fludernik 这样的学者甚至走得更远，他们认为这一类型叙事者的存在本身就属于非自然的范畴。从此意义上看，从同故事叙述者角度对达尔的非自然性进行研究，在一定程度上也可以为非自然叙事学研究补充一个有意义的实例。零聚焦的同故事叙述者不仅存在，而且是传达小说主题的关键元素。然而，要挖掘出这部小说中所有非自然的元素，还需要进一步细读。根据尚必武（2015）③ 提出的"非自然因子"（unnatural elements）概念，有些文本可能比其他文本更具非自然性，而同一文本也可以被视为部分上具有非自然性或整体上具有非自然性。在小说《我弥留之际》中，达尔并不是唯一一个拥有非自然性的人。在弥留之际仍具备叙事能力的艾迪也值得从非自然叙事学的角度去分析。

　　① CAVALLARO D. Critical and cultural theory［M］. London & New Brunswick，NJ：The Athlone Press，2001.

　　② ALBER J，et al. What is unnatural about unnatural narratology? A response to Monika Fludernik［J］. Narrative，2012，20（3）：371-382.

　　③ 尚必武. 西方文论关键词：非自然叙事学［J］. 外国文学，2015（2）：95-111.

第二节 《橘子不是唯一的水果》中"梦叙述"修辞
解码①

梦境，是所有光怪陆离、奇思幻想的代名词，是与现实相反、虚幻的神秘彼岸。然而，随着人们对于梦的研究更加深入，梦境的神秘光晕逐渐褪去，梦中所见所感似乎并不仅仅只是天马行空、天机神谕。当宗教与政治色彩淡化后，梦更多地走向个体，走向微观，步步逼近现实生活：或是个体潜意识的变形表达，或是压抑欲望的幻想满足，又或是无意识他者的话语规训，仿佛梦中奇形幻影越发有迹可循。因此，在梦的变幻莫测下，虚幻世界与经验世界正在交融，孰真孰假、何为真实之争在梦境的场域里似乎难争高低。

在文艺作品中，"梦具有独特的文本性和叙述性，因此是一种叙述文本"（赵毅衡，2013）②。梦境常常作为"探索主体奥秘的钥匙"，反映人物内心、推动情节发展、完善叙述结构。虽然与经验世界里人物真实梦境有所不同，但文本世界的人物也会具有做梦行为。文学作品中的直接梦境描写也具有高度的时间性以及在场性，通过叙述手法同样可以达到叙述可靠性以及拟经验性，且"以文字为载体的梦叙述也可以通过聚焦强化其图像效果"（杜红艳，2020）③。因此，本节将《橘子不是唯一的水果》中的奇幻故事处理为直接梦境书写，并类比其为现实生活中的真实梦境，借用梦叙述理论，解码梦境中蕴含的符号修辞效果，关注梦的叙述者和受述者之间的信息传递，以期能更好地理解文本中光怪陆离的神秘意象，并利用梦境这一独特视角解读小说主人公珍妮特在虚幻与现实之间来回穿梭，最终探索自我，成长蜕变的奇幻之旅。

---

① 本部分发表于：《探索与批评》（2022 年第 2 期：46~58 页），部分内容有所修改。本部分主要借用赵毅衡先生的"梦叙述"理论，赵先生一贯秉承摒弃"叙事"而使用"叙述"的观点，故而本节统一使用"梦叙述"的说法。

② 赵毅衡. 梦：一个符号叙述学研究 [J]. 四川大学学报（哲学社会科学版），2013（3）：104-111.

③ 杜红艳.《新刻绣像批评金瓶梅》中的"梦叙述"[J]. 探索与批评，2020（1）：29-39.

一、《橘子不是唯一的水果》中的直接梦境描写

珍妮特·温特森是 20 世纪 80 年代英国小说界标杆人物之一，文风叙述极具特色，且创作力丰富。凭借其先锋般文学实验创作手法，温特森被视为与传统和惯常针锋相对的文学叛逆者，被 *Granta* 杂志评为"英国最佳作家"之一，并荣获英帝国勋章。

自 20 世纪 60 年代解构主义在法国盛行以来，对于传统与权威的颠覆和消解成为学界关注的重点。身处在后现代语境中，温特森以创作为一种文学实验，打破"真实"与"虚构"的二元传统叙事框架，在虚实结合的字里行间与意义进行游戏。因此，温特森小说中虚实结合的叙述方式与后现代叙述风格一直是国内外学界关注的重点。在国外，有多部专著，如《温特森叙述时间和空间》（*Winterson Narrating Time and Space*，2009）、《珍妮特·温特森：当代批评指南》（*Jeanette Winterson：A Contemporary Critical Guide*，2008）等，专门论述其独特的后现代叙述风格与语言特色。2004 年，北京外国语大学侯毅凌教授翻译出版了温特森新作《守望灯塔》（*Lighthouse Keeping*，1999），并且隔年荣获得了由人民文学出版社、中国外国文学学会发起的"21 世纪年度最佳外国小说奖"。之后，这位特色鲜明的女作家以其独特的叙事风格逐渐进入国内研究视野。

《橘子不是唯一的水果》是珍妮特·温特森的成名首作，是其虚实结合创作风格的典型代表，于 1985 年发表后备受文学界关注，获惠特布莱德首作奖。小说现实与虚幻交叉并置的后现代主义叙事特征，推翻了传统的二元叙事，颠覆了传统叙事策略和读者角色，进而创造出一个虚实结合的奇妙空间。表面上看，小说讲述的是经验世界里，一个生长在信奉福音派新教家庭里的小女孩珍妮特，挣脱来自教会、家庭以及男权社会的压制后，为追寻自我和真爱最终走上决裂的故事。然而，在这样一个"真实"的成长小说中，"不合时宜"地直接插入了很多神话传奇、童话寓言等"虚构"的成分。这些看似包裹在一层叙述中的二层叙述，却又伴随着明显的框架显现。经过统计，《橘子不是唯一的水果》中看似"突兀"的奇幻故事统计共 15 处，笔者将其整理如表 5-1 所示。

表 5-1　《橘子不是唯一的水果》中的奇幻故事统计

序号	页码	主要人物	叙述内容	是否显现叙述框架
1	13	多愁善感的美丽公主	公主走进魔法森林，答应驼背老妇，忘记皇宫，接管村庄	是（"我母亲做了一个梦"）
2	73	四面体国王	四面体是一个有很多副面孔的国王，能同时观看悲剧与喜剧	否
3	89	王子、完美女人	王子费尽心思寻找毫无瑕疵的完美女人，最后发现完美从未存在，遇到了只卖橘子的老妇人	否
4	103	"我"（第一人称）	"我"结婚了，发现新郎一会儿是盲人，一会是一头猪，一会儿是我母亲	是（"第二天晚上仍做同样的梦"）
5	160	橘色魔鬼	橘色魔鬼出现："我想助你一臂之力"	否
6	164	"我"	"我"变成囚犯，关押在角塔，"错失良机"城里是犯下"根本性大错"的罪人	是（"分明是危机关头，我却睡着了"）
7	166	黑王子和亚眠人	皇宫洗劫一空，黑王子和亚眠人对峙：选石墙还是魔圈？	是（母亲："你醒啦"）
8	168	橘色魔鬼	坐在碗中央，扔给"我"一颗粗粝的小卵石	否
9	182	你（第二人称）	幼发拉底河畔的秘密花园里，吃下橘树果实，就意味着要离开花园，暮色降临，你要离开	是（被冻醒，凯蒂去拿液化气）
10	190	柏士浮骑士	城堡变成空洞的符号，柏士浮骑士决定离开亚瑟王，要出发了	否
11	199	柏士浮骑士	柏士浮骑士在森林里呆了很多天，盔甲锈了，马儿累了，他梦到了他的王和挚友们	是（"我太过疲倦……第二天早上，我好多了"）
12	205	珍妮特（第三人称）；会魔法的男巫（父亲）	遇见男巫，被男巫收留为徒，和他学习魔法，信赖男巫（父亲），冒犯他，犯下大错，被赶出魔圈	否
13	223，232	神秘女人，珍妮特（第三人称）	奄奄一息的珍妮特遇到神秘女人，回到她的村庄，真正开始思考世界，最后出发探索	否
14	243	柏士浮骑士	柏士浮骑士回到城堡，后悔离开，渴望曾经的圆满	是（"我母亲叫醒我"）
15	255	城堡主人，柏士浮骑士	城堡主人询问为什么离开，柏士浮骑士回答："我是为自己出走的，没有别的理由。"柏士浮骑士梦到了男巫的渡鸦	是（"次日早上醒来……"）

经统计，共有 8 处出现明显的二层梦境叙述框架，如突然插入的黑王子与亚眠人的故事后，母亲说，"你醒啦"，证实刚刚读者所感知的，是珍

妮特的梦境。其余叙述虽未直接说明，但均有段落或章节相隔，叙述风格突变，多采用第二人称直接描述，不同于经验世界里第一人称富有前因后果的逻辑表达，而是充满着梦境般虚幻和神秘。因此，本节以梦境为切入点，将上述 15 处奇幻故事理解为女主人公的梦境描写，关注上述奇幻情节背后蕴含的修辞策略与意义书写。

首先，这些片段具有高度的叙述可靠性。在现实生活中里，梦是绝对私密的、个人的，是梦者心像再现的世界（赵毅衡，2013)[①]，外人永远无法得知。一旦清醒后经过再叙述，则不可避免地要受到经验世界的二次加工。这种再次叙述，"失去了梦叙述的重要特征，除内容外，媒介已经更换，文本已经换了一个叙述人格"（赵毅衡，2013)[②]。同样地，故事中小女孩所处的文本世界具有横向真实性，而她本人作为一个行为人，完全具有做梦的能力，因而故事里的梦境文本不仅仅只是隐含作者的编造，更多的应当是文本语境下小女孩"真实"经历的变形，潜意识下的应有之物。与此同时，小说文本的梦境描写仅仅只是小女孩的内部经验，未曾经过任何人之口传达或转述，只有人物自身经历，其他人物皆无法窥探。且以第三人称讲故事的叙述风格，最大化地拉大了叙述距离。就读者体验而言，小女孩自述的"我"的童年故事是一种"阅读"，而突然出现的奇幻经历更像是一场穿越到梦境的"观看"。读者面前的银幕上，是小女孩内心世界事无巨细的写照，"叙述视角的聚焦下，朦胧的梦境清晰可见"（杜红艳，2020)[③]，读者仿佛拥有超能力一般，观看着此时此刻珍妮特实实在在的梦境，只有当故事再回到主线时，才恍然惊觉不过梦一场。在这个意义上，文本中的直接梦境描写可以类比真实世界的梦叙述，是一种虚构的"梦叙述"。

其次，这些片段高度还原了真实世界中梦的拟经验性。方小莉（2018)[④] 在讨论电影中梦的再现场景时分析道，"电影中的梦区隔出一个梦的世界。梦世界是一个自足的世界，横向真实，因此梦中的人不知道自

---

① 赵毅衡. 梦：一个符号叙述学研究 [J]. 四川大学学报（哲学社会科学版)，2013 (3)：104-111.

② 赵毅衡. 梦：一个符号叙述学研究 [J]. 四川大学学报（哲学社会科学版)，2013 (3)：104-111.

③ 杜红艳.《新刻绣像批评金瓶梅》中的"梦叙述" [J]. 探索与批评，2020 (1)：29-39.

④ 方小莉. 虚构与现实之间：电影与梦的再现 [J]. 云南社会科学，2018 (5)：172-178，188.

己在做梦，而是在经历事件，从而有一种强烈的真实感"。同样在文本中，这些奇幻片段都具有高度的拟经验性。小女孩就像在经验世界中一样，切实地"经历"着每一场梦境，无论多么光怪陆离、不合逻辑，也"不能影响叙述者讲故事的方式，更无力将故事叫停，往往只能等待被动惊醒"（方小莉，2015）①。因此，尽管梦境中四面体是一个国王，男巫用魔法将自己困住，橘子变成魔鬼，自己的新郎是一头猪，珍妮特也从未质疑过当下发生一切的合理性。因为此时"这个梦的世界无需向任何他人负责，也不会因此受到任何处罚"（方小莉，2015）②，而醒来后的惊恐或羞愧，已经是另一个经验世界的情绪。同时，对读者来说，面对突如其来的奇幻时空，仿佛身临其境，附身小女孩一起感知，从而"暂时将现实世界悬搁起来，沉浸在情节中，像梦者一样失去自反性"（方小莉，2018）③。对人物与读者来说，这些片段营造的强烈真实感与高度拟经验性，无异于现实世界的奇幻梦境。

最后，这些片段蕴含着梦的修辞功能。荣格认为，"梦是潜意识心理活动"。在当代的梦研究进程中，赵毅衡、龙迪勇、方小莉等学者都认为，梦境作为潜意识的一种意义文本，"其中贯穿了修辞方式，目的是要更有效地传达各种信息"（方小莉，2016）④。具体地，本节在分析了上述15处奇幻故事后发现，所有的意象与情节看似天马行空，实则与经验世界息息相关，携带着丰富的叙述信息等待挖掘。这些直接梦境描写凭借其独特的"梦叙述"修辞暗码，不但推动着真实世界的情节发展，同时邀请读者在虚构与现实来回穿梭，最终当现实中的小女孩手中握着梦中橘色魔鬼扔给她的"粗粝的小石子"，像亚瑟王一样后悔离开城堡，回到家看见母亲身上牵着和男巫一模一样的线时，虚幻与现实二元对立彻底打破，彼此融合下，真实与虚构难解难分，信息传递达到巅峰，奇幻之旅也进入高潮。

通过上述三点论证，本节认为，将15处奇幻故事理解为小说主人公的直接梦境描写，类比其为梦的直接叙述具有一定的合理依据。基于此，解

---

① 方小莉. 作为虚构文本的梦叙述 [J]. 西北大学学报（哲学社会科学版），2015，45（3）：118-123.

② 方小莉. 作为虚构文本的梦叙述 [J]. 西北大学学报（哲学社会科学版），2015，45（3）：118-123.

③ 方小莉. 虚构与现实之间：电影与梦的再现 [J]. 云南社会科学，2018（5）：172-178，188.

④ 方小莉. 梦叙述的修辞 [J]. 社会科学战线，2016（8）：162-168.

码梦境中的修辞内涵则成为理解文本意义、破解梦的叙述者和受述者之间信息传递的关键一环。

二、"梦叙述"的修辞解码

当代美国著名心理学家和教育家杰罗姆·布鲁纳（Jerome Seymour Bruner，1996）[①] 说过，叙述是人类把世界"看出一个名堂，说出一个意义"（human beings make sense of the world by telling stories about it）的重要方式。当这种叙述行为延伸至梦境，神秘莫测背后蕴含的意义同样受到人们的关注。同时，因其不同于人类经验世界的逻辑与常识，学者不但关注梦的内容，而且关注梦的构成。因此，对梦的研究来说，"既关注梦如何变形伪装，又关注梦如何构筑及表达意义"（方小莉，2019）[②] 缺一不可。

在现有的研究中，不同学者对于"释梦"有着不同的见解。最为人们所熟知的心理学家弗洛伊德（2000）[③] 认为梦是一种防御经验世界的伪装与变形，是"某种愿望幻想式的满足，并以此来排除干扰睡眠的心理刺激的一种经历"。不同于弗洛伊德的"压抑说"，史戴茨认为梦并非具有压抑性，而是表达性（expressive），以转喻和隐喻为主要策略，是为了"更好地表达意义"（方小莉，2019）[④]。同时，龙迪勇（2002）[⑤] 在《梦：时间与叙事》一文中也提出，"梦中的叙述是为了抗拒遗忘，寻找失去的时间，并确认自己的身份，证知自己的存在"。此外，方小莉（2016）[⑥] 从符号修辞的角度研究梦境，她强调"梦的叙述者采用了各种修辞格，而释梦则必须将各种修辞格文本化，读懂梦中的各种修辞格，才能相对有效地获得梦的意义"。因此，她提出，梦是一种"自己说服自己"的修辞。

基于以上讨论，本节重点关注上文《橘子不是唯一的水果》中梦境书写的修辞功能，分别从梦境的转喻与隐喻、梦的幻想式自我满足以及梦的自我说服三个方面，解读文本梦境的意义构筑，以及梦境与现实之间的信息传递。

无论梦境多么光怪陆离，释梦时总要将奇幻意象与经验世界相联系，

---

① BRUNER J S. The culture of education [M]. Cambridge：Harvard University Press, 1996.
② 方小莉. 梦叙述的符号修辞 [J]. 重庆广播电视大学学报, 2019, 31 (6)：3-10.
③ 弗洛伊德. 精神分析导论讲演 [M]. 周泉，等译, 北京：国际文化出版公司, 2000.
④ 方小莉. 梦叙述的符号修辞 [J]. 重庆广播电视大学学报, 2019, 31 (6)：3-10.
⑤ 龙迪勇. 梦：时间与叙事：叙事学研究之五 [J]. 江西社会科学, 2002 (8)：22-35.
⑥ 方小莉. 梦叙述的修辞 [J]. 社会科学战线, 2016 (8)：162-168.

以期找到某些看似不合逻辑的符号背后的丰富蕴涵。因此，这种与现实息息相关、不可割裂的特点注定了梦境的隐喻性。而一旦涉及符号，除符号本身携带的意义之外，则不可避免地要讨论符号的组成方式。因此，梦叙述研究将梦境看作聚合轴与组合轴双轴关系的结果，用一个意象来代替另一个意象来实现梦的隐喻与转喻，进而产生"说此喻彼"的效果。

根据史戴茨（States，1988）[①] 的观点，转喻是梦叙述行为开始的关键，"大脑通过转喻产生图像，标志梦的开始"。具体而言，在珍妮特的梦境中，读者最先感受到的是众多奇怪的意象，如四面体国王、柏士浮骑士、角塔里的囚犯、以及会魔法的男巫。事实上，这些都是大脑借助修辞策略，"通过压缩将感情和抽象的梦念转喻式地变形转化为图像"的结果（方小莉，2019）[②]。因此，对珍妮特来说，经验世界里的人事物经过稽查机制后，压缩、变形、转化为看似无关紧要的符号。以"母亲"这个意象为例，作为珍妮特现实世界里无所不在的掌控者与绝对权威，其对珍妮特的身心产生了绝对的影响。但现实世界里母亲过于强大、不可冒犯。因而在梦境里，母亲以不同的身份反复出现。

经过本节统计，在珍妮特的梦中，代替母亲出现的意象共 7 处，分别为美丽公主、王子身边只手遮天的大谋士、只卖橘子的卖主等（见表 5-2）。仔细分析便会发现这些意象身上都有母亲的部分影子，都是梦者珍妮特在无意识状态下对于母亲情感的投射，是母亲形象的共同转喻，笔者将其与现实关系整理如表 5-2 所示。

表 5-2 "母亲"意象的转喻分析

转喻意象	梦中符号的特点	现实中的母亲
"美丽公主"	教育村民、信仰上帝、抚养上帝之子	教会传教、信仰上帝、试图把珍妮特培养成上帝之仆
"大谋士"	在王子身边，出谋划策，甚至控制王子的决定	抚养珍妮特，是珍妮特人生中的绝对权威
"只卖橘子的卖主"	只卖橘子	相信橘子是唯一的水果
"亚瑟王"	城堡主人，后柏士浮骑士离开他	教会以及家里的主人，后珍妮特离开她

① STATES B O. The rhetoric of dreams [M]. Ithaca & London: Cornell University Press, 1988.
② 方小莉. 梦叙述的符号修辞 [J]. 重庆广播电视大学学报, 2019, 31 (6): 3-10.

表5-2(续)

转喻意象	梦中符号的特点	现实中的母亲
"男巫"	教珍妮特魔法、绝对权威、最后将珍妮特赶出魔圈	教育珍妮特、绝对权威、最后将珍妮特赶出家
"神秘女人"	救下奄奄一息的珍妮特，教珍妮特语言，却不关心她的真实想法	从孤儿院领养珍妮特，教她圣经知识，却从来不关心她的情感变化
"新郎"	梦里母亲是珍妮特的新郎	母亲超过父亲的地位，是家里唯一的权力代表，是珍妮特接触的男性化的"女强人"

因此，表5-2中的各类意象，因其与母亲共同意象的关联性，构成了梦叙述文本中的图像，并携带着珍妮特本人清醒时的情感内涵，将"母亲"这一复杂形象具体化为不同的符号。在梦中稽查机制的审核下，成为聚合轴中被替换下的部分，其背后共同所指，都是现实生活中的母亲。

在将现实情感投射为梦中具体的符号后，梦的隐喻性进一步促进梦的发展。大脑通过创造修辞关系，推动一个图像向另一个图像的发展，进而形成连续有情节的梦境。此外，梦的隐喻性还体现在梦者本人对梦境的认同作用。因为梦的凝缩与审查作用，梦中某一个单独出现的意象"可能是替代他所覆盖在梦中遭到压抑而无法出现的别人，以相似意象作为替代也是一种隐喻"（方小莉，2016）[1]。在珍妮特的梦境中，仅有两处是以梦者本人"我"的视角为叙述，其他梦境多为第三人称，以其他意象为主人公，而梦者珍妮特本人却从未出现。按照弗洛伊德的观点，"梦是纯粹自我中心主义的，如果自我没有在梦内容中出现，那么自我则是通过认同作用隐藏在他人背后，即他人成为自我的隐喻"（方小莉，2016）[2]。因此，当梦境中出现"一生都在找寻完美的王子""角塔的囚犯""箭在弦上必须做出选择的黑王子"以及"离家出走的柏士浮骑士"，则不难理解这些都是梦境里珍妮特的自我隐喻，其面临的抉择与考验，都是现实世界里珍妮特亲身经历的缩影。

而对释梦来讲，找到奇幻意象背后的根本替换选项、解码转喻与隐喻的修辞内涵，成为发现梦境意义的第一步，在此基础上，解读梦境中的交

---

[1] 方小莉. 梦叙述的修辞 [J]. 社会科学战线，2016（8）：162-168.
[2] 方小莉. 梦叙述的修辞 [J]. 社会科学战线，2016（8）：162-168.

流才成为可能。因此，本节的以下分析皆基于以上意象的隐喻所指。

弗洛伊德在《梦的解析》中借用梦见喝水的例子，阐释了梦者借用梦境对欲望的达成。梦者晚饭吃了很咸的食物时，会在夜间因为口渴而清醒过来，而其间通常会梦到自己在大口喝水，味道甘甜醇美。基于此，弗洛伊德（2000）[①] 认为，"梦是在实施一项功能"，他将此类取代了实际行动的梦境称为"方便梦"。而通常情况下，现实生活中的很多欲望投射到梦境之中会受到稽查而进行变形伪装，因此，更进一步地，弗洛伊德完善了梦的形式公式："梦是（压制或压抑的）欲望（伪装的）达成。"具体在珍妮特的梦境，在前文隐喻意象解读的基础上，本节发现珍妮特梦境中欲望的幻想式满足：对父亲（男性）的渴望，以及对教会的反叛。

首先，在梦中，珍妮特对男性的欲望得到了满足。在这个小女孩成长过程中，母亲以毋庸置疑的绝对权威管辖着一切，而父亲或者男性的声音一直处于缺失的状态。在她自述的童年中，家里唯一的男性首次出现并非一个"父亲"，而更像是母亲的附属品："她的丈夫随和温厚。"（温特森，2018）[②] 这样的称谓从一开始就表明了温妮特与这位男士的距离。而教会里的男性普拉斯特牧师和芬奇牧师，疑是母亲的翻版，其裙装穿着也让珍妮特从未将其视为男性。因此，现实社会中珍妮特对男性了解的缺失，而在虚幻的梦境中她完成了对男性的认识。多数情况下，珍妮特梦中的意象都以男性的形象出现：骑士、男巫、王子、国王等。在梦中自己的婚礼上，梦见自己的新婚丈夫"有时候是猪，还有时候只是一套衣服，里面空无一人"（温特森，2018）[③]。因此，"所有女性都嫁给了一只猪"这样的想法一直伴随着珍妮特一生，也是她后来爱上其他女孩的根本原因。此外，在"男巫"这个梦中，也充分体现了珍妮特对于父亲的渴望。刚开始，男巫出现时，珍妮特对其称谓是"那个男巫"，而当男巫收她为徒渐渐取得她的信任之后，珍妮特慢慢忘记了以前，坚定不移自己就是"男巫的女儿"，直到最后忘记之前的一切，直接称其为"父亲"，而男巫对珍妮特的呼唤也从姓名变成最终的"女儿"。对直面珍妮特梦境的读者来说，可能会像珍妮特一样短暂地失去自反性，在文字面前接受男巫到父亲这一悄无声息的转变，然而，伴随阅读深入，读者会发现，"男巫成为父亲"

---

① 弗洛伊德. 精神分析导论讲演 [M]. 周泉，等译，北京：国际文化出版公司，2000.
② 温特森. 橘子不是唯一的水果 [M]. 于是，译，北京：北京联合出版公司，2018.
③ 温特森. 橘子不是唯一的水果 [M]. 于是，译，北京：北京联合出版公司，2018.

是珍妮特自身潜意识的结果，是熟睡中的珍妮特自身渴望的投射，以及其对父亲欲望的满足。

其次，在梦中，珍妮特实现了对教会的反叛。在珍妮特人生中，信仰与上帝和母亲一样是绝对的准则，毋庸置疑，而布道则成为接受上帝旨意的重要活动。现实生活中，在主题为"完美"的布道会上，布道者慷慨激昂地喊道，"完美是人心希冀，追索之事。是神性之态……完美，就是毫无瑕疵"（温特森，2018）①。然而珍妮特内心却"第一次萌生了对神学的不同意见"，不支持这段言论的她迫于教会与周围人的压力只能表面上服从。然而晚上在梦境里，"一生都在追求完美的王子"恰恰是被压抑的反抗欲望的投射。王子一生都在寻找一个完美且毫无瑕疵的女人，但当费尽心思找到之后，女人却让王子明白，"完美是找不到的，而是被塑造的，在这个世界上，没有所谓毫无瑕疵的事情"（温特森，2018）②。至此，珍妮特白日里未能反抗的情绪在梦中得以释放，也体现了珍妮特自始至终对教会的质疑。

赵毅衡（2013）③ 在《梦：一个符号叙述学研究》中提到，任何的叙述行为都应该是一种符号表达，是"一个主体把故事文本传送给另一个主体"，而在梦境这样的"自我符号"中，是"主体的一部分，把叙述文本传达给主体的另一部分"。因此，在这个叙述者、受述者甚至人物三者合一的心像化符号文本中，二度区隔的空间下，叙述者与受述者相辅相成，梦者通过自身的分裂造就一个个奇幻的梦境。因此，在《梦叙述的修辞》一文中，方小莉（2016）④ 提出梦境中的修辞从本质上讲是一种"说服"术，是"叙述者（主体的一部分）在向受述者（主体的另一部分）传递某种信息并实现某种目的"。而这种"自己说服自己"的修辞功能在《橘子不是唯一的水果》中的小女孩身上表现得淋漓尽致，可以说，整部小说中，珍妮特都是在和梦中另一个自我对话，从而探索自我、得以成长。

通过比对，本节发现，小女孩的部分梦境出现在直面现实中的困惑不解以及压抑之时，然而另一部分梦境则出现在现实中珍妮特被迫做出抉择

---

① 温特森.橘子不是唯一的水果［M］.于是，译，北京：北京联合出版公司，2018.

② 温特森.橘子不是唯一的水果［M］.于是，译，北京：北京联合出版公司，2018.

③ 赵毅衡.梦：一个符号叙述学研究［J］.四川大学学报（哲学社会科学版），2013（3）：104-111.

④ 方小莉.梦叙述的修辞［J］.社会科学战线，2016（8）：162-168.

之时。此时，通过"梦中自己"对"现实自己"的说服，珍妮特完成思考与抉择。这类携带着"自我说服"功能的梦境多以第二人称"你"构成，梦中珍妮特分裂为"橘子魔鬼"等奇幻意象，与接受梦境的另一部分自我对话，实现说服功能。本节共总结三次重要的"自我说服"如下：

首先，"橘子魔鬼"是珍妮特梦中自我对现实自我的第一次说服与拯救。回到现实中后，当珍妮特同性恋身份首次被发现时，面对外界质疑与惩罚，珍妮特陷入两难：应该听从教会及时忏悔，还是应该听从内心追求真爱，年幼的珍妮特不知所措。然而，此时突然出现的橘色魔鬼给了她安慰："我想助你一臂之力，帮你决定自己要什么。"（温特森，2018）① 橘色魔鬼告诉珍妮特周围人看似一直在永无休止地唠叨，其实眼睛却什么也看不到，让她明白并非所有人都虔诚，每个人的内心都有一个魔鬼，与众不同也不代表着邪恶："你不会死的，事实上，你恢复得不错……记住，你已经做出选择，现在已经没有回头路了……'接着！'魔鬼喊了一声就消失了。只见一颗粗粝的褐色小卵石在我的手心。"（温特森，2018）② 可以发现，当珍妮特内心天平摇摆不定时，橘色魔鬼以命令式的第二人称"你"，说服她走向了抗争之路。而这个橘色魔鬼本身，就来自坚信"橘子是唯一的水果"的母亲，本身就是珍妮特内心潜意识的反抗，是另一部分自我的呐喊。最终珍妮特在"另一个自我"的鼓励下，踏出了反抗的第一步。

其次，"黑王子与亚眠人"的梦境是第二次的自我说服。母亲为了切断珍妮特同性恋的想法，烧掉了珍妮特的信件、卡片以及私人信件，这成为促进珍妮特爆发的直接导火索。于是在梦境中，皇宫（代表着现实生活中的家）已经洗劫一空，黑王子和亚眠人相互对峙，局势紧张。石墙内是王后（母亲）挟持般的庇护，石墙外是自由的魔圈。而梦中未知的声音逼着珍妮特清醒："你必须做出抉择。墙的本质注定了墙终将颓废……吹响自己的号角……你要把石墙和魔圈分清楚……一道墙给身体，一个圈给灵魂。"（温特森，2018）③因此，醒来之后，现实中的珍妮特不再犹豫，也不再愧疚，内心深处彻底摆脱了虚假的教会以及母亲的强权，听从梦里自我的教诲，看似身在墙内，灵魂却开始向往着墙外的自由。

---

① 温特森. 橘子不是唯一的水果 [M]. 于是，译. 北京：北京联合出版公司，2018.
② 温特森. 橘子不是唯一的水果 [M]. 于是，译. 北京：北京联合出版公司，2018.
③ 温特森. 橘子不是唯一的水果 [M]. 于是，译. 北京：北京联合出版公司，2018.

最后，"柏士浮骑士"的探索之旅是梦中自我的第三次说服。在珍妮特戴着伪装半稳生活一段时间后，与另一位女子凯蒂的爱情又一次将她推上风口浪尖。这一次，她的罪名更加严重——珍妮特犯了"模范男人"的罪，"性倒错""出卖灵魂""篡夺男性世界，用性的方式蔑视上帝的律法"（温特森，2018）①。此时的梦里，柏士浮骑士发现皇宫里的气氛早已变了，所有的一切都是空洞没有意义的符号：亚瑟王的王冠蒙尘，世间万物终将归于尘，于是柏士浮骑士启程远离。这是梦境中珍妮特教给自己的解决方式。醒来后，珍妮特终于明白，问题从来就不在于性或者性别，更不在于自己。于是，她听从梦中的指引，坚定地拒绝任何忏悔或驱魔仪式，跟随梦里的柏士浮骑士毅然离开了家。

三、自我的蜕变：虚幻与现实的最终融合

从与众不同的性取向被发现，到最终揭竿而起逃离一切，毫无依靠的珍妮特只有借助梦中变形的另一个自我时刻给她的指引。睡梦中顿悟，现实中更加清醒。可以说，在虚幻与现实之间的穿梭成就了现实中她的每一个思考与抉择。理解梦境的过程就是她打破束缚、找寻自我的过程。而此部小说最大的叙述魅力，在于梦中一系列意象与现实之间的融合，以及最终虚幻与现实之间框架的破碎：现实中的珍妮特拿着梦中橘色魔鬼的褐色小卵石，奋起反抗。最终回到了养母的家，回到了梦中亚瑟王的宫殿。作者用梦境与现实的融合，完美地体现了珍妮特最终自我的救赎。

在讨论成长小说中叙述主体的普遍规律时，赵毅衡（2013）② 曾用"二我差"来描述幼稚的人物"我"对于成熟的叙述"我"之间的追逐，以及最终双方重合，完成成长的蜕变。同时，赵毅衡提到，"任何虚构—幻想—做梦都是在'二我差'中进行的"。而这部小说中，珍妮特梦中大多是对现实生活的事后反思。因此类比赵毅衡的"二我差"观点，本节认为，现实生活中珍妮特的经历可以看作尚未成熟的"人物我"在懵懂时期对一切无从抉择，而梦里提供指引与方向的各种奇幻意象可以看作平行时空成熟的"叙述我"。

在现实中的珍妮特逐渐跟随梦中自我的脚步之时，梦与现实的"二我

① 温特森. 橘子不是唯一的水果 [M]. 于是，译，北京：北京联合出版公司，2018.
② 赵毅衡. 梦：一个符号叙述学研究 [J]. 四川大学学报（哲学社会科学版），2013（3）：104-111.

差"逐渐合拢。最终，同样的意象，出现在不同的梦境中，甚至直接出现在现实中，虚幻与现实达到完美的融合。梦中，橘色魔鬼扔给珍妮特一颗粗粝的褐色小石子，让她做出选择；现实中，为了保护凯蒂，珍妮特主动承认和梅兰妮藕断丝连，此时她"把手塞进口袋，掌心把玩着一块粗粝的褐色卵石"；梦里，面对男巫的愤怒，"一块粗粝的褐色卵石落在她手里"）；现实中，被母亲赶出家门前，珍妮特手心里死死握住褐色的小卵石。梦里，珍妮特离开男巫之前，男巫"化身一只老鼠，在她的纽扣上缠上了隐形的线"现实中，当珍妮特多年以后回到家，发现纽扣上母亲早已系上了一根线，随时可以牵绊住她（温特森，2018）①。

至此，珍妮特穿梭于虚幻与现实的旅程结束，因为对她来说，现实与梦境已经融为一体。梦里自己一直努力探索的真正自我，现实中的她也已经在多年的独自生活中找到。此时珍妮特已经不是尚未成熟的"人物我"，而是真正变成了梦中的成熟的"叙述我"。随着"二我差"的融合，梦境与现实的界限打破，珍妮特完成自我的蜕变：逃离束缚，追求真正的自我。

第三节　《一处小地方》中的民族叙事

在旅游业的话语体系中，人间"天堂"或"伊甸园"的表达屡见不鲜。"天堂"一词既契合着阳光海滩、热带雨林、高山湖泊等自然风景的美若仙境，又借以一种愉悦、幸福、宁静的情感吸引，为每一个疲于奔波的现代人提供了一个停歇休整的精神"伊甸园"。安提瓜岛（Antigua）就是这样一个典型的人间"天堂"。著名旅游杂志《康德纳斯特旅游者》（*Condé Nast Traveler*）选出了十大大西洋及加勒比地区的岛屿胜地，其中，安提瓜岛（Antigua）不但有幸入选，还因其得天独厚的自然环境、当地人民的友善和睦，赢得了"旅游天堂"的称号②。这个有着"加勒比心脏"之称的美丽小岛，南北宽约 10 千米，东西长约 28 千米，地域上归属安提瓜和巴布达（以下简称"安巴"）。安巴因缺乏完整的国民生产体系，经

---

① 温特森.橘子不是唯一的水果［M］.于是，译，北京：北京联合出版公司，2018.
② 央广网·中央广播电视总台.康德纳斯特旅游者：十大大西洋及加勒比地区的岛屿胜地［EB/OL］.（2023-05-25）.http://travel.cnr.cn/2011lvpd/gny/201311/t20131108_514077231_1.shtml.

济发展主要靠旅游，历届政府均采取大力发展旅游业的政策，旅游业占国内生产总值的比重超过 60%，旅游收入占外汇收入 80%①。安巴旅游局的官方网站首页上，蓝天白云，阳光沙滩，蔚蓝色大海一望无际，美景之上粉红色的手写体亲密无间地邀约着每一位游客——"欢迎来到我们的双子岛天堂"（Welcome to our twin-island paradise）②。

自己的国家被称为"天堂"，自然是一件无限荣光的幸事。然而，早在 30 多年前，美籍安提瓜和巴布达裔女作家牙买加·琴凯德用一本 80 多页的小册子——《一处小地方》③（A Small Place，1988 年出版，2000 年再版），戳破了这种"天堂"般的修辞幻象。小说出版之后取得极大的反响，作者琴凯德更是因涉嫌"公开批评安提瓜政府"，1992 年之前禁止进入该岛。那么，琴凯德是如何描述安提瓜岛的呢？身为"安提瓜人"的她又为何这样描述自己的家乡？

一、琴凯德与加勒比民族叙事

琴凯德一向被学界视为半自传体作家，大部分作品广泛取材于生活。个人经历成为理解其人其作的首要前提。琴凯德原名爱莲·波特·理查森（Elaine Potter Richardson），1949 年出生于安提瓜岛一个穷苦的家庭中，用琴凯德自己的话说，他们一家都是与主流经济和政治生活脱节的"贫穷的普通人"——"种植香蕉和柑橘的农民、渔民、木匠和妇女"（Paravisini，1999）④。生父雷德里克·波特（Frederick Potter）是一名安提瓜岛出租车司机，抛弃妻女，离开家庭，直到琴凯德成年后才与之相见。在后来的采访中，琴凯德形容他为"一种典型的安提瓜男人，以生养孩子为荣，却从

① 第二届中国-加勒比经贸合作论坛. 安巴简况［EB/OL］.（2023-05-25）. http://cncforum. mofcom.gov.cn/2007/aarticle/e/g/k/200708/20070805045194. htm.

② 参考安提瓜和巴布旅游局（Antigua and Barbuda Tourism Authority），https://www.visitantiguabarbuda.com/。

③ 国内学界对琴凯德这本半自传小说 A Small Place 有两种翻译，其一为"弹丸之地"，参见：金慎. 愤怒的"她"声：解读金凯德作品《弹丸之地》［J］. 苏州大学学报，2004（4）：75-78. 其二为"一处小地方"，参见：伴欣欣，张静.《一处小地方》中殖民话语书写的修辞幻象［J］. 柳州职业技术学院学报，2016，16（3）：100-105. 本节考虑到中文"弹丸之地"尽管词性为中性，但在使用过程中有贬义之嫌，而琴凯德对于家乡的描述暗含"哀其不幸，怒其不争"的复杂之情，故而直译为"一处小地方"。

④ PARAVISINI L. Jamaica Kincaid：a critical companion［M］. London：Greenwood Press，1999.

不关心孩子，也不愿承担任何责任"（Paravisini，1999）①。童年缺失的父亲形象也成为琴凯德 2002 年出版的小说《波特先生》（*Mr. Potter*）中人物的现实原型。3 岁之时，琴凯德跟着母亲安妮·德鲁（Annie Drew）识字读书，还曾被摩拉维亚学校（the Moravian School）录取，也曾就读于安提瓜女子学校（the Antiguan Girls School）和玛格丽特公主学校（the Princess Margaret School）。然而，9 岁之后，母亲改嫁，三个弟弟接连出生，继父身体每况愈下，琴凯德在大学资格考试之际辍学，照顾弟弟，成为一名裁缝学徒。在《我的弟弟》（*My Brothers*，1997）中，成年的琴凯德控诉了命运的不公："我总是被要求放弃一些事，以前是一些闲暇时间，然后是一些重要的事（我的学业），去照顾不属于我的三个孩子，13 岁、14 岁、15 岁，我不喜欢我母亲的其他孩子，我甚至不喜欢我的母亲。"（Paravisini，1999）② 生下三个儿子的母亲越来越忽视女儿的成长，不但中断她的学业，甚至粗暴对待她，最后将 17 岁的琴凯德送到纽约给人当保姆，希望她能挣钱养家。对母亲的复杂之情为琴凯德提供了丰富的创作素材，1995 年，琴凯德出版长篇小说《我母亲的自传》（*The Autobiography of My Mother*），被学界认为是她最具成就的作品。

　　1965 年，琴凯德来到纽约，在曼哈顿一个富裕家庭做女佣，首任雇主的友好与慷慨，给予琴凯德重新接受教育的信心。移民后不久，她先后在韦斯特切斯特社区学院、弗朗科尼亚学院上课。1974 年 9 月，她在《纽约客》（*New Yorker*）发表琴凯德第一篇《都市话题》（*Talk of the Town*）的文章，文章采用典型的自传体风格，讲述了布鲁克林举行的一年一度的加勒比狂欢节，并描绘了她与母亲的关系。随后，琴凯德正式开启她漫长的创作生涯，为《纽约客》撰稿长达 20 年，并出版多篇长篇小说。

　　值得注意的是，1973 年，24 岁的爱莲·波特·理查森正式合法改名为牙买加·琴凯德。正如琴凯德所说，改名是一种解放，给了她想写什么就写什么的自由（Edwards，2007）③。她赋予自己新名字三重意义：一方面，改名意味着摆脱家乡的一切，距离和匿名为她的创作提供了很大的便利性；另一方面，她选择将个人的名字和美洲一个特定的地区——牙买加联

---

① PARAVISINI L. Jamaica Kincaid: a critical companion [M]. London: Greenwood Press, 1999.

② PARAVISINI L. Jamaica Kincaid: a critical companion [M]. London: Greenwood Press, 1999.

③ EDWARDS. J D. Understanding Jamaica Kincaid [M]. Columbia: The University of South Carolina Press, 2007.

系在一起。牙买加岛（Jamaica）的名字是哥伦布所称的"Xaymaca"的英义变体，而"Kincaid"是整个英语世界的常见姓氏（Edwards，2007）①。这样的组合本身就是加勒比岛殖民剥削与奴隶制暴力史的"行走的"隐喻。最后，改名也象征着自我意识与身份的转变，这也是琴凯德小说中反复探索的主题。

琴凯德个人生平与艺术创作的紧密联系，为其作品的主题提供了极大的参照。国内外学界解读琴凯德所采取的视角主要有以下两个方面：第一，考虑到琴凯德独特的个人经历，尤其是其极具象征的姓名隐喻，殖民与后殖民主题成为学界解读其人其作的首要视角，例如，同名专著《牙买加·琴凯德》（*Jamaica Kincaid*）收录 12 篇文章中，8 篇都以"殖民""加勒比作家""殖民书写""流散作家""逃离殖民""死亡"等为关键词。第二，国内外学界给予琴凯德真实经历，以《我的母亲》《我的弟弟》《波特先生》等文本为切入点，分析其笔下的母女关系与性别关系。上述专著中，其余四篇则分别关注琴凯德笔下"缺失的父亲""兄弟姐妹""母体-殖民环境"（Maternal-Colonial Matrix）等。迄今为止，国内学界对这位独特的女作家的关注尚不充分，且主要集中单一文本——《我母亲的自传》，知网收录有关"琴凯德"与"金凯德"的 40 余篇文献中，29 篇都是对《我母亲的自传》的文本阐释。

早在 2007 年，Edwards（2007）② 在专著中总结道，琴凯德的个人生平引发了她小说的两个中心主题——"性别关系的不平等和殖民的后果"。时至今日，国内外学界的关于琴凯德的讨论基本上依旧围绕这两个主题。政治因素与意识形态批评在琴凯德相关阐释中占据主流因素，直接后果则是这位风格鲜明女作家的创作美学被学界忽视。哈罗德·布鲁姆（Harold Bloom）于 2008 年编著同名专著——《牙买加·琴凯德》（*Jamaica Kincaid*），其中，Bloom 在"编者语"中简要概括了自己对于琴凯德的理解，总结了编著所选文章的共同关注点："在我撰写的引言中，我赞扬牙买加·琴凯德的散文诗和她的幻想曲技巧，这使我与这本书的所有撰稿人意见相左，他们主要从意识形态的角度来评价她……他们的目标是一些常见

---

① EDWARDS. J D. Understanding Jamaica Kincaid［M］. Columbia：The University of South Carolina Press，2007.

② EDWARDS. J D. Understanding Jamaica Kincaid［M］. Columbia：The University of South Carolina Press，2007.

的问题：殖民主义、母性主义、种族主义、经济剥削。"① 之后，在引言伊始，Bloom（2008）② 再一次重申自己的观点："对牙买加·琴凯德发表的大多数批评都强调她对政治和社会的关注，这在某种程度上牺牲了她的文学品质。"本节承接布鲁姆的观点，选取琴凯德被学界忽视的文本——《一处小地方》，主要从叙述学的角度，强调其作品创作美学。琴凯德巧妙借用文本叙述者的权威争夺，映射安提瓜人民与殖民者的话语权之争，不但以西方旅游手册为文本形式，并且文本语言戏仿殖民话语，戳破西方强加于民族的修辞幻象的同时，结尾以"平凡"一词，解构故乡一众形象里"天堂与牢房""大与小""主人与奴隶"等一系列二元对立，体现了这位以笔为武器，忧思民族命运的当代加勒比女作家的历史与现实之思。

二、"你"与"我"：安提瓜民族叙事权威之争

在《一处小地方》中，琴凯德语言犀利，以学界盛誉的"来自加勒比海带刺的黑玫瑰"（宋国诚，2004）③ 的气魄，控诉新旧殖民主义、观光殖民主义、本国安巴政府、上层资产阶级对普通安提瓜人民带来的历史苦难与民族创伤。《一处小地方》也因此被评价为"恨铁不成钢"式的"怒骂"（佴欣欣 等，2016）④，"愤怒的'她'声音"（金慎，2004）⑤，"野蛮的语调"（路文彬，2004）⑥，甚至被《纽约客》的编辑以"愤怒过多退稿"。然而，恰恰是通过这种极端的控诉，《一处小地方》揭露出安提瓜的美不胜收背后，"牢房般"（prison）（Kincaid，1988）⑦ 般的本土生活，痛斥无意识将导游角色内在化的本土居民，并试图以语言为警钟，唤醒每一个沉浸在"天堂"幻想中的本土人。

除唤醒民族创伤之外，琴凯德的创作意图更在于争夺民族的叙述权。

---

① BLOOM H, eds. Jamaica Kincaid [M]. New York：Infobase Publishing, 2008.

② BLOOM H, eds. Jamaica Kincaid [M]. New York：Infobase Publishing, 2008.

③ 宋国诚. 后殖民文学：从边缘到中心 [M]. 台北：擎松图书出版公司, 2004.

④ 佴欣欣, 张静.《一处小地方》中殖民话语书写的修辞幻象 [J]. 柳州职业技术学院学报, 2016, 16（3）：100-105.

⑤ 金慎. 愤怒的"她"声：解读金凯德作品《弹丸之地》[J]. 苏州大学学报, 2004（4）：75-78.

⑥ 路文彬. 愤怒之外一无所有：美国作家金凯德及其新作《我母亲的自传》[J]. 外国文学动态, 2004（3）：21-24.

⑦ KINCAID J. A small place [M]. New York：Farrar, Straus and Giroux, 1988. 全文所引片段皆由笔者翻译，下文不再赘述。

开篇第一句——"如果你作为一个游客来到安提瓜，你将会看到以下景象"（If you go to Antigua as a tourist, this is what you will see）（Kincaid, 1988）①，为全文选定了一个来自"天堂"内部的本土叙述者——导游，并采用颇具威慑力的第二人称叙述，在"你将看到"和"你不会看到"之间，与所有的"你"和"你们"直接对峙。

在众多评论家对这篇文章的分析中，学界普遍赞扬文本中激荡着的愤怒的声音。而这一愤怒的声音，无疑来源于琴凯德有意设置的叙述者。前文中，我们提到过开篇第一句话［句（a）］，事实上，这句话可以被改写为以下两种方式［句（b）和句（c）］，从而更加直观地看出作者的叙述策略和创作意图：

（a）如果你作为一个游客来到安提瓜，你将会看到以下景象②。

（b）我作为一个游客，来到安提瓜，我看到了以下景象。

（c）当一个人来到安提瓜，他会看到以下景象。

上引文中，句（b）的叙述者显身为游客，其之所以合理在于琴凯德的生平经历。这本书创作源于 1984 年琴凯德以游客身份重返安提瓜（金慎，2004）③。在这个意义上，作者琴凯德本身就拥有着"内"与"外"的双重视角，同时代表着"你"与"我"的对立。因此，她完全有可能以一个"多年后返回故乡"的"我"的视角讲述这个故事。同时，句（c）的叙述者则是一个客观中立的叙述者，具有最高级别的可信度，对一个想要揭露殖民者的历史暴行的作者而言，这无疑最具公信力与感染力。但是，琴凯德选择了第一种，以"如果你……"开始了她的"旅行叙事"。

出现上述情况的原因也许有三个：第一，这种"如果你"的旅程，赋予了琴凯德一种随意和亲密，逃离了作者长久以来被学界强加的"自传性"写作标签，打破了任何后殖民文本理所当然的历史控诉的预期，诱使读者起于好奇，后步步深入阅读，无意识间化悲愤为力量。第二，这种"如果你……"中的"你"直接邀请每一个读者参与文本的意义建构。第

---

① KINCAID J. A small place［M］. New York：Farrar, Straus and Giroux, 1988.

② KINCAID J. A small place［M］. New York：Farrar, Straus and Giroux, 1988.

③ 金慎. 愤怒的"她"声：解读金凯德作品《弹丸之地》［J］. 苏州大学学报，2004（4）：75-78.

二人称的作用，在于最大化拉近叙述者与受述者的距离。文本中"你"看似指向游客，然而却始终没有一个具体的文内受述者来承担"你"的指称位置，尤其是后半部分讲述安提瓜的历史和现状时，依旧用"你"指称。在这种情况下，"你"的所指对象实现了最大化：既可以指一个闲来度假或想要来度假的常见欧洲白人游客，也可以指历史中犯下暴行的殖民者，既可以指每一个过去生活在、现在生活在、以后将要生活在安提瓜的本土居民，也可以指向拿起这本小册子的任何一个性别、种族、阶层的无群体标识的读者，从而将民族的问题，广泛升级为一个全人类的问题。第三，"你"的指称更具有威慑力。全文正文80页，"你（你们）"（you）的人称指称出现442次。然而，在这所有的"你"的指称背后，反而共同指向了"我"——"你"成了"我"的客体，成了"我"的声音的接受者，"你"来听我讲故事，讲述"我"的民族的故事。换句话说，"如果你……"背后，是让"我"来告诉"你"——"让我带你看看我熟悉的安提瓜"（Kincaid，1988）[1]。

在这种显而易见的矛盾与张力之中，《一处小地方》中实则暗含着三层冲突：第一，作为叙述者的"我"与作为叙述对象的"你"之间的权威争夺；第二，如标题"一处小地方"所示的，"大"与"小"之间的话语对立；第三，同一个安提瓜背后，"天堂"与"牢房"之间的形象冲突。这是琴凯德借助一个导游之口，讽刺地使用着殖民者的语言，同时从讲述的方式和内容上拿回了民族历史的叙述权。那么，主动争夺叙述权之后，琴凯德借精心安排的叙述者之口，讲述了一个怎样的安提瓜呢？

三、"大话语"中的"小地方"：真实的安提瓜

在外部游客的眼里，安提瓜是"天堂"般的存在，然而在琴凯德的笔下，安提瓜只是一个"小地方"，甚至有中国学者将其翻译为"弹丸之地"（金慎，2004）[2]。这里的"小"不仅仅是指安提瓜国土面积的小，更是其国家地位的卑微，话语实力的边缘。因此，琴凯德在文中主动为自己的民族发声，以一种由内而外的微观话语解构着西方白人优越主义者们强加在自己故土之上的宏大叙述——"我知道的安提瓜，我长大的安提瓜，不是

---

① KINCAID J. A small place［M］. New York：Farrar, Straus and Giroux, 1988.
② 金慎. 愤怒的"地"声：解读金凯德作品《弹丸之地》［J］. 苏州大学学报，2004（4）：75-78.

你这个游客现在看到的那个安提瓜"（Kincaid，1988）[1]。这位导游的叙述充满着辛酸与无奈，却揭示了真实的安提瓜。

一方面，叙述者揭露了过去真实的安提瓜，揭露了它殖民时期所遭受的侵害，还原了殖民者试图伪装与掩盖的罪恶。在琴凯德的时代，旅游业一直是安提瓜支柱性产业，占所有就业人数的50%以上。1981年，安提瓜获政治独立，但一直是英联邦（British Common-wealth）的一部分，安提瓜政府受伯德家族（Bird Family）30余年控制，一直饱受腐败和丑闻困扰（Paravisini，1999）[2]。叙述者重现了自己的民族创伤，以一种高度的概括和极端的讽刺讲述了国家的历史如何被这些外来的入侵者所改写：

> 它［安提瓜］是由克里斯托弗·哥伦布在1493年发现的。不久之后，它被来自欧洲的人类垃圾所定居，他们利用来自非洲的被奴役的但高贵的人……来满足他们对财富和权力的渴望，让他们对自己悲惨的生存倍感欣慰，这样他们就可以不那么孤独和空虚——一种欧洲病。最终，主人离开了，以某种方式；最终，奴隶们被解放了，以某种方式。……（Kincaid，1988）[3]

在这种简化版的历史叙述中，琴凯德让我们看到，一个国家的存在是因为其他人的"发现"，它的意义在于让其他人"感到欣慰"，最终，胜利者笔下的历史简化为"主人离开了""奴隶解放了"，被殖民的伤痛只字不提，一切都将轻飘飘地过去。但是，叙述者首先揭示了这种对于真实历史的抹杀——"你热爱知识，无论你走到哪儿，你都一定要建一所学校，一个图书馆（是的，就是在这两个地方，你歪曲或抹去了我的历史，美化了你自己的历史）"（Kincaid，1988）[4]。接着，叙述者用自己的角度，重述了这个故事——"自从我们认识你们以来，我们就是资本，就像一捆捆的棉花和一袋袋的糖，而你们是专横的、残酷的资本家，这段记忆仍如此深刻，这段经历仍如此新鲜……"（Kincaid，1988）[5] 历史不会轻易过去，

---

① KINCAID J. A small place [M]. New York：Farrar, Straus and Giroux, 1988.
② PARAVISINI L. Jamaica Kincaid：a critical companion [M]. London：Greenwood Press, 1999.
③ KINCAID J. A small place [M]. New York：Farrar, Straus and Giroux, 1988.
④ KINCAID J. A small place [M]. New York：Farrar, Straus and Giroux, 1988.
⑤ KINCAID J. A small place [M]. New York：Farrar, Straus and Giroux, 1988.

过去的伤痛组成了当下每个人沉重的民族记忆，而琴凯德的目的，就在于唤醒这些民族创伤，警醒族人"殖民者为我们带来文明与教育"的历史陷阱，以及吸引旅游者慕名前来的天堂幻象，而这些都是真正抹杀安提瓜的方式。

另一方面，叙述者再现了 20 世纪末真实的安提瓜，拆穿了它在政治、军事、医疗、教育、经济、民生等方方面面的不堪。叙述者自认导游，这场安提瓜之旅也开始于游客下飞机之后的所见所闻。叙述者看似为初来乍到的游客指路，提醒他们不要错过将要看到的每一处风景，实则面向文本外每一位读者，从下飞机——打车去酒店——途经图书馆和学校——到达酒店——出发用餐——沙滩游玩，一步一步带领"你"越来越深入地、全面地了解安提瓜，从表面的风光，到风光背后暗含的阴暗。

如果你乘飞机来，你将在维尔泊德国际机场（V. C. Bird）降落。Vere Cornwall（V. C.）Bird 是安提瓜的总理。你可能是那种会想知道为什么一个总理要用他的名字命名机场的游客——为什么不是学校，为什么不是医院，为什么不是一些伟大的公共纪念碑？你是一个游客，你还没有看到安提瓜的学校，你还没有看到安提瓜的医院，你还没有看到安提瓜的公共纪念碑……（Kincaid，1988）①

导游叙述者的这场"如果"的旅程，从一开始就吸引着所有人去看看真实的安提瓜医院、学校与纪念碑，之后，琴凯德无异于将自己家国最隐秘、最破败的一面，展现给包括白人游客在内的所有人。

谈及旅游，琴凯德讲述着本地人如何为了表面的光鲜亮丽，吸引游客，开着很贵的日本高价汽车载客，车子却因为劣质汽油声音恐怖；接着，出租车途经着看起来像厕所一般的学校、年久失修的图书馆，与之对比鲜明的是气派的政府办公楼、富商和政要情妇的豪宅。然后，面对狭窄的公路，游客可能会担心交通事故，导游介绍了岛上唯一一家设备简陋的医院，"里面的医生安提瓜自己人都不信"——"卫生部长感到不舒服，会乘第一班飞机去纽约看真正的医生"（Kincaid，1988）②。接着，游客也许到达了酒店，享受着热水，但是导游又一次惊人地指出，安提瓜没有适

① KINCAID J. A small place [M]. New York：Farrar, Straus and Giroux, 1988.
② KINCAID J. A small place [M]. New York：Farrar, Straus and Giroux, 1988.

当的污水处理系统，"你一定想不到你们洗漱、洗澡、如厕后排出的废水，在按下排泄阀门后都去了哪里？当你在海水里畅游之时，也许它正轻轻擦过你的脚踝……而这片海，淹没、吞噬过亿万黑奴"（Kincaid，1988）①。

这些令人震惊的真相面前，首先是琴凯德对整个安提瓜政府崇尚旅游业的怒斥，本质上是对于"二次殖民主义"（secondary colonialism）的揭露，再现了富裕的、高度发达的北部或西部国家的居民如何把较贫穷的、前殖民地国家（通常是南部和东部国家）变成有用的娱乐场所或对象（Lopez，2004）②。这种看似带来经济收益的观光殖民主义，本质上仍是旧殖民主义在新时期的变体，旅游业背后，是英美等国对于安提瓜政府的控制。

文化理论学者爱德华·赛义德（Edward W. Said）在著作《东方学》（*Orientalism*，1978）题词中，引用了卡尔·马克思（Karl Marx）的话从而开启了全书的讨论："他们无法表述自己，他们只能被别人表述。"（Said，1978）③ 通过这句话，赛义德意指西方对于东方形象的刻板书写与主观建构，而赛义德精选的书籍封面——法国艺术家让里昂·杰拉姆（Jean Loen Gerome）的油画《弄蛇人》更是典型地代表了西方对于东方的歪曲渲染：画中全身缠绕着蟒蛇的赤裸男童站在象征着东方的地毯上，给西方君主表演，表达了西方对于东方的认知局限与狭隘想象。在琴凯德生活的时代，西方殖民者对安提瓜的描述，无异于赛义德所批判的西方对于东方的想象与意识形态投射，后殖民时代，观光殖民主义用"美化"的方式，以经济控制为手段，延续着对于被殖民者的残害。

此外，琴凯德列举了政府种种罪状——"侵占土地""包养情妇""勾结毒品贩卖商""政府官员家族化，私办盈利行业，把国家财政大权转为家族私有"（Kinciad，1988）④，甚至讽刺的是，所有的部长都有证明其美利坚合众国合法居民身份的绿卡，管理安提瓜的人，不仅是安提瓜的公民，还是美国的合法居民，这类似于殖民时期的傀儡政府。安提瓜虽政治上获得主权独立，但那些无法直接侵占土地的旧时帝国主义国家，转而进

---

① KINCAID J. A small place［M］. New York：Farrar, Straus and Giroux, 1988.
② LOPEZ I F. A small place［M］//RIVKIN J, RYAN M. Literary theory：An Anthology. Maiden：Blackwell Publishing, 2004.
③ SAID E W. Orientalism［M］. Vintage Books：A Division of Random House, 1978.
④ KINCAID J. A small place［M］. New York：Farrar, Straus and Giroux, 1988.

行着经济、文化侵略，使得其继续充当原料、市场、投资场所，控制着安提瓜的支柱性产业——旅游，最大限度攫取财富。琴凯德笔下，安提瓜尚未独立，一直深处殖民的水深火热中。

其次，琴凯德痛斥着麻木的本土居民，指责他们岌岌可危的精神危机。多年来，殖民者控制着安提瓜的精神文化。过去，殖民者为了切身利益建造学校与图书馆，然而独立后的安提瓜，却并未重视教育。学校破损不堪，图书馆年久失修，甚至被狂欢节剧团占用（Kincaid，1988）①。没有自己的语言与文化，一个民族注定会陷入失语与沉默，这也是琴凯德愤怒的根本原因——"因为我唯一可以用来谈论这一罪行的语言，是犯下这一罪行的罪犯的语言，这不是很奇怪吗？"（Kincaid，1988）②琴凯德痛心疾首地使用着罪犯的语言，加入罪犯们的话语，为的是向所有人讲述自己民族过去和现在的真相，来警醒自己的族人——天堂背后，是牢房："这一切都是如此美丽，这一切都不像其他真实的东西那样真实。那么美——大海、陆地、空气、树木、市场、人们以及他们发出的声音的美——就好像是一座牢房。"（Kincaid，1988）③

四、天堂还是牢房——平凡的安提瓜

在这短短 80 页的"旅游手册"中，琴凯德建构了一系列二元对立，却在结尾用"你只是一个普通人"（you are just a human being）和"他们只是普通人"（they are just human beings）又消解了这一系列对立。可见，琴凯德抢夺民族叙述权之后，所讲述的民族故事，除了"愤怒""怒骂""呐喊"，更是忧思着当下殖民者与被殖民者的关系，体现着这位加勒比后殖民英语作家深刻的历史反思与爱国情怀。

2010 年，Deckard 撰写专著《天堂话语、帝国主义和全球化：开发伊甸园》（*Paradise Discourse*，*Imperialism*，*and Globalization*：*Exploiting Eden*），更为系统地解读了外部视角下的天堂意象，以及其背后蕴含的欧洲帝国主义对于其他种族的意识形态投射。Deckard（2010）④ 总结道，"天堂开始

---

① KINCAID J. A small place [M]. New York：Farrar, Straus and Giroux, 1988.

② KINCAID J. A small place [M]. New York：Farrar, Straus and Giroux, 1988.

③ KINCAID J. A small place [M]. New York：Farrar, Straus and Giroux, 1988.

④ DECKARD S. Paradise discourse, imperialism, and globalization：exploiting Eden [M]. New York & London：Routledge, 2010.

是激励欧洲探索和殖民化的地理主题，演变成为帝国话语和实践辩护的神话，最后成为回应新殖民主义和全球资本主义的反讽性主题"。而琴凯德敏锐地发现了这一"天堂话语"背后的意识形态殖民，不惜以"牢房"为对立面，"抹黑"自己国家，从而直接消解了这一西方国家无形的语言霸权。分析至此，不难理解为何一众批评家评价这本小册子为"愤怒""怒吼""野蛮"。但我们应该想到，对于受害民族而言，控诉、谩骂、结仇是一方面，冷静后思考未来的路则是另一方面，这也是琴凯德这本小册子的最终用意。经过所有痛斥之后，她以一种绝对的客观与冷静，结束了这本旅游手册：

> 当然，整个事情是，一旦你不再是一个主人，一旦你摆脱了你的主人的枷锁，你就不再是人类的垃圾，你只是一个人。奴隶们也是如此。一旦他们不再是奴隶，一旦他们获得自由，他们就不再是高贵和崇高的；他们也是人。

前文中，琴凯德一直将奴隶比喻为高贵、崇高的人，将奴隶主与殖民者贬低为"人类的垃圾"，指责他们不懂教养，原始野蛮，来到别人的土地为所欲为。但是在结尾，琴凯德消解了她一心建立的所有对立。主人和奴隶都是人，获得了自由之后的奴隶和曾经的主人一样，都不过是平凡的人，他们的生活也是一种平凡的生活，绝不该是地狱或牢房，但也不应该被塑造为神话般的天堂。所有人平凡且平等，没有"你""我"之分，没有高低贵贱之分，没有等级之分。这种平凡是琴凯德解构一切之后的重新建构。

首先，琴凯德呼吁每一个将种族主义和殖民主义内化于心的当地人，从司空见惯中清醒过来，意识到自己对于平凡的诉求，以一个众人平等的立场，在历史与当下寻找自己民族的定位。其次，琴凯德呼吁人们看到安提瓜的平凡性。Gauch（2002）[①] 在评述《一处小地方》时，将这本小册子定义为"Some Perspectives on the Ordinary"，这一标题既可以被理解为对于一个平凡的小岛的关注，对于岛上普通人生活的关注，也可以指这一民族的平凡性。高奇援引斯皮瓦克有关庶民以及对话的讨论，总结道，试图

---

① GAUCH S. A small place：some perspectives on the ordinary [J]. Callaloo, 2002, 25 (3)：910-919.

与任何"庶民"代表所固有的权力网络进行谈判的一种方法是，考虑一个人如何被另一个人看待，从而放弃自己的特权感（Gauch，2002）①。真正的安提瓜是平凡的安提瓜，认识到它的平凡，是任何人与它平等对话的首要条件。最后，通过"所有人都是人"的观点，琴凯德反思着当下后殖民时代，殖民者与被殖民者何以真正地平等共处，尤其是对于曾经的被殖民者而言，在过去的家国仇恨与当下的经济霸权面前，何以首先自认平凡，解构语言霸权，然后不甘平凡，发展自己民族，这是琴凯德横跨"天堂"内外，留给故土居民的民族寓言。

第四节　《可爱的骨头》中的创伤叙事

亨利·詹姆斯在《小说的艺术》中提出"一部小说之所以存在，其唯一的理由便是它确实力图表现生活"（詹姆斯，2001）②。艾丽斯·西伯德所著的《可爱的骨头》以作者本人大学时代所遭受的强暴经历为小说的真实背景，通过"创新"的亡灵叙述视角给予受邻居哈维（GEORGE HARVEY）强暴而丧生的苏茜再次发声的机会，再现了苏茜遭遇性创伤的过程以及苏茜家庭如何面对因失去苏茜而导致的创伤。小说除对苏茜之死和性创伤进行了细致的分析之外，还在小说结尾实现了对于"可爱的骨头"这一隐喻的解答，也为整个社会提供了如何面对创伤的新思路。作为一种隐喻，苏茜的悲剧使其家庭像失去了一块骨头一般缺乏了完整性，但是通过家庭成员在面对创伤时所做的不同努力又使这块失去的"骨头"得以复原，进而实现家庭层面上的创伤复原。

目前，国内外学者已经从不同角度对于这本小说进行文本和社会意义层面上的解读。陈家堃（2007）③认为对小说叙述机制的解读"需要结合显性'第一人称'与隐性'第三人称'，再现叙事人称机制与小说艺术效

① GAUCH S. A small place：some perspectives on the ordinary ［J］. Callaloo, 2002, 25（3）：910-919.

② 詹姆斯. 小说的艺术：亨利·詹姆斯文论选［M］. 朱雯，等译. 上海：上海译文出版社，2001.

③ 陈家堃. 一块"骨头"所牵出的款款浓情：论《可爱的骨头》的叙事机制［J］. 燕山大学学报（哲学社会科学版），2007（S1）：180-182.

果之间的关系"。刘木丹（2019）①则从小说的非传统叙事模式出发，结合语言学的认知图式理论，分析小说中的叙事图式和人物认知图式的具体体现，再现苏茜的死亡悲剧。曲涛等（2019）②则从小说中的"二重身"（double）书写的角度出发，详细分析了如何运用修辞功效形成超文本的情感触发系统。Kilby（2018）③则从社会现实层面指出对《可爱的骨头》的阅读必须结合西伯德的个人经历，并且需要"从苏茜的遭遇中试图区分想象和现实以及寻找作者个人回忆录和其小说作品之间的互文效果"。同时，在对小说进行分析时还应该"关注作者的后女性主义哥特式风格的写作"（Whitney，2010）④。在女性遭遇性暴力乃至死亡噩运之时，Rajagopalan（2013）⑤指出应将死亡从生理层面和思想层面进行两个角度的区别看待，将苏茜的死亡视为"某种反抗精神的永存"。此外，通过对苏茜死亡意义的思考，可以进一步看出创伤事件在另一个层面对于个人和家庭在心理层面上的成长促进作用，促使我们更深入思考创伤性叙事的现实意义。简言之，《可爱的骨头》主要聚焦幼女苏茜的创伤性叙事。目前学界对于《可爱的骨头》的研究大多侧重于其小说写作手法和女性主义思想内涵的探究，鲜有研究从创伤叙事的角度阐释苏茜及其家庭遭遇创伤和面对创伤的过程，本节将借助创伤研究视角，分析苏茜一家遭遇创伤和实现复原的过程。通过对苏茜悲剧的解读和分析，完成对"可爱的骨头"隐喻意义的挖掘，以期更好地研究小说中的创伤叙事。

一、创伤叙事研究概述

《可爱的骨头》的叙事围绕苏茜所遭遇的性创伤展开，进一步说明了创伤给个人和相关群体所带来的痛苦。但是不同于其他小说，《可爱的骨头》在书写创伤的同时还提供了复原的途径。在对文本进行解读之前，需

---

① 刘木丹.《可爱的骨头》的认知叙事学解读［J］. 湖北经济学院学报（人文社会科学版），2019，16（8）：112-114.

② 曲涛，王瑞芳. 论《可爱的骨头》中的二重身与女性创伤书写［J］. 浙江外国语学院学报，2019（6）：102-109.

③ KILBY J. Saving the girl：a creative reading of Alice Sebold's Lucky and *The Lovely Bones*［J］. Feminist Theory，2018，19（3）：323-343.

④ WHITNEY S. Uneasy lie the bones：Alice Sebold's postfeminist gothic［J］. Tulsa Studies in Women's Literature，2010，29（2）：351-373.

⑤ RAJAGOPALAN R. Death and the cybernetic mind：a review of the novel *The Lovely Bones* by Alice Sebold［J］. Cybernetics & Human Knowing，2013，20（1-2）：175-179.

要对创伤叙事的相关概念进行相关界定。狭义上的创伤是指"由机械、物理、化学、自然灾害等因素所引起的创伤",广义上的创伤则是指"外界因素所造成的身体或者心理上的非正常损害"(施琪嘉,2013)①。Freud(1917)② 认为创伤是指"在短时期内,某个经验使心灵受到高强度的刺激,致其不能用正常的方法去适应外部生活,从而使心理的有效能力受到长时间扰乱"的一种心理行为。同时,创伤还可以被定义为"一种在持续压力事件下,几乎任何人都无法逃脱的一种强大的心理压力,使人和社会产生一种脱离感"(Fischer et al.,2006)③。Caruth(1996)④ 认为创伤是人们在突发性的灾难事件面前产生的一种压倒性的经验,并且人们对于这些灾难事件的反应通常是延迟的,日后创伤往往又会以幻觉等方式出现。通过以上学者对于"创伤"的定义可以发现,创伤是一种强大的心理层面上的压力,并且会使创伤遭遇者失去正常适应社会生活的能力。

由于创伤的反复性和无时性特征,创伤会形成一种特殊的创伤记忆模式,对身体、心理和精神产生一定的影响,并且诱发主体在认知和情感等方面做出相应的反应,并且在这种记忆模式下可以形成相关的创伤叙事(赵静蓉,2015)⑤。在正确认识创伤记忆之后,创伤便可进入复原阶段。创伤的复原一般需要建立安全感,还原创伤真相和修复创伤患者和其生活社群之间的关系等三个阶段。其中最为重要的便是"患者在建立安全感的过程中恢复其自主权,患者必须是全权的主导者,他人可以提供关爱和忠告,但是不能代替创伤患者完成其复原过程"(Herman,1992)⑥。创伤患者除通过和他人讲述创伤经历来建立外部联系以外,还可以用书写创伤经历的方法来和外界建立联系。师彦灵(2011)⑦ 认为书写创伤可以帮助"创伤患者宣泄内在的强烈痛苦,重构自我意识,给个体本身和其他人搭

① 施琪嘉. 创伤心理学 [M]. 北京:人民卫生出版社,2013.
② FREUD S. Introductory Lectures on Psycho-Analysis [M]. London:Vintage,1917.
③ FISCHER G, RIEDESSER P. Psychotraumatologie und psychoanalysezu Jochen Lellaus Beitragzum problem des traumabegriffes in der psychoanalyse [J]. Forum Der Psychoanalyse, 2006, 22 (1):103-106.
④ CARUTH C. Unclaimed experience:trauma, narrative, and history [M]. Baltimore & London:The Johns Hopkins University Press, 1996.
⑤ 赵静蓉. 创伤记忆:心理事实与文化表征 [J]. 文艺理论研究, 2015, 35 (2):110-119.
⑥ HERMAN J. Trauma and recovery [M]. Philadelphia:Basic Books, 1992.
⑦ 师彦灵. 再现、记忆、复原:欧美创伤理论研究的三个方面 [J]. 兰州大学学报(社会科学版), 2011, 39 (2):132-138.

建联系的方式"。因此,文学也可以被视为一种"宣泄"创伤的书写模式。文学书写通过不同于口头叙述的方式为创伤记忆的书写奠定了基础,也为创伤研究和创伤叙事研究提供了新的切入点。

虽然创伤在一定程度上具有不可言说性,但是通过结合作者本人大学时期所遭遇的性暴力经历和艺术创作的想象力,西伯德用文学记叙的方式再现了少女苏茜所遭遇的性暴力事件以及苏茜家庭所遭遇的创伤过程。小说主体聚焦于14岁的少女苏茜在回家途中被邻居哈维强奸分尸的惨案,让死去的苏茜用"活着"的灵魂说话,采用全知全能叙述视角再现了悲剧过程以及苏茜父亲杰克(Jack Salmon)、母亲艾比盖尔(Abigail Salmon)、妹妹琳茜(Lindsey Salmon)、弟弟巴克利(Buckley Salmon)、外婆琳恩(Grandma Lynn)等人如何面对创伤和治愈创伤的过程。此外,西伯德通过交替使用展现小说人物性格的"绘画法"和包罗小说瞬时情节的"戏剧法"不仅使苏茜的遭遇跃然纸上,也保证了读者和叙述者的交流。

简言之,《可爱的骨头》以作者西伯德本人的创伤经历为基础,通过作者的艺术加工,实现了文学书写和创伤经历的沟通,更好地阐释了何为创伤叙事。通过对苏茜遭遇性创伤过程以及其家庭在遭遇代际创伤之后的复原过程的分析,可以更好地探究出"可爱的骨头"这一主题隐喻的现实意义,也可以为当代女性家庭和性暴力议题提供一些思考。

二、"恨"的产生:苏茜亲友的创伤遭遇

对于苏茜而言,她的创伤源于性暴力,她的不幸意味着她生命的丧失和社会关系的缺位。Herman(1981)[①]指出幼女时常在成长过程中受到成年男性性骚扰,这些成年男性包括"邻居、朋友、兄弟甚至是父亲"。作为家中的长女,苏茜虽然没有妹妹聪明,不如弟弟可爱,但是她就像身体里的一块骨头一直维持着家庭的平稳运行。但也正是苏茜的善良成为哈维犯罪的"导火索"。在回家途中察觉异样后,苏茜便开始拒绝哈维对她的"亲密接触"。但她的婉拒并没有让哈维收手,反而让他得寸进尺,在他的要求下苏茜被迫进入地下室参观。在这个过程中,可以看出年少的苏茜和龌龊的哈维之间"善良"与"邪恶"的二元对立,也正是因为这种天真的善良给苏茜带来了厄运。在地下室中,哈维不断通过语言暴力和身体接触

---

① HERMAN J. Father-daughter incest [M]. Cambridge:Harvard University Press,1981.

触碰着苏茜的底线。对一个 14 岁的少女而言，哈维挑逗性的话语和肢体接触已经将苏茜的内心防线击垮，作为弱势者的苏茜为了求生只能选择暂时接受哈维所意欲达成的状态。但是这种状态在一定程度上具有麻痹性质，受害者在无助情况下只能将施害者视为"上帝"，迫使自己违反本身的道德原则和背叛自己的基本人际网络。生理上的弱势和在绝望处境中的求救心理只能让苏茜选择接受哈维的一切要求。"哈维先生想强吻我，我想尖叫，但我非常害怕，刚才的挣扎又用光了力气，根本叫不出声"（西伯德，2016）①。苏茜的让步让哈维更加坚信自己是苏茜命运的主宰，他强吻苏茜后强暴了她，苏茜虽然绝望却无力反抗，这种无力感便是当时苏茜遭遇侵害时最为真切的体现。在生理上，由于天生的力量差距，苏茜被迫接受哈维的性侵犯，并将他视为生命继续的"救世主"，认为自己只要顺从他，就可以获得生还的机会。但是和生理上的迫害相比，哈维的恶行从根本上摧毁了苏茜的心理防线和道德准则。在所有道德观念都被哈维所击垮后，苏茜的唯一要求便是可以活下去，但是哈维并没有满足她，并在之后对苏茜进行了进一步的性侵和肢解。在小说中，苏茜在死后进入了天国，在那里，她不仅用上帝全知全能视角叙述着整件事的真相，也表达了她对于生命的不舍。

苏茜所遭遇的性暴力事件不仅使她失去了对于自己纯真身体的掌握权，也断绝了她再次建立社会关系的机会。性暴力对于女性个体而言不仅是对其肉体和精神上的折磨，更会让创伤遭遇者对于个体价值产生怀疑。创伤主体在遭遇性暴力之时首先会对"善""恶"的概念产生混淆，她们为了活下去只能将施暴者视为"善"的化身，但是这种混淆不但无法使创伤遭遇者得到解救，还会进一步滋长施暴者的"恶"。创伤个体的世界观也会因为性暴力事件对"善"和"恶"的定义产生怀疑，直接影响创伤遭遇者的后续生活。其次，家庭和社会的态度也会成为创伤遭遇者的考量因素。在很多情况下，女性在遭遇性创伤事件后，往往会被冠以"妖妇"的称号，她们的经历"不但不能得到家庭和社会的理解，还有可能会被认为是一种对自身性欲望的开脱"（Herman，1992）②。因此，在传统男权社会中，遭遇性创伤的女性主体很有可能会被污名化，使她们不被家庭和社会接受。创伤主体在遭遇性暴力时不仅需要思考如何活下去，还需要思考如

①　西伯德. 可爱的骨头 [M]. 施清真，译. 北京：北京联合出版公司，2016.
②　HERMAN J. Trauma and recovery [M]. Philadelphia：Basic Books，1992.

何面对男权社会对女性遭遇性创伤后的排斥与仇视。

创伤除具有个体亲历性特征以外，还可以影响相同社会背景下的其他相关人员（施琪嘉，2013）①。作为家庭中不可或缺的一员，苏茜与其家庭成员都建立了深厚的关系，苏茜的逝去在一定程度上造成了功能性的家庭创伤，使家庭无法实现其正常功能并且导致家庭关系的破裂。作为苏茜的父母，杰克和艾比盖尔显然无法接受苏茜的悲剧，他们无法相信自己最为疼爱的女儿会遭遇不测，并且一直欺骗自己苏茜只是迷路了或者因为其他事不能回家，这种对女儿的爱一直深藏在杰克的心中，直到事后很多年，他也一直常打开家门，等待着苏茜的归来，苏茜的不幸直接击垮了父母的心理防线。对父母而言，子女的逝去是对他们精神信仰的巨大打击，当苏茜父母最后被通知发现了苏茜的遗骸而不得不接受女儿被害的现实之时，他们的内心价值观崩溃，精神寄托载体破碎，对整个社会道德体系产生怀疑。通过对苏茜父母绝望的描写，西伯德也提出了对这个社会的疑问，即是否在身体机能上处于弱势地位的善良女性就容易受到不良男性的性侵害？其实，在提出这个问题的同时，西伯德也给出了答案。在后文中，西伯德通过对杰克在日后行为的描写说明男性并非天生就会对女性施暴，产生"天使"和"魔鬼"的根本原因在于教育和原生家庭的影响。哈维原生家庭的影响和身边人的作为直接导致哈维心理的变态，这也在一定程度上导致苏茜的悲剧。

对琳茜来说，姐姐的厄运意味着她同辈心理寄托载体的消逝。琳茜非常喜爱苏茜，在苏茜死后，她对露丝说道"我比谁都更想她"（西伯德，2016）②。在苏茜死去后，学习成绩优秀的琳茜在学校受到了更多的关注，但是这些关注并不是源于琳茜的本人表现，而是源于学校因苏茜逝去而给予的人道主义关怀。虽然这会在一定程度上缓解琳茜内心的痛苦，但也给琳茜贴上了"死者妹妹"的标签，进而一直让琳茜失去姐姐的创伤重现，给琳茜带来挥之不去的二次创伤。而对弟弟巴克利和外婆琳恩而言，苏茜的不幸也让他们颇受打击。在巴克利3岁出现意外时，苏茜在不知如何开车的情况下把弟弟送到了医院。也正因为这样的勇敢和善良让外婆夸赞苏茜道，"你会长命百岁"（西伯德，2016）③。但是本该"长命百岁"的苏

① 施琪嘉. 创伤心理学［M］. 北京：人民卫生出版社，2013.
② 西伯德. 可爱的骨头［M］. 施清真，译. 北京：北京联合出版公司，2016.
③ 西伯德. 可爱的骨头［M］. 施清真，译. 北京：北京联合出版公司，2016.

茜在14岁时便遭遇不测，这种强烈的对比极具讽刺意味。一方面，苏茜的遭遇和外婆的预测形成强烈的对比，另一方面，苏茜从小就善良，可最后居然遭遇不测，这也进一步引起社会对"善"和"恶"二元对立的思考。作为家中黏合剂的苏茜在逝去后给家庭的完整性带来了巨大的冲击，也为日后家庭的裂隙出现和艾比盖尔的出走埋下了伏笔。通过苏茜死后其家庭成员的反应可以发现创伤具有代际传播性质，作为"天使"化身的苏茜的悲剧进一步加剧了家庭成员的创伤程度。并且，苏茜的离去不仅对家庭成员的心理有沉重的打击，还影响了家庭的完整性，因为她的家庭成员都被冠以"受害者家属"的标签。这些标签除了会一直让苏茜一家再现创伤，还会使苏茜的家人在社会层面上"不在场"，因为他们的"在场"是基于苏茜的悲惨遭遇。此外，整个社会对苏茜之死的潜在污名化也进一步加剧了苏茜家庭内部的创伤。

在社会层面上，苏茜的不幸也造成了一定范围的社会性恐惧。在苏茜遭遇不测后，学校内部对这起恶性事件发起了激烈的讨论。虽然他们讨论的目的是查出凶手并且杜绝类似情况的再次发生，但是这种讨论势必会在社会范围内引发一种对于女性安全的思考。除家庭以外，学校是苏茜另一个主要活动场所，但是由于她的意外，学校总传言妹妹琳茜有一个死去了的姐姐，还有个疯癫的爸爸。这也反映出除了创伤亲历者，其他非直接见证者可能无法真正体会到创伤的痛苦，并且还可能污名化受害者，给其家人和朋友带来社会层面的负面评价。此外，苏茜的朋友露丝和克莱丽莎也在苏茜死后陷入了失去社交圈的痛苦，短时间内不能再回到之前的生活状态。不同于苏茜个体和家庭的创伤，苏茜之死给社会层面上带来的除了对女性生存情况的思考之外，更多的还是苏茜生前社交圈中产生的猜忌。社会层面上对性创伤事件中受害主体的评价往往有两个倾向，一个源于创伤主体所处社交圈对受害者的怀念，另一个则源于与创伤主体无关的社会群体对性创伤事件褒贬不一的态度。因为受害者的社交圈在一定程度上可以被视为其社会层面上的家庭，所以这些社交圈中的朋友一定会对受害者表示怀念和同情。但在社会层面上，受害者的遭遇虽然有可能引起全社会对于女性生存空间和生命安全保障的思考，但是她们的遭遇也极有可能被"标签化"，进而被传统男权社会所利用，最终成为污名化受害女性主体的政治工具。

总体而言，苏茜的不幸给苏茜个体、苏茜家庭和苏茜的社交群体均带来了不同层面上的创伤记忆。对苏茜个体而言，承受哈维所带来的性创伤，是对她本人生理和心理的双重折磨和创伤，她的创伤记忆意味着在遭遇性暴力之时与家庭社会关系的断离。对苏茜的家庭而言，苏茜的离去破坏了家庭的完整性，给家庭的整体性埋下了破裂的种子，也正是因为家庭成员对苏茜足够热爱，所以在得知其不幸后才会足够痛苦。而从社会层面而言，苏茜生前的社交圈受到了一定的影响，但是更为重要的是她的不幸引起了社会范围的关注，对女性生存环境的探讨使苏茜的个体不幸有了更为深厚的现实意义。此外，对于苏茜悲剧的社会意义考量还需要排除部分群体对女性性创伤悲剧的污名化和性别政治化。

三、"面对"或"逃避"：面对创伤的态度差异

不同于其他小说，《可爱的骨头》在一定程度上具有实验小说的性质，西伯德采用了独特的创伤叙述视角对整个悲剧进行了记叙。在西伯德笔下，苏茜被赋予了第二次生命，通过死去的亡灵在天堂用"上帝全能"视角对于家庭成员的创伤复原过程进行了描述。在接受了苏茜遭遇不测的现实之后，苏茜一家并没有完全沉溺于创伤之中，而是通过不同的方法来重新建立与世界的联系。虽然每个人在面对苏茜之死的态度和方法有所不同，但是他们都不断暗示自己走出这种创伤，并将这种创伤转化为自己与世界联系的方式。他们都没有忘记创伤事实，苏茜之死一直都被铭记在苏茜的家庭成员心中，在接受现实之后，苏茜的亲友采取了不同的方法来面对这段创伤记忆。

杰克和琳茜都选择直面创伤，并以还原真相的目的为导向，力图在还原创伤事实的同时解决自己内心对于苏茜之死的疑惑。作为苏茜的父亲，杰克对于苏茜之死一直持怀疑态度。他一方面对女儿的不测表示怀疑，另一方面对警方的判断表示不解。在小说中，由于苏茜在死后一直以灵魂的方式存活在天国当中，并且一直以一种"生死界限模糊"的状态存在，所以杰克可以感知到苏茜给他的信息。正是因为警方的"拒绝"和对女儿的怀念，杰克在苏茜死后一直选择用直面创伤的方式来证明他的猜测。过度的偏执和近乎疯狂的举动让杰克不被妻子理解，不被家庭和社会完全接纳，甚至遭遇哈维的暗算受到重伤。虽然周围人的不理解让杰克的世界观近乎崩塌，但是也正是这种方法让杰克敢于更勇敢地面对创伤。杰克尝试通过个体努力重新掌握自主权，建立与他人感情的联系，并且在重建创伤

记忆的同时力图还原真相从而为"善良"代言。尽管杰克的做法在一定程度上影响了他与妻子的关系，但是他敢于直面创伤的方式已经显示出他重建社会联系和重塑创伤记忆的能力，为日后个人信念体系的重建奠定基础。

和杰克一样，琳茜对于苏茜的离去也充满愤恨，但在学校里她又被贴上"死者妹妹"和"疯癫爸爸的女儿"的标签。琳茜既不希望姐姐真正离去，更不希望爸爸被污名化。所以，在苏茜的灵魂的指引和杰克的期许下，琳茜独自开启了她对抗创伤的"旅程"。和同学一起谋划"谋杀"主题的活动可以被视为琳茜已经选择接受苏茜的不幸并且开始重构自己创伤记忆的标志。琳茜选择重构记忆的方式便是直面创伤记忆并力图还原真相，所以她冒着极大的生命危险进入了哈维的家里，搜集了证据，并终于让警方相信哈维是苏茜惨案的凶手，杰克和琳茜的世界观终于得到了修复。在面对创伤之时，创伤遭遇者会在一定程度上丧失主体自主权以及与社会正常交流的能力，杰克和琳茜选择了最为勇敢的途径来对抗自己的创伤，用直面创伤记忆的方式来还原惨案真相。在接受创伤事实之后，如何走出创伤是克服代际创伤的关键。直面创伤虽然有可能会不断提醒着代际创伤遭遇者悲剧的存在，但是也正是因为这种无畏的态度，会让代际创伤被克服。因为直面创伤的基础是对创伤事实的接受，代际创伤患者对于创伤现实的接受不代表他们沉溺于过去，而代表他们敢于接受新的未来。对于创伤事实的态度决定了创伤复原的基础，创伤的复原机制建立在对创伤事实的认可之上。代际创伤遭遇者能否最后恢复正常生活不仅取决于和创伤主体的亲疏关系，还与他们自身能否正确看待创伤事实有着直接关系。如果还原创伤事实可以帮助代际创伤遭遇者建立与社会的正常联系，那么再现创伤事实的过程绝非让创伤再现，而是通过创伤再现强化代际创伤遭遇者的心理防御机制。因此，杰克和琳茜的做法是以还原真相为导向，为苏茜个体和女性群体的生活现状发声。

不同于杰克和琳茜，艾比盖尔在面对创伤之时没有选择直面创伤，而是选择"逃避"创伤来实现自己社会关系的重建。在苏茜死后，艾比盖尔也陷入了长时间的痛苦，她既要消化丧女的悲痛，还要承担起家庭运作的重任。在苏茜追悼仪式后，艾比盖尔开始回顾自己的生活，重构自己的创伤记忆。在苏茜死后，艾比盖尔积累的负面情绪开始爆发，她发现自己急需摆脱这一切并开始新生活。作为一个家庭主妇，艾比盖尔也有自己的梦想，可是孩子们的出生使她失去了自我，完全沦为了生活中的"他者"，但艾比盖尔内心一直渴望摆脱家庭的桎梏。所以在遇到有类似经历的警长赖恩后，艾比盖尔心中的欲望被激发，女儿的悲剧、生活的无聊和丈夫的疯狂在这一瞬间都成了她与赖恩婚外情的导火索。苏茜的离去虽然让艾比盖尔无比心痛，但是更为重要的是她发现自己需要找回自我，也只有这样她才可以实现个人意义上的创伤重建。在遇到赖恩后，"他们双唇相叠，妈妈紧紧抱着他，仿佛他的亲吻能带给她新生"（西伯德，2016）①。和赖恩的偷情并非艾比盖尔有意而为之，而是赖恩类似的经历让她产生了共鸣，并且这种共鸣可以让她摆脱女儿离去的痛苦，找回被家庭压抑多年的自我，重构新的"艾比盖尔"来对抗自己的创伤记忆。所以在日后，外婆琳恩劝说艾比盖尔为了家庭不要再偷情之时，艾比盖尔选择了"妥协"。但是她的"妥协"只是在表面上切断和赖恩的联系，因为他们的关系不受社会伦理道德的承认并且具有一定的偶然性，所以艾比盖尔最后还是选择了脱离家庭。虽然这会进一步导致家庭的破裂，但是她选择离家去遥远的葡萄园工作可以让她找回自我，找回对于生命的自主权。从某种意义上而言，艾比盖尔也通过"逃避"实现了自己对苏茜惨案的回应，她重塑了自我，逃离了社会和家庭的束缚，终于可以通过一个重新塑造的自我来开启日后的生活。对女性而言，性创伤事件的发生不仅会让她们对于受害者产生同情，还会使自己共情。作为受害者的母亲，艾比盖尔的做法更多反映了她因女儿不幸而产生的痛苦和她对女性群体生存困境的反思。艾比盖尔对于现实的逃避也是基于对创伤事实的接受，但是她对于创伤记忆的重构更多源于对女性生存困境的思考，她需要自己掌握女性本身的主体性，不再受家庭和社会的桎梏。艾比盖尔的做法体现了她作为一个独立女性对家庭、社会关系、女性地位的思考，女儿的不幸除带给她痛苦之外，更让她学会了作为一个女性如何在传统男权社会下掌握自身命运的方式。因此，对于创伤记忆的重构，并非一定要直面创伤，如何在接受创伤事实的前提下思考自身和群体命运的适当"逃避"也同样重要。

外婆琳恩在面对创伤时既没有杰克和琳茜那般激进，也没有艾比盖尔那样"消极"，她选择承担起家庭的重任。虽然由于自身的习惯，琳恩和艾比盖尔的关系并没有十分融洽，但是在苏茜死去后，琳恩主动承担起了

---

① 西伯德. 可爱的骨头 [M]. 施清真，译. 北京：北京联合出版公司，2016.

家庭重任。在艾比盖尔低落的时候，她对艾比盖尔说"亲爱的，相信我，我一定得帮你"（西伯德，2016）[①]。在发现艾比盖尔出轨之时，她又提醒自己女儿需要从家庭出发，承担起作为妻子的责任。虽然琳恩不知道自己女儿出轨的根本原因，但是她也从自己的角度为这个家庭的完整而不断努力。在艾比盖尔离家出走之后，琳恩承担起了家里大部分家务，避免杰克再次遭遇另一种创伤。所以，琳恩面对创伤的方式是承担苏茜离去后所带来的负面打击，她用自己的努力一直维持着家庭的平稳运转，为最后家庭的完整复原奠定基础。此外，雷也通过和露丝交往实现了爱情的延续，因为露丝可以通过通灵的方式和苏茜直接对话，所以雷不仅可以实现自己内心悲痛的转移，还可以在露丝身上找到苏茜的影子。通过露丝，雷得到了自我的救赎，也明白了和露丝恋爱并非对于苏茜的遗忘，而是另一个角度的延续。从外婆琳恩和雷的选择可以发现，对于创伤记忆的再造不等于对创伤事实的忘记。为了家庭的正常运转和社会关系的恢复，代际创伤主体会有目地选择在生活中对创伤事实进行"遗忘"，但是这些"遗忘"并非真正的忘记，相反，它们是为了使生活正常运行，并且从其他角度实现对于创伤事实的记忆。

苏茜的亲友在面对苏茜之死所带来的创伤之时，都选择了用不同的方式来应对这段创伤记忆。杰克和琳茜以事实为导向，最后终于以"查出真相"的结果实现了自己对于创伤的回应，用直面创伤的方式实现了个体自我的重构；艾比盖尔虽然表面上逃避了自己做母亲和妻子的责任，但是她用重构创伤的方式找回了自我，不再沦为生活的"他者"；外婆琳恩通过承担家庭责任也实现了自己对于苏茜悲剧的回应和对其悲剧的另一种"记忆"。

四、"爱"的治愈：创伤的复原机制

在艾比盖尔离家之后的几年，苏茜的家庭在痛苦中复原。虽然这个家庭看起来已经步入正轨，但裂痕一直存在。在巴克利劝说杰克忘掉苏茜时，杰克心脏病突然发作，家中已有的裂痕开始显现。从另一种角度而言，也正是杰克的心脏病的发作，为家庭功能的复原奠定了基础。在杰克发病后，一直在外寻找自我的艾比盖尔选择了回归家庭。在杰克的意外之

---

① 西伯德. 可爱的骨头 [M]. 施清真, 译. 北京: 北京联合出版公司, 2016.

后，杰克、琳茜、巴克利和琳恩也终于明白对于苏茜的爱不是需要一直纠缠于过往，而是要把对她的爱转换为现实，把对苏茜的爱视为一种动力重建与他人与社会的联系，并用爱战胜创伤。

弗洛姆（1986）[①] 认为爱的本质是"给予"，真正的爱是"建立在保留自己完整性和独立性的条件之下，保证自己个性与他人合二为一"，同时，爱的四要素则包括"相互的关心、责任、尊重和知识"（弗洛姆，1988）[②]。在保证自我的同时，苏茜的家人终于明白了对于创伤的态度应该是用爱去重构另一个社交关系，而不应该用以往的创伤来限制当前的生活。虽然整个家庭都对苏茜的意外抱有极大的遗憾，但是如何通过爱来战胜苏茜离去的悲痛对一个家庭的延续起着决定性的作用。基于对苏茜的爱，家人们选择"忘记"创伤，重构社交生活，这并非意味着苏茜家人对于苏茜主体性的否认，而是他们最后选择了和生活和解，完成了个体的创伤复原。基于对丈夫的关心和家庭的责任，艾比盖尔用"爱"回归了家庭，意识到了苏茜的悲剧并不能影响到她的正常生活；基于对妻子的尊重和所有家庭成员的关心，杰克用爱战胜了苏茜死去的心魔，开启了新的生命阶段；琳茜和巴克利通过用所谓的"知识"，即对整个家庭的运作法则的了解，实现了对于苏茜死去的释怀，用知识性的爱实现了内心的复原；而对于外婆琳恩，则是从爱的责任出发，在家庭出现裂缝和危机时，及时缝补裂痕，为最后的复原奠定基础。

源于"恨"，归于"爱"，苏茜的家庭也终于实现了复原，恢复其家庭功能和社会功能。此外，除了赋予苏茜死后发声的机会，西伯德还赋予了苏茜"生死交换"的机会，在小说最后，通过灵魂交换，苏茜借露丝的肉体实现了和雷的交合，在那一刻，苏茜的创伤记忆也在一定程度上被治愈。因为通过自己的灵魂，借助露丝的肉体，苏茜终于可以和自己心爱之人完成自己的夙愿，实现了性与爱、形与神的统一。犯罪凶手哈维也在最后死于意外，与前文作者所谈及的"谋杀"游戏相呼应，哈维之死也终于让故事有了一个令人接受的结局，那便是善良终会战胜罪恶，爱也会最终战胜恨。通过苏茜一家的创伤复原经历可以发现，不管个体在面对创伤之时所采取的方式有何差异，在创伤复原的最后阶段也都是以"爱"为导向。

---

① 弗洛姆. 爱的艺术 [M]. 孙依依，译. 北京：北京工人出版社，1986.
② 弗洛姆. 为自己的人 [M]. 孙依依，译. 上海：三联出版社，1988.

苏茜的不幸不仅是个体的悲剧，还体现了女性群体在社会中所遭遇的现实困境。对于性暴力事件的思考，除了需要对施暴者进行必需的法律制裁，还需要对受害者和代际创伤主体进行关注。对受害者而言，传统男权社会的压迫使大多数女性在遭遇性创伤时不敢揭露事实真相，导致她们大多会在遭受性创伤后面临社会层面的舆论创伤。因此，女性群体内部需要对性创伤受害者群体进行更深入的关怀，并且力图探寻造成性暴力事件的根本原因。而对传统男权社会体制而言，对女性的蔑视和受害者的污名化是性创伤受害者二次创伤的根本原因。在性别层面和阶级层面，所谓的"男权社会"需要对女性的生存空间进行更深入的思考，社会中长时间存在的对于女性的压迫才是苏茜式悲剧发生的根本原因。避免苏茜式悲剧的再现不单是对女性生存地位的思考，也是对男权社会潜在问题的追问。苏茜式的悲剧会给受害者家庭、社交圈和女性群体都带来极大的创伤，但对创伤后的复原研究才是这类悲剧的根本意义。这类悲剧的复原都需要在接受创伤事实的基础上通过不同的方式和社会再次建立联系。"爱"则是实现创伤复原的根本动力，对代际创伤主体而言，"爱"所蕴含的责任感和道义感使他们必须再次团结，并以不同方式实现对于创伤事实的记忆；对女性群体而言，"爱"是对于受害者的关爱和性别共情，这种"爱"会激励女性群体深入思考女性群体的社会地位和生存困境，避免日后类似悲剧的再现。因此，不管是个体还是群体，"爱"都是战胜创伤的关键，也是整个社会对女性生存地位和健康两性关系思考的基础。

第五节　本章小结

本章主要从叙事的角度分析了《我弥留之际》《橘子不是唯一的水果》《一处小地方》《可爱的骨头》四部小说的具体内容。其中，《我弥留之际》关注小说中对主人公达尔的书写。因为对于达尔来说，他的非自然性与存在-虚无的哲学命题息息相关，尤其指向自我-他者的话题。当生活在一个所有成员都自私自利的家庭中时，达尔没有机会形成完整的自我，建构人格的真正独立。事实上，只要达尔能从家庭得到一些肯定和关爱，而不总是自私的言语和冷漠的眼光，他就可以获得自我的认知，与家人形成一种集体共有的认同。因此，达尔的悲剧是由他自私自利的家庭环境所导致的，这也从侧面印证了福克纳对利己主义的批判，以及他对爱、怜悯和同情等人道主义关怀的呐喊。

《橘子不是唯一的水果》则主要关注小说中的梦叙述情节。梦叙述是一种将梦境融入文学叙述的创作手法，通过描绘、解读或嵌入梦境来传达故事情节、人物内心状态或主题。这一叙述形式结合了梦的心理学和叙事学，再现了现实与梦境之间的关系，以及梦境在故事中的象征意义。在《橘子不是唯一的水果》中，梦叙述不但推动情节发展，也为这个真实的成长小说注入戏剧性和神秘感，并且反映着人物的心理状态，揭示了主人公潜在的欲望、恐惧和内心矛盾。通过奇幻的故事元素和梦幻般的描写，作者将主人公珍妮特的成长故事与梦境相互交织，以高度的象征和隐喻，反映了主人公内心的探索和挣扎。故事里的橘子不仅是水果，而是代表着禁忌、异类和自由。通过这些梦境中的符号，读者能够更深入地理解珍妮特的情感世界和对现实的态度，理解她如何通过梦境和自己对话，进而通过梦的叙述者与受述者之间的信息传递实现对自我和人生的感悟。通过梦叙述，作家可以在文学作品中创造出独特的氛围和意象，引导读者深入思考故事的深层含义。这一独特的后经典叙述学方式不仅为文学注入了创新与表现力，也成为后现代语境下探讨人类心灵和现实世界复杂关系的一种独特方式。

而在《一处小地方》中，琴凯德讽刺地嘲笑了母国举国上下为英国女王伊丽莎白二世（Queen Elizabeth II）短暂访问付出的努力："所有她要走的路都重新铺好了，这样女王就可以留下这样的印象——在安提瓜坐车是一次愉快的经历。"（Kincaid，1988）① 琴凯德用一本 80 多页的旅游手册，戳破了这种后殖民时代的繁荣景象，直言不讳地使用侵略者的语言，为殖民主义以及后殖民主义受害者辩护。琴凯德就其移民经历，形容自己的生平时曾说道："我的脚，可以这么说，站在两个世界上。"（Snodgrass，2008）②《一处小地方》因此也可被视为两个世界、两种文化、两种语言正面交锋的场域，其中为殖民者与被殖民者，在琴凯德有意安排的第一人称叙述"我"与第二人称叙述"你"之间，直接对峙。文末，琴凯德更是深入思考现实。通过"所有人都是人"的观点，这位美籍加勒比裔女作家并

① KINCAID J. A small place [M]. New York: Farrar, Straus and Giroux, 1988.
② SNODGRASS M E. Jamaica Kincaid: a literary companion [M]. Jefferson: Mc Farland & Company, 2008.

非像部分学者认为的，"愤怒之外一无所有"，而是深刻忧思后殖民时代，殖民者与被殖民者何以真正地平等共处，尤其是对于曾经的被殖民者而言，在过去的家国仇恨与当下的经济霸权面前，如何重建家国命运，这也是琴凯德民族叙事的创作意图。

　　《可爱的骨头》这部小说则将"可爱的骨头"视为一种现实隐喻，既指苏茜是家庭中不可或缺的一部分，也暗指苏茜的善良本性。苏茜之死给家庭及社交圈带来了巨大的创伤，但是苏茜的家庭和朋友们在接受这个残酷现实之后对抗创伤的方法更值得关注。不管是敢于直面创伤的杰克和琳茜，"逃避"创伤的艾比盖尔，还是承担创伤后遗症的琳恩，他们都为了一个最终目的，那便是用"爱"战胜"恨"。通过对苏茜之死的反思和情感转换，苏茜的家庭在爱的促使下也终于回归完整，实现了家庭和社会意义上的复原。通过苏茜之死，西伯德也意欲告诉读者一个社会性的话题，即女性的生存问题，特别是在遭遇性暴力这一极端问题之时，女性应该如何保护自己。这一问题的终极答案便在于社会层面上的性启蒙教育和男性意识的提高，对女性基本权利的保护，不仅是为了社会的和谐，也更是为两性间的平等交流和相互解放奠定基础。男女性都不应该成为各自性别凝视下的"他者"，两性都应该在保证自身基本权利的基础上通过教育等多种有益途径实现独立自主。

第六章　研究结论与展望

本章导读：本章主要就本书的所有研究内容进行相关的研究总结。本章第一节主要根据相关的文本分析得出本书的研究结论，并且进一步强调了传统小说研究理论与跨学科研究在现当代英美文学研究中的重要性；第二节则提出了相关的研究展望。

第一节　研究结论

作为人类社会的重要精神文明成果，文学在人类的历史发展进程中起着不可或缺的基础性作用。通过阅读文学作品，人类社会的精神文明结晶可以得到更大范围的传播，文学作品的艺术价值和社会价值也能得到更好的体现；通过研究文学作品，人文科学的学术价值也能得到进一步的展现。因此，对文学作品的研究不仅需要关注文本中的语言、情节、人物等要素，更需要将文学文本同人类命运共同体和社会发展相结合，促进文学文本的文学价值与社会价值的结合。同理，作为英国社会和美国社会发展的见证者，现当代英美文学也可以为我们展现出英国社会和美国社会发展的重要议题。英国文学有着悠久的发展历史，乔叟、莎士比亚、狄更斯等文学巨匠为英国文学的蓬勃发展奠定了坚实的基础，现当代英国文学也在英国悠久的文学创作和文学研究的传统之上得到了充分发展。美国文学虽然没有英国文学那般悠久的历史，但是自第一批欧洲移民抵达美洲大陆之后，美国文学也在汲取各方理论营养后取得了长足进步。美国是一个移民国家，因此美国文学也呈现出跨文化和多主题的显著特征，美国文学既探讨北美原始生活状态、早期欧洲移民生活特征、美国精神的形成路径，还研究种族、性别、"美国性"等问题。在美国两百余年的文学发展历史中，欧文、海明威、福克纳等文学大家为美国文学经典化的进程作出了突出贡献，现当代美国文学也在以往美国文学的创作传统之上呈现出更加多元化的特征。简言之，尽管美国文学的发展历史远短于英国文学，但是美国文学和英国文学都能够反映出各自国家的社会发展情况以及国别文学的独特发展特征。因此，对现当代英美文学的研究既具有学术价值，还具有深厚的文化价值。通过对十余部现当代英美小说文本的分析，我们可以发现这些小说文本中的相关记忆、空间以及叙事（学）研究有着较大的学术价值，这些文本和研究主题的背后更多体现了英美社会的文化底蕴和社会变迁过程中的文化逻辑。通过对所选文本的分析，本书不仅实现了对英美文学小说研究理论的溯源，还证明了英美文学小说文本跨学科分析的可能性，突出了记忆、空间以及叙事（学）研究在当今英美小说研究中的巨大阐释空间。

一、传统小说研究理论溯源

现当代英美文学有着悠久的历史传统，独特且成熟的创作体系以及多样的体裁，对整个现当代英美文学体系进行系统性的研究显然颇具挑战。因此，本书以现当代英美文学中的小说为主要研究对象，力求展现当前英美文学的研究热点。小说作为一种文学体裁，有着较为庞大的阅读群体，并且也有着较为体系化的批评理论。本书通过对不同小说文本的分析也展现了现当代英美小说理论的历史发展逻辑，体现了本书研究的学术延续性与历史厚度。

（一）亨利·詹姆斯：《小说的艺术》

现代英美小说理论之父亨利·詹姆斯（2001）① 在小说理论著作《小说的艺术》中提出"给予人以真实之感是一部小说至高无上的品质，它令其他所有优点都依存于它。如果不存在真实性这个优点，别的优点也便成为了枉然"，一部作品之所以可以称其为小说的首要原因就是它的真实性，即对某一事件的真实描绘，不管这一事件在道德和艺术情趣方面有何争议，其真实性是用来衡量该作品质量的基本标准。尽管小说在本质上是虚构性的，但是作者如何通过写作给予读者真实之感才是小说受欢迎的根本原因。因此，对现当代英美文学小说文本的研究除了要体现目前的学术研究前沿，还需要思考小说创作中的传统要素，即现当代的英美文学小说文

---

① 詹姆斯.小说的艺术：亨利·詹姆斯文论选 [M].朱雯，等译.上海：上海译文出版社，2001.

本是否形成了一种真实感的历史延续，能否在虚构的故事中给予读者真实的阅读感受。

（二）珀西·卢伯克：《小说的技巧》

在詹姆斯之后，现当代英美文学小说研究理论得到了更加细致和深入的发展，也在后续的文学批评中得到了相应的体现。珀西·卢伯克则深受詹姆斯的小说理论影响，在《小说的技巧》一书中将小说研究理论进行了更为细致的梳理，他认为"写得好的作品是主题和形式和谐一致而密不可分的作品"（Lubbock，1926）①。对于作品的形式研究应该被置于小说研究的首位，如果小说主题和形式发生了冲突，那么主要责任应该由形式来承担（殷企平，2001）②。此外，卢伯克还对小说创作的"戏剧法"与"绘画法"进行了研究：戏剧法更多表现小说的瞬时场景，可以让读者和叙述者即时感受小说情节；而绘画法则更可以反映出小说人物的性格、心情等长期发展过程。卢伯克认为作者在创作小说时应该通过各种技艺交替使用绘画法和戏剧法，这二者是互补的，在书写宏大叙事时，绘画法可以发挥更加明显的作用③。在本书的研究中，虽然研究主题是现当代英美文学小说文本的记忆、空间与叙事问题，并且大多从跨学科的角度对文本进行解读，但是小说文本中形式和主题之间的关系一直是文本细读的主要关注问题，记忆、空间以及叙事等主要研究问题也需要在小说文本中以合适的形式体现。因此，本书的文本细读模式在某种程度上也与卢伯克的小说研究理论相契合，即通过对小说文本中形式和主题的契合程度来探究文本中所涉及的记忆、空间以及叙事问题，同时兼顾对小说创作手法的考察。

（三）E. M.福斯特：《小说面面观》

E. M.福斯特所著的《小说面面观》则是现当代英美小说研究理论的另一著作。E. M.福斯特通过对故事、人物、情节、幻想和预言以及图示和节奏等七个方面的探讨，较为清晰地说明了小说内在整体的规律。此外，还进一步提出了小说理论应该关注读者，他认为小说从根本上是由人创作，经过阅读活动将意义传递给读者的审美活动（Forster，1927）④。在E. M.福斯特的小说理论中，"圆形人物"（round character）和"扁形人

---

① LUBBOCK P. The craft of fiction［M］. London：The Traveller's Library，1926.

② 殷企平. 卢伯克小说理论寻幽［J］. 外国语，2001（2）：56-61.

③ LUBBOCK P. The craft of fiction［M］. London：The Traveller's Library，1926.

④ FORSTER E M. Aspects of the novel［M］. Florida：Hardcourt，Inc，1927.

物"（flat character）对当今的文学批评有着深厚的影响。扁形人物又可以被称作类型人物（types）或者漫画人物（caricatures），这类人物的构造大多是由小说家的某种思想观念所决定的，人物本身的素质和特点都较为简单，几乎可以很容易地就被定义。圆形人物要求作家对他们做出多视角的刻画，使他们的性格和人物特征免于单一化和线性化。总体上来说，圆形人物的性格较为丰富，会根据情节的需要发生变化，不是简单的，一目了然的。圆形人物的性格总是发展变化的，不是单一固定的（Forster，1927）①。在本书的相关文本分析中，小说中的人物类型一直是研究和分析的重点，虽然本书没有直接在文本分析过程中明确界定何为圆形人物，何为扁形人物，但是通过分析与不同人物和情节相关的记忆、空间与叙事问题，小说人物形象可以得到更为清晰的刻画，并且在大多数文本中，小说人物的类型可能会在圆形人物和扁形人物之间转换。

（四）韦恩·布斯：《小说修辞学》

在 E. M.福斯特之后，韦恩·布斯所著的《小说修辞学》对当今的英美小说批评产生了巨大影响。在《小说修辞学》中，布斯就小说中的"修辞"问题展开了一系列论述，但是布斯所谓的"修辞"并非简单地对文学文本中的语言进行修辞性的分析，亦非古希腊文化传统上的修辞术，而是一种文本和其他相关存在要素的关系，即作品和小说作者通过何种方式和读者发生交流（Booth，1961）②。在对小说进行解读的过程中应该注意小说各部分功能的差异，小说不存在任何既适合个体独特经验又具普遍性的规则（任世芳，2018）③。此外，布斯在《小说修辞学》中对作者身份、"第二自我"、小说道德等问题的探讨对如今的小说叙事批评产生了巨大影响。布斯认为在小说研究的历史中，很长一段时间内客观性的创作要求都被奉为圭臬，作者的介入被视为不可行的，真正的小说一定只能是客观的想象再现（Booth，1961）④。作为一门艺术，小说的创作要求小说作家只为自己写作，并且无视读者。但是作者的介入并不会真正影响到小说的艺术性质，因为作者的介入是普遍的，但是作者的介入必须让读者信服，让

① FORSTER E M. Aspects of the novel ［M］. Florida：Hardcourt, Inc, 1927.

② BOOTH W C. The rhetoric of fiction ［M］. Chicago：The university of Chicago Press, 1961.

③ 任世芳. 韦恩·布斯的修辞伦理批评：从《小说修辞学》到《小说伦理学》［J］. 首都师范大学学报（社会科学版），2018（2）：121-126.

④ BOOTH W C. The rhetoric of fiction ［M］. Chicago：The university of Chicago Press, 1961.

读者觉得作者的介入和小说的故事情节一样，都是经过精心策划和安排的。同样，布斯提出的"第二自我""隐含作者"概念也对目前的叙事（学）研究有着巨大影响。本质上而言，隐含作者是指真实作者处于某种创作状态或者创作立场，隐含作者是真实作者塑造的形象，是作者的第二个自我。隐含作者不仅可以与叙事者、作品人物和读者形成一种一定的特殊关系，而且也可以与不可靠叙事者建立联系（曹禧修，2003）①。作者使用的叙事策略在一定程度上能够建构小说的主题以及影响读者，毕竟所有小说的最终目标是使作者与读者能进行交流。简言之，布斯的小说理论从作者介入的角度出发，并根据小说叙事的风格、读者的接受程度以及小说的道德影响力搭建了叙事导向的小说分析框架。在本书中，不管是对记忆表征、空间形式的探讨，还是对小说文本叙事风格的分析，均较为深刻地体现了布斯的小说理论对当前英美文学研究产生的影响。尽管目前的叙事（学）研究已经较以往取得了更全面的发展，但是布斯在《小说修辞学》中所涉及的叙事研究方法依然是当下文本分析的基础。作者如何在小说中通过自己的叙事风格来回应记忆、空间以及相关的叙事问题和他们的介入有着直接关系。因此，作者在小说中的介入不仅关乎对小说叙事风格的确定，对作品道德选择的判断，还与作品主题的突显有着直接关系。换言之，正是作者不同的叙述方式和介入方式才使本书研究主题的多样性成为可能。

（五）托马斯·福斯特：《如何像教授一样阅读小说》

在布斯之后，托马斯·福斯特（Thomas Foster）的《如何像教授一样阅读小说》（*How to Read Literature Like a Professor*）也进一步推动了现代英美小说研究理论的发展。在这本书中，福斯特用幽默的语言、翔实的文学实例、严谨的论证过程向大家，特别是普通读者，展现了如何阅读小说的技巧，以及在小说阅读过程中，读者应该如何关注小说创作手法的差异，带着自身的理解，最终让小说在阅读之后成为读者"自己的小说"。简言之，福斯特在《如何像教授一样阅读小说》一书中深入浅出地讲解了当今文学研究中的一些基本理论，这些理论从开篇、人物、视角、阅读体验、章节、主题、词语、句子、灵感来源、意识流、元小说、叙述架构、历史、结

---

① 曹禧修. 小说修辞学框架中的隐含作者与隐含读者 [J]. 当代文坛，2003（5）：51-54.

局等多角度出发，全方位地展现了小说的魅力所在（Foster，2008）①。在某种程度上而言，福斯特的小说理论对当今的英美小说研究起着承上启下的作用，他在《如何像教授一样阅读小说》一书中既对小说研究中的传统方法与经典理论有着较为系统的梳理，还进一步将小说文本与不同时期的理论相结合来检验相关小说批评理论的可行性。本书的研究主题虽然关注记忆、空间和叙事三个大方面，但是这三个大方面中所包含的各个研究概念、研究理论以及研究范式都可以在福斯特的书中得到体现。

在福斯特之后，现代英美小说研究理论又得到了进一步的发展，研究视角变得越来越多元，研究理论变得越来越细致，研究成果也变得越来越丰富，但是相关研究的整体学理逻辑也继承了从詹姆斯开始的英美小说研究传统，只是在发展过程中对原有理论和原有范式进行相关的改进与修正。总体而言，现当代英美文学的小说理论构建始于詹姆斯的著作《小说的艺术》，并在之后的数年间得到了长足的发展。本书的研究话题虽然整体聚焦于对现当代英美文学小说文本中记忆、空间以及叙事等问题的研究，并且高度重视跨学科研究的重要性，但是传统的英美小说批评理论仍然具有强大的生命力，这些相关理论中对小说真实性、小说道德伦理性、作者介入方式、读者接受程度以及叙事风格等方面的探讨仍然是目前小说文本分析的核心。

二、现当代英美小说的跨学科研究

除了对现当代英美小说批评理论有所继承，本书还进一步说明了跨学科研究在现当代英美小说研究中的可行性与重要性。本书第三章至第五章的文本分析都不仅关注传统的文本细读，还将文本细读和英美社会历史、社会文化、社会现象以及社会矛盾等结合，使相关的文本分析更具现实意义。"记忆"和"空间"这两个研究主题在传统的学术研究中并非属于严格意义上的人文科学研究领域，它们在很长一段时间内都被广泛地运用于社会科学和自然科学研究当中。但是随着近现代学科体系的进一步调整以及各个学科对相关研究中社会价值和文化要素的强调，记忆研究和空间研究便开始突破原有的学科研究界限，逐步和人文科学研究相结合。人文科

---

① FOSTER T. How to read literature like a professor［M］. New York：Harper Collins Publishers，2008.

学对人类社会的发展和精神文明的维系有着基础性作用，针对人文科学所进行的学术研究也是为了展现人类文化的多元性。同样，作为国别文学的英美文学也能较为客观和真实地反映英国社会和美国社会的发展进程以及社会现状。小说作为一种基础性的文学体裁，在各个社会群体中都有着较为庞大的受众基础，并且现代的小说研究理论也开始更为注重作者、读者和作品之间的相互关系。由于英美小说的相关研究长期以来受到西方传统文学批评理论和自亨利·詹姆斯以来的英美小说批判理论传统的影响，在很长一段时间内，相关的英美小说研究都是文本内部的研究，未能较好地与文本外部要素相结合。但是不管是现当代的西方文学批评理论，还是人文科学研究的新时期发展都要求对现当代的英美文学研究范式进行的创新。现当代的西方文学批评理论强调从不同角度对文本进行多维度的阐释，这些阐释或关乎文本本身；或强调文本的社会价值；或突出社会的现实困境；或表明文学形态的现代化变迁。总之，现当代的西方文学批评理论虽然没有明确强调跨学科的研究方法，但是从其研究范式来看却是实质性的跨学科研究。现当代英美文学小说研究也是对小说文本及涉及的相关社会问题进行研究，其研究理论也遵循现当代西方文学批评理论和现当代英美小说研究理论的发展脉络，体现了突出的跨学科研究特征。此外，现当代的人文科学研究也不应再局限于对文本内部的整体细读和单纯形而上学的思考，对文本之外的社会现象进行反思才能更体现人文科学的现实价值，摆脱当今人文科学研究式微的困境。

记忆研究和空间研究虽然最开始并未被纳入人文科学的研究范围，但自 20 世纪起，文化因素和社会因素越来越多地在其相关研究之中得到体现，记忆研究和空间研究的相关研究范式也得到了较大程度的开拓与创新，文化研究范式和社会学研究范式也越来越多地在记忆研究和空间研究中被提及。因此，目前的记忆研究和空间研究在本质上也具有跨学科性。现当代英美小说研究除需要对相关文本进行整体细读以外，还需要根据社会文化背景对文本进行更深入的思考。简言之，现当代英美小说批评范式不管是从理论层面还是社会价值层面都已经体现出跨学科研究的相关特征，而本书所关注的"记忆"和"空间"主题虽然最初并不属于传统的人文科学研究领域，但是随着相关研究范式的创新，文化要素和社会要素在记忆研究和空间研究中的作用越来越突出，记忆研究和空间研究在本质上也开始转变为跨学科研究。因此，对现当代英美文学小说文本的记忆和空间主题进行跨学科研究是必要且可行的，因为这不仅有学理上的支持，更体现了目前人文科学的跨学科研究发展趋势。本书的另一个主题则是"叙事"，叙事（学）的相关研究有着悠久的历史，起初也被纳入传统的人文科学研究范围之内。叙事（学）研究主要关注叙事类型、叙事理论研究、叙事风格、叙事话语分析、叙事文类研究等话题，叙事（学）研究的对象也大多聚焦于对文本、语言、作者、读者等要素的分析。但是目前的叙事（学）研究也呈现了较为明显的跨学科研究特征，它的相关研究范围也囊括了人类学、心理学、历史学、新闻学等学科研究领域（张新军，2008）①。此外，后经典叙事学的发展也对以往经典叙事学的研究方法进行了一定的创新，跨学科导向的叙事（学）研究范式在后经典叙事学研究中起着较为关键的作用。因此，尽管叙事（学）研究在最开始被归为人文科学的研究领域，但是随着相关研究理论的不断发展，叙事（学）研究也不再局限于人文科学，自然科学和社会科学的相关研究也被纳入叙事（学）研究的范式之中。因此，现当代英美小说的叙事研究虽然也是从文本出发，关注其中的文体特征、叙事风格、叙事话语等问题，但是其对不同叙事主题的研究在本质上体现了跨学科的叙事研究路径。鉴于此，本书认为现当代英美小说研究以跨学科研究为导向，本书所关注的三个研究主题也具有跨学科研究属性，再加上"新文科"建设和"有组织科研"倡议对跨学科研究的推崇，使得本书的相关研究既开展于跨学科研究的大背景之下，又在具体文本分析中贯彻跨学科研究的相关要求。

鉴于本书的主体章节已经对本书所涉的十余本现当代英美小说进行了记忆、空间以及叙事等主题的文本分析，笔者便不再对所涉文本的具体内容进行赘述，而是进一步总结记忆、空间以及叙事如何在现当代英美文学小说文本中得以体现。记忆作为一个古老又现代的话题，在现当代英美小说中是一个较为普遍的存在，现当代英美小说中的记忆相关话题大多关注记忆危机、记忆主体和记忆类型等方面，对现当代英美小说中记忆话题的研究也是为了回答谁在记忆、怎么记忆、记忆到底是什么等问题。同时，现当代英美小说中的记忆研究大多与"集体记忆""文化记忆""社会记忆""创伤记忆"等主题相关。"集体记忆"关注小说中不同集体如何构建差异化的集体记忆的过程，单纯的个体记忆在集体记忆的形成中似乎并

---

① 张新军. 叙事学的跨学科线路 [J]. 江西社会科学, 2008（10）: 38-42.

不存在（李兴军，2009）①；"文化记忆"则关注小说文本中的仪式性文化媒介（王霄冰，2007）②，以及这些基于仪式形成的文化记忆如何塑造"英国性"和"美国性"；"社会记忆"则关注小说文本中的身体书写和仪式书写，以及权力塑造记忆的过程（高萍，2011）③；"创伤记忆"则不同于其他类型的记忆，其在文本中的体现大多通过作者对创伤经历的书写而得以实现。空间研究同样也有着较为成熟的研究体系，现当代英美小说中的空间相关话题大多与空间形式、空间叙事、空间权力等方面有关，对文本中空间问题的研究也是为了使文学文本研究更加立体化，更加多元化。现当代英美小说中的空间研究关注"空间叙事""人文地理""权力与意识形态"等问题。"空间叙事"既关注叙事风格，也关注文本中的空间形式、诗画关系、空间的时间化等问题（龙迪勇，2008）④；"人文地理"则从文化分析的角度出发，探讨文本中的人地关系以及人文空间（叶超，2012）⑤；"权力与意识形态"则关注小说文本中所涉及的地志空间、文本空间、时空体空间之间所蕴含的权力斗争。而现当代英美小说中的叙事研究则直接与文本相关，通过对文本的叙事手法、叙事风格、叙事主体等要素的分析，进一步体现不同文本的叙事特点以及通过叙事所表达的社会问题。因此，现当代英美文学小说的叙事（学）研究一方面通过传统的叙事（学）研究方法对小说文本进行阐释，另一方面又通过小说的叙事体现更大层面的社会性问题。

简言之，本书通过理论梳理和文本分析后发现，现当代英美文学小说文本研究既遵循一定的现当代英美小说研究理论的传统，又体现出较为合理的跨学科研究路径。本书的相关研究主题在目前的英美文学小说文本研究中有一定的共性，并且可以在相关文本中得到充分体现。

---

① 李兴军. 集体记忆研究文献综述 [J]. 上海教育科研，2009（4）：8-10，21.
② 王霄冰. 文字、仪式与文化记忆 [J]. 江西社会科学，2007（2）：237-244.
③ 高萍. 社会记忆理论研究综述 [J]. 西北民族大学学报（哲学社会科学版），2011（3）：112-120.
④ 龙迪勇. 空间叙事学 [D]. 上海：上海师范大学，2008.
⑤ 叶超. 人文地理学空间思想的几次重大转折 [J]. 人文地理，2012，27（5）：1-5，61.

第二节　研究展望

虽然本书的研究具有一定的理论价值和实践意义，但是今后的相关研究可以从以下方面进行拓展，以便更好地推动现当代英美文学的相关研究。

第一，后续研究可以进一步丰富现当代英美文学研究的相关体裁，使记忆、空间与叙事研究不仅局限于小说文本的讨论之中，诗歌、戏剧、散文中的相关问题同样值得深入研究。

第二，后续研究可以进一步拓宽相关研究的时间范围和国别范围，相关文学文本的选取范围可以不局限于现当代文学，其他时期的文学也可以被纳入研究范围之中。同时，相关文本的国别范围也可以不局限于英国和美国，其他国别文学也可以被纳入研究之中。

第三，后续研究可以进一步思考现有研究与自然科学跨学科研究的可能性，目前的英美文学跨学科研究大多还是人文科学研究内部交叉或是人文科学研究与社会科学研究的交叉，因此，日后研究可以思考人文科学与自然科学研究交叉的可能性。

第四，后续研究还可以进一步完善相关小说研究理论，在现有小说研究理论和文学批评理论的基础上对原有范式继续进行完善和创新，实现学科理论的可持续发展。

第三节　本章小结

本章主要说明了本书的研究结论，并且为后续的相关研究提出了几点建议。跨学科研究与传统小说理论在现当代英美文学研究中具有重要作用。传统小说理论聚焦于文学作品的内部结构和叙事技巧，然而，随着时间的推移，文学作品与社会、政治、文化背景的互动变得日益密切。跨学科研究通过引入社会学、心理学、历史学等领域的理论和方法，为我们提供了深入理解作品背后意义的途径。此外，跨学科研究也使我们能够更全面地认识作家的创作动机与社会争议的关联，为解读他们的作品提供了更广阔的视角。因此，将跨学科研究融入现当代英美文学研究，不仅能够丰富对文本的理解，也能使我们更好地把握其与时代背景的相互影响，从而拓展了文学研究的深度与广度。本书虽然主要关注现当代英美文学研究中的记忆、空间与叙事（学）问题，但是还有更多跨学科研究领域值得引起学界的关注。

参考文献

艾布拉姆斯，1989. 镜与灯：浪漫主义文论及批评传统 [M]. 郦稚牛，张照进，童庆生，译. 北京：北京大学出版社.

阿斯曼，2015. 文化记忆：早期高级文化中的文字、回忆和政治身份 [M]. 金寿福，黄晓晨，译. 北京：北京大学出版社.

阿斯曼，2021. 重塑记忆：在个体与集体之间建构过去 [J]. 王蜜，译. 广州大学学报 (2)：6-14.

布斯，1987. 小说修辞学 [M]. 付礼军，译. 南宁：广西人民出版社.

包亚明，2002. 现代性与空间的生产 [M]. 上海：上海教育出版社.

巴尔，2003. 叙述学：叙事学导论 [M]. 谭君强，译. 北京：中国社会科学院.

贝娄，2016. 赫索格 [M]. 宋兆霖，译. 北京：人民文学出版社.

查特曼，2013. 故事与话语：小说和电影的叙事结构 [M]. 徐强，译，北京：中国人民大学出版社.

蔡基刚，2021. 学科交叉：新文科背景下的新外语构建和学科体系探索 [J]. 东北师大学报 (哲学社会科学版) (3)：14-19, 26.

曹海峰，2006. 精神分析与电影 [D]. 上海：上海师范大学.

曹禧修，2003. 小说修辞学框架中的隐含作者与隐含读者 [J]. 当代文坛 (5)：51-54.

陈慧平，2014. 空间理论的两个基础性概念再思辨 [J]. 学习与探索 (8)：18-23.

陈家坅，2007. 一块"骨头"所牵出的款款浓情：论《可爱的骨头》的叙事机制 [J]. 燕山大学学报 (哲学社会科学版) (S1)：180-182.

陈榕，2006. 凝视 [M] //赵一凡. 西方文论关键词. 北京：外语教学与研究出版社.

陈世丹，1998.《赫索格》中现实主义与现代主义的交融 [J]. 当代外国

文学（2）：149-155

陈太胜，王艺涵，耿韵，2018. 浪漫主义美学：诗歌、艺术与自然（笔谈）[J]. 郑州大学学报（6）：1-10.

程锡麟，2002. 叙事理论概述 [J]. 外语研究（3）：10-15.

程锡麟，2007. 叙事理论的空间转向：叙事空间理论概述 [J]. 江西社会科学（11）：25-35

程锡麟，2009. 论《了不起的盖茨比》的空间叙事 [J]. 江西社会科学（11）：28-32.

程锡麟，2012. 书信、记忆、与空间：重读《赫索格》 [J]. 外国文学（5）：45-52.

池丽萍，辛自强，2001. 家庭功能及其相关因素研究 [J]. 心理学探新（3）：55-60，64.

崔戈，2019. "大思政"格局下外语"课程思政"建设的探索与实践 [J]. 思想理论教育导刊（7）：138-140.

崔娃，2013. 从"真正女性崇拜"到"新女性想象" [D]. 长春：吉林大学.

邓伟志，2009. 社会性辞典 [M]. 上海：上海辞书出版社.

邓颖玲，2005.《诺斯托罗莫》的空间解读 [J]. 外国文学评论（1）：31-38.

德里达. 人文科学话语中的结构、符号与嬉戏 [M] //布莱斯勒. 文学批评：理论与实践导论. 5版. 北京：中国人民大学出版社，2014.

第二届中国—加勒比经贸合作论坛. 安巴简况 [EB/OL].（2023-05-25）. http://cncforum.mofcom.gov.cn/2007/aarticle/e/g/k/200708/20070805045194.htm.

杜红艳，2020.《新刻绣像批评金瓶梅》中的"梦叙述" [J]. 探索与批评（1）：29-39.

佴欣欣，张静，2016.《一处小地方》中殖民话语书写的修辞幻象 [J]. 柳州职业技术学院学报，16（3）：100-105.

方小莉，2015. 作为虚构文本的梦叙述 [J]. 西北大学学报（哲学社会科学版），45（3）：118-123.

方小莉，2016. 梦叙述的修辞 [J]. 社会科学战线（8）：162-168.

方小莉，2016. 叙述理论与实践：从经典叙述学到符号叙述学 [M]. 成都：

四川大学出版社.

方小莉, 2018. 虚构与现实之间: 电影与梦的再现 [J]. 云南社会科学 (5): 172-178, 188

方小莉, 2019. 梦叙述的符号修辞 [J]. 重庆广播电视大学学报, 31 (6): 3-10.

弗洛姆, 1986. 爱的艺术 [M]. 孙依依, 译. 北京: 北京工人出版社.

弗洛姆, 1988. 为自己的人 [M]. 孙依依, 译. 上海: 三联出版社.

弗洛伊德, 2000. 精神分析导论讲演 [M]. 周泉, 等译. 北京: 国际文化 出版公司.

福柯, 1999. 规训与惩罚 [M]. 刘北成, 等译. 上海: 生活·读书·新知 三联书店.

伏飞雄, 李明芮, 2020. 汉语学界 "叙述" 与 "叙事" 术语选择再辨析 [J]. 探索与批评 (2): 1-18.

伏飞雄, 2012. 汉语学界 "叙述" 与 "叙事" 术语选择的学理探讨 [J]. 当代文坛 (6): 40-44.

方英, 2020. 文学绘图: 文学空间研究与叙事学的重叠地带 [J]. 外国文 学研究 (2): 39-51

樊丽明, 2020. "新文科": 时代需求与建设重点 [J]. 中国大学教学 (5): 4-8.

范全林, 白青江, 时蓬, 2020. 关于空间科学概念的若干考证 [J]. 科技 导报, 38 (17): 100-114.

甘文平, 2004. 艾德娜觉醒了吗: 重读美国小说家凯特·肖邦的《觉醒》 [J]. 武汉理工大学学报 (社会科学版) (4): 513-516.

高方, 路斯琪, 2020. 从文本到世界: 一种方法论的探索: 贝尔唐·韦斯 特法尔《地理批评: 真实、虚构、空间》评介 [J]. 文艺理论研究 (4): 21-28.

高萍, 2011. 社会记忆理论研究综述 [J]. 西北民族大学学报 (哲学社会 科学版) (3): 112-120.

郭彩侠, 2013. "主体生成" 及其现代性想象 [D]. 上海: 上海大学.

郭英剑, 2020. 对 "新文科、大外语" 时代外语教育几个重大问题的思考 [J]. 中国外语, 17 (1): 4-12.

国务院学位委员会第六届学科评议组, 2013. 学位授予和人才培养一级学

科简介 [M]. 北京：高等教育出版社.

华顿, 1999. 纯真年代 [M]. 赵兴国, 赵玲, 译. 南京：译林出版社.

韩平, 2008. "规训权力"与法律 [D]. 长春：吉林大学.

郝雁南, 2000. 谈谈美国摩门教及其文化 [J]. 山东师大外国语学院学报 (2)：71-73.

哈布瓦赫, 2002. 论集体记忆 [M]. 毕然, 郭金华, 译. 上海：上海人民出版社.

何芸, 2016. 当代社会生活中"婚姻出轨"现象的法哲学思考 [J]. 法制与社会 (27)：161-162, 179.

洪流, 2006. 规训权力与反抗权力：吉尔曼《黄色墙纸》的权力机制解析 [J]. 外国文学 (3)：59-64.

胡开宝, 2020. 新文科视域下外语学科的建设与发展：理念与路径 [J]. 中国外语, 17 (3)：14-19.

黄启兵, 田晓明, 2020. "新文科"的来源、特性及建设路径 [J]. 苏州大学学报（教育科学版）, 8 (2)：75-83.

黄藤, 2006. 学校教育基本功能新探 [J]. 教育研究 (10)：73-76.

黄艳红, 2017. "记忆之场"与皮埃尔·诺拉的法国史书写 [J]. 历史研究 (6)：140-157

金莉, 2009. 美国女权运动·女性文学·女权批评 [J]. 美国研究, 23 (1)：4, 62-79.

金莉, 秦亚青, 1995. 美国新女性的觉醒与反叛：凯特·肖邦及其小说《觉醒》[J]. 外国文学 (3)：61-66, 73.

金慎, 2004. 愤怒的"她"声：解读金凯德作品《弹丸之地》[J]. 苏州大学学 (4)：75-78.

金寿福, 2017. 扬·阿斯曼的文化记忆理论 [J]. 外国语文, 33 (2)：36-40.

凯南, 1989. 叙事虚构作品 [M]. 姚锦清, 等译. 北京：生活·读书·新知三联书店.

阚鸿鹰, 2005. 《觉醒》：女性性意识觉醒的先声 [J]. 西南民族大学学报（人文社科版）(9)：176-178.

康纳顿, 2000. 社会如何记忆 [M]. 纳日碧力戈, 译, 上海：上海人民出版社.

克朗, 2003. 文化地理学 [M]. 杨淑华, 宋慧敏, 译. 南京: 南京大学出版社.

卡舒巴, 2012. 记忆文化的全球化?: 记忆政治的视觉偶像、原教旨主义策略及宗教象征 [J]. 彭牧, 译. 民俗研究 (1): 5-11.

卡特, 2021. 明智的孩子 [M]. 严韵, 译. 南京: 南京大学出版社.

柯罗, 2021. 文学地理学 [M]. 袁莉, 译. 福州: 福建教育出版社.

卢伯克, 福斯特, 缪尔, 1990. 小说美学经典三种 [M]. 方士人, 罗婉华, 译. 上海: 上海译文出版社.

洛奇, 1997. 小说的艺术 [M]. 王俊岩, 等译. 北京: 作家出版社.

李国华, 2002. 弗洛姆关于爱的理论述评 [J]. 湘潭大学社会科学学报 (1): 37-42.

李兴军, 2009. 集体记忆研究文献综述 [J]. 上海教育科研 (4): 8-10, 21.

廖婧茜, 龚洪, 2023. 家校社协同育人的责任伦理 [J]. 民族教育研究, 34 (1): 13-20.

刘红卫, 2007. "觉" 而未 "醒": 解读小说《觉醒》中的 "觉醒" [J]. 武汉大学学报 (人文科学版) (3): 358-362.

刘建军, 2021. "新文科" 还是 "新学科"?: 兼论新文科视域下的外国文学教学改革 [J]. 当代外语研究 (3): 2, 21-28.

刘木丹, 2019. 《可爱的骨头》的认知叙事学解读 [J]. 湖北经济学院学报 (人文社会科学版), 16 (8): 112-114.

刘淑玲, 欧阳娜, 2022. 《你当像鸟飞往你的山》之空间叙事研究 [J]. 长春大学学报, 32 (9): 71-74.

刘文松, 2002. 新世纪俄裔美国犹太作家移民叙事探析 [J]. 当代外国文学 (3): 46-52.

刘亚秋, 2016. 哈布瓦赫集体记忆理论中的社会观 [J]. 学术研究 (1): 77-84.

刘亚秋, 2017. 记忆二重性和社会本体论: 哈布瓦赫集体记忆的社会理论传统 [J]. 社会学研究, 32 (1): 148-170, 245.

刘依平, 2017. 美国的妇女: 托克维尔的颂歌 [J]. 中华女子学院学报, 29 (4): 71-75.

刘颖洁, 2021. 从哈布瓦赫到诺拉: 历史书写中的集体记忆 [J]. 史学月

刊（3）：104-117

刘于思，赵思成，2020. 通往复数的记忆：集体记忆"走向公共"的规范性反思［J］. 天津社会科学（5）：144-147.

刘正光，岳曼曼，2020. 转变理念、重构内容，落实外语课程思政［J］. 外国语，43（5）：21-29.

列斐伏尔，2021. 空间的生产［M］. 刘怀玉，等译. 北京：商务印书馆.

刘仲林，1993. 交叉科学时代的交叉研究［J］. 科学学研究（2）：4，11-18.

龙迪勇，2002. 梦：时间与叙事：叙事学研究之五［J］. 江西社会科学（8）：22-35.

龙迪勇，2006. 叙事学研究的空间转向［J］. 江西社会科学（10）：61-72.

龙迪勇，2008. 空间叙事学［D］. 上海：上海师范大学.

龙迪勇，2015. 空间叙事学［M］. 北京：生活·读书·新知三联书店.

陆扬，2004. 空间理论和文学空间［J］. 外国文学研究（4）：31-37，170.

路文彬，2004. 愤怒之外一无所有：美国作家金凯德及其新作《我母亲的自传》［J］. 外国文学动态（3）：21-24.

莱文，2022. 创伤与记忆：身体体验疗法如何重塑创伤记忆［M］. 北京：机械工业出版社.

马克思，恩格斯，1966. 马克思恩格斯选集：第一卷［M］. 北京：人民出版社.

马克思，2011. 花园里的机器［M］. 马海良，雷月梅，译. 北京：北京大学出版社.

莫里森，1996. 宠儿［M］. 潘岳，雷格，译. 北京：中国文学出版社，1996.

马戎，1997. 美国的种族与少数民族问题［J］. 北京大学学报（哲学社会科学版）（1）：126-137，159.

马腾嶽，2016. 物、宗教仪式与集体记忆：大理鹤庆白族迎神绕境仪式与祭祀圈认同［J］. 西北民族研究（2）：161-171，178.

米勒，2019. 共同体的焚毁：奥斯维辛前后的小说［M］. 陈旭，译. 南京：南京大学出版社.

倪梁康，2020. 回忆与记忆［J］. 浙江学刊（2）：26-33.

诺拉，2017. 记忆之场：法国国民意识的文化社会史［M］. 黄艳红，等译.

南京：南京大学出版社.

潘纯琳，2015. 英美童话重写与童话批评（1970—2010）：以安吉拉·卡特为个案的研究 [M]. 成都：四川辞书出版社.

潘教峰，鲁晓，王光辉，2021. 科学研究模式变迁：有组织的基础研究 [J]. 中国科学院院刊，36（12）：1395-1403.

庞燕宁，2015. 解构血缘伦理：《明智的孩子》"新式亲缘家庭"观解析 [J]. 外国文学研究，37（2）：66-72.

彭刚，2014. 历史记忆与历史书写："诗学理论视野下的记忆的转向" [J]. 史学史研究（2）：1-12.

钱力成，张翮翾，2015. 社会记忆研究：西方脉络、中国图景与方法实践 [J]. 社会学研究（6）：215-237，246.

钱满素，2022. 女士接力 [M]. 上海：上海社会科学院出版社.

钱中文，1999. 现实主义与浪漫主义问题 [J]. 文艺理论研究（5）：3-5.

秦轩，2019. 纽约的社会图景与城市转型焦虑：地图视域下的《纯真年代》 [J]. 外语研究（2）：107-111.

曲涛，王瑞芳，2019. 论《可爱的骨头》中的二重身与女性创伤书写 [J]. 浙江外国语学院学报（6）：102-109.

任虎军，2005. 从读者经验到阐释社会：斯坦利·费什的读者反应批评理论评介 [J]. 四川外语学院学报（1）：43-46.

任世芳，2018. 韦恩·布斯的修辞伦理批评：从《小说修辞学》到《小说伦理学》[J]. 首都师范大学学报（社会科学版）（2）：121-126.

瑞安，2019. 跨媒介叙事 [M]. 张新军，林文娟，等译. 成都：四川大学出版社.

萨特，2000. 萨特文集（1~7卷）[M]. 北京：人民文学出版社.

萨特，1978. 存在与虚无 [M]. 陈宣良，等译. 上海：生活·读书·新知三联书店.

萨特，1992. 词语 [M]. 潘培庆，译. 上海：生活·读书·新知三联书店.

苏贾，2004. 后现代地理学 [M]. 王文斌，译. 北京：商务印书馆.

苏贾，2005. 第三空间：去往洛杉矶和其他真实和想象地方的旅程 [M]. 陆扬，等译. 上海：上海教育出版社.

尚必武，2009. 叙事学研究的新发展：戴维·赫尔曼访谈录 [J]. 外国文学（5）：97-105，128.

尚必武，2015. 西方文论关键词：非自然叙事学 [J]. 外国文学 (2)：95-111.

邵鹏，2014. 媒介作为人类记忆的研究 [D]. 杭州：浙江大学.

申丹，2003. 经典叙事学究竟是否已经过时？ [J]. 外国文学评论 (2)：92-102.

申丹，2003. 叙事学 [J]. 外国文学 (3)：60-65.

申丹，2004. 叙事结构与认知过程：认知叙事学评析 [J]. 外语与外语教学 (9)：1-8.

申丹，2006. 视角 [M] //赵一凡. 西方文论关键词. 北京：外语教学与研究出版社，2006.

申丹，2009. 也谈"叙事"还是"叙述" [J]. 外国文学评论 (3)：219-229.

申丹，2019. 叙述学与小说文体学研究 [M]. 4 版. 北京：北京大学出版社.

申丹，韩加明，王丽亚，2005. 英美小说叙事理论研究 [M]. 北京：北京大学出版社.

申丹，王丽亚，2010. 西方叙事学：经典与后经典 [M]. 北京：北京大学出版社.

师彦灵，2011. 再现、记忆、复原：欧美创伤理论研究的三个方面 [J]. 兰州大学学报（社会科学版），39 (2)：132-138.

施琪嘉，2013. 创伤心理学 [M]. 北京：人民卫生出版社.

宋方方，2013. 美国女性主义音乐批评的学术历程 [J]. 黄钟 (1)：77-83.

宋国诚，2004. 后殖民文学：从边缘到中心 [M]. 台北：擎松图书出版公司.

孙明明，徐文培，2022. 汤亭亭对中国故事的"反记忆"式重构 [J]. 外国语文，38 (2)：49-55.

孙绍振，2011. 美国新批评"细读"批判 [J]. 中国比较文学 (2)：65-82.

孙文宪，2004. 艺术世俗化的意义：论本雅明的大众文化批评 [J]. 华中师范大学学报（人文社会科学版）(5)：20-27.

施特恩加特，2009. 荒谬斯坦 [M]. 吴昱，译. 北京：新星出版社.

滕尼斯，1999. 共同体与社会：纯粹社会学的基本概念 [M]. 林荣远，译. 北京：商务印书馆.

谭君强，2015. 叙述学与叙事学：《叙述学：叙事理论导论》（第三版）译后记 [J]. 玉溪师范学院学报，31（10）：17-18.

唐立新，2008. 多元文化背景下的美国犹太民族的生存发展之道 [J]. 深圳大学（人文社会科学版）（4）：11-16.

唐伟胜，2007. 性别、身份与叙事话语：西方女性主义叙事学的主流研究方法 [J]. 天津外国语学院学报（3）：73-80.

陶东风，2010. 记忆是一种文化建构：哈布瓦赫《论集体记忆》[J]. 中国图书评论（9）：69-74.

陶家俊，2011. 创伤 [J]. 外国文学（4）：117-125，159-160.

塔利，2021. 空间性 [M]. 方英，译，北京：北京大学出版社.

万雪梅，2012. 美在爱和死 [D]. 上海：上海外国语大学.

汪民安，2022. 身体、空间与后现代性 [M]. 南京：南京大学出版社.

王安，2008. 论空间叙事学的发展 [J]. 社会科学家（1）：142-145.

王安，2011. 空间叙事理论视阈中的纳博科夫小说研究 [D]. 成都：四川大学.

王恩铭，2011. 美国女性与宗教和政治 [J]. 妇女研究论丛（5）：92-98.

王俊菊，2021. 新文科建设对外语专业意味着什么？[J]. 中国外语，18（1）：1，24.

王宁，2004. 浪漫主义、《镜与灯》及其"乌托邦"的理论建构 [J]. 社会科学战线（4）：105-111.

王泉，朱岩岩，2004. 解构主义 [J]. 外国文学（3）：67-72.

王霄冰，2007. 文字、仪式与文化记忆 [J]. 江西社会科学（2）：237-244.

王欣，2012. 文学中的创伤心理和创伤记忆研究 [J]. 云南师范大学学报（哲学社会科学版），44（6）：145-150.

王欣，2013. 创伤叙事、见证和创伤文化研究 [J]. 四川大学学报（哲学社会科学版），188（5）：73-79.

王又平，2000. 自传体和90年代女性写作 [J]. 华中师范大学学报（人文社会科学版）（5）：88-94.

王岳川，1997. 新历史主义的文化诗学 [J]. 北京大学学报（哲学社会科学版）（3）：23-31，159.

王振军，2011. 后经典叙事学：读者的复活：以修辞叙事学为视点 ［J］. 河南师范大学学报（哲学社会科学版），38（5）：227-230.

韦斯特法尔，2023. 地理批评拼图 ［M］. 乔溪，等译. 北京：商务印书馆.

文少保，2011. 美国大学"有组织的"跨学科研究创新的战略保障 ［J］. 中国高教研究（10）：31-33.

吴楠，2023-06-19（2）. 以"有组织科研"推进教育强国建设 ［N］. 中国社会科学报.

吴琼，2010. 他者的凝视：拉康的凝视理论 ［J］. 文艺研究（4）：33-42.

温特森，2018. 橘子不是唯一的水果 ［M］. 于是，译. 北京：北京联合出版公司.

肖邦，2001. 觉醒 ［M］. 潘明元，曹智，译. 延吉：延边人民出版社.

西伯德，2016. 可爱的骨头 ［M］. 施清真，译. 北京：北京联合出版公司.

向明友，2020. 新学科背景下大学外语教育改革刍议 ［J］. 中国外语，17（1）：19-24.

向荣，2003. 戳破镜像：女性文学的身体写作及其文化想象 ［J］. 西南民族学院学报（哲学社会科学版）（3）：188-199.

萧梅，2006. 面对文字的历史：仪式之"乐"与身体记忆 ［J］. 音乐艺术（1）：5，84-92.

肖计划，1996. 论学校教育与青少年社会化 ［J］. 暨南学报（哲学社会科学）（4）：22-28.

辛彩娜，2019. 乔伊斯的食物书写 ［J］. 外国文学（6）：127-135.

徐江，任孝鹏，苏红，2016. 个体主义/集体主义的影响因素：生态视角 ［M］. 心理科学进展，24（8）：1309-1318.

徐玫，2011. "诗画一律"与"诗画异质"：从莱辛的《拉奥孔》看中西诗画观差异 ［J］. 江西社会科学，31（5）：187-190.

徐新，1996. 反犹主义解析 ［M］. 上海：上海三联书店.

许捷，2019. 伤痛记忆博物馆功能的再思考 ［J］. 东南文化（4）：115-120.

央广网·中央广播电视总台. 康德纳斯特旅游者：十大大西洋及加勒比地区的岛屿胜地［EB/OL］.（2023-05-25）. http://travel.cnr.cn/2011lvpd/gny/201311/t20131108_514077231_1.shtml.

杨金才，王丽明，2004. 老纽约社会的婚姻：论伊迪丝·华顿的纽约小说创作 [J]. 妇女研究论丛（5）：48-52.

杨怡雯，2020. 教育是一把钥匙：《你当像鸟飞往你的山》评介 [J]. 地理教学（24）：1.

杨正润，2009. 现代传记学 [M]. 南京：南京大学出版社.

杨子，于国栋，2007. 汉语言语不礼貌的顺应性研究 [J]. 中国外语（4）：23-28.

叶超，2012. 人文地理学空间思想的几次重大转折 [J]. 人文地理，27（5）：1-5，61.

叶秀山，2005. 西方哲学史 [M]. 江苏：凤凰出版社.

叶涯剑，2006. 空间社会学的方法论和基本概念解析 [J]. 贵州社会科学（1）：68-70.

叶英，2010. 中美两国的美国研究及美国学在中国的学科建设 [J]. 西南民族大学学报（人文社科版），31（5）：204-210.

叶英，2011. 越过传统和偏见去空中翱翔的小鸟：析肖邦《觉醒》中埃德娜之死的必然性 [J]. 外语研究（6）：93-99.

叶英，2012. 是社会规范的叛逆者还是遵循者？：从文化视角看《觉醒》中单身女人赖茨的生存模式 [J]. 四川大学学报（哲学社会科学版）（6）：102-109.

殷企平，2001. 卢伯克小说理论寻幽 [J]. 外国语（2）：56-61.

殷企平，2016. 西方文论关键词：共同体 [J]. 外国文学（2）：70-79.

殷企平，2022. 外国文学的"新"与"旧"：新文科浪潮下的思考 [J]. 当代外语研究（2）：13-22，161.

尹晓霞，唐伟胜，2019. 文化符号、主体性、实在性：论"物"的三种叙事功能 [J]. 山东外语教学（2）：76-84.

于奇智，2004. 欲望机器 [J]. 外国文学（6）：60-65.

余乃忠，2023. 人工智能时代的空间概念 [J]. 江汉论坛（2）：82-89.

云燕，2020. 认知叙述学 [M]. 成都：四川大学出版社.

张剑，2011. 西方文论关键词：他者 [J]. 外国文学（1）：118-127，159-160.

张进，2001. 新历史主义文艺思潮的思想内涵和基本特征 [J]. 文史哲（5）：26-32.

张俊平, 2014. 社会记忆研究的发展趋势之探讨 [J]. 北京大学学报（哲学社会科学版）, 5 (1): 139-141.

张俊萍, 2005. "约翰生博士的字典": 评《名利场》中"物"的叙事功能 [J]. 国外文学 (2): 82-87.

张明, 2019. 文学作品的现实性 [J]. 浙江师范大学学报, 44 (5): 37-43.

张蔷, 2023. 地理批评 [J]. 外国文学 (2): 108-117.

张新军, 2008. 叙事学的跨学科线路 [J]. 江西社会科学 (10): 38-42.

张秀琴, 2004. 西方马克思主义的意识形态理论 [J]. 政法论坛 (2): 179-186.

张媛, 张瑞华, 2019. 在没有双塔的阴影下: 绘本小说书写"9·11"创伤/反创伤与记忆/反记忆 [J]. 当代外国文学, 40 (4): 27-35.

詹姆斯, 2001. 小说的艺术 [M]. 朱雯, 等译. 上海: 上海译文出版社.

赵冬梅, 2009. 弗洛伊德和荣格对心理创伤的理解 [J]. 南京师大学报（社会科学版）(6): 93-97.

赵静蓉, 2015. 创伤记忆: 心理事实与文化表征 [J]. 文艺理论研究, 35 (2): 110-119.

赵静蓉, 2017. 创伤记忆的文学表征 [J]. 学术研究 (1): 144-151, 178.

赵晓春, 2007. 跨学科研究与科研创新能力建设 [D]. 合肥: 中国科学技术大学.

赵一凡, 2002. 结构主义 [J]. 外国文学 (1): 3-9.

赵毅衡, 2009. "叙事"还是"叙述"?: 一个不能再"权宜"下去的术语混乱 [J]. 外国文学评论 (2): 228-232.

赵毅衡, 2013. 广义叙述学 [M]. 成都: 四川大学出版社.

赵毅衡, 2013. 梦: 一个符号叙述学研究 [J]. 四川大学学报（哲学社会科学版）(3): 104-111.

郑震, 2010. 空间: 一个社会学的概念 [J]. 社会学研究, 25 (5): 167-191, 245.

中华人民共和国中央人民政府. 教育部: 教育部印发《关于加强高校有组织科研推动高水平自立自强的若干意见》[EB/OL]. (2022-08-30). https://www.gov.cn/xinwen/2022-08/30/content_5707406.htm.

周叶中, 2007. 关于跨学科培养研究生的思考 [J]. 学位与研究生教育

(8)：7-11.

朱晓兰，2014. "凝视"理论研究［D］. 南京：南京大学.

祝克懿，2007. "叙事"概念的现代意义［J］. 复旦学报（社会科学版）
(4)：96-104.

邹莹，2022-07-25（6）. 新文科视野下的外国文学课程教学［N］. 中国社
会科学报.

ADAMS P C, 2009. Geographies of media and communication: a critical intro-
duction［M］. Malden: Wiley Blackwell.

ALBER J, 2009. Impossible storyworlds—and what to do with them［J］. Story-
worlds: A Journal of Narrative Studies (1): 79-96.

ALBER J, 2016. Unnatural narrative: impossible worlds in fiction and drama
［M］. Lincoln & London: University of Nebraska Press.

ALBER J, et al, 2012. What is unnatural about unnatural narratology? A re-
sponse to Monika Fludernik［J］. Narrative, 20 (3): 371-382.

ALBER J, et al, 2013. What really is unnatural narratology?［J］. Storyworlds:
A Journal of Narrative Studies (5): 101-118.

ALEXANDER J C, 2004. Toward a theory of cultural trauma［C］// ALEX-
ANDER J C, et al. Cultural Trauma and Collective Identity. Berkley, Califor-
nia: University of California Press.

ALISON L, 1997. Angela Carter［M］. New York: University of Western Ontario.

ANDERMAHR S, 2012. Contemporary women's writing: Carter's literary legacy
［C］//ANDERMAHR S, PHILLIPS L. Angela Carter: new critical read-
ings. London: A Bloomsbury Company.

APAYDIN V, 2020. The interlinkage of cultural memory, heritage and discour-
ses of construction, transformation and destruction［C］// APAYDIN V.
Critical perspectives on cultural memory and heritage: construction, transfor-
mation and destruction. London: UCL Press.

APFELLBAUM R, 2016. "Welcome to dreamland": performance theory, postco-
lonial discourse, and the filming of A Midsummer Night's Dream in Angela
Carter's Wise Children［J］. Twentieth-Century Literary Criticism (321): 183-
193.

ASSMAN J, 1992. Cultural memory and early civilization: writing, remembrance, and political imagination [M]. London: Cambridge University Press.

ASSMAN J, 1995. Collective memory and cultural identity [J]. New German Critique (65): 25-133.

BEER J, 1997. Kate Chopin, Edith Wharton and Charlotte Perkins Gilman: studies in short fiction [M]. New York: St. Martin's Press.

BIRGIT N, 2008. The literary representation of memory [M] //ERLL A, NUNNING A. Cultural memory studies: an introduction and interdisciplinary handbook. Berlin: Walter de Gruyter.

BLAIR C, DICKINSON G, OTT B, 2010. Introduction: rhetoric / memory / place [M]. Alabama: University of Alabama Press.

BLOOM H , et al., 2008. Jamaica Kincaid [M]. New York: Infobase Publishing.

BLOOM H, 2004. Bloom's guide: Toni Morrison's Beloved [M]. Broomall, PA: Chelsea House Publishers.

BOSWEL M, ROLLYSON C, 2002. Encyclopedia of American literature [M]. New York: Facts On File.

BRUNER J S, 1996. The culture of education [M]. Cambridge: Harvard University. Press.

BULMAN J C, 1996. Introduction: Shakespeare and performance theory [C] //BULMAN J C. Shakespeare, theory and performance. London and New York: Routledge.

CAMFIELD G, 1995. Kate Chopin-hauer: or can metaphysics be feminized? [J]. The Southern Literary Journal, 27 (2): 3-22.

CARACCIOLO M, 2020. Object-oriented plotting and nonhuman realities in DeLillo's Underworld and Iñárritu's Babel [C] //JAMES E. MOREL E. Environment and Narrative: New Directions in Econarratology. Columbus: The Ohio State University Press.

CARUTH C, 1996. Unclaimed experience: trauma, narrative, and history [M]. Baltimore & London: The Johns Hopkins University Press.

CASEY E, 2004. Public memory in place and time [M]. Alabama: University of Alabama Press.

CAVALLARO D, 2001. Critical and cultural theory [M]. London & New

Brunswick, NJ: The Athlone Press.

CHATMAN S, 1978. Story and discourse: narrative structure in fiction and film [M]. Ithaca: Cornell UP.

CHAVKIN A, 1979. Bellow's alternative to the wasteland: romantic theme and form in "Herzog" [J]. Studies in the Novel (3): 326-337.

CLARK Z, 2008. The bird that came out of the cage: a Foucauldian feminist approach to Kate Chopin's The Awakening [J]. Journal for Cultural Research, 12 (4): 335-347.

CORNER M, 2000. Moving outwards: consciousness, discourse and attention in Saul Bellow's fiction [J]. Studies in the Novel (3): 369-385.

CRANE A, 1997. Writing the individual back into collective memory [J]. The American Historical Review, 102 (5): 1372-1385.

CRANG M, 2002. Rethinking the observer: film, mobility, and the construction of the subject [C] //CRESSWELL T, DEBIRAH D. Engaging film: geographies of mobility and identity. Lanham: Rowman & Littlefield Publishers, Inc.

CULPEPER J, 2011. Impolitess: using language to cause offence. Cambridge: Cambridge University Press.

DAVISON S, 2016. Intertextual relations: James Joyce and William Shakespeare in Angela Carter's Wise Children [J]. Contemporary Women's Writing, 10 (2): 197-215.

DECKARD S, 2010. Paradise discourse, imperialism, and globalization: exploiting Eden [M]. New York & London: Routledge.

DELEUZE G, 1986. Cinema 1: the movement-image [M]. TOMLINSON H, HABBERJAM B, trans. Minneapolis: University of Minnesota Press.

DERRIA J, 2001. Structure, sign, and play in the discourse of the human sciences [M] // Writing and Difference, London & New York, Routledge.

EAGLETON T, 2000. The idea of culture [M]. Oxford: Blackwell Publish.

EDWARDS. J D, 2007. Understanding Jamaica Kincaid [M]. Columbia: The University of South Carolina Press.

ELLIS J, 2020. Review: educated by Tara Westover [J]. Neurology (20): 268.

ERLL A, RIGNEY A, 2009. Mediation, remediation, and the dynamics of cultural memory [M]. Berlin: Walter de Gruyter.

FAULKNER W, 1990. As I Lay Dying [M]. New York: Vintage Books.

FELMAN S, LAUB D, 1992. Testimony: crises of witnessing in literature, psychology and history [M]. New York & London: Routledge.

FISCHER G, RIEDESSER P, 2006. Psychotraumatologie und psychoanalysezu Jochen Lellaus Beitragzum problem des traumabegriffes in der psychoanalyse [J]. Forum Der Psychoanalyse, 22 (1): 103-106.

FLUDERNIK M, 2012. How natural is "unnatural narratology"; or, what is unnatural about unnatural narratology [J]. Narrative, 20 (3): 357-370.

FOSTER T, 2008. How to read literature like a professor [M]. New York: Harper Collins Publishers.

FOUCAULT M, 1986. Of other spaces [J]. MISKOWIEC J, trans. Diacritics (1): 22-27.

FOUCAULT M, 1997. Language, counter-memory, practice [M]. New York: Cornell University Press.

FRANK J, 1945. Spatial form in modern literature: an essay in two parts [J]. The Sewanee Review (4): 643-653.

FREUD S, 1917. Introductory lectures on psycho-analysis [M]. London: Vintage.

FUNKENSTEIN A, 1989. Collective memory and historical consciousness [J]. History and Memory, 1 (1): 5-26.

GAUCH S, 2002. A small place: some perspectives on the ordinary [J]. Callaloo, 25 (3): 910-919.

GENETTE G, 1980. Narrative discourse: an essay in method [M]. JANE E. LEWIN, trans. New York: Cornell University Press.

GIBSON M E, 1985. Edith Wharton and the ethnography of Old New York [J]. Studies in American Fiction, 13 (1): 57-69.

GILBERT S, GUBAR S, 2000. The madwoman in the attic [M]. New Haven: Yale University Press.

GLENN J, 1976. Psychoanalytic writings on classical mythology and religion: 1909—1960 [J]. The Classical World, 70 (4): 225-247.

GOODMAN S, 1990. Edith Wharton's mothers and daughters [J]. Tulsa Studies in Women's Literature, 9 (1): 127-131.

GORDON E, 2017. The invention of Angela Carter: a biography [M]. New York: Oxford University Press.

GRAY J, 2004. The escape of the "sea": ideology and "The Awakening" [J]. The Southern Literary Journal, 37 (1): 53-73.

GRODEN M, KREISWIRTH M, 1994. The Johns Hopkins guide to literary theory & criticism [M]. Baltimore & London: The Johns Hopkins University Press.

HALBWACHS M, 1980. The collective memory [M]. DITTER J T F, PELLAUER V Y, trans. New York: Harper Colophon Books.

HALLSTROM A, 2018. Reviewed work: educate: a memoir by Tara Westover [J]. BYU Studies Quarterly, 57 (4): 183-186.

HALPERIN J, 1990. Novelists in their youth [M]. New York: St. Martin's Press.

HAMILTON G, 2017. Understanding Gary Shteyngart [M]. Columbia: University of South Carolina Press.

HARDIN M, 1994. The other other: self-definition outside patriarchal institutions in Angela Carter's "Wise Children" (Angela Carter) [J]. The Review of Contemporary Fiction, 14 (3): 77-84.

HERMAN D, 1994. Hypothetical focalization [J]. Narrative, 2 (3): 230-263.

HERMAN J, 1981. Father-daughter incest [M]. Cambridge: Harvard University Press.

HERMAN J, 1992. Trauma and recovery [M]. Philadelphia: Basic Books.

HOFF J, 2007. American women and the lingering implications of coverture [J]. The Social Science Journal, 44 (1): 41-55.

HOUSTON B, 1984. Viewing television: the metapsychology of endless consumption [J]. Quarterly Review of Film Studies, 9 (3): 183-195.

JAHN M, 1996. Windows of focalization: deconstruction and reconstructing a narratological concept [J]. Style, 30 (2): 241-267.

JESSER H, 1999. Violence, home, and community in Toni Morrison's Beloved [J]. African American Review, 33 (2): 325-345.

JOCHNOWITZ E, 2007. From Khatchapuri to Gefilte Fish: dining out and spectacle in Russian Jewish New York [C] //BERISS D, SUTTON D. The restaurants book: Ethnographies of Where We Eat. New York: Berg.

KANSTEINER W, 2002. Finding meaning in memory: a methodological critique of collective memory studies [J]. History and Theory, 41 (2): 179-197.

KERBER L, 1980. Women of the republic: intellect and ideology in revolutionary America [M]. North Carolina: The University of North Carolina Press.

KILBY J, 2018. Saving the girl: a creative reading of Alice Sebold's Lucky and The Lovely Bones [J]. Feminist Theory, 19 (3): 323-343.

KINCAID J, 1988. A small place [M]. New York: Farrar, Straus and Giroux.

KLEIN K L, 2011. From history to theory [M]. Berkeley: University of California Press.

LANSER S, 1982. The narrative act: point of view in prose fiction [M]. Princeton: Princeton UP.

LANSER S, 1986. Toward a feminist narratology [J]. Narrative Poetics, 20 (3): 341-363.

LEBLANC E, 1996. The metaphorical lesbian: Edna Pontellier in The Awakening [J]. Tulsa Studies in Women's Literature, 15 (2): 289-307.

LEE M J, 2008. Interpreting unhappy women in Edith Wharton's novels [D]. Tallahassee: Florida State University.

LEJEUNE P, 1991. The genetic study of autobiographical texts [J]. Biography (14): 1-11.

LEVINE A, 1978. Handbook on undergraduate curriculum [M]. San Francisco: Jossey-Bass.

LIZARDO O, 2010. Beyond the antinomies of structure: Levi-Strauss, Giddens, Bourdieu, and Sewell [J]. Theory and Society, 39 (6): 651-688.

LOPEZ I F, 2004. A small place [M] //RIVKIN J, RYAN M. Literary theory: an anthology. Maiden: Blackwell Publishing.

LUBBOCK P, 1926. The craft of fiction [M]. London: The Traveller's Library.

LYOTARD J F, 1979. The Post-Modern condition: a report on knowledge [M]. Minneapolis: University of Minnesota Press.

MACDONALD H, 2018. Truth: how the many sides to every story shape our reality [M]. New York, Boston, London: Little, Brown and Company.

MACKEY A, 2000. Return to the other to heal the self: Identity, selfhood and community in Toni Morrison's Beloved [M]. Journal of the Association for Research on Mothering (2): 42-51.

MARTIN W, 1986. Recent theories of narrative [M]. Ithaca & London: Cornell University Press.

MIKICS D. 2016. Bellow's people: how Saul Bellow made life into art [M]. New York: W. W. Norton & Company.

MONTROSE L A, 2013. Professing the renaissance: the poetics and politics of culture [M] //VEESER H. The New Historicism. New York: Routledge.

MULLER-WOOD A, 2012. Angela Carter, naturalist [C] //LAWRENCE P. Angela Carter: new critical readings. ANDERMAHR S, London: A Bloomsbury Company.

NDERMAHR S, 2012. Contemporary women's writing: Carter's literary legacy [C] //ANDERMAHR S, PHILLIPS L. Angela Carter: new critical readings. London: A Bloomsbury Company.

NORTH J, 2013. What's "new critical" about "close reading"? I. A. Richards and his new critical reception [J]. New Literary History, 44 (1): 141-157.

NUSSBAUM M, 2000. Woman and human development: the capabilities approach [M]. Cambridge: Cambridge University Press.

OLICK J K, JOYCE R, 1998. Social memory studies: from "collective memory" to the historical sociology of mnemonic practices [J]. (24): 105-140.

PARAVISINI L, 1999. Jamaica Kincaid: a critical companion [M]. London: Greenwood Press, 1999.

PEACH L, 2009. Angela Carter [M]. New York: St. Martin's Press.

PHELAN J, 1996. Narrative as rhetoric [M]. Columbus: Ohio State University Press.

PIRES M J, 2012. The moral right of food: Angela Carter's "food fetishes" [C] //ANDERMAHR S, PHILLIPS L. Angela Carter: new critical readings. London: A Bloomsbury Company.

RAJAGOPALAN R, 2013. Death and the cybernetic mind: a review of the novel The Lovely Bones by Alice Sebold [J]. Cybernetics & Human Knowing, 20 (1-2): 175-179.

ROESSNER J, 2002. Writing a history of difference: Jeanette Winterson's "Sexing the Cherry" and Angela Carter's "Wise Children" [J]. College Literature, 29 (1): 102−122.

SAGE L, 1998. Angela Carter: the fairy tale [C] //ROEMER D M, BACCHILEGA C. Angela Carter and the fairy tale. Detroit: Wayne State University Press.

SAID E W, 1978. Orientalism [M]. Vintage Books: a Division of Random House.

SARTRE J P, 1978. Being and nothingness [M]. BARNES H E, trans. Washington: Washing Square Press.

SEIDEL K, 1993. Art is an unnatural act: Mademoiselle Reisz in The Awakening [J]. Mississippi Quarterly: The Journal of Southern Culture, 46 (2): 199−214.

SHAHANI G G, 2018. Food and literature [M]. Cambridge: Cambridge University Press.

SHTEYNGART G, 2007. Absurdistan [M]. London: Granta Books.

SIMON J K, 1963. What are you laughing at, Darl? Madness and humor in As I Lay Dying [J]. College English, 25 (2): 104−110.

SMITH F N, 1985. Telepathic diction: verbal repetition in As I Lay Dying [J]. Style, 19 (1): 66−77.

SNODGRASS M E, 2008. Jamaica Kincaid: a literary companion [M]. Jefferson: McFarland & Company.

SPILKA M, 1973. Henry James and Walter Besant: "The Art of Fiction" controversy [J]. Novel: A Forum on Fiction, 6 (2): 101−119.

STATES B O, 1988. The rhetoric of dreams [M]. Ithaca and London: Cornell University Press.

TOCQUEVILLE A, 2000. Democracy in America [M]. Chicago: University of Chicago Press.

TRACY R, 1986. Stranger than truth: fictional autobiography and autobiographical fiction [J]. Dickens Studies Annual (15): 275−289.

TREU R, 2000. Surviving Edna: a reading of the ending of The Awakening [J]. College Literature, 27 (2): 21−36.

TREVENNA J, 2002. Gender as performance: questioning the "butlerification" of Angela Carter's fiction [J]. Journal of Gender Studies, 11 (3): 267-276.

URCAN J, 2011. Relationship of family of origin qualities and forgiveness to marital satisfaction [D]. New York: Hofstra University.

VANDERKOLK B A, 2014. The body keeps the score: brain, mind, and body in the healing of trauma [M]. New York: Viking.

VOGEL D, 1968. Saul Bellow's vision beyond absurdity: Jewishness in Herzog [J]. A Journal of Orthodox Jewish Thought (4): 65-79.

WARNICK B, 2020. Review: educated by Tara Westover [J]. Philosophical Inquiry in Education, 27 (2): 188-195.

WELTER B, 1966. The cult of true womanhood: 1820—1860. American Quarterly, 18 (2): 151-174.

WESTPHAL B, 2011. Geocriticsm: real and fictional spaces [M]. TALLY JR. R, trans. New York: Palgrave Macmillan.

WESTOVER T, 2018. Educated: a memoir [M]. New York: Random House.

WHARTON E, 1924. Old New York [M]. New York & London: Appleton.

WHARTON E, 1925. The writing of fiction [M]. New York & London: Scribners.

WHITNEY S, 2010. Uneasy lie the bones: Alice Sebold's postfeminist gothic [J]. Tulsa Studies in Women's Literature, 29 (2): 351-373.

WILLIAMS R, 1983. Keywords: A vocabulary of culture and society [M]. Flamingo: Fontana Press.

WOLFF C G, 1977. Edith Wharton and the "visionary" imagination [J]. Frontiers: A Journal of Women Studies, 2 (3): 24-30.

WOLOCH N, 1994. Women and the American experience [M]. New York, McGrow-Hill, Inc.

ZORAN G, 1984. Towards a theory of space in narrative [J]. Poetics Today, 5 (2): 309-335.